T0243979

UN HILO INFINITO

UN HILO INFINITO

TAHEREH MAFI

Traducción de Ankara Cabeza Lázaro

Argentina – Chile – Colombia – España
Estados Unidos – México – Perú – Uruguay

Título original: *These Infinite Threads*
Editor original: HarperCollins*Publishers*
Traducción: Ankara Cabeza Lázaro

1.ª edición: junio 2024

Copyright © 2023 *by* Tahereh Mafi
All Rights Reserved
© de la traducción 2024 *by* Ankara Cabeza Lázaro
© 2024 *by* Urano World Spain, S.A.U.
Plaza de los Reyes Magos, 8, piso 1.º C y D – 28007 Madrid
www.mundopuck.com

ISBN: 978-84-19252-75-3
E-ISBN: 978-84-10159-24-2
Depósito legal: M-9.895-2024

Fotocomposición: Urano World Spain, S.A.U.

Impreso por: Rodesa, S.A. – Polígono Industrial San Miguel
Parcelas E7-E8 – 31132 Villatuerta (Navarra)

Impreso en España – *Printed in Spain*

¿Por qué hubo el destino de brindar al príncipe
una vida fácil y plagada de lujos si tenía intención
de dejarlo a merced de los crueles asesinos
que le acabarían dando caza?

Los sabios son conscientes de que la justicia
no tiene cabida en este valle de lágrimas.

—Hakim-Abdul-Qasim Firdusi, *El libro de los reyes*
(Shahnameh).

Habladme de mis últimos momentos.
¿Cuándo estoy destinado a abandonar este mundo?
¿Quién heredará mi trono?

—Hakim-Abdul-Qasim Firdusi, *El libro de los reyes*
(Shahnameh).

UNO

—¡Detente! —gritó Kamran—. ¡Cuidado con el fuego...! Las palabras murieron en sus labios.

Alizeh se lanzó contra la barrera de fuego que se alzaba a la altura de sus muslos y tal fue el asombro de Kamran que se dejó caer al suelo, donde el frío de la superficie de piedra traspasó la seda hecha jirones de sus pantalones. El joven al menos contaba con la ventaja de vestir varias capas de tela pesada, además de un arnés enjoyado, por lo que el fuego no lo había alcanzado con demasiada rapidez. Sin embargo, la tela del vestido de Alizeh... Su vestido era tan delicado como el ala de una mariposa.

El fuego le fundirá la piel.

Ese fue un pensamiento que lo acompañó incluso cuando la vio atravesar el fuego sin inmutarse, a pesar de que el anillo abrasador devoró en menos de un segundo el vestido de gasa que llevaba, una abominación confeccionada con los ardides mágicos del joven rey tulaní. Cyrus, el monarca en cuestión, se encontraba frente a Kamran y todavía sostenía la espada en alto, a la espera de una estocada mortal; lo único que detuvo al rey fue la imagen de Alizeh, que se dirigía hacia él en ese preciso instante. Como si contemplara la escena desde fuera de su propio cuerpo, Kamran vio que la joven recurría a sus manos desnudas para apagar las llamas que consumían su vestido como si extinguiese una vela. Bajó la vista para evaluar los restos de sus propios ropajes chamuscados, así como la sangre que le corría por los nudillos. Poco a poco, el príncipe volvió a centrar su atención en Alizeh, con la mente lo suficientemente despejada como para darse cuenta de que la muchacha, a diferencia de su vestido, había emergido de aquel infierno sin haber sufrido ni una sola quemadura. Kamran se maravilló ante la improbabilidad de la situación: si no estaba soñando, debía de haber perdido la cabeza. La joven era un verdadero galimatías.

No, todo era un galimatías para él.

Alizeh, que, con las prisas, casi había tropezado con la corona caída del rey, le dio un puntapié a la pesada reliquia e hizo que rodara hasta donde estaba Kamran. El príncipe contemplaba ahora la corona, atenazado por un repentino estremecimiento, al tiempo que la conmoción, mezclada con una sensación de frío, le recordaba que...

Su abuelo había muerto.

El rey Zal se había postrado ante el mundo, y la sangre, que se acumulaba bajo su cuerpo sin vida, formaba el óvalo imperfecto de la boca abierta que profiere un grito. Su abuelo había hecho un trato con el diablo para conseguir una vida más longeva, pero, al final, la muerte lo había devorado en un abrir y cerrar de ojos, sin preocuparse por preservar la dignidad del rey, puesto que el anciano se marchitó a la par que sus pecados. Los cadáveres de las serpientes que seguían unidas como músculos fibrosos a los pálidos hombros de un monarca tan adorado como Zal dibujaban una escena tan grotesca que Kamran sintió el repentino impulso de vomitar; apoyó las temblorosas manos sobre el suelo helado y se preguntó, con incipiente pánico, cuántos niños sin hogar habría sacrificado su abuelo en favor de sus serpientes.

No se veía capaz de soportar la monstruosidad de hacer un recuento.

La desilusión y el rechazo le revolvían el estómago. Aunque Kamran quiso obligarse a mantener la calma para así poner en orden sus ideas, un dolor agudo que no lograba identificar, pero que parecía brotar de su brazo izquierdo, se aferraba con uñas y dientes a su conciencia. Daría lo que fuera por ser otra persona. Daría lo que fuera por volver atrás en el tiempo. Pero, por encima de todo y sin rastro de hipérbole, daría lo que fuera por que a Cyrus le hubieran permitido acabar con su vida.

Los susurros de lo que hasta ese momento había sido un público silencioso habían ido creciendo exponencialmente durante el interludio, ganaron intensidad en un alarmante *crescendo* hasta convertirse en un estruendo que despertó los sentidos que Kamran había pasado tantos años entrenando. Su mente se agudizó en respuesta a los chismosos murmullos y su sentido del deber atravesó la pena que le nublaba el juicio para reemplazarla por un estado de airada concentración...

Se produjo un repentino estrépito.

Kamran levantó la vista justo a tiempo de ver cómo Alizeh tiraba la espada de Cyrus al suelo y el joven tulaní se estremecía al oír el impacto del reluciente acero contra el mármol. La mirada de asombro que el rey foráneo le dedicó a Alizeh rivalizó con la del propio Kamran, mientras que el miedo le petrificó las facciones cuando la joven se encaró con él.

—¿Cómo osáis comportaros de esta manera? —bramó Alizeh—. Sois un despreciable cretino. Un inepto sin corazón. ¿Cómo habéis podido...?

—¿Cómo... cómo habéis...? —Cyrus retrocedió un par de pasos—. ¿Cómo habéis atravesado el fuego así? ¿Por qué no os habéis... quemado?

—Sois un miserable y vil cretino —espetó ella—. Ya sabéis exactamente quién soy, ¿acaso no sabéis qué soy?

—No.

Alizeh abofeteó a Cyrus con la fuerza de una maza y el joven rey se tambaleó hacia atrás por la violencia del impacto hasta darse un sonoro golpe en la cabeza contra una columna.

Kamran sintió el dolor de la colisión en sus propios huesos.

Era consciente de que debería estar disfrutando del momento (que debería alegrarse de que Alizeh le plantase cara a ese depravado de sangre azul), pero su mente no estaba dispuesta a ceder ante tal alivio, puesto que la escena que se desarrollaba ante él no encajaba con la realidad.

Cyrus parecía absolutamente fuera de sí.

La mirada inquieta, la sorpresa que demostró cuando Alizeh se encaminó hacia él, la retirada ciega que emprendió cuando la joven no se detuvo... Nada tenía sentido alguno. Alizeh había asegurado no conocer al rey sureño hacía apenas unos instantes, pero Cyrus, que había demostrado con creces lo cruel que podía llegar a ser, se encontraba en absoluto estado de alerta en presencia de la muchacha. Si era cierto que no se conocían, ¿por qué se acobardaría ante el avance de una desconocida desarmada? Alizeh había tirado la espada del rey al suelo, lo había insultado sin descanso y le había dado un buen bofetón... y el joven que hacía unos minutos había enterrado su acero en el corazón de Zal no había movido ni un dedo siquiera para defenderse de la muchacha. Se había limitado a contemplarla y prácticamente le había permitido golpearlo.

Casi daba la sensación de que le tenía miedo.

Kamran contuvo la respiración cuando la temible sospecha que comenzaba a atormentarlo le provocó un espasmo tan violento que estuvo convencido de que se le desplomaría el pecho.

La transformación de Alizeh lo había hechizado desde el primer instante en que posó la mirada en ella durante el baile. En el lapso de un par de horas, la joven se había recuperado de sus heridas, se había desecho de la característica snoda de su uniforme de sirvienta y había sustituido su aburrido atuendo de trabajo por un extravagante vestido que ningún miembro del servicio podría haberse permitido ni en un millón de años. Aun así, Kamran estaba tan desesperado por absolverla de sus artimañas que seguía negándose a aceptar la realidad. La situación cobró sentido por fin.

Lo habían engañado.

Sus ojos volaron de vuelta a la figura caída de su abuelo.

El rey Zal había tratado de avisarlo; había luchado por hacerle entender a su nieto que Alizeh estaba ligada a la profecía, que acabaría con la vida de Zal... y, ahora que su abuelo había muerto, Kamran por fin era consciente de la magnitud de su insensatez. Cada necedad que había pronunciado en defensa de la joven, cada decisión estúpida e infantil que había tomado para protegerla...

Sin previo aviso, Cyrus se echó a reír.

Kamran alzó la vista; el rey sureño estaba pálido y tenía un aspecto desaliñado. Desde donde estaba arrodillado, Kamran no alcanzaba a ver el rostro de Alizeh, pero contempló el terror que brillaba en los ojos de Cyrus, clavados en la joven. El hombre había asesinado a su propio padre para hacerse con el trono de Tulán; acababa de arrebatarle la vida al rey Zal, quien gobernaba sobre el imperio más extenso del mundo, y también habría acabado con Kamran de haber contado con el tiempo necesario para completar la tarea. Pero, ahora, el tirano de cabellos cobrizos se obligaba a recuperar la compostura poco a poco mientras la sangre brotaba de entre sus labios y le manchaba la barbilla. De todos los adversarios a los que ambos debían de haber hecho frente a lo largo de los años, daba la sensación de que la única que había logrado amedrentarlos había sido la humilde y amable sirvienta de la Mansión Baz.

—Maldita sea la estampa del mismísimo diablo —murmuró el rey tulaní—. Se le olvidó comentarme que erais una jinn.

—¿A quién? —exigió saber Alizeh.

—A nuestro amigo en común.

—¿Os referís a Hazan?

Kamran retrocedió, impactado. No había estado preparado para el golpe que suponía descubrir una segunda traición, y el impacto de esa única pregunta lo atravesó con una saña desproporcionada para la que no disponía de defensa alguna. Ya era una tortura para él saber que Alizeh había forjado algún tipo de alianza con Cyrus..., pero ¿ahora descubría que se había confabulado con el mismísimo Hazan a sus espaldas?

La situación lo superaba.

Había fingido ser una joven temerosa e inocente, había jugado con ventaja en todo momento y, lo que era peor (lo que era muchísimo peor), Kamran había mordido el anzuelo sin pararse a cuestionar ni una sola de sus artimañas. Desde su primer encuentro, Alizeh se había aferrado a su snoda, desesperada por ocultar su identidad incluso en mitad de una tormenta, pero ahora se alzaba a cara descubierta frente a un mar de aristócratas, le plantaba cara al formidable soberano de una nación vecina y se presentaba a sí misma ante el mundo.

Durante todo ese tiempo, Alizeh había estado dándole forma a un plan.

Kamran ya se había visto asolado por la pena y la ira; incluso entonces le había resultado difícil lidiar con la magnitud de los últimos acontecimientos y apenas había sido capaz de reconducir las discordantes opiniones que tenía acerca de su abuelo, y ahora... ¿ahora se suponía que tenía que encontrarle el sentido al comportamiento de la joven? Él, que se jactaba de tener una intuición infalible... Él, que se creía un soldado competente e intuitivo...

—¿Hazan? —Cyrus volvió a reír, aunque le tembló la mano de una forma casi imperceptible cuando se limpió la sangre de la boca—. ¿Habláis en serio? Por supuesto que no me refiero a Hazan. —Los ojos del joven se toparon con los de Kamran y añadió—: Prestad atención, rey de Ardunia, puesto que parece que vuestros aliados os han traicionado.

Alizeh se giró con un movimiento repentino para mirarlo. La mirada desencajada por el pánico y el evidente sonrojo de culpabilidad que coloreaba sus mejillas fue todo cuanto necesitó ver. Hacía escasas horas, habría jurado por su honor que el deseo que la joven sentía por él era tan tangible como el satén que le cubría el cuerpo; Kamran había saboreado la sal de su piel y había trazado la exquisita curva de su figura con los dedos. Ahora se daba cuenta de que todo había sido una farsa.

Una pesadilla.

Estaba viviendo una pesadilla.

Sin embargo, en caso de asegurar que aquella revelación le había roto el corazón, estaría tergiversando la verdad; El mal de amores no era lo que asolaba a Kamran, no... Lo que lo atormentaba era una ira incandescente.

La mataría.

Cualquier rastro de dulzura e ingenuidad que pudiese quedar en el corazón del príncipe se había evaporado. Se había dejado seducir por el canto de sirena de una muchacha que se ayudaba de su propio amigo para engañarlo..., mientras que a él solo le había faltado escupir en la cara de la única persona que realmente se había preocupado por su bienestar. El rey Zal le había vendido su alma al diablo para garantizar la felicidad de Kamran y este se lo había recompensado con engaños y traiciones. Las decisiones del muchacho habían desencadenado por sí solas esa velada tan funesta. Por fin lo comprendía. El Imperio arduniano al completo se encontraba desprotegido por culpa de la fragilidad de su cuerpo y de su mente.

No se iba a repetir.

No volvería a permitir que una mujer doblegara sus emociones; nunca volvería a bajar la guardia ante semejantes tentaciones. Hizo un juramento en ese preciso instante: derrotaría al monstruo de la profecía con sus propias manos. Atravesaría el corazón de Alizeh con una espada o perecería en el intento.

Pero, primero, se encargaría de Hazan.

Kamran encontró la mirada de uno de los guardias que trataba de mantenerse cerca, a la espera de nuevas órdenes, y, con un sencillo gesto, dictó su primer decreto como rey de Ardunia: Hazan moriría en la horca.

Kamran no se regocijó al presenciar cómo apresaban y se llevaban a rastras a quien, hasta entonces, había sido su consejero. No disfrutó ni lo más mínimo de las débiles protestas de Hazan, que reverberaban en el asombrado silencio que había descendido sobre el salón de baile. No, lo único que Kamran sintió fue una locura aterradora que crecía en su interior cuando, al ponerse en pie con un dolorosísimo esfuerzo y ayudándose temerariamente del apoyo de su brazo herido, se dio cuenta de que también tenía unas graves quemaduras en las piernas. Tenía la piel y las ropas pegajosas a causa de la sangre y la cabeza le pesaba. Se enfrentaba a otra realidad que se negaba a admitir: no sabría decir cuánto tiempo aguantaría sin la asistencia de un médico. O sin la de un mago.

No. Los magos de la corte habían muerto. Cyrus los había masacrado.

Kamran cerró los ojos con fuerza al recordarlo.

—Iblís.

Abrió los ojos de golpe al oír el suave y traicionero sonido de la voz de Alizeh. El corazón del muchacho comenzó a latir, una vez más, a toda velocidad y con una violencia que lo dejó estupefacto. No sabría decir qué le perturbaba más: comprender que el diablo era ese «amigo» que Alizeh y Cyrus tenían en común o descubrir que su cuerpo todavía deseaba a la joven, que todavía saltaba una chispa en su interior al oír el sonido de su voz...

Alizeh había desaparecido.

Movido por el pánico, Kamran la buscó por todos lados con la mirada, pero fue en vano. A quien sí vio, en cambio, fue a Cyrus, que tenía la vista clavada en un punto concreto donde, sin duda, debía encontrarse Alizeh, puesto que había hablado hacía apenas un momento...

Sin previo aviso, volvió a materializarse.

Alizeh se encontraba exactamente en el mismo espacio que había ocupado un segundo antes, pero ahora su silueta estaba desdibujada y cobraba y perdía nitidez con una regularidad vertiginosa.

¿Era ella quien jugaba con su vista? ¿Era capaz de recurrir a la magia negra?

Una mancha blancuzca que no dejaba de moverse ocupaba ahora el lugar de Alizeh, que hablaba con una voz distorsionada y densa que reverberaba como si estuviera metida dentro de una campana de cristal.

—Vosss sssiempre hablabaisss del diabbblo...

Kamran se pasó las manos ensangrentadas por el rostro. Por si no tuviera bastante con el creciente poder devastador de cada revelación..., ¿ahora también se estaba quedando ciego y sordo?

—¿Viinieraissssabuscar memueeeeeestra interéssss po-por mi viiiida?

Las piernas heridas del muchacho fallaron y su mente se fracturó. Kamran se echó a temblar, con las manos agitándose en busca de algo a lo que agarrarse, y cayó con un golpe secó sobre una de sus piernas, que presentaba graves quemaduras. Por poco dejó escapar un alarido de agonía.

Pero, entonces, el alivio lo inundó...

El rey tulaní habló, con voz clara como el agua:

—¿Acaso no es evidente? Quiere que seáis reina.

Un temible estruendo llenó la cabeza de Kamran. No tuvo tiempo de regocijarse por haber recuperado la audición. La profecía había asegurado que el monstruo demoníaco con hielo en las venas contaría con poderosos aliados. Con esto disponía de otra prueba más que confirmaba la sabiduría de los magos y los avisos de su abuelo...

El mismísimo diablo estaba de su lado.

La muchedumbre cada vez estaba más alterada y ahora Kamran también podía oír que los cuchicheos habían dado paso a los gritos y al histerismo. El príncipe recordó, una vez más, que la nobleza de Ardunia al completo se había reunido en la estancia. Los más altos cargos del imperio habían acudido a la capital para disfrutar de una velada de hedonismo y celebración, pero habían terminado siendo testigos de la caída del imperio más extenso del mundo.

Kamran no veía la forma de sobrevivir a este día.

Volvió a oír la risa de Cyrus, y le oyó decir con claridad:

—¡Quiere que una reina jinn gobierne el mundo! ¡Pero qué criatura más sediciosa! Desde luego, es la venganza perfecta.

De nuevo, Kamran trató de ponerse en pie. La cabeza le dolía horrores y su vista no lograba mantenerse estable. Veía la estancia, el suelo, al mismísimo Cyrus, con perfecta claridad, pero la silueta de Alizeh continuaba pareciendo más la de un nimbo que la de una persona, como una serie de halos apilados para formar los vagos contornos de un cuerpo. En cualquier caso, solo necesitaría saber a dónde apuntar.

Las confesiones de la tarde habían sido prueba más que de sobra para determinar que todo lo que su abuelo le había advertido acerca de la muchacha era cierto... y Kamran estaba dispuesto a morir antes que fallar a su abuelo por segunda vez. Su espada yacía en el suelo a pocos pasos del príncipe y, a pesar de que la distancia se le antojaba insalvable, Kamran pensaba obligarse a recorrerla. Atravesaría el corazón de la joven con su espada, acabaría con su vida y le pondría fin aquella misma noche a la reciente tragedia.

Acababa de conseguir dar un agónico paso hacia su espada cuando la neblina tras la que se ocultaba Alizeh se alejó de Cyrus. Por un repentino capricho de los hados, Kamran captó un atisbo del rostro de la joven.

Parecía aterrorizada.

La imagen de la muchacha le atravesó el pecho como una lanza justo cuando las cataratas que le enturbiaban la visión comenzaban a desaparecer. De pronto, la silueta de Alizeh se volvió completamente nítida y, vaya, desde luego, el destino no podía ser más cruel. Alizeh era una enemiga que poseía un poder inimaginable. Incluso ahora, sus brillantes ojos resplandecían con tal emoción que destruyeron al príncipe por dentro. Sus artimañas eran de lo más elegantes y naturales; escudriñaba la estancia como si de verdad sintiera una tremenda agitación.

Kamran maldijo el desdichado órgano que latía en su pecho y procedió a golpearse el esternón con el puño como si tratase de pararlo. En respuesta, una terrible sensación de angustia se extendió por su cuerpo, tan brutal que lo dejó sin aliento. Fue casi como si un árbol hubiese brotado de golpe bajo sus pies, de manera que el tronco hubiese suturado su columna vertebral y las enormes ramas se hubiesen extendido violentamente por sus venas.

Se retorció de dolor, jadeante, y por poco se perdió el momento en que Alizeh lanzó una mirada en su dirección antes de salir huyendo sin previo aviso y cruzar indemne el infierno de fuego que los rodeaba.

¿Lo habría visto ir a por su espada? ¿Habría adivinado sus intenciones?

La imagen de Alizeh, con el vestido de vaporosas capas incinerado por segunda vez, le nubló el juicio incluso en plena huida. Pasó por delante de él a toda velocidad vistiendo poco menos que retales de seda transparente, y Kamran bebió de cada una de las exuberantes líneas de su cuerpo, de la esbelta silueta de sus piernas y de la curva de sus pechos. Se odió a sí mismo por desearla incluso ahora. Se odió por tener sed de ella incluso al verla marchar, odió los instintos que le decían a gritos, pese a la absoluta falta de evidencia, que la joven se encontraba en peligro, que debería ir tras ella y protegerla...

—¡Esperad! ¿A dónde vais? —gritó Cyrus—. Teníamos un trato: en ninguna circunstancia teníais permitido huir...

«Teníamos un trato».

Esas palabras retumbaron en su cabeza, una y otra vez; cada sílaba impactaba contra su mente como una guadaña que lo hacía sangrar con sus oscilaciones. Por todos los ángeles, ¿cuántos golpes tendría que soportar su cuerpo aquella noche?

—¡Debo irme! —gritó Alizeh, que corría entre la alterada muchedumbre que se apartaba de su camino para dejarla pasar—. ¡Lo siento! Lo siento, pero tengo que irme... Tengo que encontrar un lugar donde esconderme; un lugar donde no pueda...

De pronto, Alizeh se retorció de dolor, como si una fuerza invisible le hubiese asestado un fuerte golpe, y, sin demora, salió despedida hacia arriba, catapultada por los aires.

La joven profirió un alarido.

Kamran reaccionó sin pensar; una descarga de adrenalina hizo que se pusiera en pie, y los últimos resquicios de insensatez que quedaban en su interior lo llevaron a gritar su nombre. Se acercó tanto como se atrevió al bastión de fuego. La angustia en su voz, sin lugar a duda, lo delató ante el mundo, incluso ante él mismo... Pero no tuvo tiempo de detenerse a considerar ese detalle. Algo estaba lanzando cada vez más y más alto a Alizeh, que se retorcía y gritaba, mientras que Kamran se fustigaba por reaccionar de una forma tan visceral ante el sufrimiento de la joven. Sin embargo, no era consciente de la batalla que se estaba librando en su interior.

—¡Haced que pare! —gritó—. ¡Bajadme!

Kamran comprendió de golpe lo que estaba ocurriendo y se vio obligado a buscar la mirada de Cyrus.

—¡Tú! —lo increpó el príncipe con un rugido, sin apenas reconocer su propia voz—. Esto es cosa tuya.

La expresión de Cyrus se ensombreció.

—Se lo ha buscado ella solita.

La respuesta de Kamran se vio interrumpida por otro alarido atormentado. El joven se dio la vuelta justo a tiempo para ver a Alizeh ascender en espiral hacia los travesaños del techo (ya no cabía duda de que la joven estaba presa de una magia oscura como la noche) y el sentido común abandonó al muchacho de un plumazo. No veía la manera de encauzar el caos que se había desatado; no tenía respuesta para la multitud de preguntas que lo asolaban.

Kamran sintió que su mundo se desmoronaba.

Alizeh era tan poderosa que consideraba al diablo un amigo y contaba con el soberano de una nación enemiga como aliado. Había recurrido a la magia negra para crear unas ilusiones ópticas tan convincentes que el príncipe de verdad creyó que la muchacha había presentado heridas en las manos, la garganta y el rostro. No solo eso, sino que también le había hecho creer al rey Zal que era una criada indefensa e ignorante. No obstante, a pesar de todo, ahora sollozaba con una desesperación tan tangible que incluso el propio príncipe...

—Podéis verla.

Esa afirmación lo sobresaltó. Kamran se dio la vuelta para enfrentarse a Cyrus y evaluar con un rápido vistazo el cabello cobrizo de su enemigo, así como la frialdad de sus ojos azules. De todo cuanto Cyrus podría haber dicho, aquel comentario fue excepcionalmente curioso, y Kamran era tan perspicaz como para saber que no debía pasarlo por alto. El hecho de que Cyrus pareciese sorprendido al comprobar que Kamran podía ver a Alizeh apuntaba a una simple inversión de...

Quizá, para otros, la muchacha fuera invisible.

Aquella teoría no era una explicación plausible en absoluto, pero, de alguna manera, parecía de vital importancia para comprender la situación. Kamran se preguntó entonces cuál sería la causa de la ceguera temporal que había sufrido y un renovado temor se extendió por su columna vertebral.

—¿Qué le habéis hecho? —preguntó Kamran, midiendo sus palabras.

Cyrus no respondió.

Con indolencia, el rey sureño se apartó de la columna antes de agacharse a recoger su espada. Avanzó hacia Kamran con fingida indiferencia, arrastrando la hoja tras de sí como a un perro con correa; la exhalación del acero contra la piedra le erizó la piel y, por un breve segundo, ahogó los gritos de Alizeh.

—Pensaba que había cruzado las llamas para enfrentarse a mí —continuó Cyrus—. Ahora comprendo que lo hizo para protegeros a vos.

Un destelló cruzó esos iris azules y, en un fugaz instante, delató sus verdaderos sentimientos. Bajo esa fachada de placidez, se ocultaba un joven desesperado y Kamran se atrevería a decir que incluso roto. El príncipe catalogó el momento como un fugaz lapso de clemencia, puesto que comprendió que el joven era un monarca más débil de lo que aparentaba ser.

—Sabéis su nombre —apuntó Cyrus con voz queda. Kamran sintió un fogonazo de agitación, pero no dijo nada, así que Cyrus insistió, con urgencia—: ¿Cómo es que sabéis su nombre?

Cuando Kamran por fin contestó, lo hizo con pesadez y una voz glacial:

—Yo podría haceros la misma pregunta.

—Desde luego —coincidió Cyrus, que levantó casi imperceptiblemente su espada—, pero estoy en mi derecho de saber el nombre de mi prometida.

Un dolor agudo estalló en el pecho de Kamran justo cuando un ensordecedor estruendo partía la sala en dos. Ahogó un grito y se llevó una mano a las costillas antes de caer de rodillas una vez más, jadeando a causa de la brutalidad del impacto. Kamran no tenía ni la más remota idea de lo que le ocurría y no tenía tiempo de pararse a hacer elucubraciones. No pudo hacer más que obligarse a mantener los ojos abiertos durante el tiempo necesario para contemplar, no solo la destrucción de su hogar, sino la llegada de un descomunal dragón iridiscente, que le heló hasta la última gota de sangre del cuerpo.

Los magos nunca habrían permitido que una bestia foránea surcase los cielos ardunianos.

Pero los magos habían sido aniquilados.

Kamran vio como el dragón capturaba a Alizeh justo cuando se embarcaba en un repentino y vertiginoso descenso. La monstruosa criatura aseguró a la joven sobre su lomo antes de ascender hacia el cielo una vez más. El animal profirió un atronador rugido y batió las curtidas alas antes de que, en un abrir y cerrar de ojos, tanto la bestia como su jinete desaparecieran en la noche a través del cavernoso agujero que había abierto apenas unos segundos antes en uno de los muros del palacio.

En medio del sucesivo caos, Kamran no pudo continuar haciendo oídos sordos a la devastación que asolaba su mente.

Ahora era cuando empezaba a asimilar el dolor por la pérdida de su abuelo. Cada traición, según se iba sucediendo, lo fue destrozando por dentro como diminutas puñaladas, violentas injusticias que exigían pasar por un breve duelo.

Zal le había mentido. Hazan le había mentido. Alizeh...

Alizeh le había arruinado la vida.

Por alguna razón, todavía oía el alboroto de la multitud, sentía el opresivo calor de su jaula, el persistente frío del suelo de mármol bajo sus rodillas. No contaba con la fuerza necesaria para levantarse; el dolor le recorría el cuerpo en incesantes oleadas regulares y no parecía que fuesen a mitigarse pronto. Poco a poco, Kamran alzó la cabeza y miró a Cyrus a los ojos. Se sentía tan roto por dentro que tuvo la sensación de que la garganta le sangraba al hablar:

—¿Es eso cierto? —preguntó—. ¿De verdad va a casarse con vos?

Cyrus dio un paso adelante, con la espada en ristre.

—Así es.

Kamran se sintió desfallecer.

Su rostro se contorsionó en una mueca cuando sintió que le brotaba un nuevo estallido de dolor en el cuello y se le extendía por los hombros. La reacción fue tan inesperada que incluso Cyrus quedó desconcertado.

—Fascinante —comentó el rey tulaní, que procedió a levantarle la barbilla al príncipe arduniano con la punta de la espada. Kamran, asfixiado por el tormento, consiguió alejarse del otro con una sacudida, aunque el movimiento desencadenó un nuevo aluvión de sufrimiento—. Parece que os estáis muriendo.

—No —Kamran jadeó y apoyó las manos en el suelo de piedra para sostener el peso de su cuerpo.

Cyrus estuvo a punto de echarse a reír.

—A menos que penséis seguir los pasos de vuestro abuelo, me temo que no vais a poder hacer nada al respecto.

Kamran no habría sabido decir de dónde sacó fuerzas, pero se puso en pie con la entereza que solo un hombre roto, un hombre temerario, es capaz de conjurar.

Kamran había quedado vacío por dentro.

En el lapso de una hora, los hilos que mantenían su vida en pie se habían partido. Tras los sucesos de la noche, se sentía airado y febril, casi como si estuviese abriéndose camino a través de una pesadilla. En cierto modo, se había curado de espanto. Sentía que ya no le quedaba nada.

Que no tenía nada que perder.

Fue en busca de su arma como si su brazo no siguiese sangrando profusamente, como si la piel de sus piernas no se hubiese achicharrado hacía unos minutos. El mero hecho de ser capaz de alzar la espada, de enfrentarse a su enemigo, parecía un milagro.

En ese momento, oyó una lluvia de pasos, así como el coro de voces preocupadas de la brigada de guardias que trató de abordar el anillo de fuego, pero Kamran los detuvo con una sola mano.

Esa era su lucha y era él quien debía ponerle fin.

Cyrus lanzó una mirada a los nuevos espectadores armados y, luego, evaluó al príncipe durante lo que pareció una eternidad.

—Muy bien —dijo por fin el monarca sureño—. Para que no digan que no soy compasivo. Seré rápido. No sufriréis dolor alguno.

—Y yo —replicó Kamran, con una voz áspera como la grava— me aseguraré de que vuestro tormento sea infinito.

Acompañada por un destello de rabia, la espada de Cyrus cortó el aire con una única y cegadora estocada, ante la que Kamran respondió con inesperada potencia, a pesar de que su cuerpo destrozado se sacudió por el esfuerzo. Le temblaron las piernas, sus brazos aullaron ante la agonía, pero Kamran no cedería. Prefería morir luchando antes que rendirse... y fue ese preciso pensamiento el que incendió su pecho y le insufló una segunda vida, una sobrecarga aterradora de adrenalina.

Estaba más que encantado de morir en el intento.

Con un grito gutural, se las arregló para plantarle cara a su oponente: empujó a Cyrus hacia atrás y lanzó una estocada con asombrosa rapidez que el otro joven logró esquivar. Durante un rato, el choque del acero fue todo cuanto Kamran oyó; no vio nada más que el brillo del metal y las curvas que trazaban las espadas al chocar y alejarse.

Cyrus fintó y saltó hacia Kamran con pasmosa celeridad. El príncipe arduniano sintió la quemazón de la herida cuando ya era demasiado tarde. A sus oídos llegaron los gritos alarmados de los invitados, pero no logró dar con la estocada que acababa de recibir. De hecho, apenas era capaz de identificar qué parte de su cuerpo había recibido el impacto.

No tenía tiempo.

Kamran se movió para evitar un segundo ataque y experimentó una breve sensación de triunfo cuando Cyrus cedió terreno, al tiempo que mascullaba una maldición. El rey tulaní no tardó en volver a la carga y respondió ante las acometidas de Kamran con una serie de estocadas ininterrumpidas en una coreografía tan milimétrica que ni siquiera el príncipe pudo evitar apreciar la belleza de cada movimiento. Luchar contra un digno adversario albergaba un extraño placer, puesto que el hecho de no tener que contenerse le permitía a uno descubrir los límites de su poder. Sin embargo, la más que evidente destreza de Cyrus (así como sus reflejos, rápidos como el rayo) no hizo sino cimentar la firme convicción de que el rey sureño había dejado que Alizeh lo venciera hacía apenas unos minutos. En opinión del príncipe, el suyo era un comportamiento con dos posibles explicaciones: o la joven era quien llevaba la voz cantante en la alianza que habían establecido o el tulaní no había querido hacerle daño. Quizás, ambas teorías fuesen ciertas.

Tal vez estaba siendo sincero cuando afirmó que era el prometido de Alizeh.

Ese devastador pensamiento le devolvió las fuerzas a una velocidad alarmante, tan desmesurada que entraba dentro de terrenos desconocidos. Solo sabía que se le habían agudizado los instintos como nunca, por lo que enseguida notó los leves estragos del esfuerzo en el rostro de Cyrus. El brillo del sudor en su frente, sin duda, era un reflejo de la suya propia. Ambos respiraban con dificultad, pero, a pesar de que la sangre corría por las manos de Kamran y manchaba el suelo de mármol con cada movimiento, el joven príncipe no cedió ante el cansancio.

Una vez más, avanzó...

Las espadas de los dos muchachos colisionaron con tanta violencia que Kamran sintió un estremecimiento de pies a cabeza. Habían quedado atrapados en el hercúleo punto muerto en el que los adversarios cruzan miradas entre el brillo de las espadas.

Entonces, sin un motivo aparente, Cyrus flaqueó.

El rey tulaní solo frunció levemente el ceño, solo perdió la concentración durante una fracción de segundo, pero Kamran no desperdició la oportunidad; se abalanzó sobre Cyrus con una tremenda fuerza bruta que lo derribó hasta dejarlo de rodillas. Ahora Kamran lo aventajaba; no tenía más que darle el golpe de gracia a su oponente. Atravesarle el corazón a Cyrus supondría una tremenda satisfacción; Kamran ya había decidido que se encargaría de que lo destripasen vivo. Metería sus entrañas ensangrentadas en una vitrina y las exhibiría en la plaza central para que los gusanos las encontrasen fácilmente y se diesen un buen festín con ellas.

—Me siento en la obligación de comentaros que algo os está ocurriendo —dijo Cyrus con voz grave y gesto claramente fatigado por el esfuerzo—. Es vuestra piel.

Kamran hizo caso omiso.

Cyrus estaba tratando de desestabilizarlo y no pensaba permitirlo; no cuando estaba tan cerca de la victoria. Con un repentino alarido, Kamran embistió a su oponente una última vez y Cyrus cayó al suelo con un ronco jadeo que acompañó al repiqueteo de su espada contra el mármol.

Kamran no perdió ni un segundo y se acercó al rival caído con una feroz determinación antes de levantar su arma por última vez...

Y quedar inmóvil.

Una sobrecogedora parálisis se adueñó de su cuerpo en ese preciso instante y la impresión fue tal que Kamran se quedó sin aliento. Como atrapado entre dos muros de cristal, el príncipe contempló a Cyrus, que se puso en pie, envainó su espada, recuperó su bastón y fue en busca de su sombrero. Una vez que el extraño accesorio estuvo bien colocado sobre la cabeza del tirano, este avanzó hasta la estatua en la que Kamran se había transformado y sonrió.

—Apenas tengo ya ningún honor, rey melancólico. Desde luego, no el suficiente como para morir cuando lo merezco.

En la lejanía, alguien gritó.

Kamran luchó contra la prisión de su propio cuerpo, pero sintió que, con cada segundo que pasaba, sus pulmones se debilitaban y sus órganos se comprimían de fuera a dentro.

La sonrisa de Cyrus no flaqueó.

—Por desgracia para mí —continuó—, un destello de humanidad insiste en dominar mi carne, así que, esta noche, dejaré que vuestro corazón continúe latiendo. En cualquier caso, es mejor que permanezcáis con vida, ¿no creéis? Así sufriréis siendo consciente de ello, lloraréis la pérdida de vuestro infame abuelo, viviréis sabiendo que habéis sido traicionado, no solo por aquellos a quienes despreciáis, sino también por vuestros seres queridos... Y fracasaréis estrepitosamente en vuestro empeño por dirigir este patético imperio.

Kamran sintió que se le encogía el corazón. Una amenazadora oleada de emociones hizo que le escocieran los ojos.

No, quiso gritar. *No, no...*

—Esperaré con ansias nuestro próximo combate —concluyó Cyrus con voz tranquila, tocándose el sombrero en señal de despedida—. Primero, claro está, tendréis que encontrarme.

Y, con eso, se desvaneció.

DOS

Durante un largo rato, Alizeh se mantuvo inmóvil.

El miedo y la incredulidad la habían dejado paralizada, pero, poco a poco, fue recuperando la sensibilidad en las extremidades y en la yema de los dedos. No tardó en sentir el viento en el rostro cuando contempló el cielo nocturno que la envolvía, como una sábana de medianoche tachonada de estrellas.

Bajó ligeramente la guardia.

La descomunal y robusta bestia parecía saber a dónde iba. La joven tomó unas cuantas bocanadas profundas de aire para librarse de los últimos resquicios de pánico y para convencerse a sí misma de que estaría a salvo, siempre y cuando no se soltase de la criatura salvaje. De pronto, la muchacha cambió de posición al notar el tacto de unas suaves fibras de tela que le acariciaban la piel a través de lo que quedaba de su delicado vestido. Bajó la vista para examinar el tejido. No se había percatado de que, en realidad, estaba sentada sobre una pequeña alfombra que...

Por poco dejó escapar otro alarido.

El dragón había desaparecido. Todavía seguía ahí, puesto que notaba el cuerpo de la bestia bajo el suyo y sentía la áspera textura de su piel..., pero la criatura se había hecho invisible, de modo que Alizeh parecía estar flotando sobre una alfombra de tela estampada.

Era una imagen de lo más confusa.

Aun así, comprendió por qué la criatura se había desvanecido. Sin la tremenda figura del animal de por medio, Alizeh tuvo oportunidad de contemplar el reino entero a sus pies, así como el mundo que se extendía más allá de sus fronteras.

La joven no sabía hacia donde se dirigían, pero, al menos por el momento, se obligó a dejar el temor a un lado. Al fin y al cabo, allí arriba sentía una curiosa sensación de paz al verse rodeada por el más absoluto silencio.

Al relajarse, su mente se agudizó y Alizeh se apresuró a quitarse las botas y a lanzarlas para dejar que se las tragara la noche. Fue una tremenda satisfacción para ella ver como desaparecían en la oscuridad.

Fue un alivio.

La alfombra se movió cuando el peso que sostenía cambió con un repentino golpe sordo y la muchacha se sobresaltó. Alizeh se dio la vuelta, una vez más, con el corazón en un puño y, al encontrarse con el rostro de su molesto acompañante, habría estado dispuesta a lanzarse de cabeza tras las botas que acababa de tirar.

—No —susurró.

—Este dragón es mío —anunció el rey de Tulán—. No os permitiré que me lo robéis.

—Yo no os lo he robado. La criatura me... Esperad un segundo. ¿Cómo habéis llegado hasta aquí? ¿También podéis volar?

El joven se echó a reír.

—¿Acaso escasea tanto la magia en el grandioso Imperio arduniano como para que os impresionen de esta manera unos trucos tan sencillos?

—Pues sí —respondió, sorprendida—. ¿Cómo os llamáis?

—Ya estáis con otro de vuestros sinsentidos. ¿Para qué necesitáis saber mi nombre?

—Para que pueda odiaros sin tener que adherirme a ninguna formalidad.

—Vaya. En ese caso, podéis llamarme Cyrus.

—Cyrus —repitió—. Sois un monstruo insufrible. ¿A dónde demonios me lleváis?

Sus insultos parecían no tener ningún efecto en el monarca, puesto que no perdió la sonrisa cuando dijo:

—¿Todavía no lo habéis adivinado?

—Estoy demasiado alterada para lidiar con vuestros jueguecitos. Por favor, decidme qué terrible destino me espera de ahora en adelante.

—Ah, me temo que os enfrentaréis al peor de todos. Nos dirigimos hacia el reino de Tulán.

La nosta le calentó la piel y Alizeh quedó petrificada por el miedo. Estaba estupefacta, sí, y también aterrorizada, pero lo más impactante fue oír al soberano de un imperio menospreciar su propio territorio de esa manera...

—¿De verdad es Tulán un lugar tan terrible?

—¿Tulán? —Abrió los ojos de par en par, sorprendido—. En absoluto. Un solo metro cuadrado de Tulán bastaría para dejar en ridículo la majestuosidad de toda Ardunia y esto no os lo digo como una opinión personal, sino como un hecho probado.

—Pero, entonces —Alizeh frunció el ceño—, ¿por qué habéis dicho que me aguarda el peor de los destinos?

—Ah, os referíais a eso. —Cyrus apartó la mirada y dejó que sus ojos vagaran por el cielo nocturno—. Bueno. ¿Recordáis que os dije que le debía un tremendo favor al amigo que tenemos en común?

—Sí.

—¿Y os acordáis de que os expliqué que ayudaros era la única manera de saldar la deuda que nuestro amigo estaba dispuesto a aceptar?

—Me acuerdo —respondió, tragando saliva.

—También os dije que quería que fueseis reina. Una reina jinn.

Alizeh asintió con la cabeza.

—Bien. La cuestión es que no disponéis de un reino ni tampoco de tierras donde gobernar. No contáis con ningún imperio al que dirigir.

—No —coincidió con voz queda—. No dispongo de nada de eso.

—Bueno, por eso vais a venir a Tulán conmigo. —Cyrus hizo una breve pausa para tomar aire—. Porque nos vamos a casar.

Alizeh profirió un grito agudo y cayó del dragón.

La joven oyó que Cyrus descargaba un torrente de improperios en su descenso, mientras que el viento se deslizaba a toda velocidad entre sus pies. Descubrió, para su sorpresa, que a pesar de estar precipitándose sin demora hacia lo que sin duda sería una muerte segura, no encontraba la forma de responder como se esperaría ante una situación así.

Alizeh no gritó; tampoco sintió miedo alguno.

Su inusual reacción ante un descenso en picado desde los cielos estaba, en parte, motivada por el derrotero incierto que había tomado su vida en los últimos días. Desde luego, al fugarse con el dragón, Alizeh había pensado que, como mínimo, así conseguiría huir de las maquinaciones de Iblís. No había sido consciente de que sus decisiones, voluntaria o involuntariamente, la habían zambullido de lleno en sus diabólicos planes. Alizeh no se consideraba, ni mucho menos, una persona esclava de sus emociones, pero, justo en ese momento, ni siquiera logró obligarse a sentir un mínimo de preocupación por su supervivencia.

Al mismo tiempo, la excepcional calma que la embargaba también tenía una explicación mucho más sencilla:

Alizeh sabía que la salvarían.

Apenas había tenido tiempo de formular ese pensamiento, cuando oyó el lejano rugido de un dragón molesto, así como el batir de unas pesadas alas que canalizaba fieras ráfagas de viento en dirección de la joven. Por segunda vez en menos de una hora, Alizeh se había precipitado desde una gran altura y, al sentir que el frígido viento le azotaba el cuerpo y le agrietaba la piel, se percató, con cierta sorna e indiferencia, de que sus larguísimos rizos negros habían quedado completamente libres. Los mechones del color de la medianoche lamían el aire que zumbaba a su alrededor como unas curiosas lenguas, mientras que unos cuantos tirabuzones inquietos se le enroscaban alrededor de los ojos, la boca, el cuello y los hombros. Su propio cuerpo la había cegado, a merced del viento, desmoralizado y, muy posiblemente, congelado hasta quedar convertido en un bloque de hielo.

Lo cierto era que Alizeh siempre tenía frío; el hielo que la marcaba como la heredera a un reino milenario se aseguraba de que casi nunca (por no decir nunca) disfrutase del consuelo del calor. Al combinar ese fenómeno con la brutalidad de una noche invernal, con la implacable fiereza de los vientos que la apaleaban en ese preciso instante y con un vestido reducido a jirones...

Para Alizeh era toda una sorpresa continuar con vida.

Aun así, no mostró emoción alguna cuando el dragón se deslizó por debajo de ella y tampoco cuando percibió un único y apagado grito antes de que las cálidas manos de Cyrus le rodearan la cintura y detuvieran su caída como si no fuera más que una mera florecilla arrastrada por el viento. La hizo aterrizar con firmeza a su lado, sobre la alfombra, con un golpetazo que hizo que le castañetearan los dientes; acto seguido, se apartó de ella con unas prisas muy poco halagadoras. Alizeh tomó buena nota de todo esto como si observase lo que estaba ocurriendo a través de una neblina, puesto que, de pronto, se sentía incapaz de experimentar ninguna emoción. Se había visto transformada en una muñeca de trapo, sin alma.

Tenía la sensación de que ya nada tenía solución.

Hazan moriría en la horca. El rey Zal había muerto. Kamran...

Kamran estaba en peligro.

Los magos de la corte arduniana habían sido masacrados; el palacio había sido asediado. Kamran estaba herido cuando Alizeh lo vio por última vez... ¿Cómo iba a conseguir el inmediato tratamiento que necesitaba sin los magos? ¿Cuánto tiempo pasaría el príncipe en ese estado de vulnerabilidad hasta que lograsen reunir un nuevo cuórum de sacerdotes y sacerdotisas? Incluso Alizeh, que había visto su vida desmoronarse en las últimas horas, era perfectamente consciente de que Kamran había sido víctima de un cúmulo de desdichas similares a las suyas.

Como si la muerte y la deshonra de su abuelo no hubiesen sido tragedia suficiente, Alizeh tenía grabado a fuego el rostro de Kamran cuando el joven comprendió que Hazan lo había traicionado, cuando pareció pensar que ella también había sido desleal...

¡No!... No, no podía soportarlo.

Toda las esperanzas que, en privado, había acumulado en el pecho; todo el empeño que había puesto en llevar una vida segura y tranquila a lo largo de los últimos años; todas las tareas agotadoras que había accedido a completar con una esperanza de granjearse un futuro en paz...

Refrenó de inmediato aquellos pensamientos.

En su subconsciente, una parte de Alizeh parecía haber comprendido que no sobreviviría al dolor que le atenazaba el pecho si le daba rienda suelta. En su opinión, era mejor mantenerlo a raya.

Además, la situación había sido obra del diablo; él fue el artífice que buscó torturarla con sus malvados planes... y aquí estaba la prueba de ello.

Alizeh estaba sentada al lado de su discípulo.

—¿Es que no vais a decir nada? —preguntó Cyrus, con una voz suave muy poco típica de él.

La joven tuvo la sensación de tener los labios adormecidos.

—Me temo que no.

—¿No vais a hablar?

—No me casaré con vos.

Cyrus suspiró.

Ambos guardaron un silencio sepulcral, dejando que la oscuridad los engullese poco a poco. La espectacular imagen de los cielos fue el único consuelo de la joven, puesto que, a pesar de apretar los dientes con desesperación ante la atmósfera glacial, Alizeh se negó a mostrarse inmune al océano de medianoche sobre el que parecían estar navegando, así como a la resiliencia de las estrellas que abrían agujeros en el cielo con su fuego.

Aquella era una costumbre que Alizeh había adoptado hacía ya mucho tiempo.

Apreciar los buenos momentos aun si estaba viviendo un auténtico infierno la ayudaba a mantenerse serena; desde luego, hubo días en los que la vida le resultaba tan desalentadora que Alizeh había tomado la decisión de contarse los dientes, con el único objetivo de demostrarse a sí misma que todavía disponía de algo valioso.

En ese momento, se obligó a prestar atención a los susurros del viento, a valorar el hecho de no haber visto nunca la luna desde tan cerca y en toda su gloria, sin un solo obstáculo. La joven tomó una profunda bocanada de aire ante semejante pensamiento, saboreó el frío que le cubría la lengua sin adulterar y levantó una mano con curiosidad hacia la noche. Los cielos se deslizaban bajo la yema de sus dedos como un gato que exigía caricias.

—Que no se os pase por la cabeza —le espetó Cyrus, desgarrando el silencio—. Sería en vano.

Alizeh no levantó la vista.

—No tengo ni la menor idea de lo que habláis.

—Podéis lanzaros al vacío tantas veces como queráis, pero no podréis escapar. No os pienso dejar morir.

—¿Tratáis a todas las mujeres jóvenes con semejante afecto y pasión? —preguntó Alizeh sin inmutarse, a pesar de que le temblaban todos los huesos del cuerpo a causa del frío—. Así solo conseguiréis que me desmaye de emoción y, si me caigo del dragón otra vez, la culpa será solo vuestra.

Cyrus dejó escapar un ruidito, un antojo de carcajada que se desvaneció de inmediato.

—Vuestro primer intento de huida ya nos ha costado unos cuantos minutos muy valiosos. Si insistís en saltar una y otra vez al vacío, nos retrasaréis y haréis enfadar al dragón. No se merece el mal trago. A estas horas ya debería estar durmiendo; bastante tortura le resulta ya el hecho de trasnochar.

—Cuidado —apunto Alizeh—. Corréis el grave peligro de dar a entender que os preocupáis por el bienestar de la criatura.

Cyrus suspiró y apartó la mirada.

—Y, por lo que parece, vos corréis el grave riesgo de sufrir una hipotermia.

—Eso no es cierto —mintió.

Sin mediar palabra, el monarca se quitó el pesado y austero abrigo, pero, cuando se disponía a colocarlo sobre los hombros de la joven, Alizeh lo detuvo con un solo movimiento de la mano.

—Si de verdad pensáis que volveré a aceptar otro artículo de ropa de vuestra parte —advirtió Alizeh con mesura—, sois un iluso, señor mío.

La indecisión se apoderó del pecho del monarca, que apretó la mandíbula antes de defenderse:

—Este abrigo no supone ningún peligro. Era un mero gesto de caballerosidad.

Alizch sintió que una chispa de calor brotaba contra su esternón al tiempo que la sorpresa hacía que abriese los ojos de par en par.

—¿Un gesto de caballerosidad? ¿Tenéis por costumbre consideraros un caballero?

—Qué gratuitos son vuestros insultos —replicó él, con mirada divertida—. Si no fueseis vos, ya me habría asegurado de hacer que os ejecutaran.

—Válgame el cielo, qué poético. ¿Pretendéis ganaros mi cariño con tan tiernas declaraciones?

Ante la pregunta, Cyrus luchó por ocultar una sonrisa y alzó la vista para contemplar las estrellas tras pasarse una mano por el pelo.

—Decidme..., ¿sería mucho pedir aspirar a compartir un futuro en el que no toméis el hecho de abofetearme por costumbre?

—Sí que lo es.

—Ya veo. Entonces la vida de casado es tal y como la había imaginado.

—Permitidme que os deje una cosa bien clara: os detesto. Preferiría tomar veneno antes que casarme con vos y me sorprende descubrir que alberguéis la esperanza de que yo vaya a ceder ante tamaño horror, cuando está más que claro que todas y cada una de vuestras decisiones están motivadas por las exigencias del mismísimo diablo. Sois un depravado incorregible; no alcanzo a comprender cómo tenéis el descaro de aspirar a ser un caballero.

Cyrus guardó silencio durante más tiempo de lo esperado.

Rehuyó la mirada de la joven al hablar, incluso cuando esbozó una sonrisa forzada:

—Dejemos a un lado el decoro, entonces. Os prometo que no volveré a hacer el esfuerzo de comportarme como un caballero en vuestra presencia.

—¿Qué sentido tiene, señor, proponerse hacer algo que ya ha conseguido?

Cyrus se puso tenso antes de girarse de improviso para enfrentarse a ella, con los ojos brillando a la luz de la luna y cargados de una emoción afín a la furia. No pronunció palabra mientras permitía que su mirada viajase, con excesiva lentitud, desde los ojos de la joven, pasando por sus labios, su cuello, la curva de sus senos hasta las estrechas líneas del corpiño casi inexistente y más abajo...

—Sois un sinvergüenza redomado —susurró Alizeh, que sintió un terrible rechazo ante el rubor que se extendió por sus mejillas ante semejantes atenciones.

Pese a la oscuridad que se extendía a su alrededor, el paisaje estaba sorprendentemente bien iluminado. La joven veía a Cyrus sin dificultad gracias al destello de las estrellas y al brillo de la luna. Era imposible negarlo: cualquiera coincidiría en que el rostro del monarca era arrebatador. Desde luego, Alizeh no lograba decidir si su mayor atractivo era el intenso tono cobrizo de sus cabellos o el penetrante azul de sus ojos. Aun así, Alizeh no le dio ninguna importancia a semejante debate, puesto que no solo se mostraba indiferente ante la belleza del muchacho, sino que albergaba la secreta esperanza de arrebatarle la vida en cuanto tuviese oportunidad.

—Ese vestido estaba diseñado para protegeros —comentó Cyrus con acritud—. No esperaba que fueseis a prenderle fuego. No una, sino dos veces.

La nosta irradió calor contra su piel y Alizeh jadeó. Nunca había apreciado tanto como ahora el hecho de disponer de ese orbe mágico del tamaño de una canica que le permitía diferenciar la mentira de la sinceridad. La había guardado a buen recaudo dentro de su corsé antes de que Cyrus irrumpiese en el dormitorio de la señorita Huda, pero, tras su más reciente descenso en picado por los cielos, se había olvidado de ella casi por completo. Saberse en posesión de la nosta la ayudó en gran medida a recomponerse, puesto que ahora tenía información más que suficiente para afirmar, sin rastro de duda, que Hazan y Cyrus no se habían coordinado para apoyarla. Y eso significaba que Cyrus no era consciente de que Alizeh contaba con un objeto tan poderoso en su haber. Ya no le importaba qué le deparase el futuro, puesto que siempre sabría a ciencia cierta si el monarca hablaba con sinceridad o no.

Al mismo tiempo, Alizeh también sintió una punzada en el corazón, puesto que había sido Hazan quien le había regalado la nosta y, si nada cambiaba, estaban destinados a no volver a verse nunca más.

El joven, sin duda, sería ejecutado al amanecer.

Había sido Hazan quien le había devuelto la esperanza a Alizeh, puesto que saber de la existencia del chico la había animado a soñar con el fin del sufrimiento que experimentaba a diario. Hazan era la prueba viviente de que su pueblo aún la buscaba, de que aún creían en ella. Alizeh había sido ajena a su verdadera identidad. Hazan era un consejero de la corona, que trabajaba codo con codo con el príncipe día a día. El joven había arriesgado su vida en el intento de llevar a Alizeh hasta un lugar seguro y, ahora, lo pagaría caro. Nunca olvidaría su sacrificio.

—Si hubiese sabido que teníais pensado reducir el vestido a cenizas, no habría desperdiciado tanta magia en confeccionarlo —había continuado Cyrus, sacudiendo la cabeza—. Al final no sirvió de mucho. Lo creé para que os ocultara de aquellos que desearan haceros daño y, como vos no tardasteis en destrozarlo, le mostrasteis vuestro rostro y vuestras prendas más íntimas a la nobleza arduniana al completo. Debéis de estar orgullosísima.

—¿Disculpad? —Alizeh lo miró con expresión horrorizada—. ¿Cómo que mis «prendas íntimas»?

—¿Acaso estáis ciega? —preguntó, sin apartar la vista de su rostro ni por un instante—. Estáis prácticamente desnuda.

—¿Cómo osáis?

Con un ágil movimiento, Cyrus le pasó a Alizeh el abrigo por los hombros, dejándola tan sorprendida que ni siquiera tuvo oportunidad de protestar antes de ceder a la sensación de alivio. El calor residual de la prenda de lana se entremezclaba con el embriagador aroma masculino de su dueño, aunque Alizeh se obligó a pasarlo por alto. El pesado abrigo envolvió cada centímetro de su aovillada figura, mientras que el forro de seda le acarició y le calmó la piel, agrietada por el viento. Alizeh trató de resistirse al lujo del calor, pero por mucho que se regañó en silencio por aceptarlo, no logró mover los brazos lo suficiente como para quitarse la prenda de encima. En realidad, sentía una satisfacción tan intensa que unas lágrimas traicioneras se acumularon en las comisuras de sus ojos y la joven tuvo que morderse el labio para ahogar un gemido de placer.

Cuando por fin alzó la vista, descubrió que Cyrus la había estado observando con perplejidad.

—Debíais de estar presa de un terrible sufrimiento —apuntó—. ¿Por qué no dijisteis nada?

La muchacha fue incapaz de hacerle frente a la mirada del monarca cuando confesó en voz baja:

—Mi sufrimiento es constante. La escarcha forma parte de mí como un indeseado apéndice. Nunca se mitiga, así que no suelo prestarle atención.

—¿Entonces lo de la escarcha es real? —Cyrus pareció extrañado—. Había oído rumores acerca de ese detalle, por supuesto, pero lo desestimé al considerarlo una elaborada metáfora.

Alizeh lo había olvidado: Cyrus apenas conocía una ínfima parte de su historia.

La joven cerró los ojos con fuerza y dejó escapar el aire de sus pulmones, agradecida por que su cuerpo hubiese sobrevivido a la peor parte de los temblores.

—El hielo es lo que me identifica como la heredera al trono del imperio perdido de los jinn. Se supone que la inclemencia del frío demuestra mi valía —explicó—. No se puede esperar que quienes sucumben a los estragos del hielo sobrevivan a los del poder.

—Así que no sois una mera leyenda —dijo Cyrus con suavidad—. No sois un cuento de hadas.

Alizeh abrió los ojos de golpe.

—¿Qué queréis decir con eso?

—Conozco la tradición jinn —aseguró él, volviendo el rostro—. Muchos han sido los monarcas que han fracasado en este mundo. Esperaba que fueseis la reina mimada y sin corona de un imperio derrocado, demasiado insignificante como para ser recordado. Pero es cierto que sois la joven a quien los jinn han estado esperando, ¿verdad? Eso resolvería muchas de las incógnitas sin descifrar en los acertijos del diablo. También explicaría la razón por la que tanto ha ansiado teneros entre sus aliados.

—Eso me temo —susurró Alizeh; la sensación de ser un fraude crecía en su interior con cada minuto que pasaba. ¿De verdad se suponía que ella salvaría a su pueblo? ¿Ella, que había pasado los últimos años sacándole brillo a otro reino?—. No me dijo que erais una jinn —se detuvo antes de añadir—: Desde luego, si lo mencionó, no lo dejó claro.

De la nosta brotó un pulso de calor.

—Sus estúpidos acertijos hacen que muchas veces sea casi imposible entender lo que dice el muy canalla —murmuró Cyrus, cuyo rostro se agriaba por momentos—. Aunque parece ser una estrategia que juega a su favor. Me da la sensación de que esa forma de hablar tan enrevesada tiene resultados muy efectivos a la hora de estafar a humanos incautos.

—Sin duda —coincidió Alizeh, sorprendida al descubrir que estaba de acuerdo con el rey sureño—. Conozco muy bien esa sensación. Lleva hostigándome desde que nací.

Cyrus buscó la mirada de la joven y la estudió con cierta cautela.

—No puedo usar la magia para teletransportarme ni teletransportar a otros a través de grandes distancias. El mineral tiene un periodo de desintegración demasiado limitado.

Alizeh desconocía el motivo por el que le explicaba tales detalles, pero, justo cuando se había decidido a sacar su ignorancia a la luz, una violenta ráfaga de viento arremetió contra ella para derribarla. La joven se aferró con desesperación al abrigo prestado y, al tirar de las solapas de la prenda para ceñírsela más al cuerpo, sus dedos se encontraron con algo húmedo.

Alizeh apartó la mano de inmediato y se la inspeccionó bajo la luz de la luna antes de fulminar a Cyrus con una mirada de abyecto pánico.

—Vuestro abrigo está manchado de sangre —exhaló.

La gélida mirada de Cyrus no mostró reacción alguna. El monarca se limitó a decir:

—Quiero pensar que disponéis del suficiente intelecto como para entender que es difícil acabar con la vida de una persona sin mancharse la ropa.

Alizeh desvió la mirada y tragó saliva.

Ahora empezaba a asimilar que Cyrus y Kamran habían pasado un tiempo a solas tras su brusca partida y, antes de eso, Cyrus había estado listo para descargar sobre el príncipe arduniano una estocada mortal. Era consciente de lo imprudente que sería por su parte demostrar sus sentimientos ante el joven, pero ¿cómo iba a quedarse tranquila sin preguntarle por el príncipe? Necesitaba saber cómo estaba... Debía encontrar una manera de descubrir si Cyrus había rematado la tarea...

—¿Cómo es que el sucesor al trono conoce vuestro nombre?

Alizeh se sobresaltó; tenía los nervios tan a flor de piel que por poco dejó caer el abrigo.

—¿Cómo decís? —preguntó, volviéndose lentamente para enfrentarse a Cyrus.

La ira iluminó los ojos del monarca.

—Vamos, vamos. Lo estábamos haciendo de maravilla. No retrocedamos a los insultos y a las muestras de ignorancia. Habéis demostrado ser más lista de lo que aparentabais ser.

El corazón de Alizeh vaciló.

—Cyrus...

—¿Cómo conoce vuestro nombre? —exigió saber—. Según tenía entendido, llevabais una vida encubierta como miembro del servicio. ¿Por qué razón había de tener el heredero al trono una relación tan estrecha con una sirvienta?

Alizeh se llevó los dedos temblorosos a los labios.

—No lo habréis matado, ¿verdad?

—Veo que ambos estamos ansiosos por obtener respuestas acerca del inminente rey de Ardunia.

—Sois incorregible —susurró—. Primero me hacéis partícipe de vuestro malévolo plan y ahora exigís que comparta con vos mis asuntos personales, como si fuese mi obligación ser sincera con...

—Como vuestro prometido, tengo derecho a conocer vuestra historia.

—¡No estamos prometidos...!

—Estáis muy equivocada —la interrumpió—, si pensáis que he acabado formando parte de esta denigrante encrucijada por honor y buena voluntad. Mi vida ha quedado ligada a la vuestra antes de saber vuestro nombre siquiera..., antes de conocer vuestra identidad o de saber qué aspecto teníais. No alcanzo a imaginar la razón por la que parecéis regocijaros al asumir que mi interés en desposaros nace de sórdidos motivos personales.

»Decidme —continuó con agresividad—, ¿de verdad estáis tan desesperada por creeros el centro absoluto de mis atenciones y deseos? ¿Os dais cuenta de que me despojáis a conciencia de la más mínima dignidad al ignorar que me he visto tan obligado como vos a tomar parte de esta situación? ¿Y todo por el empeño de autocompadeceros? —Sacudió la cabeza—. Vaya, tal narcisismo debe ser tremendamente agotador.

A Alizeh se le escapó una sonora carcajada que casi rozó el histerismo.

—¿Me acusáis a mí de ser narcisista cuando cada una de las decisiones que habéis tomado hasta el momento han tenido como objetivo velar por vuestra propia seguridad, sin importar las vidas ajenas?

—Y a vos —replicó Cyrus, inclinando la cabeza hacia la joven— vuestros dramas personales os tienen tan cegada que no se os ha pasado por la cabeza ni por un segundo preguntaros la razón por la que estoy sometido bajo el yugo de un amo tan despreciable...

—¿Se supone que tengo que compadecerme de vos? —le espetó—. Vos, que claramente sufrís ahora las consecuencias de vuestros propios pecados, fuisteis un insufrible charlatán y me engatusasteis como a una pobre tonta para que formase parte de este reprobable complot. Me enviasteis ropas encantadas bajo un falso pretexto amistoso. Me llevasteis a creer que me estabais ayudando..., que os preocupabais por mí...

—Yo no hice tal cosa —se defendió él, apartando la mirada—. Sacasteis vos solita esas conclusiones porque eran las que más os convenían y aquí tenéis el resultado. No es problema mío que seáis una ingenua.

Alizeh se quedó atónita.

—¿Cómo? ¿Cómo es posible que no sintáis remordimiento alguno por lo que habéis hecho?

Cyrus se volvió a mirarla.

—¿Por qué os negáis a escucharme cuando os digo que yo no tuve voz ni voto en este asunto?

Alizeh se echó hacia atrás, pero el movimiento no frenó al monarca.

Cerró los escasos centímetros que los separaban y escudriñó el rostro de la joven con unos centelleantes ojos cargados de renovado fervor.

—¿Os parezco un hombre libre que actúa por voluntad propia? ¿O es que acaso esperabais que, tras rebajarme a cumplir las obscenas exigencias del mismísimo diablo, solo necesitaríais poner ojitos de cordero degollado para doblegarme?

—No —susurró Alizeh—. Eso no es lo que...

—Sí —la interrumpió con suavidad antes de posar la mirada sobre sus labios por un segundo—. Creo que eres muy consciente de tu belleza. Tanto como yo estoy al tanto de las triquiñuelas del diablo y de la debilidad de la carne. ¿En serio pensabais que no iba a darme cuenta de vuestros jueguecitos? Sospeché lo que el diablo planeaba desde el primerísimo momento en que os vi. Sabía que él os había enviado con el único objetivo de torturarme... Parecía tener la esperanza de que yo quedase tan prendado de vos como para ceder ante vuestros deseos y abandonar el pacto que puso en jaque mi alma; así se aseguraría de que quedase ligado a él para siempre jamás. No. No me dejaré arrastrar. Me subestimáis si confiáis en que sucumba a vuestros encantos.

—Me temo que habéis perdido el juicio, señor —dijo Alizeh, con el corazón desbocado—. No podríais tener una opinión más distorsionada de...

—¡Y lo peor es que me tomáis por tonto! —bramó. La joven se distrajo brevemente al ver como la nuez de Cyrus subía y bajaba—. Esta historia es tan tediosa como predecible y yo, desde luego, ya sé cómo acaba. Ya he sido testigo de los estragos de tus encantos. Esta misma noche habéis quebrado a un rey en dos. No pienso ser el siguiente.

—¿De qué demonios habláis? —musitó con incipiente pánico—. Ni siquiera sabría cometer los crímenes de los que me...

Cyrus se inclinó hacia ella, se acercó tanto que Alizeh pudo sentir el susurro de la voz del rey en sus labios cuando él respondió:

—Tratad de utilizar vuestra mirada en mi contra una vez más y me aseguraré de coseros los ojos para que nunca más podáis abrirlos.

La nosta emitió un fogonazo de calor y Alizeh jadeó aterrorizada, petrificada momentáneamente.

Cyrus se retiró.

—Si deseáis ingerir veneno después de que intercambiemos los votos, sois libre de hacerlo. Pero tened por seguro que nos casaremos —sentenció—. No sois consciente de lo que está en juego si nuestra unión se trunca. No os lo llegáis ni a imaginar. Así que ahorraos los lloriqueos. Me confundís con vuestro rey melancólico y pagaréis las consecuencias de vuestro error.

Como si quisieran violar las órdenes del monarca de forma directa, las lágrimas le enturbiaron la vista a la joven, apagaron las estrellas que brillaban tras la cabeza de Cyrus y difuminaron las angulosas facciones de su rostro. La magnitud de la inminente pesadilla que estaba por vivir se consolidaba con cada segundo que pasaba y Alizeh se sorprendió al descubrir la intensidad del miedo que la atenazaba. En ese preciso momento, una única lágrima escapó de una de las comisuras de sus ojos. Alizeh notó que Cyrus trazaba con la mirada el recorrido de esta por su mejilla, en dirección a su boca, pero la muchacha la interceptó antes de que la sal tocase sus labios. El abrupto movimiento pareció sobresaltarlo.

—Os detesto —susurró Alizeh, con la voz empapada de emoción—. Os odio con toda mi alma.

Cyrus sostuvo su mirada durante un tiempo que a Alizeh se le antojó eterno antes de que la apartara. El monarca no ofreció respuesta.

Alizeh decidió pasar por alto el casi imperceptible tremor de la respiración del joven al exhalar o la inseguridad con la que se llevó los dedos al ala de su sombrero.

No mostraría compasión alguna por semejante desalmado.

Entonces... en la distancia...

Alizeh profirió un grito ahogado.

—Preparaos —dijo Cyrus, con una voz mucho más suave de lo que la joven habría esperado—. Puede que os sintáis ligeramente abrumada al verla por primera vez.

Alizeh se irguió y se frotó los ojos.

—¿Ver qué? —preguntó—. ¿De qué habláis?

—De Tulán.

TRES

En cuanto Cyrus abandonó el palacio, el fuego se extinguió y, a su paso, dejó un círculo carbonizado de varios metros de diámetro que nunca llegaría a borrarse, sin importar cuánto jabón utilizaran ni cuánto empeño pusieran en eliminarlo. Era casi una certeza que tendrían que levantar y sustituir el suelo. Sin embargo, no era necesario darle prioridad a una tarea como esa.

Antes de restaurar el suelo, había otras cuestiones mucho más urgentes de las que encargarse en palacio. El cadáver de un rey, por ejemplo, yacía desmadejado a los pies de Kamran. Una mancha bermeja continuaba expandiéndose bajo su laxa figura y, sobre sus hombros, los rostros flácidos de las dos serpientes gemelas descansaban plácidamente, apoyados sobre sus respectivas lenguas expuestas. La descomunal corona de quien había sido el excelentísimo rey de Ardunia ahora brillaba boca abajo en medio de una mancha carmesí y el lustroso suelo había quedado pegajoso por las descuidadas salpicaduras de sangre. Las pruebas del regicidio plagaban la escena. Había profundas laceraciones y arañazos dignos de catalogar por todo el perímetro del imponente salón de baile, allí donde el dragón había batido la cola con púas no solo contra la mampostería, sino también contra los resplandecientes candeleros, las pesadas cortinas y las valiosísimas obras de arte... Se verían en la obligación de desecharlo y sustituirlo todo sin demora. Aun así, el destrozo más preocupante era, quizá, también el más obvio.

Había un cráter descomunal en una de las paredes del palacio.

Era una cavidad tan desproporcionada que recordaba a la boca de un recién nacido, atrapada en un sollozo permanente. El orificio estaba abierto de par en par, imperturbable, y unas cuantas polillas salían y entraban por la apertura de la desmoronada pared como una horda de titubeantes criaturas sin cerebro.

Recoger los escombros originados tras el pandemonio de la noche sería una ardua tarea de por sí. Había cascotes por doquier y una espesa polvareda comenzaba a acumularse sobre los cabellos y los hombros de los escandalizados nobles, que ahora contemplaban la escena petrificados; la conmoción los había dejado mudos, con las inmaculadas manos apoyadas contra las mejillas o contra el pecho mientras recorrían ese cúmulo de pesadillas con la mirada.

El cadáver del rey, la pared destrozada, el heredero petrificado...

Sí, había mucho que hacer. Tardarían días en limpiar el destrozo y Kamran tendría que pedirle a Jamsheed, el mayordomo real, que contratase los servicios de un mampostero para reconstruir el palacio con suma celeridad. Había demasiado en juego. Primero, habría que declarar una semana de luto antes de que Kamran fuese coronado rey en una compleja ceremonia tras la cual por fin podría cumplir la orden más vehemente de su abuelo y escoger una maldita esposa (le daba igual quién) y, solo entonces, solo cuando ese nefasto trámite estuviese solucionado, podría centrarse en la tarea más importante de todas: la de declarar la guerra a Tulán de manera oficial. Vengaría tanto la muerte de su padre como la de su abuelo. Se cobraría la vida de

Cyrus. Haría que Tulán se arrodillase ante Ardunia. Y en cuanto a Alizeh...

No. No se permitiría pensar en ella ahora; no cuando su mero recuerdo lo desgarraba por dentro. Lidiaría con todos los espantos a los que tenía que hacerles frente de uno en uno.

Primero, debía recuperar la movilidad.

Varias personas se acercaron a él en pequeños grupos; lo observaban con atención, hablaban sobre él como si estuviese muerto, lo cual Kamran consideraba una tremenda ironía, puesto que la muerte hubiese resultado un destino mucho más atractivo que el que le estaba tocando vivir:

—¿Es por la luz, querido, o el rostro del príncipe parece desfigurado?

—Por todos los ángeles, es aterrador...

—Primero el rey y ahora el príncipe...

—¿Quién era esa muchacha? ¿Alguien la conocía?

—Es demasiado pronto como para saber...

—El destino del imperio...

—Que alguien lo toque para ver si reacciona.

—Qué desagradable; es de lo más descortés...

—¡No podéis tocar al príncipe de Ardunia así como así!

—¿Alguien alcanzó a oír lo que decía la joven? Yo solo...

—Pero...

—Pensaba que estaba ayudando al príncipe hasta que se escapó a lomos de ese dragón...

—Es muy probable que haya muerto...

—¿Por qué no podemos hacer nada con el rey? Es repugnante...

—¿Y si lo cubrimos con una sábana?

—Será mejor moverlo, pedazo de...

—¡Magia negra! Ay, estoy segura de que fue cosa de magia negra...

—¿El rey tulaní dijo algo sobre una reina jinn? Dijo que dominaría el mundo.

—Yo tampoco alcancé a oír bien lo que decía la muchacha...

—¿Me estáis pidiendo que toque a las serpientes? ¿Me lo decís en serio?

—¿Dónde demonios se ha metido el servicio?

—Es una auténtica locura... La realeza jinn desapareció hace años...

—Pero, entonces, ¿vos la visteis? Hubo momentos en los que pareció desvanecerse...

—¿Y el servicio? Parece que han huido...

—¡Mirad! ¡Todavía está sangrando!

—¡Ja! Seguro que os habéis pasado con el vino...

—¿De verdad voy a tener que llamar yo mismo a mi cochero?

—Sin palabras, os lo juro... Estoy sin palabras...

—¡Cielos! Pero ¿qué creéis que le está pasando en la cara?

Cierto era que no existía un precedente que los guiase ante la situación que tenían entre manos (Kamran era lo suficientemente comprensivo como para entender su reacción), pero el aluvión de comentarios insípidos y fútiles quedaba interrumpido por chillidos fortuitos y estos sacaban tan de quicio al príncipe que deseó con toda su alma que aquella marabunta cayese fulminada en ese mismo instante.

Tuvo que emplear hasta la última gota de su energía para mantenerse lúcido ante el dolor que lo asolaba en forma de espasmos. Le atravesaba el pecho, el cuello e incluso partes del rostro con tanta intensidad que Kamran no sabía cuánto tiempo podría soportarlo. Era plenamente consciente, además, de que se estaba desangrando y de que sus pulmones cedían ante el creciente peso de la magia.

Aun así, tenía la esperanza de sobrevivir.

Fueron las palabras de despedida de Cyrus las que lo mantenían sereno, las que evitaban que perdiese la cabeza, puesto que era evidente que, si el rey de Tulán hubiese querido matarlo, lo habría hecho sin dudarlo.

Cyrus había querido que Kamran viviera.

El enajenado monarca había dejado claro su deseo de perdonarle la vida al príncipe con tal de verlo sufrir y, desde luego, Cyrus parecía deseoso de salvaguardar su futuro, así como su próximo e inevitable enfrentamiento.

¿Cómo escaparía Kamran entonces de aquella prisión?

No había duda de que existían magos capaces de deshacer un hechizo como el que lo inmovilizaba, pero estaban repartidos por toda Ardunia; llevaría semanas reunir a los miembros necesarios para alcanzar el cuórum en las dependencias de los magos... Sin embargo, si se los convocaba de manera urgente, cabía la posibilidad de hacer que los magos que más cerca se encontraran de la capital se presentaran en el palacio lo antes posible.

Con un solo mago bastaría.

Tal vez, si Hazan no hubiese demostrado ser un desalmado traidor, este ya se habría encargado de convocarlos; no dudaba ni por un segundo de que Hazan se habría enfrentado a los terribles sucesos de la noche con aplomo y habría estado dispuesto a cruzar charcos de sangre solo para despachar a la agraviada nobleza con una sonrisa. Ni siquiera Kamran, que estaba decidido a condenar a muerte a su consejero, podía negarlo. Sintió una punzada en el pecho ante tal conclusión, pero Kamran no se permitiría pararse a pensar en la traición de Hazan; no tenía sentido centrarse en ella y tampoco había tiempo que perder.

Si pudiese hablar, Kamran comandaría a la muchedumbre él mismo. Ya habría estado gritándole órdenes al mar de cabezas huecas, compuesto por aristócratas demasiado ocupados en demostrar la delicadeza de su constitución al desmayarse repetidas veces entre los brazos de sus acompañantes, así como por nobles demasiado acostumbrados a la comodidad de los tiempos de paz como para recordar cómo reaccionar ante una crisis.

Era imposible negarlo: Kamran detestaba a aquellos que compartían su estatus.

Odiaba su petulancia, su obsesión por las frivolidades y las silenciosas rencillas por las que estaban dispuestos a aplastar a los demás con muestras de imaginada superioridad. Le molestaba tener que moverse dentro de sus mismos círculos sociales, al igual que tener que pasar más tiempo en su presencia por culpa de su nueva posición. Odiaba su linaje.

Fue entonces, por un insólito momento, cuando el inminente rey de Ardunia comprendió que necesitaba a su madre.

Había acudido al baile.

Estaba seguro de que había estado presente durante gran parte de la velada; había estado sentada en el trono contiguo al de su abuelo. Debía haber abandonado la fiesta antes de tener oportunidad de presenciar la devastación de la noche. Todavía debía de poder demostrar que tenía corazón. Aunque solo fuese en parte, debía de quedarle un resquicio de amor maternal por su único hijo.

Pero ¿por qué no había acudido en su ayuda? ¿No había sufrido al ver cómo lo lastimaban?

Por mucho que quisiese barrer la estancia con la mirada en su busca, Kamran ni siquiera era capaz de mover los ojos. En la cabeza del príncipe, comenzó a resonar la advertencia fatídica que su madre le hizo al regañarlo por el pésimo trato que le había dado. Kamran comprendió lo acertada que había estado al predecir el futuro que los aguardaría escasas horas después.

«Muy pronto —había dicho su madre—, yo seré la única persona que te quede en palacio. Caminarás por estos pasillos, solo y sin una sola cara amiga, y, entonces, vendrás a buscarme. Querrás estar con tu madre cuando ya no tengas a nadie más y me temo que no seré fácil de encontrar».

Había fallado en un único detalle: Kamran no podía caminar por los pasillos del palacio. No obstante, si sobrevivía, también tendría tiempo de cumplir esa parte de la profecía.

Qué poco había tardado en desestimar su advertencia.

Ahora su madre se había marchado, su abuelo había muerto y su consejero había acabado en las mazmorras. Incluso la ausencia de su tía, la mujer con la que había estado hablando unos segundos antes de ver a Cyrus entre los invitados, era notable. La realidad de su situación cayó sobre él como un jarro de agua fría:

No tenía a nadie.

La muchedumbre se agitó repentinamente antes de que una grasienta figura familiar apareciese ante el príncipe al tratar de abrirse paso entre los invitados. Sus violentos forcejeos crearon una reacción en cadena entre la multitud de espectadores, que guardaron un abrupto silencio al ver al hombrecillo. El consejero de defensa (cuyo nombre era Zahhak) era delgado, calvo y de estatura media. Su rostro recordaba con frecuencia a una superficie reflectante, puesto que siempre tenía cierto brillo lustroso. Esa noche, su piel relucía más de lo normal al abrirse camino por el salón de baile. Iba vestido con una túnica que se arremolinaba como un torbellino azul y verde, los colores de la ilustre Casa Ketab. Labró un camino entre los nobles con un aire autoritario tan necesario en esos momentos que todas las miradas se volvieron para seguir cada uno de sus movimientos, conteniendo el aliento y a la espera de que se pronunciase y les permitiese, por fin, abandonar el trágico escenario y retirarse a sus respectivos aposentos.

Las entrañas de Kamran se retorcieron de pavor.

Zahhak era un hombre al que detestaba con todas sus fuerzas. Justo un día antes, sin mostrar remordimiento alguno, Kamran había insultado al aristócrata delante de toda una estancia llena de sus iguales. Por muy odioso que fuese el consejero de defensa, Kamran había sido un necio al comportarse de semejante manera y, ahora que el grasiento hombre examinaba el rostro petrificado de Kamran con los ojillos negros y saltones cargados de lo que parecía ser un brillo triunfal, el príncipe comprendió el alcance de su error. Zahhak era un ser retorcido, pero también lo suficientemente cobarde como para no atreverse a levantar una espada en defensa propia, por lo que siempre cargaba sus palabras con el veneno de la agresión pasiva: el arma predilecta de los de su calaña.

No le cabía duda de que aprovecharía la oportunidad para atacar a traición.

—Me temo —anunció Zahhak con una voz calmada que retumbó en el silencio— que no tenemos otra opción que declarar muerto al príncipe.

La muchedumbre dejó escapar un coro de gritos ahogados y retrocedió al unísono.

Fue una declaración tan impactante que Kamran se sintió como si le hubiesen electrocutado el corazón, pero, tan pronto como llegó, el dolor físico se vio reemplazado por una oleada de vergüenza, puesto que interpretó la magnitud de su sorpresa como un reflejo de su estupidez. Su abuelo había tratado de advertirle de tales maquinaciones... y Kamran no les había dado a sus palabras la importancia que merecían.

Como si hubiera conjurado su voz a través del éter, el príncipe recordó la voz de Zal en un susurro:

«Hijo, ¿acaso no comprendéis la gravedad de la situación? Aquellos que codician vuestra posición estarían dispuestos a blandir cualquier argumento con tal de declararos indigno del trono...».

Kamran nunca se había considerado un ingenuo y, aun así..., no había pasado más de una hora sin la protección de su abuelo y ya lo habían hecho picadillo; la infantilidad de su mente había quedado al descubierto y las consecuencias de haber pasado una vida entre algodones ahora salían a la luz. Kamran era la viva imagen de un necio: estaba tan cómodo con su posición, tan seguro de la autoridad que ostentaba sobre los demás, que no había anticipado ninguna de las traiciones que había experimentado durante la velada. Ahora era un animal enjaulado, expuesto ante la mirada del mundo y privado en un abrir y cerrar de ojos de todo cuanto lo definía.

Nunca se había sentido tan indefenso.

En ese interludio, los murmullos de la multitud no habían dejado de volverse más y más frenéticos, y Kamran bulló de rabia dentro de la prisión de su propio cuerpo. Le hervía la sangre incluso a pesar de que la compresión de sus pulmones no había cesado.

Zahhak, mientras tanto, se pavoneaba ante el gentío y hablaba para todos los presentes en el salón de baile con una voz impregnada de fingida aflicción:

—Respetados nobles, hemos vivido una velada de lo más funesta. Hemos perdido tanto al emperador como a su heredero en una misma noche en terribles circunstancias. —Alguien profirió un sonoro lamento—. Pero me presento ante vosotros esta noche para aseguraros una cosa: ni siquiera una tragedia como la de hoy sería capaz de derribar un imperio tan formidable como el de Ardunia.

»No obstante —continuó—, las desagradables condiciones que desencadenaron el asesinato de nuestro amado rey deberán ser evaluadas a fondo. Convocaremos un consejo entre los líderes de las casas mañana y allí decidiremos si los sucesos que hoy nos competen son dignos de represalias y elegiremos a un digno sucesor al trono. Hasta entonces, tal y como dictamina la ley arduniana, yo asumiré el gobierno temporalmente y contactaré de inmediato con Tulán para llegar a un acuerdo de paz. Nuestro imperio debe recuperar, sin demora, la tranquilidad de la que veníamos disfrutando hasta...

Un dolor atroz estalló sin previo aviso en el hombro de Kamran; el inconfundible peso de una espada le atravesó la piel en un segundo que se le antojó irreal. El pinchazo le atenazó las entrañas con una sensación de frío sobrenatural, un tormento único que le recorrió las venas en un fogonazo tan intenso que lo hizo aullar de dolor. No fue consciente de que el alarido había escapado de su boca hasta que oyó el repiqueteo de su espada, del acero al impactar con el suelo cuando la mano del príncipe, ya libre del hechizo, la dejó caer. Sus rodillas chocaron con la piedra cuando sus piernas cedieron, y su cuerpo descongelado quedó presa de un temblor incontenible.

Con una agonizante lentitud, Kamran alzó la cabeza.

El alboroto que reinaba en la habitación quedó silenciado en un instante; la sorpresa había inmovilizado los labios de los presentes durante un milagroso momento. Kamran, que aún se encontraba aturdido, no oyó los balbuceos estupefactos del consejero de defensa, que ahora se retractaba de sus palabras con desesperación. Tampoco se preocupó por analizar los susurros que volaban entre los invitados, que comenzaban a regresar a la normalidad. No, Kamran estaba demasiado ocupado estudiando la prueba que tenía clavada en el músculo:

Lo habían atacado.

Extendió el tembloroso brazo derecho para extraer la daga de rubí que le habían clavado en el hombro izquierdo y el movimiento fue tan doloroso que casi se desvaneció debido al esfuerzo. Sintió que su cuerpo comenzaba a convulsionarse mientras examinaba la delicada arma. La estancia se tornó acuosa ante sus ojos.

Aquella daga... Kamran estaba seguro de haberla visto antes...

El príncipe se giró a duras penas, con la cabeza meciéndose con la gracia de un péndulo a medida que recorría el salón de baile con la mirada en busca de su atacante. Por lo menos, había una clara explicación para el milagro: la reluciente daga escarlata había roto el hechizo, lo cual significaba que los magos debían de haber obrado su magia sobre el arma, reforzada para que su poseedor pudiese batirse contra un enemigo provisto de una armadura fortificada con protecciones mágicas.

La daga de por sí no era un objeto digno de destacar, puesto que las armas mejoradas con magia eran bastante típicas dentro del arsenal real. La propia espada de Kamran también hacía alarde de tales ventajas. Lo que de verdad le había llamado la atención era el intento de asesinato en sí, puesto que, según tenía entendido, solo había una persona en el mundo dispuesta a arriesgar la vida de Kamran con tal de asegurar la supervivencia del joven.

La daga pertenecía a su madre.

Sin mucho éxito, recorrió el salón de baile en busca de su rostro, con creciente perplejidad al ir asimilando las decisiones de la mujer. Si lo había salvado, ¿por qué lo abandonaba entonces...?

Kamran se quedó paralizado.

Pero no fue por culpa de un hechizo, sino del miedo que volvía a petrificarlo una vez más, puesto que había captado un atisbo de su propio reflejo en el cúmulo de espejos rotos de una pared cercana. Sin palabras, se llevó una mano vacilante a la barbilla, a la mejilla, a uno de los delicados párpados.

Antes de lo ocurrido, los espejos colocados a intervalos habían decorado el salón de baile con gran acierto, puesto que realzaban el rutilar de los cristales, el fuego y la luz fracturada de un millar de candelabros resplandecientes, engrandeciendo así el ambiente de una velada solemne a niveles estratosféricos.

Ahora, los cristales rotos solo reflejaban escenas monstruosas, entre las que destacaba su propio rostro, cuyo aspecto no alcanzaba todavía a describir con palabras. Ni siquiera tuvo el privilegio de disponer del tiempo necesario para procesar la transformación, ya que, un instante después, Zahhak cayó, con aire melodramático, a sus pies.

El rebaño que lo rodeaba no tardó en seguir los pasos de su pastor.

—¡Alteza! —exclamó Zahhak—. ¡No nos esperábamos este tremendo milagro! ¡Sin duda los cielos han bendecido nuestro imperio!

Kamran estudió el mar de nobles que se arrodillaban ante él con ligera aversión. Incluso en un momento así hacían gala de su hipocresía: esos aduladores se postraron ante él sin pronunciar palabra, tan imperturbables como el cristal, pese a que su rey no coronado era incapaz de mantenerse erguido, con el cuerpo destrozado y sangrando. No corrieron a su lado, no llamaron a un médico y tampoco pidieron una camilla para socorrerlo...

No, no parecía importarles que Kamran se estuviese muriendo.

Y que el joven se estaba desvaneciendo era un hecho.

Haber recuperado el movimiento había hecho que volviera en sí, desde luego, pero la restauración de sus facultades y de su cuerpo había traído consigo el despertar de los brutales estragos que lo habían asolado a lo largo de la velada. Kamran era muy consciente de que algo iba irremediablemente mal en su interior. Iba más allá de la truculenta transformación de su rostro: sus pulmones se sacudían con cada bocanada de aire que tomaba; un dolor revulsivo palpitaba contra sus párpados, y su visión se apagaba intermitentemente como resultado de la luz blanca y brillante que sobreexponía sus ojos con creciente frecuencia. Sus brazos y piernas quemados continuaban sangrando con profusión y, lo que era aún peor: ya no le obedecían cuando se esforzaba por dejar de temblar. Algo le ocurría también en el pecho; el corazón le latía a un ritmo rápido y perezoso al mismo tiempo y sentía un dolor similar al de los huesos rotos allí donde se suponía que bombeaba un órgano blando.

Quizá había perdido demasiada sangre o había recibido un golpe en los pulmones; quizá había pasado demasiado tiempo petrificado y sus múltiples heridas habían empeorado durante ese lapso. Fuera cual fuere la razón, ahora la muerte se le antojaba inevitable. Sin la inmediata aplicación de un poderoso remedio mágico, Kamran sabía que pronto perdería incluso la capacidad de hablar, puesto que cada vez le costaba más respirar. El hecho de haber logrado mantener la compostura era resultado de una violenta determinación y fue todo un milagro que consiguiese hablar con claridad cuando, con la respiración entrecortada, dijo:

—Traedme al mago más próximo. Lo más pronto posible.

—Por supuesto, señor. Enseguida, señor.

Obligado a actuar, Zahhak le ladró a uno de los lacayos que preparase unos cuantos caballos y lanzó órdenes a los estupefactos miembros del servicio que se habían materializado de entre las sombras tras el resurgimiento de Kamran. Si el joven sobrevivía a aquella noche infernal, la mera tarea de capear las habladurías sería un verdadero infierno.

—El resto de vosotros podéis iros a casa —dijo Kamran, que contempló con mirada borrosa a la muchedumbre postrada en una genuflexión.

Cuando los petrificados asistentes no se movieron, la ira hizo que el joven sintiera un ligero mareo.

—¡Ya! —bramó y sus pulmones se sacudieron por el esfuerzo.

La horda de invitados se dispersó con una serie de grititos antes de poner pies en polvorosa en dirección a las salidas. Un revuelo de seda y tul acompañó la pronta evacuación del salón de baile.

Por fin estaba solo. Por lo menos, eso era lo que parecía.

Kamran sospechaba que aún quedaban unos cuantos sirvientes estupefactos entre bambalinas que lo observaban, pero el joven no podía moverse ni arriesgarse a volver a levantar la voz, puesto que su último intento había dificultado tanto su respiración que, con cada bocanada, se sentía como si tuviese que hacer pasar el aire por el ojo de una aguja. No le quedaba más remedio. Por fin, Kamran se dejó caer al suelo y afrontó el dolor que hacía estragos en su cuerpo con una mueca. La estancia le dio vueltas cuando el joven se desplomó y quedó tumbado de espaldas en medio de un océano de devastación, con el cadáver del emperador como única compañía y con la sangre ya fría de su adorado abuelo formando un charco cada vez más próximo a rozarle las extremidades temblorosas.

Si Kamran hubiese estado hecho de otra pasta, habría estado a punto de ceder ante un terrible impulso. En ese momento, unas intensas y ancestrales ganas de llorar le nublaron el juicio, pero se resistió con aplomo, incluso cuando un nuevo estallido de pena lo recorrió de pies a cabeza. Nunca se había sentido tan tremendamente solo en el mundo como en aquella situación, atrapado en el escenario de una pesadilla, en la decadente carne que le cubría los huesos. Su madre se había mostrado compasiva con él, pero no había tardado en desaparecer. Ya no le quedaba nadie en quien confiar, nadie en quien apoyarse. Ese pensamiento amenazó con destrozarlo, así que se negó con toda su alma a darle asilo en su mente.

No tenía ninguna intención de morir.

Al morir fallaría por segunda vez a su rey y Kamran no iba a permitirlo. Luchó por permanecer consciente incluso cuando unos violentos espasmos le sacudían los huesos. Debía mantenerse con vida durante el tiempo suficiente para acabar con quienes habían buscado hacerle daño, así como para vengar a su padre y a su abuelo. Juró por su alma que sobreviviría al aluvión de asesinatos. De ser necesario, cargaría con el peso del desmoronado imperio sobre sus temblorosos hombros...

—¿Señor?

A Kamran le dio un vuelco el corazón. Todos sus instintos lo instaban a corregir su postura, pero su cuerpo se negaba a obedecer. No podía hacer otra cosa sino quedarse allí tumbado, mientras el pecho se le desmoronaba, hasta que, sin previo aviso, su campo de visión quedó completamente ocupado por una melena de rizos pelirrojos que enmarcaban un rostro cohibido y pecoso. Omid Shekarzadeh, la rata callejera que, en su intento de robo, había desencadenado todos y cada uno de los terribles giros que había dado la vida de Kamran, lo miraba ahora a los ojos.

—¡Tú! —Kamran se las arregló para exhalar.

Se fijó en las lágrimas que surcaban las mejillas del niño, que tenía los ojos inyectados en sangre e hinchados. El pequeño Omid lo observaba con una expresión que oscilaba entre la cautela, el miedo y la fascinación. Ninguno de los dos pronunció una sola palabra cuando Omid se agachó junto al cuerpo del moribundo rey y sacó con una mano temblorosa un resplandeciente azucarillo azul de su bolsillo.

Kamran se puso rígido al verlo.

—Creo que ellos lo sabían, señor —dijo Omid en feshtún—. Los magos. Creo que sabían lo que les iba a ocurrir. Creo que sabían que los iban a masacrar.

A Kamran le retumbó el corazón en los oídos. El objeto que Omid sostenía era una ración mágica llamada «sif». Los magos comprimían unos legendarios cristales azules hasta formar cubitos que se pudiesen ingerir de un bocado; la realeza arduniana siempre los había llevado consigo en el campo de batalla. La vida de los emperadores, así como la de sus herederos, era tan valiosa que los magos nunca los dejaron participar en una ofensiva sin disponer de aquella ayuda de un solo uso. Una vez asestada, no había forma de remediar una estocada mortal; pero, en muchos casos, había esperanza incluso para quienes se encontraban al borde de la muerte.

Un único sif era capaz de remediar incluso la más grave de las heridas.

—*Bengez* —susurró el chico. «Tomaos esto».

—No..., yo... yo no...

—Me lo dieron cuando empecé a mejorar —dijo Omid con voz queda—. Me pidieron que lo llevase siempre conmigo, que sabría cuándo usarlo. —Tragó saliva—. Creía que me lo habían dado para salvarme la vida en un futuro, ¿sabéis? No me había dado cuenta hasta ahora de que quizá nunca fue para mí.

—¡No! —insistió Kamran con más brusquedad. Veía puntitos de luz, relucientes chispas que se encendían y apagaban tras sus ojos—. Si los magos te bendijeron con un regalo como ese —resolló—, no deberías... No puedes desprenderte de él...

—Haré lo que considere oportuno —replicó Omid, que empezaba a enfadarse—. Vos me salvasteis la vida, señor. Ahora es mi turno de devolveros el favor.

CUATRO

En la distancia, Alizeh vio las estrellas.

Decenas de miles... o cientos de miles... o miles de millones...

Era imposible contarlas y se sentía incapaz de concebir un número lo suficientemente grande como para abarcarlas a todas. Solo era consciente de lo que veía y lo que veía era un paraje infinito, abarrotado de cuerpos celestes que parecían titilar a medida que se acercaban. Habían pasado horas sumidos en un silencio desalentador y, con cada batir de las enormes y curtidas alas del dragón, la pareja se acercaba con un ritmo uniforme a la espectral escena, mientras que las luces distantes cambiaban de sitio sin parar y se movían en erráticos patrones.

Al final, Alizeh frunció el ceño.

Aquel comportamiento no era nada típico de las estrellas.

Se dio la vuelta para exigirle una explicación a su acompañante, pero se detuvo en seco al ver que Cyrus estaba sentado junto a ella con una evidente incomodidad, a juzgar por la forzada rigidez de su cuerpo: llevaba la cabeza alta, los hombros atrás y la espalda recta. Tenía la mirada firmemente clavada en el horizonte y su cabello bailaba al viento. A pesar de que los mechones más largos le obstaculizaban la visión cada cierto tiempo, no tuvo ninguna intención de moverse.

A la joven le resultaba imposible saber qué era lo que más lo atormentaba, pero no le dio más importancia. Todavía le picaban los ojos por culpa de las remanentes lágrimas. Por mucho que detestase al canalla tulaní, hasta que no ideaste un plan de acción, Alizeh dependía en gran medida de Cyrus: de que le hablase del futuro que el diablo tenía reservado para ella, de que la enseñase a moverse por Tulán, de que le ofreciese un lugar seguro donde resguardarse mientras ponía en orden sus ideas y decidía cuál sería el próximo paso que daría. Se encontraba en una situación de lo más desagradable, pero tendría que hacer de tripas corazón y proceder con sumo cuidado. Alizeh seguía ensimismada en sus cavilaciones, examinando las estoicas facciones del joven, cuando la mandíbula del monarca se tensó sin previo aviso.

—Ya basta —dijo con brusquedad—. Me estáis analizando y eso me incomoda. Dejad de estudiarme.

Un amargo sentimiento llevó a la muchacha a responder:

—No tenéis ningún poder sobre mis decisiones.

Cyrus se volvió de inmediato para mirarla fijamente a los ojos, con tal intensidad que a la joven casi le resultó alarmante.

—¿Y vos queréis tenerlo sobre mí? —La pregunta la desarmó de tal manera que Alizeh se retiró en respuesta. Cyrus se inclinó hacia ella y añadió con voz suave—: Abandonad esa fantasía. Nunca me someteré ante vos.

Alizeh se puso rígida.

—Desearía mataros ahora mismo.

El rey tulaní se limitó a contemplarla mientras una lenta sonrisa se apoderaba de su rostro.

—Adelante —la animó—. Matadme. Yo no opondré resistencia.

Alizeh entrecerró los ojos.

—Nunca me desharía de quienes aún me resultan útiles.

—¿Útil? ¿Es eso lo que habéis decidido que soy? —Dejó escapar una ligera carcajada—. ¿Tenéis por costumbre autoengañaros?

Alizeh sintió que una oleada de calor le recorría el cuerpo. Era una sensación de ira que la empujó a permanecer en silencio cuando sus miradas se enzarzaron en una encarnizada batalla. Alizeh puso todo su empeño en mantenerse inmóvil ante los implacables ojos de Cyrus, pero el peso de su escrutinio (al estar a tan poca distancia el uno del otro) quebró su voluntad de un plumazo. Cada vez que la miraba, el rey parecía devorarla; sus iris azules sostenían los de la joven sin piedad antes de catalogar cada centímetro de su rostro y cada ángulo de su mandíbula, así como la curva de su cuello. Una emoción tan electrizante como devastadora relucía en los ojos del rey, mientras que la energía desatada que circulaba por todo su cuerpo fluía como un torrente por el único puente que se había tendido entre sus miradas. Alizeh sintió que el calor de su lánguida evaluación se infiltraba entre sus huesos y le llegaba hasta las yemas de los dedos. El corazón se le aceleró al comprender que le tenía miedo..., pero eso era justo lo que el rey trataba de inspirar en ella.

Alizeh apartó la mirada más pronto de lo que habría querido.

—Ya lo suponía —susurró Cyrus—. Sois tan delicada que ni siquiera sois capaz de soportar el peso de mi mirada.

Alizeh rio en silencio cuando alzó una mano al viento y dejó que la corriente serpenteara entre sus dedos.

—El cielo también es delicado —respondió—, pero todo aquel que se rinde a su abrazo acaba muriendo.

La joven sintió como su acompañante se tensaba.

—No sois como había esperado —dijo finalmente.

En vez de dignarse a responder, Alizeh prefirió continuar estudiando el cielo nocturno. Alizeh se daba cuenta de que su descenso hacia Tulán había comenzado y, a medida que se acercaban a lo que parecía ser una celebración infinita de luces rutilantes, abrió los ojos de par en par, maravillada ante semejante estampa.

—Decidme, ¿por qué se mueven las estrellas? ¿Habéis hechizado los cielos?

—Esas son dos preguntas muy distintas —apuntó Cyrus, que no apartaba la vista de su rostro—. La respuesta a la primera es que eso que veis no son estrellas. —Alizeh le lanzó una rápida mirada llena de asombro y el rey continuó—: Pronto descubriréis que Tulán está rodeada por una serie de capas atmosféricas. Las luciérnagas viven en la tercera, donde son tan numerosas que, desde la distancia, casi recuerdan a galaxias en miniatura o incluso a terroríficos espectros. Puede llegar a resultar desconcertante para aquellas personas que no están acostumbradas a ellas.

—¡Conque son luciérnagas! —exclamó Alizeh, que se giró por completo para mirar al rey tulaní—. ¿Cómo...?

En ese momento, se oyó un inesperado estruendo, una armonía meliflua que fue en aumento cuando Alizeh se volvió repentinamente ingrávida y, en el lapso entre dos latidos, quedó suspendida en el aire antes de que el dragón se precipitase a una velocidad vertiginosa a través de un cúmulo de nubes. Alizeh, que trató de aferrarse desesperadamente al aire, por poco cayó de la montura cuando un fuerte vendaval le abrió de par en par el abrigo prestado, se lo arrancó de los hombros y lanzó la enorme prenda por los aires. Alizeh oyó a Cyrus proferir un lamento frustrado incluso por encima de su propio grito ahogado de dolor. El frío le mordió la piel desnuda con inesperada brutalidad, pero, por fin, en un momento de absoluta desesperación, consiguió encontrar el equilibrio al aferrarse con todas sus fuerzas a la parte de atrás de la cabeza del dragón a medida que descendían cada vez más rápido. El viento embistió su cuerpo descubierto. La apaleó sin descanso mientras sus cabellos se arremolinaban en un frenesí propio y los mechones sueltos chasqueaban cada cierto tiempo, cargados de electricidad estática.

Alizeh no sintió el brillo del rocío en la piel o la sensación húmeda del vestido hecho jirones pegado al cuerpo hasta que emergieron de entre las nubes y volvieron a volar a cielo abierto. El paisaje bajo sus pies adquirió cierta nitidez y el murmullo y los rugidos de la lejana reverberación se volvieron ensordecedores. Las borrascas aullantes todavía le arañaban el rostro a medida que un clamor desconocido alcanzaba decibelios incalculables. Entonces, Alizeh cayó en la cuenta de lo que estaba oyendo.

Era agua.

Debían de estar sobrevolando el océano. Desde luego, no tenía otra explicación. Sin embargo, el aroma de la tierra mojada la embargó de pronto, dejándola confundida antes de que se viese rodeada por el tonificante olor de la lluvia, así como por una pesada cortina de diminutas gotitas de agua que no tardó en reducir su visión.

Con la condensación sobre sus cabellos y el vapor atrapado entre sus pestañas, a Alizeh le resultó difícil ver la escena que se dibujaba a sus pies, más allá de la neblina. Trepó más cerca de la cabeza del dragón, hizo oídos sordos a los gritos de Cyrus y rodeó el cuello de la bestia con los brazos, agarrándose tan bien como pudo a la criatura para sumergir el rostro en la bruma. Bajo la refractada luz de la luna, la joven vio la débil línea de lo que aparentaba ser el fin del mundo.

Una colosal secuencia de cascadas escalonadas nacía en lo más alto de unos imponentes acantilados y moría en el océano al verter sus aguas desde distintas alturas vertiginosas. La imagen era tan sublime que Alizeh experimentó un gozoso pavor inexplicable. Nunca había visto unos riscos tan escarpados ni unas cascadas tan soberbias, por lo que seguía tratando de digerir la magnificencia de semejante paisaje cuando de pronto recordó que también debería alzar la vista.

Su rostro se topó con una exhalación de bruma, su cuerpo quedó cubierto por una fina capa de agua salpicada por el océano y, cuando entreabrió los labios, sobrecogida, se vio embargada por un intenso alborozo.

Distinguió las austeras líneas de las torretas recortadas contra el cielo nocturno, así como la formidable silueta de lo que no podía ser otra cosa sino el palacio real, situado al borde del acantilado y ante la base de un centenar de cascadas tan majestuosas que la dejaron sin aliento.

Agua.

No podía creer lo que veían sus ojos.

El cuerpo de los jinn estaba forjado con fuego, sí, pero el agua era el verdadero pilar de su existencia. A diferencia de otras criaturas, los jinn no necesitaban alimentarse para sobrevivir. Con tan solo ese valioso elixir, los ancestros de Alizeh habían logrado salir adelante tras pasar eones viviendo en un planeta helado y desprovisto de luz, por lo que no era de extrañar que Alizeh se sintiese más viva que nunca cuando se encontraba cerca del agua... cuando la bebía y se bañaba en ella.

Cuando alzaba el rostro para que se lo empapase la lluvia.

Alizeh cerró los ojos y sintió que la espuma la rociaba. Ahora se aproximaban al palacio con absoluta determinación y, cuanto más se acercaban, más intensa era la implacable lluvia de gotitas que la bañaban, aunque no tenía ninguna intención de resguardarse. De hecho, Alizeh se inclinó más hacia adelante, se lamió el agua de los labios y disfrutó del aroma a tierra, musgo y pino mojado. Enseguida quedó empapada y el agua le corrió por el rostro, el cuello y la clavícula.

Alizeh hizo caso omiso a tales molestias.

No recordaba la última vez que había experimentado un alivio tan embriagador. Los baños que tomaba a diario en el hamam más cercano no se comparaban con la sensación que la embargaba ahora..., con la magnificencia del abrumador océano y el fervor y la indulgencia del mar. Se sentía como si hubiese regresado a casa.

Su sueño se vio interrumpido en seco por una voz conocida que pronunció una palabra muy poco caballerosa. Sin previo aviso, los brazos de Cyrus le rodearon la cintura y la alejaron del cuello del dragón para devolverla a su sitio en la alfombra, que ahora estaba húmeda por culpa de la brisa marina.

El rey tulaní se alejó de la joven de inmediato.

—Por todos los cielos —dijo el muchacho al tiempo que sacudía las manos—. Estáis empapada. ¿Por qué os comportáis como si fuese la primera vez que veis el agua?

Alizeh apenas lo oyó. Se sentía henchida de emoción y, en consecuencia, sonrió a Cyrus sin pensárselo dos veces y lo embistió con toda la fuerza de la euforia que la embargaba, con los ojos entrecerrados, los hoyuelos marcados y el pecho agitado.

Cyrus se quedó inmóvil como una estatua antes de darse la vuelta bruscamente.

—Os comportáis como si fuese la primera vez que tratáis con un jinn —replicó Alizeh sin aliento—. Adoro el agua. Me da la vida.

—Estáis muy equivocada —dijo Cyrus sin demostrar emoción alguna y evitando mirar a la joven—. He conocido a miles de jinn, pero nunca me he topado con uno dispuesto a lanzarse de cabeza al océano.

Alizeh no tuvo oportunidad de responder. El dragón descendió en picado una última vez de improviso y sin elegancia alguna, cortó el agua de las cascadas con las alas al aproximarse a la tierra y empapó a sus jinetes. Cyrus profirió una maldición cuando el animal aterrizó con brusquedad al apoyar primero las patas delanteras, dar unos cuantos pisotones descoordinados hasta detenerse y hacer que los dientes de Alizeh castañeteasen ante la reverberación de sus movimientos.

—No puede más —murmuró Cyrus a modo de disculpa.

Alizeh no dijo nada.

Su cuerpo tardó un segundo en recuperarse del maltrato que acababa de sufrir y la muchacha puso en cuidadoso orden sus ideas a pesar del asombro que la embargaba. Tras el accidentado aterrizaje habían acabado en la extensión plana y cubierta de musgo que cubría uno de los acantilados más altos, donde el rugido del agua era tan ensordecedor que Cyrus y Alizeh no tendrían más remedio que guardar silencio o comunicarse a gritos, lo cual le concedió a la joven la pausa necesaria para evaluar los alrededores. Fue toda una pena que hubiesen llegado a Tulán de noche, puesto que solo alcanzó a distinguir las vagas siluetas de los terrenos del palacio.

Aun así, se quedó boquiabierta.

El imponente y escarpado palacio parecía estar hecho de algún tipo de piedra resplandeciente, puesto que la pulida superficie exterior brillaba bajo el intenso rutilar de la luz de las estrellas y dibujaba constelaciones en su piel, así como en las curtidas escamas del dragón, que seguía arrodillado bajo el cuerpo de la joven. Estaba totalmente segura de que la noche cerrada, el cansancio extremo y las arrolladoras emociones de la tarde eran las culpables de la desorientación que sentía, pero Alizeh se vio tan afectada por lo surrealista del momento que creyó haber perdido la cabeza por un instante. Sus propios huesos se le antojaban extraños e, incluso al echarse a temblar, tuvo la impresión de estar experimentando esa sensación desde la distancia. La escarcha había comenzado a cristalizar sobre sus pestañas y sobre sus cada vez más rígidos cabellos. Estaba tan aterida por el frío que apenas sentía ya las extremidades, pero tampoco tenía ningún ánimo de refugiarse en el palacio y arrojarse a los brazos de un destino incierto.

Cyrus, mientras tanto, estudió durante un tiempo sorprendentemente largo lo que sin duda era su hogar y dejó escapar un profundo suspiro.

Se bajó de su montura con un movimiento brusco a la par que fluido y aterrizó con firmeza sin molestarse en mirar atrás y dejando así a Alizeh sola para que cayera al suelo como una muñeca de trapo sin elegancia. Después se irguió y miró a su alrededor para tratar, sin mucho éxito, de abarcar la magnitud del nuevo paisaje que se abría ante ella. El aire sabía más puro, tan vigorizante y delicioso que le recordó a su niñez, y Alizeh descubrió que cada bocanada le resultaba insuficiente. Tomó aire una y otra vez en una rápida sucesión de inhalaciones y no tardó en sentir cierto mareo.

Presa del delirio, alzó la vista... y ahogó un grito de sorpresa.

A diferencia del palacio real de Ardunia, que era una impresionante obra de arte que se extendía lánguidamente hasta ocupar cientos de hectáreas, la fortaleza tulaní se había visto obligada a adaptar el tamaño del palacio a la modesta explanada que le ofrecía el escarpado acantilado. Alizeh supuso que aquella era la razón por la que el castillo provocaba esa sensación vertiginosa.

También era posible que lo hubiesen construido así con la mera intención de intimidar a quien posara sus ojos en él.

Unos chapiteles bañados en oro atravesaban los cielos, empalaban a las estrellas y rozaban la luna antes de desaparecer por completo entre las nubes, que formaban un cúmulo sobre el palacio como si fueran un halo. El edificio era tan imponente que ella ni siquiera alcanzaba a ver la parte más alta, y Alizeh se llevó una mano helada a la boca, incapaz de pestañear a causa del asombro.

El cielo, mientras tanto, comenzaba a mostrar los primeros indicios del alba.

El pesado manto nocturno se retiró con parsimonia y la oscuridad se plegó centímetro a centímetro como el telón de un escenario. La audiencia, compuesta por una única persona, esperó impaciente ante el espectáculo, aguardó con la respiración entrecortada al decorado de la próxima escena, del próximo acto en la obra de su vida.

Alizeh sintió un terrible presentimiento.

Aun así, un resplandor dorado no tardó en iluminar el mundo, acariciando los árboles y los pájaros con sus dedos de luz, como si estuviera contando a todos sus hijos.

A Alizeh se le ocurrió buscar a Cyrus en ese momento y lo encontró atendiendo al dragón: dejó caer un enorme cubo de agua delante de la criatura y sacó de la nada una manzana, que limpió contra la camisa que llevaba puesta antes de acercársela al hocico. La bestia abrió las fauces con un gemido lastimero acompañado de unos zarcillos de humo que abandonaron sus orificios nasales antes de que el animal aceptase el regalo de Cyrus con una temible dentellada.

Alizeh creyó ver sonreír al enloquecido rey de Tulán.

El joven acarició la cabeza del dragón con la ternura de un niño antes de dejar que la criatura bebiese tranquila. Después, se acercó apresuradamente a un baúl de acero que debían de haber preparado antes de su llegada, y levantó la pesada tapa para sacar del interior una enorme fuente, rebosante de animales muertos.

Alizeh apartó la mirada.

No sentía ningún deseo de ver al dragón devorar una cena tan macabra. Aquella noche ya había estado bien servida de imágenes truculentas. En cualquier caso, que Cyrus estuviese tan ocupado en ese momento fue un respiro que Alizeh no pensaba desperdiciar. Una multitud de apremiantes complicaciones abarrotaban su mente, por lo que agradeció aquel instante en soledad, aquel momento de contemplación.

Todavía no había decidido cuál sería su siguiente paso.

Huir del diablo era inútil, Alizeh lo sabía de sobra, pero participar en el retorcido juego de Iblís se le antojaba imposible de igual manera.

Desde luego, no se casaría con Cyrus. Esa primera decisión ya estaba tomada, pero lo que no tenía tan claro era qué hacer después. La identidad de Alizeh ya no era un secreto. Dos imperios le daban caza activamente y, a pesar de que había logrado escapar de uno, había caído presa del otro sin tener oportunidad de oponer resistencia o de negarse a participar en las intrigas del diablo. Era una telaraña demasiado intrincada; el mundo sabía demasiados detalles acerca de su existencia. Alizeh no creía que fuese a ser capaz de recuperar su anonimato hasta que no derrotara a sus enemigos..., lo cual no era ninguna tontería.

Temblorosa, Alizeh apretó los puños.

Ah, la joven nunca había temido a la muerte. No, lo que la aterrorizaba, lo que le atormentaba, era la vida misma. Era la agónica tortura de la conciencia la que había hecho todo lo posible por destrozarla. Se suponía que Alizeh salvaría a su pueblo. Estaba destinada a rescatar a los jinn de los horrores que habían soportado durante siglos. ¿Cómo se las arreglaría para evitar cargar para siempre con el peso de aquel tropiezo sobre los hombros? Era su responsabilidad y no había sabido manejarla. Ahora estaba atrapada entre un rey loco y el mismísimo diablo y temió, por un momento, no salir tampoco del atolladero en el que se encontraba.

Una oleada de pánico la acometió.

Le temblaron las piernas y sus rodillas cedieron sin previo aviso. Alizeh se tambaleó hacia atrás y sus talones desnudos chocaron con el tronco de un árbol. Buscó apoyo en él y quedó embriagada por el aroma a pino. Se había acostumbrado al sonido del agua, que había pasado de ser una distracción a un reconfortante murmullo, y, a medida que su corazón se tranquilizaba, fue distinguiendo el susurro de las hojas y el encantador gorjeo de los pájaros que le dedicaban sus melodías al amanecer.

Alizeh tomó una profunda bocanada de aire para recuperar la compostura.

Se recordó a sí misma que debía encontrar consuelo, como siempre había hecho, en la fuerza que albergaba en su interior, en su mente, así como en la confianza que siempre había tenido en sí misma. No era tan necia como para creer que podría hallar un lugar seguro en su estado actual (empapada, desamparada y perdida en aquellos parajes desconocidos) y tampoco estaba tan loca como para confiar en la primera persona con la que se cruzase en Tulán. Por eso, decidió que dejaría pasar un día o dos para evaluar su situación y darse tiempo para urdir un plan. Le consolaba saber que vencer a Cyrus sería la tarea más sencilla, puesto que sabía que el joven no era más que un peón en el ardid del diablo.

Iblís era su verdadero contrincante.

Alizeh todavía cavilaba sobre sus próximos pasos cuando oyó la suave e inesperada voz de una desconocida que la llamaba. La muchacha se puso alerta de inmediato al tiempo que una nueva oleada de pavor la atravesaba.

Con cautela, se volvió para enfrentarse a la recién llegada.

CINCO

Kamran contempló su reflejo en el espejo con expresión sombría.

Llevaba tanto tiempo en el vestidor que había visto la salida del sol y, aun así, su ayuda de cámara, un hombre llamado Sina, no había terminado de darle los últimos retoques al atuendo formal del príncipe. Los primeros rayos dorados del sol se colaban por las estrechas ventanas que decoraban una de las paredes y bañaban al futuro rey con un suave resplandor. A Kamran lo habían vestido de la cabeza a los pies de acuerdo con la tradición arduniana: llevaba prendas en distintos tonos de azul oscuro, un color de luto que solo el heredero al trono vacante podía llevar y que, a lo largo y ancho del imperio, simbolizaba la esperanza frente a la tristeza de una pérdida.

Aunque habían perdido a un líder, otro seguía con vida.

O se aferraba a ella, según los titulares de la mañana.

Kamran apretó los dientes en solidaridad con su puño derecho, que estrujaba una copia del periódico matinal de Setar: *El Daftar*. El crujido del papel era el único sonido que combatía la incomodidad del silencio. Su ayuda de cámara sabía que Kamran era un joven taciturno, pero el príncipe estaba inusualmente callado aquella mañana y apenas había sido capaz de pronunciar un par de furiosas palabras tras las numerosas calamidades que había vivido el día anterior.

Sentía que si no guardaba silencio, se pondría a gritar.

Así que la decisión era sencilla.

Con suma minuciosidad, Sina colocó unas últimas insignias militares en el bolsillo del pecho de Kamran y le pasó con cuidado una banda de satén por la hebilla del hombro. La pieza, asegurada con perlas de un azul plateado a la costura lateral de la chaqueta, era de un material tan fluido que cayó por sí sola en un elegante drapeado sobre el pecho del joven. En las solapas del uniforme, también prendió una cadena para que descansase ante la base de la garganta de Kamran, enganchada por medio de dos broches de contundentes amatistas hexagonales. De ellas pendían, a su vez, tres hileras de relucientes diamantes negros, que caían en delicados arcos sobre el pecho del príncipe.

Oyó el repentino chasquido de una tela al agitarse.

Su ayuda de cámara había hecho aparecer una capa de terciopelo azul medianoche que acarició la espalda de Kamran y enseguida quedó asegurada sobre sus hombros. Por último, Sina coronó el conjunto con un par de charreteras de pesada cota de escamas, diseñadas para recordar a la piel de un dragón.

Todo apuntaba a que aquellas piezas habían acabado en manos de Kamran gracias a su madre; solo ella podría haber encargado tal atuendo al prever lo que estaba por venir hacía ya meses. Al príncipe nunca se le habría ocurrido preparar su fondo de armario para la muerte del rey... lo cual le trajo a la mente la llamativa desaparición de su madre, así como el tremendo sentimiento de soledad que lo embargaba ahora.

Comenzaron a temblarle las manos sin previo aviso, por lo que flexionó los dedos en respuesta y cerró el puño de nuevo alrededor del periódico del día.

Aquella mañana no le habían acercado la publicación en una bandeja de plata junto al desayuno caliente que no había llegado a tocar, sino que se lo habían entregado en mano. El snoda que le había ofrecido las inconfundibles hojas de color verde grisáceo de *El Daftar* lo hizo acobardado, prácticamente doblado por la mitad para mostrarle obediencia.

—Disculpadme, alteza —había susurrado—. Consideramos que deberíais estar al tanto de esto.

Kamran apenas fue capaz de procesar su asombro.

Ningún snoda de palacio se había atrevido nunca a hablar en su presencia y mucho menos a actuar como portavoz del resto de los miembros del servicio, cuya opinión no debería haberle importado en absoluto. Cualquier otro príncipe habría hecho que colgaran al snoda por su osadía, pero Kamran no pudo evitar sentir cierta curiosidad.

No tenía intención alguna de leer los titulares, puesto que cualquier noticia publicada a primera hora de la mañana sería agua pasada. Los periódicos no habrían tenido tiempo de relatar en detalle la tragedia de la noche anterior. Aun así, se vio empujado a estudiar al sirviente durante un largo minuto antes de aceptar el periódico que le ofrecía con un brazo extendido, momento en el que el snoda se dejó caer de rodillas con un jadeo ahogado y se cubrió la boca con la mano al retroceder agazapado y de espaldas hacia la puerta.

Kamran no tardó en abrir la publicación.

El titular, embutido por encima del doblez de la primera hoja, estaba impreso con gruesas letras negras, tan funestas como la muerte:

LARGA VIDA AL REY, PERO ¿A QUÉ PRECIO?

Por poco se le escurrió el periódico de entre los dedos; sentía el desbocado latido de su corazón en los oídos. El Imperio arduniano era el más grande del planeta y ocupaba un tercio del mundo conocido. Que los sucesos del baile ya fuesen noticia significaba que los rumores ya habían comenzado a volar y a diseminarse gracias a los cotilleos de segunda y tercera mano que incluirían irremediables detalles inventados por los correveidiles..., sembrando así un caos generalizado.

El pueblo se levantaría.

El rey ha muerto, los magos también y el príncipe está herido

SETAR — *El Draftar* lamenta comunicar el inesperado y brutal asesinato del rey Zal. En el baile real de la pasada noche, alrededor de las 11:43, se anunció que el joven soberano de Tulán, el rey Cyrus de Nara, le arrebató la vida a su majestad sin que este presentara oposición. Según varios de los invitados, momentos antes de su muerte, el rey fue acusado de sacrificar las vidas de incontables huérfanos como sustento para la magia negra que lo mantenía con vida de manera antinatural. Tales afirmaciones no fueron desmentidas ni ratificadas.

El príncipe heredero estaba presente cuando el rey falleció, pero varios testigos han confirmado que el príncipe Kamran había quedado gravemente herido tras retar a un duelo al monarca tulaní, en compensación por su honor.

«Se formó un círculo de fuego», aseguró uno de los sobrecogidos invitados, que prefiere mantenerse en el anonimato, tras presenciar el combate entre soberanos. «El príncipe fue muy valiente, pero sufrió quemaduras graves. Lo dimos por muerto hasta que nos gritó para que regresásemos a casa».

Por el momento, desconocemos el estado de salud actual del príncipe Kamran.

Otras fuentes aseguran que, debido a las abominables circunstancias en las que se produjo la muerte del monarca, las familias nobles de Ardunia se reunirán hoy para decidir si consideran necesario exigir una retribución al monarca sureño. En caso de que así sea, su decisión pondrá fin a los siete años de paz sin precedentes entre ambos imperios y se iniciará, según nuestros oficiales, una de las guerras más sangrientas presenciadas hasta la fecha...

Pero eso no era todo.

Hablaban de Alizeh, a quien describían como la misteriosa silueta difuminada de una joven; aseguraban que Kamran había gritado su nombre para que todo el mundo lo recordase. «Había rumores de que al príncipe le quedaba poco para escoger a su futura esposa...». Había precedentes históricos de sobra, historias de otros reyes caídos en desgracia que sucumbieron ante la magia negra del diablo y lo acabaron pagando caro. Lo más aterrador, sin embargo, era que dedicaron unas cuantas líneas al altercado que tuvo lugar entre Cyrus y la señorita Huda, quien, por lo que parecía, había tenido tiempo de concederle una entrevista a la prensa en la que describió con meticuloso detalle todo cuanto sabía acerca de Alizeh, haciendo especial hincapié en que había oído al rey sureño referirse a la joven por el título de «majestad», lo cual llevó a la señorita Huda a atreverse a conjeturar en vivo y en directo sobre un posible compromiso previo entre ambos.

Kamran deseó prenderle fuego al mundo.

No era responsabilidad suya saber quiénes estaban invitados a los bailes reales, puesto que era Hazan quien se encargaba de ello, pero estaba seguro de que, como mínimo, debía de haber algún reportero entre ellos. ¿Cómo si no era posible que un periódico redactara y publicara tales difamaciones antes del amanecer?

Parecía haber llegado en el momento justo para poner su existencia patas arriba; apenas había tenido tiempo de recuperarse y ya debía encargarse de solucionar otro conflicto que podría haberse evitado con facilidad. Si hubiese tenido oportunidad de informar a los ciudadanos de primera mano, habría calmado sus miedos con una demostración de entereza. En cambio, esa basura de artículo no había hecho más que fertilizar el pánico entre los ardunianos. No le cabía duda de que ya habrían invertido un buen dinero en la próxima tirada de artículos inmundos que se alimentarían de su sufrimiento.

Sobresaltado por un repentino movimiento, Kamran apartó la vista del espejo en el que había estado contemplando su reflejo con la mirada perdida.

Sina se había inclinado ante él.

El corazón del príncipe todavía latía dolorosamente desbocado en su pecho, pero Kamran se obligó a calmarse y clavó la mirada durante más tiempo del que pretendía en la coronilla del hombre y en sus rizos marrones y canosos. Su ayudante de cámara lo había acompañado durante años; siempre reservado, enjuto y en disposición de unos modales impecables. Con suma deferencia, le ofreció a Kamran un par de guantes de cabritillo de color azul oscuro.

—Aquí tiene, señor —se limitó a decir.

A modo de respuesta, Kamran flexionó la mano izquierda y observó las relucientes venas doradas que se abrían paso por entre sus dedos y serpenteaban por sus muñecas, más allá de la manga de la chaqueta, donde se ramificaban a lo largo de sus brazos...

Cerró los ojos por un momento.

El príncipe nunca había tenido por costumbre admirarse en el espejo, pero tampoco era ciego. Era un hecho evidente que su título no era lo único de lo que el joven noble podía presumir. Un rápido vistazo alrededor de cualquier evento bastaba para confirmar que Kamran poseía una belleza poco usual, que era infinitamente más atractivo que sus iguales y sus mayores. Además, Kamran disfrutaba de una buena alimentación y se ejercitaba con regularidad; había pasado toda una vida blandiendo espadas, montando a caballo y entrenando con armaduras de cuerpo entero. En consecuencia, su físico era prácticamente perfecto. Sin embargo, el joven estaba tan acostumbrado al glorioso aspecto de su rostro y su cuerpo, que nunca se había sentido impresionado por su propio reflejo.

Ahora apenas reconocía al joven que veía en el espejo.

En esencia, todavía era atractivo: su vigoroso cuerpo seguía siendo fuerte y de buena estatura, su piel olivácea no había perdido su resplandor y lucía un espeso y lustroso cabello negro. No obstante, esa base de exquisita belleza había quedado enterrada bajo una macabra pátina. Su encantadora apariencia principesca había desaparecido; ahora Kamran recordaba a uno de esos monstruos que echaban niños a la cazuela, prendían fuego a las aldeas en mitad de la noche y se daban un buen festín con las entrañas de sus enemigos.

Poco a poco, el príncipe se llevó una mano destrozada al rostro, también echado a perder.

La pasada noche había estado seguro de que prácticamente cualquier mujer habría estado dispuesta a desposarlo. Aunque detestasen su personalidad, no creía que compartir la cama con él fuese a causarles rechazo.

Ahora ya no estaba tan seguro.

Bajo sus refinadas ropas parecía haber recibido el impacto de un extraño rayo, derivado de las vetas doradas con las que había sido bendecido al nacer, la marca de nacimiento que los mismísimos magos de Ardunia le habían concedido y que hasta entonces había dibujado una escisión pulcra y elegante sobre su torso. La tradición dictaba que el futuro rey de Ardunia debía recibir el toque de la magia para portar una señal en la piel que confirmase el destino que le correspondía por derecho de nacimiento y que, en adelante, lo señalase como el heredero indiscutible.

Esa magia nunca antes había mutado.

La franja de oro bruñido se había fracturado, dibujaba brillantes y trémulas ramificaciones que serpenteaban por el lado izquierdo de su cuerpo hasta convertirse en venas doradas que se hacían más y más finas a medida que trepaban por su cuello y sus mejillas hasta cruzar su ojo izquierdo y darle a su iris un color sobrenatural.

Ahora contaba con un ojo de color oscuro y otro del color exacto del oro. Su imagen resultaba tan confusa que lo hacía dudar de la propia magia que lo había marcado, puesto que, a todas luces, parecía estar rechazándolo.

—¿Alteza?

El incierto sonido de la voz de Sina sacó al príncipe de su ensimismamiento; buscó la mirada de su ayuda de cámara de inmediato y fingió no darse cuenta de que el hombre se había estremecido al ver sus ojos.

—Mejor sin guantes —dijo Kamran.

Sina inclinó la cabeza una vez más.

—Como deseéis, señor.

El ayuda de cámara revoloteó un par de minutos más a su alrededor y recurrió a un áspero cepillo para eliminar cualquier hebra que pudiese haber quedado suelta en el atuendo. El rítmico sonido de las cerdas al peinar la tela por poco sumió al futuro rey en la inconsciencia de nuevo.

Cualquier comentario acerca de las escasas horas de sueño de las que Kamran había podido disfrutar era tan evidente como que el mundo era redondo; señalar lo evidente no ayudaría al joven a tardar menos en sentirse un poco más despejado. Aun así, descubrió en su demacrado y desfigurado reflejo los estragos del cansancio: unas oscuras medialunas emborronaban el espacio bajo sus ojos. Era evidente que los músculos de su cuello estaban tensos, y no lograba relajar la mandíbula. La pena, el cansancio, la traición... No atinaba a decidir qué lo había afectado más.

Sin previo aviso, Kamran sintió que su cuerpo pasaba del calor al frío, así como un cosquilleo que le hacía pensar en una colonia de hormigas correteando por su interior. Tal era la incomodidad que le habría gustado arrancarse la piel a tiras. La impaciencia que lo embargaba era un síntoma de la inactividad; la necesidad de actuar nacía de su afán por controlar el miedo que lo atenazaba, y el creciente pavor que sentía era resultado directo de la conclusión a la que acababa de llegar su mente:

Se estaba quedando sin tiempo.

No sabría decir por qué estaba tan seguro de tal afirmación. Las únicas pruebas de las que disponía para resolver ese enigma eran los sentimientos y recuerdos que le quedaban de la noche anterior: aquel mar de nobles diseccionó sin piedad la imagen de su cuerpo paralizado, Zahhak lo dio por muerto sin molestarse en corroborar su sentencia y nadie intentó reanimarlo siquiera.

Cuando Zahhak regresó a palacio acompañado por un mago, el consejero de defensa había sido incapaz de ocultar la sorpresa y la indignación que sintió al descubrir que el heredero de Ardunia seguía vivo. Quizás aquella fuera la única confirmación que iba a necesitar. Kamran le había pedido al hombre que buscase ayuda lo más aprisa posible, pero Zahhak había tardado horas en regresar y, entretanto, al joven no le cabía duda de que el despreciable consejero había albergado la esperanza de que el príncipe hubiese sucumbido.

Sin embargo, a su vuelta, el hombre había demostrado un inconfundible estupor al descubrir al príncipe descansando cómodamente en una bañera de cobre, dejando que el agua se llevase consigo los disgustos de la noche anterior.

A pesar de que a Kamran le faltaba experiencia, llevaba enfrentándose a las intrigas de la corte el tiempo suficiente como para saber cuándo conspiraban contra él. Pronto, para su desgracia, los nobles encontrarían un argumento de peso para arrebatarle la corona, el imperio y su mismísimo derecho de nacimiento...

Al verse incapaz de permanecer quieto por más tiempo, Kamran carraspeó y Sina se alejó de él sin pensárselo dos veces.

—Disculpadme, alteza —dijo su ayuda de cámara con otra inclinación de cabeza—. Me obligaron a deshacerme de las ropas que portabais anoche, pero me he asegurado de planchar y perfumar las piezas que llevasteis durante el resto del día. Si la necesitáis, encontraréis vuestra capa en vuestros aposentos.

Kamran se limitó a asentir con la cabeza sin apartar la vista de su propio reflejo, ni siquiera cuando Sina se retiró sin hacer ruido hasta la puerta, que se cerró con un leve chasquido a su espalda.

Kamran no se permitió cerrar los ojos, dejar caer los hombros y recomponerse con una profunda bocanada de aire en el espacio entre dos latidos, hasta que no estuvo seguro de que su ayuda de cámara se había marchado. Tendría mucho que hacer a lo largo de las próximas horas y con tremenda urgencia.

Solo faltaba una semana para su coronación.

Una semana durante la que, por si fuera poco, tendría que enfrentarse a las intrigas de sus propios consejeros. Además, tenía intención de dedicarse en cuerpo y alma a enmendar los desastres que habían puesto su hogar, su trono y su vida patas arriba. No obstante, primero debía solucionar un asunto pendiente.

Tenía que ejecutar a Hazan.

SEIS

Los instintos de Alizeh se agudizaron cuando una distinguida mujer mayor se materializó de la nada ante ella, flotando por el sendero empapado de rocío con una elegancia que le causó una instantánea admiración. El vestido azul pálido de la desconocida estaba adornado con hombreras de flecos hechas en su totalidad de zafiros y se conformaba de capas de decadente satén que se ondulaba con la suave brisa alrededor de las amplias curvas de su cuerpo. Sus cabellos eran del mismísimo color del fuego y llevaba los sedosos e impactantes mechones rojos y dorados salpicados de canas peinados sobre un solo hombro, decorados a intervalos con aros de diamantes.

Era imposible negar la arrebatadora naturaleza de su belleza, pero fueron los ojos de la mujer los que de verdad dejaron a Alizeh sin palabras, puesto que en ellos habitaba una expresión de desnudo entusiasmo tan sorprendente que Alizeh se descubrió dando un paso atrás. Una sospecha terrible nació en el interior de la joven, pero incluso al fijarse en la tiara que descansaba sobre la cabeza de la mujer, Alizeh intentó tranquilizarse, pensando que podría estar equivocada..., que la dama que se acercaba a ella en esos instantes podría ser cualquiera, que, desde luego, no sería...

—Madre, esperad...

Alizeh se tensó al oír la voz de Cyrus y el pánico hizo que su corazón latiera desbocado.

Cyrus se apresuró a interponerse entre ellas, listo para intervenir con una mano levantada, pero enseguida retrocedió con un movimiento brusco, como si ver a Alizeh hubiese supuesto una bofetada. El muchacho abrió los ojos de par en par, embargado por lo que Alizeh solo alcanzaba a describir como una sensación de alarma.

Una ola de calor envolvió a la joven.

Raras eran las ocasiones en las que Alizeh se sonrojaba con tanta intensidad como para sentir verdadero calor, pero la humillación que la embargaba en esos momentos no tenía precedente. Había olvidado el estado en que se encontraba.

Momentos antes, había evaluado su aspecto y no se había preocupado demasiado por ello, puesto que se consoló al pensar que no se cruzaría con nadie a una hora tan temprana. Ahora, los florecientes rayos de sol habían derretido la escarcha que se le había quedado atrapada entre los cabellos y las pestañas, y su luz, al bañar cada centímetro de su cuerpo, la dejó expuesta ante el escrutinio ajeno.

Alizeh tenía el aspecto de una mujer de dudosa reputación.

Estaba empapada. Los jirones de su vestido, chamuscados en dos ocasiones, ahora eran completamente transparentes y la humedad conseguía que la seda translúcida se le pegara al cuerpo, creando un efecto tan escandaloso que casi daba una peor impresión que la propia desnudez. Tampoco ayudaba en absoluto que sus medias se hubiesen desintegrado al entrar en contacto con el fuego; que sus cabellos, al estar mojados, le llegasen a la cintura, le abrazasen las curvas y enfatizasen sus amplias y delicadas caderas, o que sus relucientes piernas hubiesen quedado al descubierto hasta el muslo. Poco quedaba por pedirle a la imaginación. Sus senos estaban casi expuestos en su totalidad, salvo por los escasos centímetros de modestia que le ofrecía el achicharrado y empapado corsé, que se había escurrido peligrosamente y estaba a un movimiento de distancia de dejar su pecho al descubierto. Imitaba una imagen de semejante erotismo que Alizeh quiso que se la tragase la tierra allí mismo.

Sin embargo, se sentía paralizada.

Alizeh no pudo sino quedarse inmóvil, congelada ante la nauseabunda humillación, mientras Cyrus y la mujer que debía de ser su madre la evaluaban en silencio. Su lado racional le decía que la opinión de la desconocida no debería importarle, pero no sirvió de nada; su dignidad había quedado destrozada.

La mujer mayor no tardó en recomponerse y su sonrisa solo vaciló por un instante antes de intensificarse. En realidad, de las dos personas que estaban ante ella, Cyrus era el único que parecía afectado.

Alizeh decidió centrar su atención en la madre.

La mujer enseguida cerró la distancia entre ellas y tomó la mano de Alizeh con desconcertante familiaridad.

—Vos debéis de ser Alizeh —dijo, cegándola casi por completo con esos ojos azules idénticos a los de su hijo—. Yo soy Sarra. No sabes cuánto me alegro de que por fin hayáis accedido a venir.

Alizeh se quedó perpleja, silenciada momentáneamente por la conmoción que la embargaba.

—¿Que... que haya accedido a venir? —titubeó al final.

La sonrisa de Sarra se intensificó.

—Me moría de ganas por conocer a la joven que se convertirá en mi nuera. Cyrus lleva meses hablando sin parar sobre vuestro compromiso, pero ha mantenido los detalles de la unión tan a buen recaudo que comenzaba a dudar de que fueseis real.

La nosta despertó sin previo aviso y el calor que se extendió por su pecho hizo que se le acelerase el corazón.

Despacio, Alizeh se giró para mirar a Cyrus, que observaba el horizonte con determinación. La joven por poco le abrió un agujero en la cabeza al rey al fulminarlo con la mirada, pero este se negó a enfrentarse a ella.

Sin apartar la vista del monarca, Alizeh habló con tono iracundo:

—¿Cyrus ha hablado sobre mí? ¿Durante meses?

Al final, el muchacho se dignó a mirarla, pero con los ojos entrecerrados a modo de advertencia.

Ese gesto la enfadó aún más, así que Alizeh le lanzó una mirada a Sarra y continuó:

—¿No es curioso que Cyrus sepa de mi existencia desde hace tanto tiempo cuando yo lo he conocido esta misma noche? —Alizeh titubeó y frunció el ceño al fijarse en el sol—. Bueno, supongo que, en realidad, fue la pasada noche. En cualquier caso, no puedo evitar preguntarme por qué no se molestó en presentarse antes o incluso en preguntarme si quería venir hasta aquí antes de engañarme para...

—Debéis de estar agotada —intervino Cyrus con voz plana—. No son horas de...

—Al contrario —lo interrumpió a su vez la joven, que buscó la mirada del monarca con tal fuego en los ojos que un hombre más débil se habría amedrentado—. Creo que este es el momento perfecto para contarle a vuestra madre que no tengo la más mínima intención de convertirme en vuestra esposa...

Sin previo aviso, Sarra profirió una sonora carcajada y ese sonido hueco y artificial atrapó a Alizeh al instante.

La mujer no le había soltado la mano.

Había cierta desesperación en la manera en que la mujer estrechaba los dedos de Alizeh, con tanta fuerza que casi le resultaba doloroso; su actitud le daba a entender que tenía mucho por decirle. Alizeh no tenía forma de comprobarlo, pero, al estudiar la tensa mirada de la mujer, se vio sacudida por un vago presentimiento: Sarra tenía miedo.

De dónde podría provenir aquel temor era algo que se le escapaba.

—Vos y yo nos llevaremos de maravilla —aseguró la dama con voz urgente y sin romper el contacto visual con Alizeh—. Ardía en deseos por conoceros y ahora sé que seremos íntimas amigas.

Una vez más, la nosta se calentó y el asombro hizo que Alizeh flaquease un poco.

Muy bien, pues.

La situación parecía requerir un enfoque más directo.

—Vuestro hijo —enunció cada palabra con cuidado— es un mentiroso. Un sinvergüenza. Y un criminal. Hace unas pocas horas ha asesinado al rey de Ardunia, lo cual, sin la menor duda, desencadenará una guerra entre ambos imperios. Y aunque a mí la muerte del rey arduniano no me afecta, saber que incontables vidas inocentes se perderán por culpa de las necias decisiones de vuestro hijo sí que me causa una gran pena. En el poco tiempo que he pasado en compañía de Cyrus, ha demostrado ser un hombre maleducado, cruel y arrogante hasta resultar repulsivo. Si no fuera porque considero que vuestro hijo podría resultarme útil a corto plazo, ya lo habría matado. Vos, por el contrario, me parecéis muy amable, pero permitidme hablar sin tapujos: no tengo la más mínima intención de convertirme en vuestra nuera y no os recomiendo dejarme sola con vuestro hijo, puesto que no dudaré en acabar con su vida al mínimo...

—¡Tenemos tanto de lo que hablar! —exclamó Sarra, que le estrechó las manos a Alizeh con un fervor aterrador.

La mujer le dedicaba una sonrisa de oreja a oreja y tenía los ojos vidriosos, embargada por una emoción que Alizeh solo habría alcanzado a describir como un torrente de dicha sin adulterar... Era una emoción tan exagerada que Alizeh se vio obligada a preguntarse, presa del pánico, si Sarra no estaría tan loca como su propio hijo.

—Sois un encanto —insistió la dama con delicadeza, al tiempo que una única lágrima le corría por la mejilla—. Estoy segura de que nuestras conversaciones serán de lo más animadas.

Alizeh empalideció.

—Lo único que importa en este momento es que estáis aquí —dijo Sarra con suavidad, sin soltar las manos de Alizeh ni enjugarse los ojos—. Por fin estáis aquí y ahora todo irá a mejor.

Algo iba mal, algo no cuadraba. ¿Qué estaba ocurriendo? La mujer no estaba en sus cabales. ¿Verdad? ¿Acaso era que Alizeh estaba empezando a perder la cabeza y por eso sentía que deliraba?

Alarmada, la joven miró a su alrededor y su instinto la instó a huir, a localizar todas las posibles vías de escape..., pero estaba atrapada. Alizeh se encontraba en la cima de un peligroso acantilado, junto al terrorífico castillo de un imperio extraño, donde el sol naciente bañaba los terrenos de la fortaleza sin demostrar piedad alguna. A pocos pasos de la joven, el agotado dragón se dejó caer sobre los cuartos traseros y sacudió la tierra que se extendía bajo sus pies antes de quedarse dormido. Las silenciosas, repentinas y profundas exhalaciones de la bestia formaron pequeñas ondas en los arcoíris que se dibujaban en el agua que rociaban las múltiples cascadas.

Llegó a la conclusión de que la vía de escape más evidente se abría a través del propio reino de Tulán.

Sin duda, la única forma de acceder al corazón del imperio debía de consistir en atravesar (o sobrevolar) el castillo, pero Alizeh no creyó ser capaz de dar un solo paso en dirección al edificio sin que la interceptaran. Y eso solo le dejaba dos opciones: luchar a muerte...

O saltar.

Tendría que lanzarse al agua, a los brazos de las frenéticas cascadas que solo terminarían por arrastrar su cuerpo, con vida o no, hasta el legendario Mashti, un río tan ancho y violento que sus espumas eran archiconocidas por haber devorado, en más de una ocasión, a los navíos que se atrevían a surcar sus aguas. Alizeh sabía que no sobreviviría a semejante cruzada, pero salir ilesa tampoco suponía un destino más halagüeño: sobrevivir al río implicaba acabar en el mar, a la deriva, perdida en medio de la nada.

Alizeh tomó una discreta bocanada de aire para tranquilizarse.

Tenía la sensación de llevar días sin dormir; deliraba, tenía muchísimo frío y, además de estar prácticamente desnuda, sus empapados harapos goteaban con parsimonia bajo la luz de la mañana. Bajó la vista para contemplarse los pies descalzos, así como los improvisados grilletes que creaban la férrea prisión que Sarra ejercía sobre sus muñecas. Si no fuera por la adrenalina que le corría por las venas, Alizeh estaba segura de que se desplomaría en poco tiempo. Estaba en terrible desventaja.

—Está bien —dijo la joven con voz queda tras armarse de valor.

La mirada de Cyrus se agudizó al oír sus palabras y sus ojos lo traicionaron al iluminarse por la sorpresa. Con un gritito complacido, Sarra por fin soltó las manos de Alizeh y entrelazó las suyas con alborozo.

Alizeh se apresuró a dar un paso atrás.

El rey sureño la siguió y se acercó recelosamente a la joven al tiempo que la observaba con la cautela de un cazador que se aproxima a un lobo rabioso.

—¿Vendréis conmigo voluntariamente? —preguntó Cyrus, que frunció el ceño en señal de desconcierto—. ¿Os casaréis conmigo sin oponer resistencia?

Estaban lo suficientemente cerca como para que Alizeh tocase al rey si así lo hubiese deseado. Podría haber acercado un dedo al suave mechón cobrizo que caía sobre su frente y acariciado su piel dorada, que resplandecía bajo la luz del sol. Los azulados ojos del joven eran tan luminiscentes como heladores y, por un brevísimo instante, Alizeh observó en él el mismo sentimiento que ella albergaba en su interior:

Una inmensa e infinita pena.

Alizeh se puso de puntillas y, haciendo uso de su lenguaje corporal, le pidió al joven que se acercase. Él obedeció y dio un paso hacia ella sin darse cuenta de lo que hacía, no hasta que la muchacha estuvo a punto de rozar su oreja con los labios. Para cualquiera que los viese, eran la viva imagen de una pareja de coquetos enamorados. Sin embargo, lo que Alizeh susurró fue:

—Elegid un arma, señor.

Cyrus se apartó de la joven tan repentinamente que por poco tropezó con sus propios pies, henchido de una renovada ira que abrasó el espacio que ahora se abría entre ellos. Respiraba con dificultad, tenía la mandíbula apretada y parecía estar a punto de explotar de rabia.

—Esta situación es de lo más inconveniente para mí —dijo Alizeh, que cuadró los hombros y plantó los pies en el suelo con firmeza—, pero me temo que voy a tener que mataros ya.

Alizeh oyó la risa de Sarra.

SIETE

Kamran avanzó a largas zancadas por el pasillo, casi como un semental al que por fin dejan correr libre. Se movía con una rapidez que prácticamente dejaba entrever el nerviosismo que lo atenazaba; sus pasos repiqueteaban en el silencio y, en su camino, tan solo se cruzó con un par de apresurados snodas, que se detenían en seco al verlo y se dejaban caer de rodillas sin pensárselo dos veces, acompañando sus movimientos con el repiqueteo del cristal al tirar las bandejas de cobre con las que cargaban.

El príncipe pasó por delante de aquellas extrañas demostraciones de deferencia sin dejar que nadie viese la tremenda sorpresa que le causaban, aunque también lo hacían sentir de lo más incómodo al no estar acostumbrado a tales niveles de servilismo. Todavía quedaba una semana para que fuese coronado rey y, entre tanto, no sabía si el comportamiento del servicio era normal.

Una vez más, Kamran pensó en Hazan.

Hazan era en quien había confiado para que lo mantuviese al día de tales asuntos. Él era quien siempre había estado ahí para enmendar sus errores, para tenerlo al corriente de las últimas noticias y guiarlo. ¿De verdad había sido todo una farsa?

No, Kamran era demasiado perspicaz.

Confiaba lo suficiente en su instinto como para creerse capaz de haber pasado algo así por alto. La traición de Hazan debía de haberse fraguado en los últimos días, pero Kamran no comprendía por qué.

¿Por qué, tras años de lealtad, iba Hazan a volverse en su contra? ¿Por qué iba a darle la espalda al imperio al que su familia había servido durante décadas? ¿Habría descubierto los crímenes del rey Zal? ¿Habría buscado Hazan vengarse de su abuelo al aliarse con el monstruo predestinado a derrotar al rey?

—*Hejjan?*

Kamran se puso en guardia al oír esa voz tan familiar.

—*Hejjan, septa...* —«Señor, esperad...».

Hizo caso omiso de su ruego.

El príncipe sintió que su capa ondeaba sobre sus hombros al moverse, así como el rítmico golpeteo de sus botas al impactar contra el mármol verde del suelo, como un metrónomo que le marcaba el paso. Hazan estaba prisionero en las mazmorras a la espera de su ejecución y Kamran quería acabar con ese desagradable trámite lo antes posible, puesto que le producía un insoportable desasosiego y le revolvía el estómago. En un momento de sinceridad, habría admitido que, en realidad, no tenía ningún deseo de ejecutar a la única persona en el mundo que había llegado a considerar un amigo. Por eso, temía que, de no acabar con la vida del traidor enseguida, no volvería a encontrar las fuerzas para hacerlo nunca.

Omid trotó para mantener el ritmo del príncipe y le faltó el aire cuando dijo en feshtún:

—*Lofti, hejjan, septa.* —«Por favor, señor, esperad»—. Tengo algo que deciros.

Kamran no aminoró el ritmo.

—¿Está listo?

—*Han, hejjan. Bek...* —«Sí, señor. Pero...».

—Entonces debo irme.

—*Bek...*

—Estoy seguro de que tienes cosas más importantes que hacer —lo interrumpió Kamran por segunda vez—. Si no recuerdo mal, yo mismo te di una lista de tareas.

Otra de las locuras del joven que pronto sería rey: Kamran había nombrado a Omid (un niño de doce años que hasta hacía poco había vivido en las calles) su nuevo consejero. Kamran había anunciado su decisión cuando Zahhak regresó al palacio, aludiendo a la ayuda que el niño le había brindado, puesto que si había recuperado la salud había sido gracias a él. El consejero de defensa apenas había podido cerrar la boca para tartamudear una única expresión de asombro y, cuando por fin había hablado, todo cuanto hizo fue acusar al príncipe de haber perdido la cabeza, lo cual, en opinión de Kamran, era algo del todo posible.

Desde luego, se sentía un poco fuera de sí.

Kamran creía que el niño callejero había demostrado ser perfectamente capaz de cumplir con el cometido de Hazan allí donde este había fallado y a él no le importaba que el niño tuviese tan solo doce años. Cuando el propio Kamran tenía su edad, podrían haberlo nombrado rey, si no hubiera sido porque su anciano abuelo, que ya por aquel entonces tenía más de cien años, había hecho un pacto con el diablo para mantenerse con vida. El príncipe estaba seguro de que Omid también demostraría estar a la altura en circunstancias menos extremas que las que él mismo vivió.

—Bueno... Sí, señor, he estado muy ocupado, se lo prometo —se disculpó en feshtún el niño, casi sin aliento—. Pero si vais a ir a verlo, señor, debéis saber que está enfadadísimo.

Kamran le lanzó una mirada al muchacho.

—Eso no es nada raro en Hazan.

—No lo creo, señor. Conmigo nunca se ha enfadado. Os aseguro que nunca lo habréis visto así.

—Pero tú lo acabas de conocer.

Omid se quedó atónito.

—Os equivocáis, señor. Él fue quien me dio las invitaciones para...

—¡Ya basta!

La desagradable realidad era que, salvo por ese irritante niño, Kamran no lograba pensar en ninguna otra persona que nunca le hubiese mentido. De hecho, el niño había estado en disposición de uno de los productos mágicos más poderosos conocidos por el hombre; podría haber vendido el sif por una pequeña fortuna en el mercado negro, un dinero que le habría asegurado una vida cómoda durante años. Sin embargo, había decidido regalarle esa preciada ración a un joven que no había hecho más que tratarlo con desdén, malas palabras y falta de tacto. Kamran no podría pensar en una prueba más definitiva con la que valorar su carácter.

Aun así, eso no implicaba que el chico tuviese que caerle bien.

—¿De verdad tenéis que llevarlo a la horca tan pronto? —insistió Omid, impertérrito—. ¿Ni siquiera le vais a proporcionar un juicio justo? No le habéis preguntado nada sobre lo ocurrido, ¿lo vais a matar solo por algo que dijo el rey Cyrus? Le recuerdo que odiamos al rey Cyrus, señor, así que no me parece muy justo que se fíe de la palabra de ese hombre...

Kamran se detuvo en seco y se giró para mirar a Omid a los ojos con tal brusquedad que consiguió que la capa le restallara contra el pecho.

—Si tengo intención de acabar con el sufrimiento de Hazan esta misma mañana es precisamente porque estoy siendo justo —dijo con tono cortante.

—¿Bromeáis, señor? —preguntó Omid, con gesto confundido.

—En absoluto. Te estoy enseñando algo esencial.

Se detuvo a estudiar al niño por un momento al fijarse por primera vez en que tenía un aspecto ridículo por culpa de las prácticas ropas que le habían dado los magos, demasiado grandes para su cuerpo. Omid necesitaría renovar su vestuario si iba a representar a la corona gracias a su nuevo cargo.

Con voz queda, Kamran continuó:

—Deja a un hombre culpable encerrado en una mazmorra con su propia conciencia como única compañía y cada segundo será una tortura. Si trato de mostrar misericordia con él es porque Hazan me importa.

—Pero, señor… —insistió Omid, que frunció aún más el ceño—. ¿No podéis ser misericordioso en otro momento? He venido a deciros que la señorita Huda ha acudido a palacio y espera poder hablar con vos lo antes posible. Os acordáis de la señorita Huda, ¿verdad, señor?

Kamran se tensó ante la mera mención de la joven y la repulsión que sintió hizo que se le revolviera el estómago.

Para Kamran, la disposición con la que la señorita Huda había vomitado sus pensamientos y opiniones ante un periodista sediento de sangre no hacía sino demostrar que la joven estaba desesperada por recibir atención. Su comportamiento era, en opinión de Kamran, un problema incurable y un crimen terrible. El príncipe ya estaba al tanto de la ilegitimidad de su nacimiento y no pudo evitar preguntarse si la falta de cariño que debía de haber experimentado durante su infancia la habría llevado a convertirse en una jovencita que haría lo que estuviese en su mano por recibir una palmadita en la espalda. Kamran creía, en consecuencia, que la joven sería capaz de ofrecerle su lealtad a cualquiera con tal de ganarse su favor, por lo que no podía confiar en ella y las palabras de una mentirosa, por muy entretenidas que resultasen, no tenían valor alguno para él.

—Haced que se vaya.

—Pero..., señor, la señorita Huda dice que tiene que contaros algo importante acerca del rey Cyrus —insistió Omid—. Dice que tiene que hablar con vos, que tiene información de vital importancia para la corona. ¿Es que no... es que acaso no os acordáis de ella, señor? El rey tulaní la encerró en un círculo de fuego. ¿No recordáis cómo chillaba?

Kamran le lanzó al chico una desdeñosa mirada.

—¿Que si me acuerdo? —preguntó—. ¿Que si me acuerdo de los sucesos que ocurrieron hace apenas unas horas? ¿Que si me acuerdo de haber presenciado el asesinato de mi abuelo y la destrucción de mi hogar, de haber sido traicionado por mi consejero y de haber quedado desfigurado? —Casi se echó a reír—. Por todos los cielos, espero, por tu propio bien, que no seas tan tonto como hacen ver las preguntas que formulas porque, de lo contrario, perderás tu nuevo trabajo antes de que caiga el sol.

Omid se puso colorado, pero Kamran continuó hablando:

—No tengo ningún interés en hablar con alguien que se dedica a divulgar información comprometida en los periódicos antes de pensar tan siquiera en confiársela a la corona. Dile que se vaya a casa.

—Pero, señor —insistió Omid, que seguía tan rojo como un tomate—, dice que tiene un bolso. El bolso de viaje de Alizeh. Dice que la joven se dejó sus pertenencias sin darse cuenta en la Finca Follad y que pensó que tal vez vos querríais inspeccionarlas, ¿sabéis? Para comprobar si contienen algún detalle que pueda resultaros de interés...

Kamran se quedó de piedra.

Fue como si Omid le hubiese atravesado la cabeza con una flecha y lo hubiese dejado clavado a un árbol al pronunciar el nombre de la muchacha. Tenía la sensación de que se le iba a salir el corazón del pecho. Sintió que un banco de niebla le embotaba la cabeza, que el vapor de agua le nublaba la vista.

Se quedó helado.

—¿Señor? ¿Queréis que le diga que deje el bolso?

—Sí. —El príncipe pestañeó para salir de su ensimismamiento—. Sí. Llévala al salón de las visitas de inmediato.

Omid sonrió de oreja a oreja, claramente satisfecho, y salió corriendo por el pasillo.

Kamran no se movió de donde se encontraba; la cabeza le daba vueltas.

Detestaba la manera en la que su cuerpo reaccionaba ante su mera mención, ante el sonido de su nombre, pronunciado en voz alta.

La muchacha todavía lo tenía bajo su control y no alcanzaba a comprender por qué. La había conocido hacía apenas un par de días y desde entonces la joven había demostrado ser un monstruo de la peor calaña. ¿Por qué descubría que una patética parte de él protestaba cuando se mancillaba su reputación? ¿Por qué sentía que algo fallaba, que le faltaba algún dato indispensable?

No le cabía duda de que la joven lo había hechizado.

¿Por qué si no habría de latir tan rápido su corazón ante la perspectiva de hablar de ella? ¿Por qué si no habría de sentir un aleteo en el pecho, una dicha terrible, ante la idea de rebuscar entre sus cosas?

Kamran se acordaba de su bolso de viaje.

Recordó haber visto cómo llenaba aquella modesta bolsa hasta los topes, metiendo cada una de sus pertenencias a la fuerza en su interior. Guardaba toda su vida dentro del bolso, que contenía sus posesiones más preciadas. Se sintió casi mareado ante la idea de desentrañar sus secretos.

Esperaba deshacerse de esos sentimientos una vez que la joven tomase su último aliento.

OCHO

Cyrus no se movió.

Se limitó a contemplar a Alizeh con una fulminante mirada tan cargada de odio que, por un momento, la asustó.

Eso estaba bien, decidió la joven.

Bien cierto era que Cyrus había abusado despiadadamente de su lengua, pero también se había mostrado dócil, no había supuesto una amenaza física para Alizeh y eso le había dado una falsa sensación de seguridad. Era un peligro; si ella lo subestimaba, pagaría muy caro su error, puesto que, no debía olvidar, Cyrus podía llegar a ser aterrador. Debía obligarse a tener muy presente la facilidad con la que había asesinado a Zal; la indiferencia con la que había sugerido matar a la señorita Huda; la confianza con la que había enarbolado su espada para derrotar a Kamran.

Kamran.

Alizeh todavía no sabía si estaba muerto.

Un dolor agudo la atravesó al recordar ese detalle, pero también reforzó su determinación. Si Cyrus había asesinado a Kamran, le arrancaría los ojos. Le arrancaría los ojos y se los haría tragar.

—He dicho que elijáis un arma —repitió Alizeh con tono airado.

Aun así, Cyrus no se movió.

—¿Y vos? ¿De dónde sacaréis un arma?

—Yo no necesito armas.

El monarca se rio al oírla, con una risa seca que no alteró su inamovible expresión.

—De todos los retos a los que me he enfrentado en los últimos tiempos —anunció al tiempo que levantaba la vista hacia el cielo—, vos sois el que ha supuesto un mayor tormento.

—Me alegra oír eso.

—No era un cumplido —replicó con cierta animosidad, buscando su mirada una vez más—. Y me niego a luchar contra vos.

—Entonces dejadme ir.

Cyrus hizo una leve reverencia, un leve movimiento con la mano.

—Adelante.

Alizeh lo contempló por un momento, pero enseguida se dio la vuelta para evaluar el paisaje que el rey había señalado. Eran unas vistas en las que ella ya se había fijado: los acantilados, las cascadas, la devastadora caída del río que fluía en lo más bajo del terreno. Prácticamente le estaba diciendo que la muerte era su única escapatoria.

Por todos los cielos, se veía obligada a lidiar con un loco.

Cyrus sacudió la cabeza y esbozó el fantasma de una sonrisa.

—¿Es que acaso la caída no vale la pena a cambio de vuestra libertad?

No hizo más que intensificar la rabia que la embargaba.

—Sois un ser despreciable.

—Y vos sois una cobarde —replicó—, por mucho que finjáis ser valiente.

—¿Cómo osáis? —dijo Alizeh, apretando los puños—. ¿Cómo osáis manchar mi nombre cuando no sabéis nada sobre mí...?

—Y, por si fuera poco, también sois una hipócrita. Es sublime —añadió con indolencia—. Mientras tanto, yo me veo obligado a escuchar cómo me desprestigiáis sin ningún reparo delante de mi propia madre y, aun así, me las arreglo para no alzarme en armas contra vos.

—Quizá os resulte difícil discrepar de la valoración que os ofrezco acerca de vuestro carácter.

—¿Mi carácter? —Alzó las cejas—. Ah, sí. ¿Y qué tal si hablamos sobre el vuestro? Habéis pasado horas amenazándome con matarme, pese a que habéis tenido oportunidades más que de sobra de hacerlo, y ahora os enfrentáis a mí cuando sabéis muy bien que no os haré nada, porque no puedo mover un dedo en vuestra contra, a pesar de que nada en el mundo me gustaría más que cerraros esa boca de listilla para siempre.

»Os creéis muy astuta —continuó, dando un paso hacia ella—, pero en estas últimas horas ya he descubierto todo cuanto necesitaba saber acerca de vuestro carácter.

Alizeh ardía en deseos de estrangularlo.

—Elegid un arma —repitió, pero Cyrus había continuado avanzando hacia ella; sus ojos captaban rayos de luz intermitente con cada zancada y los destellos hacían que sus pupilas se contrajeran a diferentes velocidades.

El efecto en sus ojos era extraño. Era como si sus iris no alcanzasen a decidir qué color adoptar, vacilaban entre tonos de azul y le daban cierto aspecto sobrenatural. Alizeh se preguntó si sería así como la gente la veía a ella también.

Esa fracción de segundo le costó cara.

Cuando ya era demasiado tarde, Alizeh se dio cuenta de que Cyrus no tenía ninguna intención de detenerse. La joven se vio obligada a retroceder a medida que él avanzaba en su dirección; sus zancadas cada vez transmitían una mayor confianza, mientras que, en su apresurada retirada, la muchacha se volvía más y más torpe. Una vez que, con repentina desesperación, Alizeh comprendió que se encontraba a escasos centímetros del borde del acantilado, su instinto comenzó a volver en sí. Enseguida trató de detenerlo con las manos y frenó su marcha con un firme empujón, pero Cyrus le hizo frente a la fuerza que ejercía la muchacha con la misma determinación y valentía, por lo que apenas cedió un par de centímetros de terreno.

Alizeh estaba desconcertada. Ella era mucho más fuerte que Cyrus... Debería haber sido capaz de empujarlo hacia atrás...

Pero Alizeh también estaba débil.

Seguía temblando a causa del frío, del delirio de quien ha pasado días sin dormir, del cansancio de una mente a punto de romperse. Alizeh no necesitaba alimentarse, pero sí que requería sustento, y el sabor de la bruma en los labios al llegar a Tulán había sido toda el agua que había bebido en varias horas. El efecto de la adrenalina ya se estaba mitigando; la muchacha comenzaba a ceder bajo la creciente presión, y lo que era aún peor: Cyrus confundía sus sentidos. Ya no llevaba el abrigo, puesto que, cuando el monarca le había prestado esa pieza de ropa, esta había salido volando por culpa del turbulento aire. Al luchar contra la fuerza que Alizeh ejercía, Cyrus no hacía sino presionar su cuerpo contra las manos de la muchacha. El delgado jersey que vestía no hacía nada por disimular la firme musculatura, así como la delicada fuerza de su pecho. El calor que emitía y la sensación de su cuerpo bajo los dedos la distraían y hacían de la experiencia un momento demasiado íntimo. Alizeh no quería propasar esa línea.

—¿Qué hacéis? —preguntó prácticamente sin aliento—. Os he dicho que elijáis...

Para su sorpresa, Cyrus sonrió.

Por primera vez desde que conocía a ese depravado, el monarca sonreía de verdad. Sonreía de oreja a oreja como un niño, no como un hombre; el infinitesimal destello de sus dientes blancos le daba cierto aire aniñado, suavizaba sus facciones y lo hacía parecer más travieso que vengativo. Esa imagen fue distracción suficiente para que Alizeh no se diese cuenta de que había alejado las manos del pecho del joven, pero que las de Cyrus no habían tardado en posarse sobre la cintura de ella. La agarró con firmeza y se acercó tanto que sus cuerpos casi se alinearon en los puntos más indebidos. El monarca la apabullaba con su calor, con su estatura, con su implacable mirada. Apenas lograba accionar los mecanismos de su cerebro; estaba demasiado cansada, demasiado desacostumbrada a semejante cercanía del joven, demasiado abrumada por su olor, por su barba incipiente, por la fuerza de sus manos sobre las caderas, por los dedos que enterraba en su carne. No estuvo inmovilizada más que un momento, pero perdió la oportunidad de reagrupar sus ideas por culpa de la confusión y, para cuando ya era demasiado tarde, tuvo dos cosas por seguro: la primera era que ella había fallado.

La segunda era que Cyrus había mentido.

¿Cómo se le había pasado por alto a la nosta esa mentira? ¡Cyrus iba a matarla! Se reía cuando la levantó en volandas y continuó riéndose cuando, sin previo aviso, la tiró por el acantilado.

Alizeh gritó.

—Elijo a los dragones —gritó el monarca.

Sus brazos y piernas se agitaron en todas direcciones cuando se precipitó de espaldas hacia el vacío; sus manos buscaron en vano algo a lo que aferrarse mientras gritaba presa del pánico, de la rabia. Caía en picado desde una altura terrible por tercera vez en menos de un día.

No comprendía por qué acababa encontrándose una y otra vez en esa situación.

Alizeh, que ya tenía suficiente experiencia como para hacer una comparación, se habría atrevido a asegurar con confianza que aquella estaba siendo la caída más terrorífica de las tres, puesto que el hecho de caer en sentido contrario empeoraba la sensación, la hacía sentirse más desorientada al dar volteretas en el aire y notar cómo se le enredaban las extremidades al tratar de enderezarse. La caída era tan inconmensurable que apenas alcanzaba a distinguir el río que discurría abajo, y se preparó para la fuerza del impacto, rezando para que, al menos, tuviese una muerte fulminante al chocar con el agua. Sabía que sería mucho peor sobrevivir a la caída y lidiar con las heridas que terminarían por matarla lentamente. Fuera cual fuere su destino, sabía que estaba a punto de sufrir un dolor atroz.

Ah, Alizeh estaba agotada.

Agotada de sentir que no tenía ningún control sobre su vida, de saberse manipulada por el diablo, de vivir con miedo, del mismísimo miedo. La oscura verdad que en pocas ocasiones se revelaba a sí misma era que, a veces, todo cuanto quería era romperse, mostrarse débil, arrancarse la armadura y darse por vencida.

¿Durante cuánto tiempo se vería obligada a luchar por su vida? Y lo que era aún más importante: ¿de verdad valía tanto la pena?

El cansancio físico y emocional que sentía era tan intenso que casi le atraía la idea de cerrar los ojos para siempre y, con un escalofrío terrible, los cerró con fuerza.

Alizeh no se atrevía a aventurar si moriría o no, pero sabía que no podía desperdiciar más energía en luchar contra la gravedad. Dejó que sus extremidades volasen en todas direcciones, dejó que sus cabellos serpenteasen en torno a su rostro, oyó cómo los restos de su vestido zurcían el aire sin descanso. Por fin se había decidido a entregarle su vida al destino, cuando captó un inconfundible y atronador rugido.

Alizeh abrió los ojos de inmediato.

Contempló, boquiabierta, cómo un grupo de dragones emergía de las aguas del río como una estampida de gigantes que salía a su encuentro. Tras otro ensordecedor bramido, otros cinco o seis se unieron al coro y Alizeh se desembarazó de la idea de rendirse ante los cielos. Morir ahogada era una cosa, pero se negaba a que los dragones se la comiesen viva.

Un renovado fervor la instó a invocar las últimas fuerzas que le quedaban; y, gracias a lo que sin duda debía ser un milagro, se las arregló para darse la vuelta y colocarse en una posición similar a la de un signo de exclamación, con la cabeza apuntando hacia el agua. Así, tenía la esperanza de caer a una mayor velocidad, de escapar de los dragones y, con suerte, de atravesar la superficie del agua con menor brutalidad; sin embargo, apenas dispuso de un momento para celebrar su éxito cuando una de las relucientes criaturas se lanzó hacia ella con un aterrador chillido, con la enorme boca abierta como en un bostezo al acercarse.

No serviría de nada.

Alizeh gritó, se llevó las rodillas al pecho y se acunó a sí misma como si fuera una niña, como si el frío consuelo de sus propios brazos fuese a cambiar algo. El dragón la atrapó entre sus fauces con una violenta sacudida y, en el segundo en el que Alizeh esperaba ser devorada, el animal se limitó a volar hacia el cielo con una sorprendente velocidad; el repentino movimiento lanzó a la joven hacia atrás y contra los dientes de la bestia, que le perforaron la piel con tal violencia que la dejaron sin aliento. Alizeh sintió la lacerante quemazón de las heridas y la inconfundible humedad de su sangre transparente al brotar, así como un repentino mareo. El impacto del descenso y el ascenso hizo estragos en su mente.

A través de los distorsionados niveles de su consciencia, Alizeh se percató de la confusión que estaba experimentando; no comprendía por qué no había muerto todavía. Sintió la caricia de una fresca brisa contra la piel, totalmente diferente a la húmeda sensación de la boca del animal, que la soltó de forma abrupta. El cuerpo de la joven rodó hasta detenerse con suavidad sobre terreno mojado y sus dedos se enredaron entre las briznas de hierba.

Alizeh gimió.

El dragón batió las descomunales alas en un enérgico movimiento y profirió un alarido justo cuando el dolor atravesaba violentamente el cuerpo de Alizeh. Por un preocupante segundo, creyó que iba a vomitar.

La joven comprendió, con un tremendo rencor, que acababa de ser el objeto de lo que Cyrus consideraba una broma.

Se preguntó por qué no lo oía, por qué aquel degenerado no se dejaba ver, por qué no se felicitaba a sí mismo por el trabajo bien hecho. Se preguntó, al tiempo que se obligaba a ponerse de pie y se mordía la lengua hasta casi hacerse sangre para no gritar, qué pensaría Sarra sobre semejante demostración de afecto por parte de su hijo.

Alizeh se preparó para preguntárselo y se dio la vuelta con torpeza en busca de sus captores, hasta que descubrió que estaba sola.

El dragón la había dejado en un nuevo lugar.

Alizeh se encontraba ante la boca de una monumental estructura, conformada por una serie de arcos de piedra que se cernían sobre ella como una caja torácica, mientras que los rayos dorados del sol azotaban los espacios entre ellos. El suave pasto que pisaba era denso y mullido; unas diminutas flores naranjas florecían bajo los dedos de sus pies. Los pájaros trinaban risitas ahogadas y revoloteaban entre los arcos sin dejar de cantar, con el colorido plumaje brillando bajo la luz de la mañana. Una suave brisa le acunó el rostro cansado con un soplido tan firme a la par que delicado que la joven se permitió apoyarse contra él hasta que el viento se retiró y la persuadió de que mirase a la derecha, donde se descubrió ante unas vistas asombrosas que la dejaron sin aliento y por poco le hicieron olvidar sus heridas.

Las formidables cascadas parecían más pequeñas y sosegadas al verlas desde aquella privilegiada perspectiva, donde las columnas de piedra enmarcaban la magnificencia del paisaje para que este brillase en toda su gloria. Para entonces, Alizeh había recogido la suficiente información visual como para llegar a la conclusión de que el dragón la había depositado en algún punto más elevado del castillo y no pudo evitar preguntarse si ese recóndito jardín celestial sería para ella.

¿Acaso no había tenido Cyrus intención de encerrarla en una mazmorra?

Recorrió el sendero del jardín y se topó con una mesita y un par de sillas colocadas justo bajo un trío muy concreto de arcos, entre los cuales las enredaderas en flor serpenteaban y se trenzaban para formar una cubierta de sombra. La delicada fragancia de las flores impregnaba el aire con un aroma tan intenso que Alizeh se vio en la necesidad de detenerse; por un largo momento, cerró los ojos e inhaló el perfume floral al tiempo que una ráfaga de viento le acariciaba las mejillas, hacía que le escocieran las heridas y le rizaba el cabello.

Cuando abrió los ojos, se fijó en que había unas puertas en la distancia. Alizeh se acercó a ellas con cautela y el pasto bajo sus pies desapareció en favor de una serie de suaves alfombras estampadas, cuyos intensos colores presentaban un marcado contraste frente al verdor del camino.

En el interior del edificio, Alizeh descubrió un oasis.

Un altísimo techo abovedado coronaba la habitación central, baldosas de mármol decoraban los suelos creando entramados geométricos bajo los metros de exuberantes alfombras rojas que abarcaban la estancia. Unos descomunales ventanales estaban abiertos de par en par para dejar entrar la luz, así como la agradable brisa que dibujaba ondas sobre las sábanas de una enorme cama suave y lujosa, colocada en el mismísimo centro de la estancia, con las mantas plegadas a modo de invitación. Alizeh recorrió toda la estancia como si estuviese en trance.

¿Todo esto era para ella?

Si era así, comprendió la razón por la cual alguien haría un pacto con el diablo. En cuestión de un mero instante, unas dependencias como aquellas se le antojaron dignas de ello.

Pero había más.

Esa no era la única habitación del edificio: una opulenta sala de estar, estancias separadas para la bañera y el retrete, un patio con una mesa de comedor...

Una vez que Alizeh hubo recorrido todos esos espacios, cayó en la cuenta de que el dragón la había dejado en el extremo más alejado del edificio. No se accedía a esa ala del castillo por el dormitorio; en realidad, ahora la entrada se alzaba justo ante ella. Era una imponente puerta de madera que parecía guiñarle el ojo desde donde se encontraba, como si la retase a abrirla.

No lo haría.

No por el momento.

En cambio, caminó hasta el baño, encontró una pila de ropa de cama en un armario y se apresuró a desgarrarlas para hacer tiras de tela. La mitad de ellas las usaría para limpiarse y empapar la sangre de sus heridas y el resto de las telas las utilizaría como vendas, para cubrirse las magulladuras con cuidado. Con un profundo suspiro, se dejó caer contra la pared. Todo cuanto deseaba en el mundo en ese instante era tomar un baño caliente, envolverse en ropa limpia y dormir durante una eternidad.

Sus primeros dos deseos parecían imposibles dadas las circunstancias; no se creía capaz de sobrevivir al tiempo que tardaría en preparar un baño y tampoco sabía dónde conseguir una muda para cambiarse. Sin embargo, si lograba llegar hasta la cama, tal vez podría cumplir el tercer deseo.

Se confundió de puerta mientras trataba de dar con el camino de vuelta y se asomó al interior de un lujoso vestidor. La curiosidad la obligó a adentrarse en él y descubrió que estaba bien provisto de unos atuendos tan delicados que casi temía tocarlos. Tan solo se atrevió a acariciar los artículos de ropa con la yema de los dedos; la imagen de unas telas de tan alta calidad le había devuelto la vida a una parte de su cerebro que hasta ese momento había permanecido inactiva. De pronto, Alizeh ardió en deseos de tener consigo sus materiales de costura. Sin pensarlo, se palpó en busca de unos inexistentes bolsillos y buscó con la mirada un bolso que ya no llevaba consigo.

Con un terrible sobresalto, Alizeh se quedó petrificada.

Las piezas comenzaron a encajar con insoportable lentitud, el pavor la inundó a medida que los recuerdos se agolpaban en su mente y su cerebro trató desesperadamente de darle cierto orden cronológico al caos de las últimas doce horas.

Alizeh se cubrió la boca con la mano.

Solo entonces cayó en la cuenta de dónde había dejado el bolso de viaje.

NUEVE

La señorita Huda, inconfundible y tremendamente fuera de lugar, lo estaba esperando en el salón de las visitas, vestida con un atuendo tan horrendo que incluso Kamran, que no sabría distinguir un volante de una enagua, no pudo evitar juzgar.

Su aspecto, desde luego, era nefasto: era una joven grande y los afilados ángulos de su barbilla y sus pómulos apuntaban a una majestuosa estructura ósea que, aunque también debía de estar presente en las líneas de su figura, en esos instantes permanecía enterrada bajo la carcasa de un sol desinflado. Iba vestida de amarillo desde el cuello a los pies y el atuendo de voluminosos pliegues se la tragaba por completo, además de ceñírsele a partes del cuerpo sobre las que Kamran prefería no detenerse. Sin contar el trágico vestido, la señorita tenía buen aspecto, aunque parecía visiblemente nerviosa y dejaba volar la vista de aquí para allá sin saber dónde posarla. Kamran la observó por un momento desde la puerta y, sobresaltado, se percató del abultado bolso de viaje que descansaba a los pies de la joven. Al verlo, una ola de sensaciones atravesó el pecho del muchacho.

Kamran se aclaró la garganta con delicadeza.

La señorita Huda se incorporó de un salto e hizo una refinada genuflexión que contradijo la falta de elegancia del vestido.

—Alteza —dijo sin aliento y con la mirada clavada en el suelo—, no sabéis lo mucho que agradezco que hayáis reservado unos minutos de vuestra mañana para verme. Sé que no nos han presentado formalmente, pero, tras los sucesos de anoche, sentí que debía obviar los estándares del decoro con la esperanza de dejar en vuestras manos un objeto de gran... Es decir, no lo depositaría directamente en vuestras manos, nunca se me ocurriría tomarme tales libertades; lo que quería decir era que quería entregaros... Mi intención era... Vaya...

Para entonces, Kamran ya había cruzado la estancia y había levantado el bolso de viaje del suelo. La señorita Huda no alzó la vista hasta que el príncipe hubo dado un paso atrás e, inmediatamente después, dejó escapar un jadeo y quedó boquiabierta como un besugo.

—Vuestro rostro... —alcanzó a decir con voz entrecortada.

—Gracias por haber traído el bolso. Ya puede retirarse.

—Pero ¿qué os ha pasado? —insistió ella, dejándolo atónito por su falta de educación—. ¿Ha sido cosa de ese horrible rey? ¿Fue él quien os hizo es...?

—Señorita Huda —la interrumpió, apretando los dientes—, si no le importa...

—Ah, pero no temáis, señor, seguís siendo irresistiblemente atractivo —le aseguró sin detenerse a respirar mientras sus manos revoloteaban alrededor de su propia cintura—. No era mi intención insinuar que habéis perdido vuestro encanto, solo que ahora tenéis un aspecto mucho más trágico; quizá haya quien ahora os encuentre más apuesto, si cabe. Eso depende, por supuesto de los gustos de cada persona, pero yo...

—¡Señorita Huda!

Como el obediente juguete de un niño, la joven se cerró de golpe sobre sí misma.

Cerró la boca, apretó los puños e hizo que sus talones se tocasen. Estiró la espalda tanto como pudo dentro del perverso vestido amarillo y clavó en Kamran una mirada de intensa humillación.

—¿Sí, alteza? —susurró.

—A menos que haya algún detalle importante que quiera hacerme saber acerca de la joven dueña de este bolso —señaló con la cabeza la maletita que todavía tenía en la mano—, me temo que debo irme.

—Lo que sea —respondió, nerviosa—. Le diré todo cuanto quiera saber. Ya he registrado el bolso, señor, y aunque no fui capaz de encontrar ningún detalle que pudiese ser relevante, descubrí unos cuantos frasquitos de ungüento medicinal marcados con el sello del boticario de la ciudad. Opino que su establecimiento puede ser un buen punto de partida en caso de que quiera llevar a cabo una investigación...

—Ya estoy al corriente de lo del boticario —intervino Kamran con voz seca.

—Claro. —La señorita Huda respiró hondo—. Bueno. Supongo que lo único que me queda por preguntar es si me devolverá mi vestido, puesto que, aunque no creí que le resultase de ninguna relevancia, no me atreví a retirarlo del bolso de viaje por miedo a manipular lo que quizá vos consideréis parte de las pruebas...

—¿Que os devuelva vuestro vestido? —Kamran la interrumpió antes de dejar caer la bolsa al suelo y pellizcarse la nariz entre el pulgar y el índice. Primero había tenido el atrevimiento de darle consejos acerca de cómo llevar a cabo una investigación, ¿y ahora tenía la insolencia de pedirle que le diese prendas de vestir? Por los cielos, la mujer le estaba provocando un terrible dolor de cabeza—. ¿Es que acaso no os encontráis bien, señorita Huda? ¿Qué tiene que ver vuestro fondo de armario conmigo?

La joven se descompuso, se quedó inmóvil como un pilar de sal antes de echarse a reír repentinamente, en un terrible estallido, y se llevó la mano al pecho cuando le aseguró, no sin una pizca de histeria, que no creía que el príncipe tuviese nada que ver con su armario, que simplemente se refería al vestido inacabado que estaba dentro del bolso de viaje, y concluyó con un: «Me encantaría recuperarlo, señor, puesto que el vestido sigue estando sujeto con los alfileres justo donde más hace falta y creo que podría convencer a mi dama de compañía para que termine el trabajo que Alizeh empezó...».

Kamran se estremeció.

El nombre de la muchacha cayó sobre él como una losa cuando este abandonó los labios de la señorita Huda y le inundó la cabeza con los sonidos del viento y del trinar de los pájaros, además de atravesarlo con una virulenta punzada de dolor que lo obligó a darse la vuelta. Se llevó la mano al cuello al sentir un repentino espasmo que trazaba las fisuras que serpenteaban por su piel y trató de comprender, sin mucho éxito, qué diablos le estaba ocurriendo.

—Disculpadme, señor —se detuvo la señorita Huda, que había malinterpretado el abrupto movimiento de Kamran—. No pretendía...

—No entiendo ni una palabra de lo que decís —alcanzó a responder el príncipe, que se volvió para quedar frente a ella una vez más—. Esa joven era una sirvienta, no una modista, y, según le confió a *El Daftar*, solo habló con ella unos escasos minutos antes del baile, así que no tiene ningún sentido que ahora me diga que la muchacha tuvo tiempo de arreglarle un vestido, sin contar que no tenía razones para hacer algo así por usted.

—Veo que ya habéis leído el artículo —apuntó la señorita, sorprendida. Kamran puso mala cara a modo de respuesta y ella continuó hablando con cuidado—: Me alegro de entender por fin por qué os mostrabais tan reacio a hablar conmigo y me temo que tendréis una imagen terrible de mí, pero os aseguro, señor, que apenas les conté nada a los de *El Daftar*; no revelé más de una ínfima parte de lo que sabía y, si me vi obligada a hacerlo, fue porque un reportero decidió acosarme al poco tiempo de que ese odioso rey me dejara escapar del fuego. Me asaltó en un momento de debilidad, con la guardia baja, ¿sabéis? Pero os juro que no les he contado más que una fracción de la verdad, puesto que, si bien quizá no me creáis cuando os digo que actué según mis principios, sé que lo haréis si os digo que evité contar toda la historia con la intención de proteger mis propios intereses... Que la verdad saliese a la luz me habría causado una tremenda cantidad de problemas con mis padres, señor, así que no podía arriesgarme a que todo lo ocurrido acabase circulando por ahí en papel para que cualquiera leyese mi historia.

Por fin, la exasperante señorita despertó la curiosidad de Kamran. La observó con atención.

—¿Por qué habría de causaros problemas? —preguntó.

La señorita Huda tomó una bocanada de aire para tranquilizarse.

—Bueno, para empezar, contraté a sus espaldas los servicios de la señorita Alizeh...

—Parad —intervino con brusquedad y apretando los puños para hacerle frente a otra oleada de dolor—. No pronunciéis su nombre.

La señorita Huda dio un sorprendido paso hacia atrás. Observó a Kamran por un momento y, luego, se miró las manos.

—Como deseéis, señor. No repetiré su nombre. El caso es que contraté sus servicios —tragó saliva para retomar su explicación— para que me diseñara unos cuantos vestidos nuevos, puesto que madre siempre me obliga a llevar alguna de las monstruosidades que encarga para mí y, como tengo algo de dinero ahorrado gracias a lo que me da padre, pensé que contratar a mi propia modista sería una buena forma de eludir los pequeños tormentos que me veo obligada a soportar.

—Permitidme que os recuerde, señorita Huda, que la joven de la que habláis es una snoda, no una modista.

—No, pero sí que lo era, señor —insistió la señorita Huda con entusiasmo—. Compaginaba ambos trabajos.

—Eso es imposible. Como mínimo, trabajaba doce horas al día en la Mansión Baz. Formaba parte del servicio de mi tía y yo la vi trabajando allí...

—En efecto, señor, no os equivocáis. Pero a mí venía a verme por la noche, una vez terminada su jornada.

Kamran contempló a la joven, perplejo.

—Si eso es verdad, ¿cuándo dormía? ¿Cuándo comía?

Tales preguntas eran de una naturaleza tan extraña que acallaron incluso a la señorita Huda. La muchacha observó al príncipe con curiosidad y, al comprender demasiado tarde que había dejado al descubierto una parte esencial de su persona, Kamran se apresuró a añadir otra pregunta más enfocada a condenar a la joven snoda:

—¿De dónde sacaba el tiempo para conspirar con el rey tulaní?

El hechizo se rompió.

La señorita Huda asintió con la cabeza, con los ojos encendidos con renovado fervor.

—Ahí es adonde quería llegar, señor. Al... Quiero decir, la mujer que no debe ser nombrada no pudo haber conspirado con él. La joven ni siquiera lo conocía.

El interés de Kamran se esfumó.

—No solo es imposible lo que afirmáis —dijo Kamran con poco tacto—, sino que contradice lo que vos misma le habéis contado al periódico, puesto que en vuestras declaraciones asegurasteis que la joven llevaba un tiempo comprometida con el rey tulaní.

—Lo consideré como una posibilidad, sí —admitió la señorita Huda, que dio un paso hacia Kamran antes de recordar con quién estaba hablando y volver a donde estaba—. La joven mencionó que pertenecía a alguna especie de linaje real olvidado y lo normal es que ese tipo de emparejamientos se acuerden durante la infancia. Los miembros de las familias reales siempre acaban prometidos con otros nobles a quienes no conocen de nada.

—No creo que sea el caso —señaló el príncipe—. Los dos se conocían muy bien.

La señorita Huda sacudió la cabeza vigorosamente.

—Yo estaba presente cuando se conocieron. Vi cómo se miraron y le aseguro que eran perfectos desconocidos.

—¿Dónde ocurrió eso?

—En mis aposentos, señor, antes del baile. Aliz... O sea, la joven debía terminar el vestido del que os hablaba (el que encontraréis enterrado en el interior del bolso de viaje) antes de que diesen comienzo las festividades, pero acudió a mí a última hora de la tarde, echa un manojo de nervios, para decirme que no le daría tiempo a completar el encargo. Después de insistir un poco, conseguí que admitiera que iba a huir para salvarse de una criatura que no llegó a nombrar y, al poco, el rey sureño apareció prácticamente por arte de magia en mi dormitorio y, alteza, le aseguro que la joven no tenía ni la más remota idea de quién era el caballero. Ninguna de las dos lo reconocimos. Ni siquiera nos dijo su nombre; insistió en que no nos refiriésemos a él de ninguna manera...

—Qué forma más conveniente de proteger su identidad —intervino Kamran, que tanteó a la señorita Huda con desconfianza—. Sí, estoy seguro de que ambos hicieron un excelente trabajo a la hora de fingir no conocerse de nada ante vos.

La señorita Huda empalideció.

—¡Ay, no, se lo aseguro! Incluso cuando la joven abrió aquella caja de zapatos tan rara (una que me enviaron antes de la llegada de la muchacha) pareció quedar profundamente impactada; debéis creerme, su reacción habría sido imposible de ensayar...

—¿Una caja de zapatos? ¿De qué demonios estáis hablando?

La señorita Huda se mordió el labio; se retorció las manos.

—Aceptad mis más sinceras disculpas, alteza. Tengo los nervios a flor de piel y me temo que no estoy contándoos lo ocurrido en el orden que debería...

Kamran se vio entonces obligado a escuchar a la señorita Huda, con creciente irritación, mientras ella le describía cómo había recibido un misterioso paquete, cuyo contenido, una nota mágica y un par de bellos zapatos, solo se había hecho visible ante la propia Alizeh, que había llegado a la Finca Follad con un vestido a juego con el calzado.

—¡Ya basta!

El príncipe cerró los ojos con fuerza puesto que el dolor de cabeza que sentía amenazaba con partirle el cráneo en dos. La prueba de que Alizeh se había comportado como una traidora resultaba casi insoportable. Se le revolvió el estómago ante tal revelación, ante las descripciones de sus pensamientos e idas y venidas antes del baile. Mientras que él había estado rememorando aquellos momentos robados que habían compartido, mientras que él había estado soñando con ella como un bobo enamorado, la joven había estado confabulando en su contra, jactándose, sin duda, de lo fácil que le había resultado hacer que el príncipe cayese rendido a sus pies gracias a su belleza, su encanto, sus falsas demostraciones de elegancia y compasión.

Kamran se odió a sí mismo, se odió con tanta vehemencia que se creyó capaz de caer enfermo en consecuencia.

Con un tremendo esfuerzo, se recompuso y dijo con voz calmada:

—Los sucesos que describís ahora suman unas pruebas tan indiscutibles e incriminatorias que no puedo imaginar cómo habrían de malinterpretarse. En conjunto, todos esos detalles retratan la viva imagen de un elaborado ardid y, al contrario de lo que podáis creer, esa joven ha conspirado, y sigue conspirando, con el rey de una nación enemiga que busca destruirme. De eso no me cabe duda.

—Pues yo sí que lo dudo, señor... Disculpadme, pero sí que lo dudo, puesto que he pasado muchas horas en su compañía y no me convenceréis de que la joven sea malvada, como vos insinuáis. De hecho, estoy segura de que la realidad es totalmente opuesta, ya que siempre fue una bellísima persona. A punto estuvo de defenderme con su propia vida, señor, incluso cuando ella misma se enfrentaba a retos que amenazaban su integridad y eso, lamento decíroslo, es una muestra de generosidad que nunca nadie había tenido conmigo hasta entonces, así que mi conciencia no me permite abandonarla; no cuando temo que está en grave peligro y, si existe la posibilidad de encontrarla, estaría encantada de ayudar...

—No paráis de contradeciros y me estáis volviendo loco —gritó Kamran, que ya no era capaz de controlar su cólera—. ¿Primero la exponéis en la prensa y ahora exigís que la salvemos? ¿Acaso no os he dejado bien claro que ha traicionado al imperio?

—Disculpadme, señor, no pretendía irritaros... Madre siempre dice que soy insoportable y ahora entiendo que tiene parte de razón, pero os confieso que vuestro enfado me confunde, puesto que había esperado... Bueno, oí cómo la llamabais anoche y pensé que vos también temeríais por lo que ese horrible hombre pudiese hacerle...

—Las molestias que os habéis tomado han sido en vano. —Kamran estaba furioso y fulminó a la joven con una mirada implacable—. No me preocupa su bienestar. De hecho, vuestras confesiones esta mañana no han hecho sino reforzar mi posición: la joven merece morir en la horca y que arrastren su cadáver por toda la ciudad antes de que lo descuarticen.

Que fuese lo suficientemente inteligente como para aprovecharse de vuestros sentimientos no demuestra que tenga un corazón generoso, sino que es experta en tácticas de manipulación. Se ha aprovechado de vos, señorita Huda. Aceptadlo. Esa joven no es vuestra amiga.

Ese último comentario embistió a la señorita Huda como un poderoso empellón, puesto que la muchacha dio un paso atrás, temblando de manera casi imperceptible al tiempo que apartaba la mirada.

Encontró los ojos del príncipe por un segundo antes de volver a desviar la vista, con los ojos empapados de emoción.

—No os falta razón —susurró—. Sí, ahora me doy cuenta... Ahora me doy cuenta de cómo suena al decirlo en voz alta. ¿Qué razón tendría para mostrarse amable conmigo en vez de burlarse de mí y tratarme mal? Desde luego, ese comportamiento se acercaría más al resto de mis experiencias. —Alzó la vista y trató de forzar una risa—. Me resulta complicado hacer amigos dentro de mis círculos, ¿sabéis? Quizás estaba demasiado deseosa por creer que hablaba en serio cuando me decía cosas buenas. Disculpadme, señor, soy una tonta redomada.

Kamran no supo cómo reaccionar ante semejante espectáculo lacrimógeno. Se quedó bloqueado al tener que hacer frente a la joven, sin saber qué hacer con las manos o dónde posar la mirada. Pensó, quizá, en rebatir las críticas con las que la joven se maltrataba, pero él mismo también consideraba una tonta redomada a la señorita Huda.

—Gracias por haber traído el bolso de viaje —murmuró—. Ya podéis iros.

—Sí. —La señorita Huda tomó una profunda bocanada de aire para recomponerse. Después, abrió el bolso de viaje que tenían a los pies, sacó un puñado de arrugada tela verde del interior y la arrebujó hasta formar un bulto más manejable—. Gracias, señor, por vuestro...

Un pequeño insecto salió volando del interior del bolso a tal velocidad que ambos se sobresaltaron al verlo. La señorita Huda profirió un gritito y agitó las manos ante su rostro, pero el bichejo voló por la habitación, se chocó contra las mesas y las lámparas como si estuviese ebrio. Su diminuto cuerpecito rebotó sobre casi todas las superficies de la estancia antes de lanzarse repentinamente contra la frente de Kamran y despertar un súbito recuerdo de la noche anterior.

Hazan.

El insecto estaba desorientado. Trataba de escapar y ahora lanzaba una y otra vez su cuerpecito rígido contra la puerta cerrada para intentar, sin mucho éxito, colarse por el ojo de la cerradura. Kamran se acercó cautelosamente hasta la puerta y, en un rápido movimiento, atrapó al insecto con la mano. Sintió cómo se debatía contra su piel y, con cuidado, lo encerró dentro del puño, donde el animalillo se arrojó contra la palma de su mano con los frenéticos movimientos de un diminuto fuego artificial.

—¿Qué diablos era eso? —se preguntó la señorita Huda en voz alta—. Qué curioso... He pasado toda la mañana tratando de cazar a ese bichejo.

Kamran se volvió para mirarla con el ceño fruncido.

—¿Esta abeja viene desde vuestra casa?

—Me lo encontré zumbando por mis aposentos cuando regresé del baile. —Se secó los ojos llorosos—. Traté de cazarlo varias veces, pero era demasiado rápido. Y no es una abeja, señor, sino una luciérnaga. Vi su diminuto trasero brillando en la oscuridad. Imagino que se coló en el bolso de viaje cuando lo abrí.

—¿Una luciérnaga, decís? —Kamran arrugó el gesto, confundido, antes de quedarse de piedra mientras su cabeza trabajaba a toda velocidad. ¿Por qué le resultaba tan importante aquel descubrimiento? ¿Por qué se le antojaba tan familiar?

—¿Alteza? —dijo la señorita Huda, con expresión consternada— ¿Os encontráis bien?

Pero Kamran no la oyó.

—Bastardo mentiroso —murmuró.

DIEZ

—¿Querida? Querida, debéis despertaros.

Alizeh sintió sobre la frente el peso de una delicada mano, de piel tan suave que la sensación casi le resultaba extraña. Un lujoso aroma floral inundó sus fosas nasales; oyó el susurro de la seda, el suave repicar de las joyas, de las pulseras que se juntaban y se paraban con cada caricia que sentía en el cabello. Durante un sublime momento, Alizeh creyó haberse reunido con su madre.

Estaba delirando.

Se sentía incapaz de mover ni un dedo; sus extremidades estaban hechas de plomo; su cuerpo, de cemento sobre la alfombra. Alizeh no llegó a alcanzar la cama. Al poco de descubrir el precio que habría de pagar por haber dejado atrás el bolso de viaje, las últimas gotas de adrenalina abandonaron su cuerpo. Alizeh, que ya de por sí había estado batallando contra la extenuación, había quedado reducida a una carcasa débil y temblorosa. Le fallaron las piernas, cayó al suelo, tan agotada que ya no pudo mantener a raya las ansias de dormir. Perdió y recobró el conocimiento unas cuantas veces y su mente entrelazó los sonidos y las imágenes que percibía a su alrededor con aquellos de los sueños hasta que ya no supo diferenciar cuáles eran reales y cuáles no.

El descanso le había sabido a gloria.

Se había desvanecido bajo una franja de luz solar que le fue devolviendo el calor poco a poco mientras dormitaba y, aunque Alizeh no sabía cuánto tiempo había pasado, tuvo la sensación de haber estado sumida escasos minutos en la inconsciencia. Y ahora ya había alguien pidiéndole que se levantara.

En ese momento, no alcanzaba a imaginar una crueldad mayor.

—Querida, no tenemos mucho tiempo y debo hablar con vos.

La mano de piel suave volvió a acariciarla, esta vez en la mejilla, y Alizeh por poco volvió a quedarse dormida. Se sentía aturdida y desorientada y se moría por seguir durmiendo. Quería quedarse allí tumbada para siempre o, al menos, hasta que el sol devolviera todas las partes congeladas de su cuerpo a la vida con su calor.

—No —graznó.

Oyó una suave risa.

—Sé que estáis agotada, querida, pero, mientras Cyrus os crea dormida, no sospechará que conspiramos en su contra. Debéis despertaros, querida, puesto que necesito hablar con vos urgentemente.

La nosta despertó y ardió contra la delicada piel del pecho de la joven, como un recordatorio de que seguía oculta bajo el corpiño destrozado, así como un aviso de que Sarra decía la verdad. El miedo era la única emoción lo suficientemente fuerte para que Alizeh recobrase la consciencia e incluso así el esfuerzo fue atroz. Tenía los ojos tan secos que le ardieron al abrir los párpados y sentía que le iba a estallar la cabeza por el cansancio y la deshidratación a pesar de que su adormilado corazón comenzaba a acelerarse.

—¿Qué ha ocurrido? —preguntó Alizeh, que parpadeó a través del escozor de las lágrimas que sus ojos resecos habían generado en un intento por lubricarse.

La joven trató de incorporarse, pero profirió un jadeo cuando sus músculos se agarrotaron al sentir un ardiente dolor a lo largo de toda la parte izquierda de su cuerpo.

—Ay, querida —se lamentó Sarra, inquieta.

Alizeh se puso rígida cuando la mujer la miró con lo que aparentaba ser sincera preocupación; tomó el brazo herido de Alizeh, comprobó con dedos delicados las vendas caseras que la joven se había aplicado y, al palpar con suavidad su pierna, detonó una inesperada oleada de dolor.

La joven ahogó un alarido.

—Ya veo —comentó Sarra con suavidad—. Son marcas de dientes, ¿verdad? Mordeduras de dragón.

—Para ser justa —respondió Alizeh, sin perder la mueca de dolor—, no creo que el dragón tuviese intención de morderme.

—No, seguro que no. —Sarra frunció el ceño—. Que no os confunda su tamaño; en realidad, son criaturas bastante apacibles.

—Bueno. —Alizeh intentó respirar con normalidad a pesar del calvario y se consoló a sí misma con el recuerdo de un reciente descubrimiento: su cuerpo tenía la capacidad de curarse solo—. Lo hecho hecho está. Ya me he limpiado y vendado las heridas. Terminarán por sanar.

Sarra enarcó las cejas.

—Entiendo que no habéis visto las marcas de dientes que os recorren la pierna.

—¿Cómo decís?

A duras penas, Alizeh se incorporó para sentarse y estudió la pierna en cuestión. Todavía llevaba puestos los restos del vestido destrozado por partida doble, lo cual significaba que Alizeh seguía estando muy poco cubierta, y su muslo desnudo mostraba una ordenada hilera de heridas punzantes que, asumía, también estaban presentes a lo largo de su abdomen. Las visibles laceraciones habían sangrado, formando desagradables coágulos, y su sangre transparente lograba que diese la sensación de que su piel estaba embadurnada de una reseca gelatina translúcida.

A Alizeh se le revolvió el estómago al verse la pierna.

—Es un verdadero monstruo, ¿verdad? —susurró Sarra.

Sorprendida, Alizeh miró a la mujer.

—¿Quién?

—Mi hijo —aclaró con expresión sombría incluso al estar sonriendo—. Es un bruto incorregible.

Aunque la nosta se calentó, Alizeh sintió que era una trampa.

No respondió, sino que se limitó a estudiar a Sarra con cautela mientras trataba de decidir en qué creer. Desde el primer momento, la madre de Cyrus habría sido difícil de descifrar, puesto que sus acciones se alejaban del camino de la lógica. Alizeh no sabía cómo reaccionar ante la mujer ahora. Por lo pronto, no confiaba en ella.

—¿Qué era lo que teníais que decirme? —preguntó Alizeh cambiando de tema y procurando mantener una expresión serena—. Daba la sensación de que algo iba mal.

—Es que todo va mal, querida. ¡Todo! —De nuevo, Sarra sonrió y, de nuevo, el efecto fue trágico—. Esperaba que, ahora que estáis aquí, juntas podríamos cambiar el curso de las cosas. He venido a hablar con vos justo de eso, pero ahora me doy cuenta de que no confiáis en mí, así que no podremos formar una alianza hasta que lo hagáis.

—¿Que vos y yo formemos una alianza? —Alizeh por poco se echó a reír—. No podéis decirlo en serio.

Sarra la miró con dureza antes de ponerse en pie y ofrecerle una mano. Alizeh estudió a la mujer con una expresión cauta.

—No seáis boba —dijo Sarra al tiempo que sacudía suavemente la cabeza—. No voy a haceros daño.

—¿Entonces qué queréis hacer conmigo?

—Voy a ayudaros a poneros en pie y a prepararos un baño.

La nosta se templó ante sus palabras y la esperanza floreció en su pecho. La idea de tomar un baño sonaba divina.

—¿Eso es todo?

Sarra le ofreció una sonrisa amarga.

—Eso es todo.

Alizeh aceptó la mano de la mujer y se puso en pie con cuidado; una vez que estuvo segura de poder mantener cierto equilibrio, siguió entre tambaleos a Sarra, que la condujo hasta el baño. La mujer giró los grifos hasta que el sonido del agua al correr inundó la estancia. Esa imagen, así como la promesa que le ofrecía, fue cuanto Alizeh necesitó para calmar sus nervios casi de inmediato.

Mientras el chorro de agua chapoteaba con un murmullo reconfortante contra la porcelana, Sarra fue a buscar la bandeja de cuencos de madera que descansaba sobre una repisa anclada a la pared y tomó precisas medidas de lo que parecían ser hierbas multicolores antes de verterlas en el agua.

Con un ritmo constante, la bañera se fue llenando.

—Son hierbas medicinales —explicó Sarra, señalando con la cabeza la bandeja que ahora devolvía a su repisa—. Cuando el agua entre en contacto con las heridas, sentirás un ardor de mil demonios, pero, si puedes aguantar un poquito de dolor, es lo mejor para ayudar a aliviar y desinfectar las heridas rápidamente.

Alizeh se puso tensa.

No sabía por qué, pero casi interpretó las palabras de la mujer como un reto.

—Os aseguro que puedo soportar más que un poquito de dolor —dijo mientras se acercaba, renqueante, al lavabo.

Alizeh tomó una toalla de una de las repisas inferiores y la puso debajo del grifo; su intención era limpiarse el estropicio que había resultado de descuidar sus heridas mientras la bañera se llenaba. Apretando los dientes, fue retirando con delicadeza la sangre coagulada que le cubría la pierna y prestó sumo cuidado en no volver a abrirse las laceraciones.

Mientras tanto, Sarra la observó con una curiosidad que no se molestó en ocultar.

—¿Sabéis una cosa? No tenía ni la más remota idea de qué esperar antes de que llegarais —comentó al tiempo que se sentaba al borde de la bañera—. Pese a todo lo que Cyrus me había contado sobre vos, no sabía cómo seríais —hizo una pausa—. En realidad, ni siquiera sabía si vendríais.

Alizeh se congeló al oír aquello y luego corrigió su postura. Tiró la toalla manchada sobre el lavabo.

—¿Cuándo comenzó a hablar sobre mí exactamente? ¿Y qué dijo?

Sarra sacudió una mano para quitarle hierro a sus palabras cuando respondió:

—Bueno, fue hace un par de meses. Un día entró en el comedor por sorpresa y, sin ningún preámbulo, anunció delante de todo el servicio que tenía intención de casarse. Me pidió que comenzara a preparar vuestros aposentos; dijo que no llegaríais vestida de manera apropiada y que ni siquiera tendríais un ajuar, así que yo debía encargarme de prepararlo todo, pero, claro, nunca se molestó en decirme cuáles eran vuestras medidas.

»Como es lógico, tenía un millón de preguntas, pero las respondió a todas sin ganas. Me dijo vuestra edad y que vivíais en el norte. También que erais huérfana, pero que descendíais de una dinastía olvidada. Insistió en que teníais sangre real, a pesar de no haber recibido la educación adecuada, por lo que era posible que os comportaseis con una ligera falta de modales al no haber completado vuestros estudios...

Alizeh abrió los ojos de par en par, indignada.

—¿Disculpad?

—Oh, no os lo toméis como algo personal, querida —la tranquilizó Sarra con una sonrisa en los labios—. Es más que

evidente que hacéis pleno uso de vuestras facultades. Aunque...
—sus ojos resplandecieron con un brillo travieso— he de admitir que mi primera impresión de vos fue bastante poco ortodoxa, por lo que aprecié que mi hijo me pusiese sobre aviso. Si no hubiese estado preparada para encontrarme con una joven medio asilvestrada, habría quedado demasiado conmocionada como para reaccionar.

Alizeh cerró la boca, escarmentada.

—Aun así —continuó Sarra en un suspiro—, me resultó de lo más obvio que mi hijo no tenía ni la más remota idea de quién erais en realidad, puesto que sus descripciones no me dieron ninguna pista acerca de vuestro carácter o personalidad. De hecho, cuando lo obligué a hablarme de vos, lo hizo con evidente repulsa. Expresó en numerosas ocasiones que solo esperaba que no fueseis tonta y nunca me dio ningún detalle acerca de vuestro aspecto físico a pesar de que... —Contempló a Alizeh con una mirada de aprobación—. Bueno, incluso estando tan desaliñada como ahora, sois toda una belleza, desde luego que sí. Habría esperado que lo mencionase, siendo tan evidente. Su mayor preocupación era que no resultaseis ser una cabeza hueca sin remedio.

Alizeh contempló a la mujer con absoluta perplejidad. Sarra no había pronunciado ni una sola mentira.

—Doy por hecho que no os explicó que fue el mismísimo Iblís quien le ordenó casarse conmigo.

—Por supuesto que me lo dijo —replicó al tiempo que cerraba el grifo.

La estupefacción de Alizeh ante su respuesta tendría que materializarse un poco más tarde, puesto que la bañera ya estaba llena hasta los bordes. Al haber añadido las hierbas, el agua burbujeaba y tenía una capa de espuma; las fragancias del eucalipto y el jazmín impregnaban el aire húmedo. El corazón de Alizeh revivió ante esa imagen, ante esos olores tan familiares.

La mujer pelirroja se encaminó hacia la puerta y le dio la espalda a Alizeh para ofrecerle algo de privacidad.

Alizeh, por su parte, no perdió ni un segundo. Se deshizo con gusto de los restos del vestido, aunque dudó al recordar la presencia de la nosta, que había permanecido oculta con pericia dentro de su corsé. Al no dar con una alternativa, primero le lanzó una miradita a la nuca de Sarra para asegurarse de que no la viera y luego se apresuró a meterse la pequeña canica en la boca, donde el diminuto orbe encajaba sin problema en el interior de su mejilla. Dejó el corsé destrozado y la ajada ropa interior sobre el vestido y contempló el pulcro montón con una vívida confusión.

Todavía le resultaba surrealista encontrarse en semejante situación.

Estaba tan desnuda como cuando había venido al mundo en el mismísimo corazón de un imperio extranjero, atrapada en un cuarto de baño con la madre de un rey despiadado que confabulaba con el diablo sin remordimientos, y no tenía ni la más remota idea de las pesadillas que la aguardarían allí.

Su mente se veía casi sobrepasada por todas las cosas que debía tener en cuenta.

Incluso cuando se metió con cuidado en la bañera llena de espuma, Alizeh se preguntó si estaría loca por confiar en que Sarra no hubiese envenenado el agua, pero, entonces, el agua empapó sus heridas y el dolor que sentía se hizo tan agudo que no fue capaz de pensar en nada más. No sabía si gemir aliviada o llorar angustiada.

—Dadle un par de minutos —dijo Sarra desde la puerta—. El dolor se mitigará, os lo prometo. Luego os sentiréis mucho mejor.

Alizeh cerró los ojos con fuerza y notó que sus músculos se tensaban a medida que las hierbas medicinales penetraban en su piel.

—No lo entiendo. —Habló despacio para evitar que la nosta bailara por su boca—. ¿Queréis decir que estáis al tanto del pacto de vuestro hijo con el diablo? ¿Os lo ha contado todo?

Sarra rio.

—De todos los detalles no estoy al tanto.

—Pero ¿sois conocedora de la traición de vuestro hijo? ¿De que está decidido a casarse conmigo, en contra tanto de mi voluntad como de la suya propia, solo para saldar alguna terrible deuda que tiene con Iblís? Sabéis todo eso y aun así... no parece que os preocupe demasiado.

La voz de Sarra adoptó una inquietante calma cuando respondió:

—No es que no me preocupe. Es que ya no creo en nada de lo que me dice. En los últimos meses, mi hijo le ha echado la culpa al diablo por todas las malas decisiones que ha tomado. Nunca se responsabiliza de sus actos. Siempre me pide que entienda que no tiene elección. Incluso cuando plantea sus exigencias ante mí o ante nuestro pueblo, siempre insiste en que lo hace porque está atado de pies y manos.

—Pero... —Alizeh frunció el ceño, con los ojos todavía cerrados— ¿confía en vos entonces? ¿Os habla con sinceridad? No habría esperado que un joven tan tiránico buscase el consejo de su madre.

Una vez más, Sarra profirió una risa amarga.

—Cyrus no busca mi consejo. Lo único que quiere es quitarse un peso de encima en lo que ha resultado ser un iluso afán por ganarse mi perdón. Sigue siendo lo suficientemente joven e ingenuo como para creer que al confiarme sus secretos va a conseguir que me compadezca de él, pero yo he terminado por acostumbrarme a sus muestras de autocompasión. Por supuesto, lo intenté —suspiró—. Intenté guiarlo al principio, pero enseguida comprendí que habla mucho, pero nunca escucha. He aceptado que ya no tengo ningún poder sobre él; que ya nadie lo tiene. Puede que culpe a Iblís, pero Cyrus es quien hace lo que le viene en gana al final. Ten por seguro que no somos más que peones en sus maquinaciones.

Alizeh abrió los ojos.

Fue una sensación extraña la de sentir el calor de la nosta en la boca. Aunque le resultaba mucho más extraño descubrir que las confusas revelaciones de Sarra fueran verdad, puesto que Alizeh no habría imaginado a Cyrus siendo tan directo con su madre. Y, a pesar de no tener ningún interés en defender al despreciable monarca, la propia Alizeh conocía demasiado bien a Iblís como para negar la presión que ejercía con su influencia. Le resultaba muy poco razonable desestimar la posibilidad de que el diablo estuviese coaccionando a Cyrus sin ninguna piedad.

—Siendo justas —susurró Alizeh—, el diablo tiene herramientas para engañar incluso a las personas más avispadas. Y no me cabe duda de que sabéis que poner fin a un acuerdo con Iblís implica, como mínimo, renunciar a tu propia vida. Cyrus tendría que estar dispuesto a morir para escapar de él.

—Habrá quien diga —replicó Sarra con brusquedad— que la mejor solución es no llegar a hacer nunca un pacto con el diablo. Al poco de ascender al trono, Iblís les tiende la mano a todos los soberanos y los tienta con tratos nada ventajosos. Cyrus siempre lo tuvo muy presente y estaba advertido de que eso sería algo a lo que tendría que enfrentarse, que tendría que resistir la tentación como todos los demás hicieron antes que él. —La mujer sacudió la cabeza—. Estoy harta de oírle repetir las mismas excusas una y otra vez, querida. Se me ha agotado la paciencia.

Alizeh se sorprendió al descubrir que la mujer estaba enfadada.

Estudió a Sarra, bajo el marco de la puerta: se fijó en sus ojos centelleantes, en sus labios apretados, en la tensión de sus hombros.

En vez de sentirse reconfortada por la furia de la mujer, la conversación alarmó a la muchacha. Sarra conspiraba contra su propio hijo, lo repudiaba por sus acciones y exigencias, a pesar de cumplir con lo que Cyrus le pedía. Alizeh era lo suficientemente comprensiva como para imaginar la razón por la que Sarra permanecía en el castillo; quizá lo hacía por principios, porque no quería verse obligada a abandonar su propio hogar... o quizá Cyrus se había hecho con el control de sus recursos, dejándola sin tener a dónde ir. Al haber vivido esa realidad en sus propias carnes, Alizeh no recomendaría la indigencia como una alternativa viable frente a una cama caliente.

No, el problema no era que a Alizeh le faltasen datos para comprender la difícil situación de la mujer. Lo que la inquietaba, lo que le hacía pensar que algo no encajaba, era la inconsistencia de Sarra. Al fin y al cabo, había admitido que las dependencias en las que se encontraban habían sido fruto de su esfuerzo; los armarios abarrotados de bellos vestidos demostraban que había ejecutado las órdenes de su hijo.

¿Cómo era posible que quisiese rebelarse contra Cyrus cuando no paraba de obedecerlo? ¿Cómo no se daba cuenta de que, al construirle a Alizeh esa hermosa prisión, no estaba siendo sino cómplice de los crímenes de su hijo?

Aun así, la compañía de la mujer en parte la reconfortaba, puesto que Sarra había demostrado que no era una mentirosa. Como prometió, el dolor había comenzado a remitir y, por fin, se relajó; Alizeh permitió que su cuerpo flotase por un instante en el agua caliente, de manera que sus cabellos se ondularon alrededor de su rostro y los tirabuzones oscuros surcaron la espumosa superficie como si fueran tentáculos.

Con cuidado, Alizeh alcanzó la pastilla de jabón que había en una bovedilla por encima de su línea de visión y se dispuso a enjabonarse las doloridas extremidades. Su cabeza pronto se llenó del delicado aroma del jazmín.

—¿Por qué vinisteis a buscarme? —preguntó, lanzándole una mirada a Sarra—. ¿Por qué pensasteis que podríamos formar una alianza?

Sarra la estudió, pero no dijo nada durante un tiempo.

—¿Estáis segura de que no queréis casaros con mi hijo?

Alizeh le devolvió la mirada inquisitiva.

—¿Dudáis de mi palabra?

—No estoy ciega, sé que mi hijo es atractivo —dijo, con una ceja enarcada—. En Tulán hay miles de jóvenes dispuestas a casarse con él sin pensárselo dos veces. Puede que os sorprenda, pero tiene todo un ejército de dedicadas admiradoras. Todavía no saben de ti, claro... Se les partirá el corazón cuando se anuncie lo de vuestro compromiso.

—No se hará tal anuncio, puesto que no me casaré con él —replicó Alizeh, molesta—. ¿Por qué me contáis esto? ¿Creíais que mi opinión acerca de vuestro hijo cambiaría al enterarme de los caprichos pasajeros de una turba de ilusas?

—En absoluto. —Sarra la premió con una sonrisa cegadora—. Os engañaron, como vos decíais, para traeros hasta aquí. Vos misma me dijisteis que lo despreciáis. Ya habéis intentado matarlo. Y desde el primer momento en que pusisteis un pie en Tulán, habéis demostrado que sois lo suficientemente valiente como para enfrentaros a él, así como lo suficientemente fuerte para suponerle un reto. No espero que os caséis con él.

Alizeh se quedó tan inmóvil como una estatua.

Sarra avanzaba hacia ella, daba pasos precavidos y medidos al milímetro, y Alizeh no pudo librarse del temor de que, poco a poco, le estuviese tendiendo una trampa, de que la última persona de quien sospecharía la estuviese embaucando.

El problema era que no sabía el porqué.

Ni el cómo.

—¿Qué queréis de mí? —preguntó Alizeh al tiempo que alcanzaba una toalla. Abrió la tela con una sacudida al levantarse de la bañera, consiguiendo así proteger su privacidad al envolverse en el cálido algodón y aferrarse a ella como si fuera una armadura—. Vilipendiáis a vuestro hijo sin descanso, pero todavía no os he oído ofrecerme una vía de escape. Si tanto lo odiáis, ¿por qué no me ayudáis a escapar de él?

—Porque os necesito —explicó y sacó un albornoz de un armarito escondido antes de ofrecérselo a Alizeh—. Porque nos necesitamos la una a la otra.

—Yo no necesito nada de vos —aseguró la joven, a pesar de haber aceptado el albornoz que le tendía la mujer. Salió de la bañera, con los pesados rizos empapándolo todo de agua—. Pero ahora me doy cuenta de que vos, como el resto del mundo, parecéis querer algo de mí.

—Yo solo quiero que se imparta justicia.

Alizeh dejó escapar un resoplido mientras sustituía la toalla con discreción por el suave albornoz que se ató con aire enfadado a la cintura.

—¿Sois cómplice de mi captura y aun así esperáis que confíe en que sabéis lo que es la justicia?

—Las dos estamos encerradas en este castillo —susurró Sarra—. La única diferencia es que yo interpreto mi papel de otra manera.

—¿Cómo puede ser eso verdad?

—Parece que se os olvida, querida, que Cyrus mató a mi marido.

Al oír aquello, Alizeh se detuvo.

Poco a poco, alzó la mirada y estudió a la mujer que tenía ante ella como si fuese la primera vez que la veía.

Sí, Alizeh había olvidado ese detalle.

Había oído los rumores, por supuesto; corrían toda clase de rumores acerca de Cyrus el Despiadado, el hijo que asesinó a su propio padre para quedarse con el trono. Esa noticia había llegado a sus oídos hacía apenas unos meses; por aquel entonces,

Alizeh todavía no vivía en Setar, donde los rumores que giraban en torno al sangriento encuentro habrían sido más sonados..., aunque habría dado igual. Aquel astronómico titular había ocupado la primera página de todos los periódicos del reino durante semanas, puesto que el mundo entero había visto aquella transferencia de poderes tan violenta como un mal presagio. Si el joven rey había estado dispuesto a asesinar a su propio padre a cambio de la gloria, ¿a qué rey trataría de derrocar después?

Bueno. Ya tenían una respuesta para eso.

—No es típico de una madre odiar a su propio hijo —murmuró Sarra—. Sin importar las penurias que tengamos que soportar, las madres debemos continuar queriéndolos, perdonándolos incluso cuando se transforman en asesinos ante nuestros propios ojos.

—Lo siento muchísimo —susurró Alizeh.

Sarra inclinó la cabeza.

—Cuando Cyrus asesinó a mi marido, no pude creerlo. Desde luego, no al principio. Le di a mi hijo la oportunidad de desmentir el horror del que se lo acusaba, de que confesase que había sido un terrible accidente... o incluso de que me dijese que le habían tendido una trampa. Pero no hizo nada de eso. Cyrus me miró a los ojos y reconoció haber matado a su padre, un hombre que lo quiso más que a su propia vida, porque no era digno de ser rey. No mostró remordimiento alguno. No se arrepintió de sus actos.

Horrorizada, Alizeh se cubrió la boca con la mano.

—Un día —musitó la mujer—, Cyrus era mi hijo. Al siguiente, ya no.

—¿Por qué os quedasteis a su lado? —preguntó Alizeh, que alejó la mano del rostro y habló con la voz cargada de incredulidad—. ¿Os ha amenazado? ¿Es que acaso no tenéis a dónde ir?

—La maternidad es complicada —dijo Sarra, dándose la vuelta—. En mi corazón, he renegado de él de casi todas las formas imaginables. Nunca lo perdonaré. Ya no siento amor por él. Sin embargo, he descubierto que hay cosas que no me puedo obligar a hacer. En vano, he tratado de ponerle fin al asunto yo misma, pero he comprendido que esa es una línea que no soy capaz de cruzar. —Encontró la mirada de Alizeh—. Necesito que os quedéis conmigo porque no puedo hacer esto yo sola.

—No os entiendo —admitió Alizeh, a pesar de que le martilleaba el corazón en el pecho y su instinto le pedía a gritos que se mantuviese callada, que no hiciese más preguntas—. ¿Qué es lo que no podéis hacer sola?

—Matarlo, querida. Necesito que me ayudéis a matarlo.

ONCE

El olor a piedra mojada inundó los sentidos de Kamran. El oscuro camino que se abría ante él estaba iluminado por una serie de antorchas aseguradas a las paredes húmedas y su brillo colectivo dibujaba sombras titilantes sobre los sucios suelos de piedra, de manera que, de vez en cuando, les daban un breve respiro a las arañas que correteaban para huir de la luz. Sus pasos resonaron por el alto y estrecho pasillo, los bruscos sonidos y olores de los alrededores inspiraban en él un intenso pánico y un irrefrenable deseo de escapar. Un poco antes no había visto el momento de bajar a las mazmorras para terminar de una vez por todas con el desagradable asunto de Hazan y seguir adelante con su vida, pero ahora se daba cuenta de que preferiría estar en cualquier sitio menos allí, prefería recorrer cualquier camino menos el tortuoso pasillo hasta las mazmorras que él mismo había recorrido dos días antes. Las lóbregas paredes empapadas se cerraban sobre él a medida que avanzaba.

Cerró el puño con más fuerza alrededor del asa del bolso de viaje.

Los recuerdos lo asolaron en su avance, se le nublaron las emociones y se tornaron más complicadas. Hacía dos días, su abuelo aún seguía con vida; hacía dos días, habían recorrido aquellos pasillos juntos y aun así... era uno de los peores recuerdos que tenía del difunto rey, puesto que aquella noche lo había acusado de traición, había estado dispuesto a encerrarlo en la mazmorra y lo había amenazado con cortarle la cabeza si se resistía a aceptar su sentencia.

Su abuelo tan solo llevaba un día muerto y, de todos los buenos recuerdos que tenía de él, aquel era el que lo asolaba ahora.

Era una tragedia derivada del presente caos que Kamran no hubiese podido permitirse disponer de poco más que unos minutos para llorar la muerte del rey Zal. No había sido capaz, en consecuencia, de aclarar cómo se sentía respecto a él. Habría preferido que le hubiesen indicado cómo sentirse o que, por lo menos, le hubiesen enseñado a encontrarle el sentido a los indescriptibles crímenes que su abuelo había cometido.

¿Cómo iba Kamran a condenar a alguien que se había rebajado a tales niveles con la única intención de protegerlo? Habiendo disfrutado durante dieciocho años del amor y la devoción de su abuelo, ¿cómo iba a compartimentar sus sentimientos ahora, cuando su mente se estaba viendo asolada por la pena, cuando no contaba con las herramientas necesarias para derrumbar las paredes de su corazón? ¿Acaso era posible, se preguntó, amar y detestar al mismo tiempo a la persona que te crio?

Cuando era pequeño, su convicción había sido más robusta; el mundo se le antojaba más sencillo, así que sus ideas siempre fueron blancas o negras. Por entonces creía que, con el tiempo y la experiencia, sus opiniones no harían más que reforzarse, pero había resultado ser justo al contrario.

Cuantos más años pasaban, cuantas más penurias se veía obligado a soportar, más convencido estaba de que no sabía nada.

Le parecía imposible desenredar la madeja de sufrimiento y horror que le embotaba la cabeza en ese momento; imposible cuando casi había alcanzado el final del camino, cuando las mazmorras y el solitario joven encerrado en su interior estaban a punto de aparecer ante sus ojos. Desde luego, era una verdadera lección de humildad darse cuenta de que, la última vez que había recorrido aquellos pasillos, no había contado con la perspectiva necesaria para comprender que sus problemas habían sido minúsculos, a pesar de parecer insuperables.

Kamran daría todo lo que fuera por volver atrás en el tiempo.

El príncipe pasó a grandes zancadas por delante de los guardias que vigilaban la entrada a la cámara principal y que gritaron algo que no se molestó en escuchar. En una mano, Kamran cargaba con el bolso de viaje de Alizeh y, con la otra, sujetaba un tarrito de mermelada cerrado; le había hecho unos cuantos agujeros en la fina tapa con la daga de su madre para que el insecto que albergaba en su interior pudiese respirar dentro de su prisión.

Por fin quedó frente al hombre en cuestión.

Alcanzaba a ver la tenue silueta del cuerpo de Hazan tras los barrotes de hierro forjado de su celda: tenía la espalda apoyada contra una pared sucia, las piernas extendidas ante él y el rostro oculto entre las sombras. La cabeza de Hazan colgaba sobre su pecho; su mata de cabello rubio oscuro brillaba de vez en cuando bajo la rutilante luz de las antorchas. Quien había sido consejero de Kamran no se movió ni un milímetro, ni siquiera cuando un grupo de guardias entraron junto al príncipe en la cámara y se arrodillaron ante él para pedirle, sin aliento, que no se acercara al preso.

—No sabíamos que era un jinn, señor... Ya ha destrozado otras dos celdas...

—Tuvimos que reducirlo entre doce...

—Se ha estado comportando de forma violenta, alteza, no debería quedarse a solas con él...

—Tuvimos que dejarlo inconsciente...

—Le pusimos unos grilletes especialmente diseñados para los suyos, pero es como una bestia, está fuera de sí...

—Tiene una fuerza increíble, señor... Será mejor que nos lo deje a nosotros...

—¡Fuera! —bramó Kamran con el ímpetu de un trueno—. Fuera todo el mundo. Puedo encargarme de él yo solo.

Los guardias del grupo se quedaron inmóviles, se pusieron firmes al unísono, hicieron una reverencia en masa y se apresuraron a salir por la puerta antes de cerrarla con un violento sonido metálico a su espalda. Kamran no se acercó a los oxidados barrotes de la celda hasta que no se hubo asegurado de que estuvieran solos.

—Hazan —dijo Kamran ante el silencio—, mírame.

No lo miró.

—Hazan —repitió Kamran, con tono enfadado esta vez—. Te ordeno que te levantes.

Sin levantar la cabeza, Hazan respondió:

—Con el debido respeto, señor, váyase a la mierda.

La sorpresa hizo que Kamran emitiese un ruidito, algo parecido a una carcajada. Nunca había oído a Hazan pronunciar una palabra malsonante y, de alguna manera, no hizo más que avivar su curiosidad.

Al parecer, Hazan le había estado ocultando muchos detalles acerca de sí mismo y Kamran, que de pronto tenía un millar de preguntas para su viejo amigo, no se anduvo con rodeos.

—¿Por qué no me dijiste que eras un jinn? —preguntó.

—No consideré que fuese de tu incumbencia.

—¿Que no era de mi incumbencia? ¿Nos conocemos desde que éramos niños y no se te ocurrió pensar que tenía derecho a saber que, durante todo ese tiempo, tú le fuiste fiel a otro imperio? ¿A otro soberano? ¿No se te ocurrió pensar que debería estar al tanto de que mi consejero se limitaba a esperar a que llegase su oportunidad, que me estaba usando, sin duda, para conseguirle información a su pueblo con la esperanza de encabezar una revolución?

—No.

Kamran contuvo una sonrisa. No había nada que celebrar en sus palabras, pero se sentía extrañamente revigorizado. Los muros que había entre él y Hazan se habían desmoronado. Libre de la deferencia que exigía su rango al interactuar entre ellos, Hazan había mostrado más detalles de su verdadera identidad en unos pocos minutos, así como durante la noche que había pasado en la mazmorra, que en la última década.

Había algo fascinante en el descubrimiento: aquella versión airada, beligerante y temeraria de su antiguo ministro era, en cierto sentido, refrescante. Hazan no le tenía miedo y ya no se preocupaba por mantener su temperamento a raya. Ahora se trataban como iguales, no porque ostentasen un mismo estatus, sino porque compartían las mismas habilidades emocionales y la misma fortaleza física. Aun así, Kamran no era capaz de articular con palabras la razón por la que esa revelación lo reconfortaba hasta cierto punto.

Lo único que podía decir era que sentía un creciente e inexplicable alivio.

Kamran no había descubierto la verdad acerca de la ascendencia de Hazan hasta que la señorita Huda no hubo identificado al insecto como una luciérnaga. El príncipe no era del todo ajeno a la historia de los jinn (sabía lo que las luciérnagas significaban para ellos) y se alegraba de haber contado con esa formación. De no haber sido capaz de ensamblar las piezas de las que se componían las motivaciones de Hazan, a Kamran nunca se le habría ocurrido concebir una explicación tan elaborada para los crímenes del otro joven. Que Hazan solo le hubiese sido fiel a Alizeh y no a Cyrus... Bueno, eso lo cambiaba todo.

—Tengo a tu mascota —anunció.

Hazan se irguió al oír aquello y estudió a Kamran con tal cautela que resultaba evidente que no le creía.

—¿A qué te refieres?

Kamran alzó el tarro de mermelada para enseñárselo, colocándolo justo a la altura de los ojos de su amigo. Al verlo, el abatido bichito echó a volar en un terrible frenesí y se lanzó con desesperación contra las paredes de su prisión al tiempo que su abdomen se iluminaba a intervalos. Su cuerpecito impactó contra el cristal con una serie de secos tintineos regulares.

—¿Vas a tratar de negar que te pertenece?

Hazan tardó un buen rato en hablar y lo hizo a regañadientes:

—No.

—Supongo que quieres que te devuelva al bichejo.

Hazan se limitó a suspirar a modo de respuesta. Reclinó la cabeza contra la pared y cruzó los brazos sobre el pecho. La tensa línea de su boca evidenciaba la silenciosa irritación que sentía.

—No es un bichejo —dijo con tono sombrío—. Es una luciérnaga.

—Y te la devolveré en cuanto hayas respondido a mis preguntas.

Hazan le lanzó una mirada gélida.

—Sobreestimas mi relación con el insecto si me crees capaz de divulgar información secreta a cambio de una recompensa tan insignificante.

—Ya veo. Entonces no te importará que la aplaste con la bota.

—No harías algo así.

—Créeme que sí.

Hazan sacudió la cabeza y se dio la vuelta.

—Supongo que tienes razón, ¿no? Eres un canalla sin corazón.

Kamran se puso serio.

—Necesito saber qué hiciste por ella, Hazan.

—¿Por qué? —Hazan se rio con amargura—. La habéis vuelto a perder, ¿no es así?

—Sí.

El joven alzó la vista ante la respuesta del príncipe, con el fantasma de una sonrisa genuina en los labios.

—Entonces no podríais haberme dado una mejor noticia. Estoy preparado para morir en la horca, puesto que me iré tranquilo al saber que ha escapado.

—Necesito saber qué hiciste por ella —insistió el príncipe, airado—. ¿Tu intención era conseguir que me arrebatara el trono?

—¿Que te arrebatara el trono? —repitió Hazan, incapaz de creer lo que oía—. ¿Te refieres al imperio más extenso del mundo? ¿Ella y cuántos más?

—¿Entonces no buscabas ayudarla a conseguir poder?

—¿Cuál es el objetivo de este interrogatorio? —refunfuñó Hazan—. ¿Pensabas que mi intención era resucitar un antiguo imperio? ¿Sentenciar a mi pueblo a la muerte al desatar una guerra en la que se verían superados en número? No sé si te acuerdas, pero tu abuelo le estaba dando caza a una joven inocente por el mero crimen de existir. Lo único que yo quería era llevarla hasta algún lugar seguro, donde estuviera lejos del alcance de los mercenarios. Además, ella no tiene ningún interés en derrocarte. Es una joven de buen corazón que solo busca que la dejen vivir en paz.

Kamran apretó los dientes.

—Ahí te equivocas.

Hazan se quedó en silencio y se permitió estudiar al príncipe por un momento, con renovado interés.

—Menudo botarate estás hecho. No me digas que has cambiado de parecer tras la muerte de tu abuelo. Después de soportar horas y horas de lloriqueos porque querías salvarla, ¿ahora decides cumplir con el último deseo del rey y cortarle la cabeza a la chica?

Kamran se estremeció.

Que Hazan hubiese sido capaz de leer sus pensamientos como un libro abierto era una desconcertante revelación que no sabía cómo tomarse.

—Si crees que voy a contarte nada acerca de ella, estás muy equivocado —sentenció Hazan con tono sombrío—. Ahora ya podéis matarme o marcharos con viento fresco.

—Hazan.

—¿Qué?

—Están comprometidos.

—¿Quién? —Hazan parecía distraído; no le quitaba ojo al bolso de viaje que Kamran seguía sujetando—. ¿De qué compromiso hablas?

—La chica. Está comprometida con Cyrus.

Hazan levantó la cabeza de inmediato al oír aquello, con mirada insondable y tan oscura como el carbón.

—¿Cyrus? ¿Te refieres al excremento humano con patas que es responsable de la muerte de los magos? ¿El hombre al que la joven acusó de ser un monstruo justo antes de abofetearlo?

—Ese mismo.

Ahora Hazan tenía una mirada asesina.

—¿A qué estás jugando? ¿Mancillas su nombre con la esperanza de que me entren ganas de matarte y así te ahorre el disgusto de lidiar con el caos en el que has convertido tu propia vida?

—Te juro por mi honor que es la verdad —replicó Kamran con brusquedad—. El mismísimo Cyrus me dijo que pronto se casaría. La joven huyó del baile anoche a lomos de un dragón tulaní. No me cabe duda de que ya se encuentran juntos.

Hazan se fue estirando poco a poco hasta ponerse en pie y dar un paso hacia adelante; el brillo anaranjado de las antorchas convertía en oro las líneas de su rostro y destacaba la curva torcida de su nariz. Hazan estudió a Kamran con esa familiaridad que el príncipe siempre había dado por sentada entre ellos. Se conocían desde hacía quince años y Kamran nunca se había detenido a apreciar el valor de su viejo amigo, que había sido lo más cercano que había tenido a un hermano.

—Tu rostro —susurró Hazan—. La magia ha cambiado.

—Así es.

Hazan cerró los ojos por un momento y tomó una profunda bocanada de aire.

—¿Y nadie ha dicho nada al respecto? ¿No han venido a buscarte todavía?

—¿De qué hablas? ¿Quién iba a venir a por mí?

—Los magos —murmuró antes de buscar la mirada del príncipe—. Estás en peligro, Kamran.

—¿Entonces sabes lo que esto significa? —Kamran sintió que se le aceleraba el pulso—. ¿Sabes por qué ha cambiado la magia?

—Sí.

—¿Me lo vas a explicar?

—Primero necesito que me aclares una cosa. —Hazan se apartó de los barrotes y comenzó a caminar de un lado a otro de la celda—. ¿Has venido a matarme o a hacer un trato? Porque si voy a morir de todas maneras, no entiendo por qué debería ayudarte.

—Te necesito con vida. —Hazan se detuvo y Kamran continuó—: Te sentencié a muerte porque pensaba que el hecho de que fueses un aliado de la joven significaba que estabas conspirando con el imperio tulaní. Pensaba que habías tomado parte en el asesinato de mi abuelo, en la masacre de los magos. Asumía que tratabas de derrocar a la corona arduniana y que confabulabas con el rey de Tulán.

—Supongo que debería interpretar como un halago el que me atribuyáis una actitud tan emprendedora —comentó Hazan con frialdad.

—Ahora —continuó Kamran—, me doy cuenta de que, con tus estúpidas decisiones independientes, te las arreglaste para verte envuelto en esta caótica red de intrigas y hasta esta mañana no fui capaz de comprender que jugaste un papel ajeno a ella. No tengo por qué aprobar tus decisiones para comprenderlas y, aunque todavía te considero un absoluto rufián por haberme mentido, entiendo que tu instinto te llevó a tratar de ayudar a la joven, puesto que yo mismo también me vi movido por ese instinto, como bien recordarás.

—Entonces me estás ofreciendo un trato.

—Necesito contar con tu cerebro, Hazan. Necesito saber todo lo que sepas sobre la chica. Sé que sientes una inmensa lealtad hacia ella y me doy cuenta de que, si te encuentras dentro de esta mazmorra, es porque has jurado defenderla con tu vida, pero la joven nos ha engañado a los dos y me temo que solo descubriremos sus motivos cuando ya sea demasiado tarde.

—Quieres declararle la guerra a Tulán.

—Así es.

—Y me pides que te ayude a asesinar a la joven que está destinada a convertirse en la salvadora de mi pueblo.

—Eso me temo.

Hazan dio un paso hacia la puerta de su celda y cerró los dedos alrededor de los barrotes de hierro. Sus ojos centelleaban de furia.

—Preferiría morir.

Kamran retó a Hazan con una mirada igual de colérica; la ira amenazaba con salir a la superficie. Con un impresionante control, se las arregló para hablar en un susurro.

—La muchacha trabaja para el diablo.

Hazan se quedó helado. Dio un paso atrás y soltó los barrotes de hierro, con el rostro desencajado.

—¿Cómo? —jadeó.

—Tú no estabas allí. No los oíste hablar. El rey tulaní es un aliado formidable, sí..., pero su mayor apoyo es Iblís.

—Eso es imposible —replicó Hazan—. Iblís es quien llevó nuestra civilización a la ruina... Ella nunca...

—Piensa en todo lo que ha sucedido desde que la joven irrumpió en nuestra vida, Hazan. Está ocurriendo justo lo que la profecía vaticinó: los magos han muerto, mi abuelo ha muerto, Ardunia está desprotegida...

—Por no hablar de tu rostro —añadió Hazan, que pareció haberse sorprendido a sí mismo al intervenir—. La magia ha cambiado.

—¿Qué tiene que ver con todo esto?

Su antiguo consejero permaneció en silencio durante un largo rato. Observaba la lejanía con mirada ausente.

Perdida.

—Es una distorsión de la magia —dijo por fin—. Significa que tu derecho al trono ya no es incuestionable. Significa que puede que haya alguien más digno de heredar el trono que tú.

Kamran sintió que el corazón se le salía del pecho. Se las arregló para responder con una tremenda serenidad:

—Así que es cierto que la joven trata de arrebatarme el trono.

—No tendrá que hacerlo. —Hazan se pasó una mano por el rostro—. Por si los miembros de la nobleza no tenían razones suficientes para considerarte indigno para el trono... Estoy seguro de que están reuniendo un ejército de magos venidos de todas partes del imperio en estos precisos momentos. Querrán que validen la magia, pero, como no pasarás la prueba, no te declararán heredero indiscutible al trono, te echarán del palacio a patadas. Si no actúas rápido ahora...

—Entonces estás de acuerdo conmigo en que no me queda más opción que matarla...

—No —le interrumpió Hazan—. Hay otras maneras. Pero si vas a aceptar mi ayuda, también tendrás que aceptar mi opinión respecto al tema. Seré yo quien decida si la joven ha traicionado a su pueblo y eso significa que no podrás tocarle ni un pelo sin que te dé permiso para hacerlo.

Hazan alzó los brazos encadenados y, con un rápido movimiento, rompió la cadena de hierro. Utilizó los dientes para abrir los grilletes que le rodeaban las muñecas y dejó caer las piezas de metal, que golpearon el suelo con un intenso estruendo.

Después, arrancó la puerta de la celda de sus goznes.

Dejó la puerta de hierro apoyada contra la pared antes de cruzar el umbral, donde quedó cara a cara con el príncipe.

A Kamran lo honró no demostrar sorpresa alguna.

—Durante todo este tiempo, podrías haberte escapado —dijo, con la vista clavada en su amigo—. ¿Por qué dejaste que los guardias te redujeran? No tenías forma de saber que vendría a verte.

—No se lo permití —susurró Hazan—. Luché contra los guardias porque me trataron como a un animal y, cuando se dieron cuenta de que era un jinn, su comportamiento fue a peor. Me quedé aquí porque estaba convencido de que merecía morir, puesto que pensaba que le había fallado a la chica. Ahora sé que debo vivir, aunque solo sea durante el tiempo necesario para comprender qué está ocurriendo.

Kamran guardó silencio durante un tiempo, absorbiendo sus palabras.

—Me resulta asombroso saber que pasaste tanto tiempo ocultándome tu verdadera identidad —dijo al final—. Siempre sospeché que te esforzabas por contenerte, pero nunca se me ocurrió que fuese a tales niveles.

—¿Y ahora la verdad te horroriza? —preguntó.

—No. Creo que prefiero al verdadero Hazan.

—Me temo que acabarás arrepintiéndote de haber dicho eso —replicó, aunque trataba de reprimir una sonrisa—. Estás avisado, Kamran. Los términos de nuestro acuerdo no son negociables. Si le tocas un solo pelo a la joven antes de tiempo, no dudaré en matarte yo mismo.

DOCE

Alizeh observó a una abeja que se posó sobre un arbusto de lavanda e hizo que la ramita elegida se ondease bajo el zumbido de su peso. Los pájaros piaron y trinaron a su alrededor y, aunque casi todos estaban ocultos entre las ramas sobre las que habían decidido posarse, sus alegres melodías nunca se detenían lo suficiente como para permitir que hubiese un solo instante de silencio. La brisa era fresca y el sol, que irradiaba su calor sobre la piel de la joven a través de su vestido suelto, era divino.

Aunque Sarra había seleccionado todo un despliegue de hermosos vestidos para ella, la mujer lo hizo sin conocer sus medidas, por lo que la mayor parte de las piezas no le sentaban demasiado bien y necesitaban algunos arreglos. Sin embargo, sí que había algunos atuendos de su talla y tenía a su disposición una amplia variedad de prendas íntimas de distintos tamaños, así que había estado más que encantada de ponerse ropas limpias y frescas. Se decidió por un cómodo y suave vestido de tela fina como la gasa y manga larga, con la esperanza de proteger las heridas que se le estaban curando en el brazo izquierdo. La pieza era de color marfil y sus etéreas capas de raso se compensaban con un pesado cuello forjado a partir de hilo de oro que le rodeaba el cuello y los hombros en órbitas concéntricas hasta detenerse justo bajo su esternón. La decoración del cuello ocultaba lo que de otro modo sería un escote escandalosamente bajo, donde la delicada tela se entrecruzaba firmemente alrededor del corpiño antes de pellizcarse en torno a la cintura y extenderse hasta conformar una falda con vuelo que fluía con el viento.

Se había recogido el cabello descuidadamente, como siempre, en una masa de lustrosos rizos sujetos en lo más alto de la cabeza. Fue Sarra quien insistió en que escogiera algunas piezas de la colección de joyas que había preparado de antemano y sus opciones eran tan hermosas que la mujer no había tenido que esforzarse mucho para convencer a Alizeh. Aun así, la joven había decidido ponerse una sencilla diadema sobre la frente: se componía de tres bandas de oro tan sutiles como un suspiro combinadas para conformar una delicada corona sobre la que había todo un arcoíris de gemas engastadas.

Alizeh resplandecía con cada movimiento al abrir las puertas dobles que conducían al exuberante camino verde que había descubierto al llegar. Era un gusto sentirse limpia, volver a empezar.

A excepción del vestido mágico que había llevado al baile, hacía años que Alizeh no llevaba otra cosa que no fuera el aburrido vestido de sirvienta y, a pesar de las trágicas circunstancias, sentía una inmensa gratitud por las ropas tan finas que le había preparado. Siempre había sabido apreciar un vestido bien confeccionado, pero el placer era mucho mayor si la tela era de buena calidad; por lo menos aquí sus vestidos estarían hechos de una tela tan delicada que no le provocaría roces ni picores. Nunca sufriría durante las infinitas horas de trabajo por culpa de las burdas costuras que le raspaban la piel hasta hacerle daño. En una situación tan sumamente desagradable, Alizeh se aferraría a ese pequeño regalo para alimentar a su desamparado corazón.

Alizeh suspiró y dio un sorbo de té caliente de la taza que había traído consigo hasta el jardín.

Un poco antes, Sarra había llamado a un sirviente para que les preparase una bandeja de comida y una selección de bebidas. Alizeh, que había bebido agradecida un buen vaso de agua, se había sorprendido al descubrir que aquí el servicio también llevaba snodas, máscaras de tul que envolvían los ojos y la nariz para difuminar suavemente los rasgos de quien las tenía puestas, sin dificultar la tan necesaria visión. Había sido incapaz de apartar la mirada del joven que apareció, como un espectro, ante la puerta; Alizeh se había quedado hipnotizada ante el recuerdo de quien solía ser, de lo mucho que había cambiado su vida en unas pocas horas. Como sirvienta, Alizeh siempre había estado agradecida por la snoda, por poder permanecer en el anonimato, pero nunca olvidaría el maltrato al que se sometía a quienes pertenecían a tal estrato social ni tampoco las injusticias que se veían obligados a soportar. Alizeh había saludado en un susurro al joven snoda cuando había llegado y le había ofrecido una sonrisa alentadora, pero el chico había proferido un sonido asustado a modo de respuesta y casi había tirado la bandeja al apresurarse a dejarla sobre la mesa.

Después de aquello, Sarra había dejado sola a Alizeh para que descansase.

La mujer le había explicado que si Alizeh se quedaba en sus aposentos, Cyrus se pondría nervioso por comprobar cómo se encontraba, puesto que la estaba esperando en el piso de abajo con una gran expectación. Alizeh debería esperar a que él viniese a buscarla, había dicho Sarra, porque, de esa manera, podría aprovechar la privacidad del momento, lejos de las miradas curiosas y los oídos agudos del atento servicio, para decirle a Cyrus que había cambiado de opinión y que aceptaba su proposición.

Al considerarlo ahora, Alizeh sentía unas ligeras náuseas.

Había aceptado el macabro plan de Sarra con sorprendente reticencia. Sorprendente porque la joven había pasado horas amenazando con matarlo, como Cyrus bien había señalado tan abiertamente antes. Que Alizeh ahora vacilase ante la idea de asesinarlo le resultaba extraña, puesto que no debería haber sido una decisión difícil y menos teniendo en cuenta las circunstancias en las que se encontraba.

Aun así, si Alizeh hubiese decidido seguir adelante con el plan de asesinar al detestable rey de Tulán por voluntad propia, no habría dudado de su decisión, puesto que confiaba en su propio criterio. Había algo que le inquietaba cuando era otra persona quien le pedía que lo hiciera; le inquietaba que a la madre del joven solo le faltase amenazarla para que cumpliese sus órdenes...

Le ponía los pelos de punta.

Había algo que no encajaba, pero ella misma había admitido que consideraba a Cyrus un rey despreciable y sin corazón. La lista de crímenes que había cometido era larga y desagradable; Alizeh no debería dudar ahora y menos porque la madre del monarca le hubiese pedido de una forma un tanto agresiva que hiciese lo que ella misma había planeado hacer de todas maneras.

No, desde luego que no.

Si acababa con Cyrus, Alizeh sería libre.

Podría huir, Kamran estaría a salvo y el mundo se libraría de otra guerra sangrienta e innecesaria; Alizeh incluso podría zafarse de las garras del diablo. La nosta le había demostrado que Sarra no había mentido al formular ninguna de sus promesas, así que ¿por qué la angustiaba tanto ese asunto?

Alizeh estaba confundida.

Necesitaba prepararse, desarrollar alguna táctica que le hiciese sentir una tremenda incomodidad, puesto que Sarra había asegurado que la forma más sencilla de acabar con Cyrus no era con un arma, sino con una intachable amabilidad.

—Lo siento, querida, pero no tendríais nada que hacer contra él en una batalla —había dicho, compasiva—. Yo no me arriesgaría a intentarlo si fuera vos.

Alizeh había protestado ante sus palabras, lista para defender sus muchas cualidades, pero Sarra había levantado una mano para desestimar su respuesta.

—Ay, estoy segura de que serías muy capaz de enfrentarte a él. Y que lucharías honradamente. Sin embargo, no puedo decir lo mismo de mi hijo. Lleva estudiando la magia y la adivinación desde que dio sus primeros pasos. Es más inteligente que la media, más fuerte de lo que aparenta y carece de la más básica decencia. También alberga mucha ira en su interior y sospecha hasta de su sombra. No se fía de nadie. Ni siquiera tomaría un sorbo de agua sin que algún miembro del servicio lo probase antes que él. —La mujer había estudiado a Alizeh—. No haces nada por ocultar tu odio hacia él y eso te convierte en una clara amenaza, querida. Mientras sigas comportándote así, Cyrus jamás bajará la guardia.

»Debemos encontrar una manera de sacarle ventaja —había decidido Sarra con firmeza— y creo que tu mejor recurso consiste en actuar de forma inesperada y con sutileza. Convéncelo de que quieres casarte con él de verdad y, una vez que deje de desconfiar de ti, será tan fácil como echarle veneno en el desayuno.

Alizeh había enarcado una ceja. Comprendía a la perfección las extenuantes circunstancias que las rodeaban, pero le seguía resultando difícil creer que Sarra fuese capaz de hablar de la idea de asesinar a su hijo con tantísima indiferencia.

—Bueno, en realidad, puedes recurrir al método que prefieras —había continuado Sarra al confundir la expresión de Alizeh—. No tienes por qué usar veneno. Hay muchas formas de hacerlo y ya tendremos tiempo de planearlo todo bien una vez que lo hayas convencido de que no quieres hacerle ningún daño.

Ese es el paso más importante y al que más atención le debemos prestar.

Ah, Alizeh se sentía superada por la situación.

La muchacha cerró los ojos por un segundo y se frotó la base del cuello para aligerar la creciente tensión que sentía en los músculos. Se dejó caer ante la mesa que había justo bajo la sombra de una pérgola, con el ceño fruncido en señal de frustración. Sentía que el cúmulo de preocupaciones ejercían un peso sobre su cabeza y su corazón.

Estaba atrapada en una tierra lejana y una extraña mujer le había encomendado una extraña tarea. Alizeh tenía la sensación de que todas las personas con las que se cruzaba tenían segundas intenciones, ya fuese para causar daño, manipular o mentir. Kamran, por mucho cariño que le tuviese, tampoco había sido sincero desde el principio y, aunque, por supuesto, comprendía sus razones, le preocupaba darse cuenta de que incluso los lazos positivos con los que contaba (su amistad con Omid, la señorita Huda o hasta Deen, el boticario) habían nacido de algún momento desagradable.

Alizeh no mentía cuando aseguraba que se sentía agradecida por las cosas buenas de su vida, pero a veces soñaba con experimentar la dicha en estado puro; quería saber lo que era sonreír sin que la oscuridad le pusiera ningún obstáculo, reír sin haber conocido el martilleo del dolor, disfrutar de las amistades sin un ápice de duda.

¿Cómo se sentiría al sentir felicidad sin complicaciones?

Se moría por descubrirlo.

Desde que sus padres murieron hacía ya tantos años, solo había habido una persona que, de principio a fin, había estado de su parte.

Hazan.

Desde el momento en que se conocieron, Hazan había sido una constante en su vida y ahora estaba muerto.

El repentino calor que inundó sus ojos la sorprendió, a pesar de que se daba cuenta de que sería inevitable no desahogarse. Alizeh profirió un sonido terrible y se cubrió la boca con la mano para acallar sus sollozos mientras las lágrimas le corrían por el rostro. Se secó las mejillas con dedos temblorosos y pensó en que Hazan había sacrificado su vida en su incansable afán por protegerla, arriesgándose por Alizeh incluso sin saber a ciencia cierta si era merecedora de ello. Se beneficiaba de su generosidad incluso en esos momentos, puesto que la nosta había demostrado, una y otra vez, que era el mayor obsequio que había recibido nunca; sin su ayuda, habría estado totalmente perdida.

Se sorbió la nariz, envió a los cielos un susurro agradecido y deseó, al tiempo que trataba de combatir otra oleada de lágrimas, haber tenido la oportunidad de darle las gracias mientras estaba vivo.

Hazan había creído en ella.

Había demostrado tener una fe ciega en la persona que estaba destinada a ser, en la reina en que se convertiría gracias a su sangre, en la salvación que se le había prometido a su pueblo... y en todo lo que ella nunca había logrado conseguir.

¿Habría otros, se preguntó Alizeh, que viviesen con la esperanza de que apareciese para salvarlos? De ser así, ¿no les debía Alizeh a ellos su vida, aunque la arriesgara en un incansable afán de protegerlos?

Deseaba con todas sus fuerzas que sus padres siguiesen con vida.

Que hubiesen estado a su lado para ayudarla, para mostrarle el camino. Más que nada en el mundo, Alizeh descubrió que deseaba dos cosas al mismo tiempo: sumirse en una profunda hibernación para no despertar nunca y alzarse para convertirse en la salvadora que su pueblo siempre había esperado. El problema con la segunda opción era tan sencillo como trágico.

No sabía cómo conseguirlo.

Sabía tan poco respecto al camino que debía seguir que su absoluto desconocimiento fue lo que la obligó a esconderse en primera instancia. Antes de cumplir los dieciocho años (lo cual había ocurrido hacía apenas unos meses), ni siquiera había tenido acceso al poder que le habían prometido y, ahora que por fin era mayor de edad, tampoco tenía forma de hacer uso del poder que le pertenecía. No solo tendrían que sacrificarse cinco almas voluntariamente por su causa para que la magia se revelase ante ella, sino que, previamente, debía dar con la gloriosa sustancia, cuya ubicación se había convertido en un secreto enterrado en el pasado. Lo único que sabía a ciencia cierta era que el volátil mineral estaba enterrado en las profundidades de la cordillera Arya, en Ardunia, y ahora había perdido el único objeto que podría haberla ayudado a ubicar su paradero exacto.

Cuando el incendio había destruido el hogar de su familia y le había arrebatado a su madre, Alizeh se las había arreglado para salvar el pañuelo de su progenitora al guardárselo dentro del puño, gracias a que su piel era ignífuga. Nada más parecía haber sobrevivido: los objetos de metal y oro habían quedado inutilizables y todo lo demás se había visto reducido a ceniza. Aun así, a la mañana siguiente de la tragedia, había encontrado un delgado volumen brillando bajo los rayos del sol naciente, como si la animase a acercarse a pesar de que se le rompía el corazón al ver los estragos del incendio.

Nunca antes había visto aquel libro.

El objeto había sobrevivido al azote de las llamas por sí solo y, al igual que la propia Alizeh, el libro en cuestión había resultado ser inmune al fuego. Sin un ápice de duda, Alizeh había sabido que aquel libro estaba destinado para ella. Había parecido llamarla.

Se había acercado al resplandeciente tomo de tapa dura con precaución, consciente de que sus padres debían de haberlo mantenido oculto a propósito. Alizeh no tenía más que trece años cuando las llamas se tragaron su vida y, aunque para entonces sus padres ya le habían explicado en qué estaba destinada a convertirse y la habían preparado en muchos aspectos para desempeñar ese papel, no habían querido que cargara con todo el peso de la verdad sobre los hombros cuando todavía era una niña. Le habían hablado de sus intenciones, de que pensaban guardarse cierta información para que disfrutase de su niñez durante unos cuantos años más. Le habían prometido contárselo todo cuando fuese mayor de edad, cuando cumpliese los dieciocho.

Nunca tuvieron la oportunidad de hacerlo.

En su ausencia, durante muchos años, aquel enigmático libro había sido su única guía. Era un volumen ajado y poco llamativo que no atraía miradas curiosas, pero que estaba imbuido de una sutil magia. Ofrecía lo que parecía ser la primera pieza de un críptico rompecabezas, una que Alizeh había memorizado hacía ya muchos años pero que todavía no había sido capaz de descifrar. A pesar de ello, se había aferrado a aquel pequeño obsequio y había protegido el encantado volumen tan bien como una pobre sirvienta podía cuidar de sus reducidos efectos personales. Alizeh no se había permitido pensar hasta ese momento en que había perdido su bolso de viaje y que, por lo tanto, había perdido todos los recuerdos de su vida, sin la menor duda, para siempre. Ya era un gran disgusto haber perdido el pañuelo de su madre, pero aquello...

Era otro varapalo, otra desgracia.

Alizeh volvió a secarse el rostro empapado de lágrimas, sin soltar la taza de té a la que se aferraba como si fuese un salvavidas. Hacía tanto que se lo habían preparado que lo más seguro era que se hubiese quedado frío, pero no le importó. Las enredaderas en flor inundaban el aire con su encantadora fragancia, así que Alizeh puso todo su empeño en concentrar su atención en el delicioso aroma de las flores. Cerró los ojos, trató de calmar la respiración, tomó un sorbo del té tibio y lo saboreó.

—Os habéis cambiado.

En un violento sobresalto, Alizeh se derramó la bebida por la parte delantera del limpio vestido blanco y jadeó al notar que se había empapado la delicada tela y que el té frío le goteaba por el pecho con un ritmo regular.

Se puso en pie, hecha una furia.

Cyrus, por su parte, permaneció en la silla frente a ella, totalmente tranquilo, sin rastro de su característico sombrero negro. Le brillaban los ojos, que adquirían un azul hipnótico al contrastar con el cálido color dorado de su piel, mientras que su ondulado cabello cobrizo resplandecía bajo los errantes rayos de sol; sus mechones casi adquirían un lustre metálico. Era tan atractivo que la sacaba de quicio. Por poco le lanzó la taza de té.

—Sois un completo desalmado —exclamó—. ¿Por qué no habéis llamado a...?

—Sí que lo he hecho —replicó lentamente, como si Alizeh fuera una niña—. Pero no me habéis oído porque estabais aquí, a la otra punta.

Alizeh agarró la taza vacía con más fuerza.

—¿Y no se os ocurrió pensar que quizá quería estar sola?

—No. —Inclinó la cabeza, con una extraña sonrisilla en los labios—. Mi madre me dijo que me estabais esperando. Me comentó que queríais hablar conmigo sobre un tema de gran importancia.

Alizeh tuvo que cerrar los ojos por un momento y apretó los labios con fuerza para evitar proferir alguna barbaridad sobre la familia de Cyrus y arruinar la nueva y amable estrategia con la que debía abordar al rey tulaní. Sarra estaba demostrando ser un verdadero incordio. Alizeh llegó a la rotunda conclusión de que odiaba a madre e hijo.

—Espero que me perdonéis —susurró Cyrus—, pero ¿tenéis intención de llevar siempre atuendos transparentes en mi presencia? Os ruego que me lo digáis ahora para que pueda arrancarme los ojos con antelación.

Alizeh abrió los ojos de par en par, presa de la cólera silenciosa que crecía en su pecho, a pesar de que su maltrecha dignidad la obligaba a sonrojarse.

—¿Cómo os atrevéis? —susurró.

—Os lo digo porque la parte delantera de vuestro vestido no deja nada a la imaginación —comentó él, señalando con un vago gesto su cuerpo—. Empiezo a creer que esto es algo típico de vos.

Tuvo que emplear hasta la última gota de autocontrol para no romperle la taza de té en la cabeza. Alizeh abrazó esa emoción y la almacenó en su interior como munición para el momento en que tuviese que enfrentarse a la desagradable tarea de asesinarlo. Recordó todo lo que Sarra le había dicho, que aquel loco había acabado con la vida de su propio padre, que había masacrado a cientos de magos, que había asesinado al rey de Ardunia. Solo los cielos sabían qué otros crímenes habría cometido; la lista podría ser infinita.

Alizeh le ofreció todas esas pruebas a su impávida mente para recordarse, con considerable firmeza, que debía tenerle miedo a Cyrus. Debía tratarlo como si fuera tonto, comportarse con la más absoluta cautela y evitar gritarle, puesto que el joven era un monarca poderoso e imponente que le cortaría la cabeza ante la más mínima provocación.

Aun así...

A pesar de regañarse a sí misma, era incapaz de sentir el miedo que debería haber estado experimentando en semejante situación.

El problema era que no sentía que Cyrus estuviese por encima de ella.

Quizás estuviera jugando con fuego al pensar de esa manera, pero Alizeh estaba bastante segura de que podía manejar al rey. Además, Cyrus no parecía un ser tan monstruoso. Aunque debería haber sido una ocurrencia alarmante en sí misma, a Alizeh le resultaba difícil mantener esa mentalidad cuando era incapaz de amedrentarse ante su presencia. Nada de eso tenía sentido, por supuesto, ya que, al hacer una lista mental de todos sus crímenes, Cyrus se dibujaba como un verdadero villano.

Se permitió considerar la posibilidad de que los intensos sucesos de las últimas veinticuatro horas hubiesen dejado su mente en un irreparable estado de desconcierto.

En cualquier caso, su misión era desarmar a Cyrus, literalmente, con amabilidad. Era una estratagema que, a pesar de ser desagradable, podría salvarla y librar a cientos de inocentes de verse envueltos en una guerra sangrienta. La táctica no funcionaría si permitía que el monarca la sacara de quicio con tanta facilidad y, como no dejara de mostrar esas reacciones tan infantiles y airadas ante la más mínima provocación, acabaría arrepintiéndose.

Por eso esbozó una sonrisa.

Se volvió a sentar con el vestido empapado, clavó un codo en la mesa, apoyó la mejilla sobre la mano y sonrió. Decidió poner todo su empeño en aquella sonrisa y rememoró uno de sus recuerdos más felices hasta que ya no fue forzada, sino genuina.

—No —respondió educadamente y sin que hubiese ni un solo rastro de enfado en su voz—. No pretendo acostumbrarme a ello. Me alegro de que hayáis venido. Tenemos mucho de lo que hablar.

Cyrus no ocultó su sorpresa.

Alizeh creyó que apartaría la mirada ante su radiante sonrisa, pero la estudió con una visible fascinación y se giró por completo en su silla para quedar cara a cara con la joven. El monarca no pronunció una sola palabra, aunque sus ojos brillaban con evidente diversión; la contempló durante tanto tiempo que Alizeh por poco desistió al tratar de ignorar la reacción de su corazón una vez que se hubo descubierto bajo el peso de sus más absolutas atenciones. Era imposible negarlo: había algún aspecto físico en Cyrus que era extremadamente potente, una poderosa presencia que llevaba consigo allí donde iba. En esos momentos, la observaba con tantísima consideración que Alizeh se creyó capaz de ceder ante su peso. Por eso intentó no pensar en la forma en que se le había acelerado la respiración, en la fuerza con la que latía su corazón cuando Cyrus bajó los ojos hasta sus labios durante unos instantes eternos.

Se sentía atrapada.

—Alizeh —dijo con suavidad—, ¿habéis estado haciendo travesuras?

La joven se apartó de la mesa con un abrupto movimiento, se abrazó a sí misma y notó cómo el pelo húmedo la dejaba helada al entrar en contacto con la brisa.

—No —se apresuró a responder al mismo tiempo que comprendía que, en realidad, cabía la posibilidad de que hubiese subestimado al monarca sureño.

Sin apartar la mirada, Cyrus replicó la anterior postura de la muchacha. Clavó un codo en la mesa, apoyó la mejilla sobre la mano y la cegó con una sonrisa tan sincera que la descolocó y suscitó un inesperado y desagradable aleteo en su pecho.

—¿No? —preguntó él sin dejar de sonreír.

Incapaz de confiar en su propia voz, Alizeh sacudió la cabeza.

—Dios mío, sois preciosa —comentó al tiempo que su sonrisa se desvanecía—. Incluso cuando mentís.

Su confesión despertó en el interior de la joven una nueva ola de calor en sus venas, una reacción que no comprendía y que temía analizar. Desconocía el motivo por el que Cyrus le habría dicho algo así o por el que sus palabras habían hecho mella en su interior, pero tampoco quería detenerse a pensar en ello. Lo único que sabía era que los ojos de Cyrus se habían oscurecido ante una emoción que Alizeh no se atrevía a nombrar. No tenía ni la más mínima idea de cuáles serían sus próximas palabras.

Comprendió que nunca sabía qué esperar de él.

El monarca se levantó de golpe, rodeó la mesa y se cernió sobre Alizeh. Con su estatura, bloqueaba casi por completo la luz y, al bañarla en sombras, hizo que la joven se echara a temblar ante la ausencia del sol.

Entonces, Cyrus tocó con una ternura tan inesperada a Alizeh que la dejó de piedra y trazó la línea de su mandíbula con tanta delicadeza que los labios de ella se entreabrieron al quedarse sin aliento.

Se veía incapaz de moverse.

Su cuerpo la había traicionado. *Su cuerpo la había traicionado*, aunque su mente no paraba de gritar.

—Sois una chica traviesa —susurró— y habéis estado haciendo tratos con mi madre.

TRECE

—¿Le has dado mi puesto al niño?

Hazan abrió la puerta del gabinete de guerra de un bandazo con una ira desatada a la que Kamran empezaba a acostumbrarse. El exconsejero se había aseado y se había cambiado de ropa. Como no había estado encerrado el tiempo suficiente para que le retirasen sus aposentos y sus pertenencias, pudo volver a ser el mismo de siempre con relativa eficiencia.

Salvo por una evidente excepción.

—Omid me salvó la vida —explicó Kamran sin levantar la vista.

Estaba sentado en el gabinete de guerra solo, bebiendo té y revisando la última tanda de informes que habían llegado desde distintos puntos del imperio.

—Ya, eso ya lo habías dicho. Aunque no me había dado cuenta de que al mismo tiempo te había arrebatado el buen juicio.

Kamran levantó un fajo de papeles para ojearlos.

—¿Sabías que en los últimos meses se ha reportado una decena de avalanchas inexplicables... en tres cordilleras distintas del imperio?

Hazan ignoró su comentario al entrar en la estancia con grandes zancadas y cerrar con un portazo a su espalda.

—¿Has contratado a un niño de doce años sin estudios para que me sustituya y esperas que no me lo tome como una ofensa? Como si mi trabajo fuese simple... como si fuese sencillo reemplazarme.

Kamran bajó los papeles.

—¿No te resulta extraño?

—«Extraño» es una palabra que se queda corta... Creo que es una auténtica locura...

—No me refiero a la situación con el niño, imbécil, sino a los aludes para los que no han encontrado explicación. —Kamran volvió a estudiar el informe—. Tan solo en el último mes, ha habido cuatro, aunque nuestras tropas no han hallado ni rastro de explosivos. Según dicen, los incidentes, ocurridos en Istanez, Pouneh y Sutún son perturbaciones aleatorias de la naturaleza, y yo estaba más que dispuesto a aceptar esa explicación hasta esta mañana, cuando, mientras reflexionaba acerca de la asombrosa involución de mi situación personal —dijo con una amarga sonrisa—, llegaron dos informes más. Con la reciente oleada de espías tulaníes, no puedo evitar pensar que la situación es más compleja de lo que aparenta. Quizá se estén escondiendo en las montañas y estén haciendo de las suyas por allí; quizá haya habido otras avalanchas en zonas más remotas, donde no hubiese testigos..., y eso haría que el número real de incidentes aumentase. ¿Qué opinas?

—Opino que sois un completo majadero.

—Refunfuña todo lo que quieras —lo animó Kamran, que dejó los papeles sobre la mesa para tomar un trago de té—, pero no voy a destituir al chico. En las últimas horas, ha demostrado ser más que capaz de desempeñar su papel.

—¿Más que capaz? —Hazan lo miró con ojos desorbitados—. ¿Capaz de qué? ¿De robar monederos? ¿De vaciar las tesorerías? ¿Se te ha ocurrido comprobar si tu dinero sigue donde debería estar?

—No te negaré que quizá no estaba en mis cabales cuando tomé esa decisión —admitió Kamran antes de aclararse suavemente la garganta—. Aun así, te diré que juzgas con demasiada dureza al niño; en mi opinión, Omid ha demostrado ser mucho menos manipulador que los miembros de mi propio parlamento. Es poco probable que los nobles de las Siete Casas cambien, pero, con la debida orientación, el chico podría llegar a labrarse un buen futuro.

—¿Y qué hay de mí? ¿Qué futuro me labraré yo ahora?

—Mi intención es nombrarte caballero.

Hazan profirió un bufido airado, listo para discutir, cuando se dio cuenta, con evidente sorpresa, de que Kamran había hablado en serio.

—¿Quieres hacerme caballero? —repitió, impactado—. Pero si ni siquiera soy soldado.

—Tengo pruebas más que suficientes de tu valor, Hazan.

El antiguo consejero retrocedió, mudo. Clavó la vista en el suelo por un momento, al tiempo que un extraño calor se extendía por sus mejillas, por la punta de sus orejas.

—Además, confío plenamente en tu habilidad para arrasar un campo de batalla —apuntó antes de volver a centrarse en sus papeles.

—Todavía no eres el rey. —Hazan alzó la mirada y su voz delató el terco escepticismo que aún lo embargaba—. ¿Acaso tienes poder para tomar una decisión como esa?

—¿Intentas ofenderme? —El fantasma de una sonrisa acariciaba los labios de Kamran—. Siempre lo he tenido. Aunque, como inminente heredero a un trono vacío, tengo más poder del que tenía ayer y me doy cuenta de que ardo en deseos por ejercer mis derechos antes de que me los arrebaten.

—¿Y eso qué implica?

—Primero debo admitir que tenías razón —dijo Kamran al tiempo que se levantaba de la silla—. En tu ausencia, he descubierto que los nobles han reunido a una nueva corte real de magos, que deberían empezar a llegar a lo largo del día. Los más rezagados alcanzarán la capital cuando caiga la noche. La idea es que se queden en palacio hasta que las habitaciones de las dependencias de los magos estén preparadas y no se marcharán hasta que se celebre el funeral en unos días.

—¿Eso te lo ha contado Zahhak?

Kamran entornó los ojos.

—Zahhak no me contaría nada ni aunque tuviese una espada a escasos centímetros del cuello. Todavía me considera un niño ignorante, indigno del trono de mi padre.

—Es una pena, ¿no? Que nunca le hayas dado razones para pensar lo contrario.

—Cierra el pico, Hazan.

El exconsejero se limitó a sonreír y Kamran continuó:

—Los nobles de las Siete Casas actuaron con relativa discreción. Solo me enteré de lo que ocurría porque, cuando Jamsheed me pidió que diese el visto bueno a las reparaciones del palacio, aprovechó a expresar su alegría por que las protecciones en torno al imperio fueran a volver a erigirse tan pronto como el cuórum de magos se hubiese asentado. También te sorprenderá descubrir que Jamsheed, nuestro querido mayordomo de palacio, está mejor informado que yo sobre otra cuestión importante, puesto que, cuando le pregunté por mi madre, me dijo muy alegremente que regresaría a casa en un par de días.

Hazan lo miró, perplejo.

—Pero... ¿es que tu madre ha huido de palacio? ¿Cuándo ha ocurrido eso? ¿Después de haberte clavado la daga en el brazo?

—Fue una impecable sincronización por su parte. Me temo que tiene una idea tremendamente distorsionada de lo que es el afecto maternal.

—¿Y no sabes a dónde ha podido ir?

—No tengo ni la más remota idea. Cuando se lo pregunté a Jamsheed, me dijo que había ido a buscar un regalo para mi inminente coronación. —Kamran arqueó las cejas.

Hazan imitó la expresión del príncipe.

—¿Será un frasquito de veneno?

—Eso mismo pensé yo —coincidió Kamran, con una reticente sonrisa en la comisura de los labios—. No sabes cuánto me alivia que sigas con vida, Hazan.

—Lo mismo digo, señor —respondió este con tono seco.

Kamran comenzó a apilar los informes y a mover las cosas que había sobre la mesa para hacer espacio y, aunque la intensidad de su sonrisa disminuyó, no se desvaneció del todo. Su vida se estaba desmoronando, pero se las había arreglado para demostrar que su madre se había equivocado cuando pronunció aquel funesto mensaje de despedida. Si Zahhak se salía con la suya, Kamran nunca volvería a poner un pie en palacio, pero, por lo menos, allí donde acabase, no estaría solo. Llegó a la pasmosa conclusión de que prefería caer en desgracia junto a sus amigos, que vivir una vida rodeada de lujos en soledad.

—No alcanzo a imaginar qué será lo que estará haciendo mi madre; su mente tiende a tomar caminos imposibles de predecir. Lo único de lo que estoy seguro es de que se arrepentirá de regresar, puesto que descubrirá que el palacio ya no es su hogar. Calculo que, a lo sumo, dispongo de un día antes de que las Casas encuentren un motivo para despojarme de mi título y menos de una semana antes de que Zahhak me usurpe el trono. Y eso significa que debemos actuar con rapidez.

—¿Por qué hablas en plural? —se resistió Hazan—. ¿Pretendes que salvemos al Imperio arduniano los dos solos? ¿Y dónde está el niño que me quitó el puesto?

—El niño está ocupado.

—¿Con qué?

—Está buscando testigos.

—¿Para qué, pedazo de zoquete insoportable? —Hazan alzó las manos al cielo—. ¿De verdad eres tan incapaz de anticipar que voy a necesitar que me des algo más elaborado que esas insignificantes respuestas monosilábicas?

—Cielos, casi suenas hambriento.

Hazan suspiró y miró a su alrededor como si estuviese tratando de encontrar algo de paciencia.

—¿Sabes una cosa? —dijo al final— Me acabo de dar cuenta de que ya no tengo que preocuparme por fingir tener hambre a intervalos irregulares. Es un pequeño pero delicioso punto a favor de esta tragedia, puesto que, para mí, comer es una agotadora pérdida de tiempo.

Kamran alzó las cejas, sorprendido.

—Hablando de jinn que escapan a mi comprensión... —dijo y metió la mano bajo la enorme mesa para descubrir el bolso de viaje olvidado—. Supongo que sabes de quién es este bolso.

Al depositarlo sobre el nuevo espacio libre que había hecho en la mesa pulida, el príncipe se las arregló para hacer que los papeles que acababa de ordenar saliesen volando.

Hazan se limitó a contemplarlo fijamente.

—Antes, en la mazmorra, vi que te fijaste en él —explicó Kamran—, como si te resultase familiar.

—No estoy seguro de saber a quién le pertenece —vaciló—. Aunque tengo una teoría aún por confirmar.

—Adelante.

—Creo que es de Alizeh.

Kamran se agarró a la mesa, anticipándose al dolor, pero no sintió más que un suave calorcillo y un aleteo en el pecho al tiempo que una embriagadora fragancia inundaba su cabeza. No se había percatado de que había cerrado los ojos con fuerza hasta que se obligó a abrirlos y se topó con el rostro asombrado de Hazan.

Poco a poco, Kamran soltó la mesa.

—¿Cómo? —Se aclaró la garganta—. ¿Cómo es que sabéis que es suyo?

Hazan se limitó a mirarlo boquiabierto.

—¿Qué te acaba de pasar?

—Nada —suspiró—. No lo sé. No vuelvas a pronunciar su nombre.

—¿El de quién? ¿El de Alizeh?

—Malnacido —murmuró Kamran cuando una nueva oleada de emoción lo atravesó. Cantos de aves inundaron su mente y una cálida sensación, en absoluto desagradable, se extendió por las desfiguradas líneas de su cuello, su mejilla y su ojo alterado—. Lo has hecho a propósito.

—Te juro que no —susurró Hazan, que estudiaba al príncipe con atención—. No lo entiendo. No eres capaz de oír su nombre sin sentir... ¿qué? ¿Dolor?

La sensación se aplacaba poco a poco y Kamran respiró hondo para tranquilizarse al tiempo que sacudía la cabeza.

—No siempre es dolor. Cada vez siento... algo distinto y ha empezado esta mañana. ¿No sabrás qué me pasa, por casualidad?

—Me temo que no —se lamentó Hazan con la preocupación grabada en la frente—. Pero si la joven ejerce alguna especie de control sobre ti desde tan lejos, solo puede ser el resultado de una magia muy poderosa. Poco más puedo decirte.

Kamran guardó silencio y reflexionó acerca de la forma en que todavía se sentía cuando pensaba en ella, del modo en que algún rincón de su corazón se debatía contra su buen juicio, exigía verla, hablar con ella pese a todo lo ocurrido... y no pudo evitar estar de acuerdo con Hazan.

Inhaló profundamente. No servía de nada rememorar el tiempo que habían pasado juntos. Si pensaba demasiado en las lágrimas que había derramado ante su presencia, los miedos de los que le había hablado, las sonrisas que había compartido con él...

No.

Alguna parte más oscura de su mente moría por encontrar alguna razón para absolverla y Kamran se negaba a demostrar semejante debilidad. La única forma que tenía de crearse una coraza protectora contra ella era olvidar esos breves momentos que habían compartido; se negaba a recordar la suavidad de sus labios; se negaba a evocar la manera en que la muchacha se había rendido ante sus caricias, así como los sonidos que había dejado escapar cuando la besó. La joven lo había mirado a los ojos como si viese el valor que Kamran poseía, lo había tocado como si fuese algo precioso. Sus suaves curvas habían encajado a la perfección en las manos del príncipe, contra su cuerpo. Había querido desarmarla poco a poco, desnudarla, presionar el rostro contra su ruborizada piel y quedarse a vivir allí, devorarla. Nunca admitiría en voz alta que había cumplido todos esos deseos en sueños, que se había dejado llevar por la joven una y otra vez, para despertar en un estado de febril y dolorosa frustración. La muchacha lo había dejado con un vacío en su interior y temía no recuperarse nunca. Jamás había sentido una atracción tan intensa por nadie. Nunca habría imaginado que un beso albergase tantísimo poder.

—¿Kamran?

—¿Sí? —pronunció aquella palabra sin aliento.

—¿A dónde se ha ido tu mente?

—A ningún lado —aseguró con voz temblorosa. Tomó otra bocanada entrecortada, con el cuerpo en tensión. Cuando alzó la mirada, clavó la vista en la pared—. Centrémonos por un momento en las preguntas para las que sí tenemos respuesta. ¿Cómo has sabido que este bolso era suyo?

—Lo llevaba consigo la noche en que el rey planeaba asesinarla —explicó Hazan.

Ese comentario despejó la mente de Kamran de un plumazo.

Sus ojos volaron bruscamente hasta posarse en su amigo, con el ceño fruncido.

—Entonces mi abuelo tenía razón —dijo el príncipe—. Sí que tuvo ayuda. Fuiste tú quien intervino para vencer a aquellos rufianes.

—Nada más lejos de la realidad —rio Hazan—. Se encargó ella solita de aquellos hombres. Yo me limité a presenciarlo todo desde las sombras, listo para intervenir en caso de que necesitase ayuda, pero no le hizo falta. —Sacudió la cabeza—. Tu abuelo estaba seguro de que la chica tenía acceso a un arsenal completo, pero no necesitó más que unos cuantos útiles de costura para acabar con aquellos hombres.

—¿Te refieres a estos materiales?

Kamran volcó el bolso y dejó que su contenido se desparramara por la mesa. Entre los objetos, había un pequeño almohadón de seda y una colcha a juego, estuches de alfileres y agujas, unas tijeras, madejas de hilo, un ungüento y vendas de la botica, bolsitas con distintos enseres, una invitación bañada en oro para el baile real, unas cuantas prendas de ropa pesadas y desgastadas...

—¿De dónde lo has sacado? —preguntó Hazan, boquiabierto. Contempló los objetos y miró a Kamran antes de devolver su atención a la mesa—. ¿Cómo has conseguido que llegase a tus manos?

—La señorita Huda me lo trajo hasta aquí esta mañana.

—¿La hija del embajador lojano? —Hazan parecía confuso—. ¿La joven que gritaba la otra noche? ¿La del candelabro?

Kamran asintió.

—Creyó que el contenido del bolso podría ayudar a encontrar a la chica.

Compartió con Hazan la información que la señorita Huda le había revelado esa misma mañana: le habló de los zapatos encantados, del vestido, de cómo Cyrus se había materializado en sus aposentos de la Finca Follad, de que había amenazado con matar a la señorita antes de llevar a las dos jóvenes sin previo aviso hasta el baile, donde aterrorizó y dejó muda a la señorita Huda.

—Tu reina dejó su bolso atrás por accidente —añadió Kamran con tono astuto—. No le dio tiempo a llevárselo consigo.

Hazan, que había guardado silencio durante la explicación, ahora fruncía el ceño, pensativo.

—Pero yo pensaba que las dos jóvenes se llevaban bien. ¿Por qué querría la señorita Huda que capturaran a su amiga?

—Entonces lo sabías —lo increpó Kamran, irritado—. ¿Tú sabías que trabajaba como modista además de como snoda?

Hazan le lanzó una imperiosa mirada.

—Por supuesto —aseguró—. En cuanto supe de su existencia, averigüé tanto como pude sobre ella.

—¿Y no se te ocurrió decirme nada?

—Como bien recordarás, señor, por aquel entonces te ocultaba una cantidad considerable de información.

—Por el amor de Dios, Hazan —suspiró Kamran—. ¿Te importaría dejar de ser un lastre?

—Prometo pensármelo.

—Lo único que la señorita Huda quiere es que encontremos a la chica —continuó Kamran—, porque cree que el rey tulaní le hará algo terrible. Asegura estar preocupada por ella.

Hazan alzó las cejas.

—Veo que la señorita Huda es una inesperada aliada, entonces.

A Kamran le habría gustado pronunciar un comentario sarcástico, anunciar que solo eran aliados porque compartían una misma neurona, pero descubrió que su boca se negaba a formular las palabras necesarias. Él nunca quiso odiar a Alizeh y mentiría si dijese que las opiniones de sus allegados comenzaban a hacer mella en su posición con respecto a la joven. Aun así, las pruebas que la inculpaban eran irrecusables.

Y desconcertantes.

—No contiene nada importante —murmuró—. Ya he revisado todo tres veces, he desgarrado las costuras de la almohada y la colcha, les he dado la vuelta a los bolsillos, he estudiado incluso los objetos más insignificantes en busca de la más mínima... prueba incriminatoria. —Alzó la vista; el recelo bullía en su interior al recordar las muchas discrepancias en su persona, en sus acciones, en la mismísima profecía—. No dispone ni de una sola arma.

—Como ya te he dicho —dijo Hazan con rotundidad—, no tiene la más mínima intención de derrocar ningún imperio. ¿Qué razón tendría para hacer acopio de armas?

—Tengo en cuenta la inconsistencia de la situación, Hazan —coincidió en voz baja—. Pero hay algo más.

De las profundidades del bolso de viaje volcado, Kamran sacó un delgado volumen encuadernado en cuero que tenía aproximadamente la extensión y la forma de una novela, y se lo pasó a Hazan, deslizándolo por la mesa.

—¿Qué crees que es? —preguntó el príncipe.

La cubierta estaba desgastada; el cuero, que antaño había sido de un intenso color azul, ahora estaba descolorido, casi gris. Las hojas en blanco estaban tiesas y deformadas por la humedad; el libro entero estaba combado por culpa del paso del tiempo y el agua.

Hazan lo estudió sin pronunciar palabra, con un gesto serio en los labios, y cuando Kamran le dio la vuelta al libro para que su amigo leyese la inscripción de la parte de atrás, Hazan jadeó.

En gastadas letras doradas, rezaba:

TORNA EL HIELO EN SAL,
LIGA LOS TRONOS PERDIDOS.
EN UN REINO ENTRETEJIDO,
ARCILLA Y FUEGO ACABARÁN UNIDOS.

CATORCE

Alizeh volvió en sí cuando ya era demasiado tarde y se alejó de la mano de Cyrus, presa de la conmoción de haber dejado que el monarca la tocase siquiera. La joven lo estudió con cautela a medida que el silencio se extendía entre ellos. Mientras el corazón le latía desbocado en el pecho por culpa del miedo que llegaba con retraso, descubrió que los ojos del joven lucían una expresión tan sorprendida como la suya propia. Alizeh se había equivocado; no era capaz de manejarlo. También se había equivocado al subestimarlo.

Cyrus siempre parecía ir un paso por delante de ella y, de alguna manera, la joven sabía que no le serviría de nada fingir ahora, puesto que parecía tener una habilidad sobrenatural para detectar las mentiras.

Eso la llevó a preguntarse si él también contaría con una nosta.

—¿De qué os ha convencido mi madre? —dijo en un susurro e inclinó la cabeza para observarla bien—. ¿Os ha pedido que me mataseis?

Alizeh apenas fue capaz de ocultar su asombro.

El hecho de que hubiese adivinado las oscuras y decididamente antinaturales intenciones de Sarra era alarmante y embotó su cabeza con una mayor confusión. ¿Cuán enrevesada era la historia de la familia del monarca? ¿En qué trampa se acababa de meter? ¿Cuántas personas estaban implicadas en aquel juego?

Ah, qué segura de sí misma se había sentido hacía tan solo escasos momentos, qué convencida había estado de no tenerle miedo.

Ahora estaba aterrorizada.

—Alizeh...

—Sí —confesó sin aliento—, acepté mataros a cambio de mi libertad.

Sus ojos centellearon momentáneamente ante la admisión de la joven con lo que Alizeh habría jurado que era una mirada dolida. Entonces, sin embargo, inspiró hondo, se irguió y una firme sonrisa sardónica volvió a ocupar su lugar en sus labios al dejar volar la vista por encima de la cabeza de la joven y mirar en lontananza.

Alizeh aprovechó esa oportunidad para salir corriendo.

Se levantó de un salto de la silla y voló por el camino del jardín aprovechándose de su velocidad sobrenatural e intentando elaborar un plan mientras corría. No sabría decir qué esperaba conseguir al huir, pero no veía forma de que Cyrus se hubiese tomado bien su confesión y, aunque no estaba segura de qué sería lo que el monarca habría pensado hacer para castigarla, estaba convencida de que le prepararía un destino sangriento. Si su madre no se equivocaba (y, por lo que parecía, no lo hacía) al asegurar que Alizeh indudablemente perdería en una pelea física contra él (ella misma lo sospechaba), entonces la única opción era correr.

—¡Alizeh! —bramó el monarca.

Abrió de un empujón las puertas dobles que conducían al dormitorio y, hasta que no trató de cerrarlas de un portazo, no descubrió que carecían de cerrojo. En los instantes que dedicó a tratar de bloquear las malditas puertas, vio a Cyrus cerrando la distancia que los separaba a toda velocidad; sus larguísimas piernas lo ayudaban a avanzar por el camino de piedra con unas impresionantes zancadas. Alizeh dio las puertas por perdidas en el preciso instante en que Cyrus las abrió con un bandazo. Ahora estaba justo detrás de ella, la seguía de cerca mientras ella avanzaba a toda prisa por las sinuosas estancias. La velocidad sobrenatural de la que disfrutaba estaba resultando ser muy poco útil, puesto que estaba corriendo en círculos. Se dio cuenta demasiado tarde de que no estaba lo suficientemente familiarizada con la sala como para localizar la salida de forma efectiva.

—No tengo intención de haceros daño —le dijo Cyrus con voz frustrada—. ¿Cuántas veces tendré que repetiros que no puedo mataros para que me creáis?

Alizeh se detuvo en seco al oír aquello y su mente desenfrenada devoró ese recordatorio acompañado del calor de la nosta contra la piel. No era ninguna sorpresa que fuese incapaz de decidir si temerlo o no; ahora comprendía la razón por la que el tema le generaba tantas dudas, la razón por la que se veía incapaz de sentirse en peligro en su presencia. Su intuición no fallaba; lo que ocurría era que el diablo había ordenado al monarca que no le hiciera daño.

Contaba con cierta inmunidad.

Alizeh se dio la vuelta tan rápido que Cyrus, que había estado persiguiéndola hasta el momento, y no tuvo tiempo de procesar el cambio de dirección. Chocó abruptamente contra ella y ambos tropezaron antes de acabar contra la pared con un brusco impacto, de manera que Alizeh, inmovilizada bajo el cuerpo de Cyrus, jadeó ante la súbita falta de aire.

La muchacha no movió ni un músculo.

Se vio atrapada por el inesperado peso del joven, por la presión de la firmeza de su cuerpo; el cuello de Cyrus había quedado a meros centímetros de la boca de Alizeh. Su cercanía era tan abrumadora que embotó los sentidos de la muchacha y ralentizó sus pensamientos. Cyrus era como un muro inamovible de calor, y su aroma, intenso, masculino y penetrante, activó alguna respuesta ancestral que hizo que se le acelerase el corazón. Al menos, él también parecía haberse quedado aturdido y, en los brevísimos instantes que ambos tardaron en recuperar el control de su cuerpo, había bajado la vista y la había inmovilizado con una mirada que le derritió los huesos. No sabía si lo que sentía en su presencia era miedo o anticipación, pero ambas opciones eran igual de preocupantes. De lo único de lo que estaba segura era de que la rabia que Cyrus conjuró un segundo después era una manera de ocultar una momentánea falta de aliento, así como el temblor que le sacudía el cuerpo. Alizeh vio como Cyrus tragaba saliva al apartarse de ella y alejar las manos de la pared.

Aunque ya no estaba tan cerca, la distancia que el monarca había puesto entre ellos no era, ni de lejos, la suficiente.

—Os odio —murmuró Cyrus.

Alizeh lo miró sorprendida y con el corazón a punto de salírsele del pecho.

—Lo sé.

Entonces el muchacho se acercó a ella, sin dejar de tragar saliva y con la mirada clavada en los labios de la chica.

—Odio cada parte de vos. Vuestros ojos. Vuestros labios. Vuestra sonrisa. —Sus palabras rozaron la piel de Alizeh cuando añadió en un susurro—: Vuestra mera presencia me resulta insufrible.

La nosta se caldeó contra su esternón.

—Bien —respondió ella, con el pulso cada vez más acelerado—. Adelante.

Cyrus seguía respirando con dificultad y su pecho se estremecía cada vez que tomaba aire.

—Sin embargo, no tengo intención de haceros daño.

Una vez más, la nosta verificó sus palabras y Alizeh sintió que una parte de la presión que sentía en los pulmones se aliviaba.

—¿Me creéis? —preguntó el monarca.

Alizeh asintió.

El joven estaba demasiado cerca y tenía la mirada tan firmemente clavada en ella que, de no haber sido así, Alizeh dudaba de que hubiese sido capaz de percatarse de la fugaz sorpresa que cruzó el rostro de Cyrus. Estaba claro que no había esperado que la joven estuviese de acuerdo con él, que confiase en él. No había tenido forma de saber que había hecho bien en dudar de ella, puesto que Alizeh no confiaba en él, sino en la nosta.

Aun así, Alizeh tuvo la sensación de que parte de la tensión que lo agarrotaba abandonó su cuerpo cuando el alivio hizo que, por fin, diese un paso atrás. Parecía conmocionado cuando se dio la vuelta y clavó la vista en la pared, en el suelo..., en cualquier lado menos en el rostro de la muchacha.

Cuando volvió a encontrar la mirada de Alizeh, los ojos de Cyrus brillaban, cargados de una emoción desnuda.

—Os necesito —dijo con brusquedad—. No huyáis de mí.

—¿Cómo esperáis que no huya de vos cuando hace apenas unas horas me habéis amenazado con coserme los ojos? —Todavía luchaba por deshacerse del recelo que despertaba en ella.

Un músculo se contrajo en la mandíbula de Cyrus, que apartó enseguida la mirada de Alizeh.

—No debería haber dicho eso.

—Después me tirasteis desde un acantilado —le recordó; incluso a ella misma le dio la sensación de que había hablado en un pequeño jadeo.

—No dejabais de amenazarme con matarme —se defendió él con tono enfadado y dándose la vuelta para enfrentarse a ella—. Yo solo trataba de cambiar de tema.

—¿Cómo? ¿Haciendo que vuestros dragones me devorasen? —dijo, levantando el tono hasta casi preguntar a voz en grito.

Cyrus resopló y arqueó una ceja.

—No os devoró ningún dragón.

—En realidad, sí —replicó Alizeh—. Gracias a vuestra bromita acabé con un par de mordeduras bastante feas en el lado izquierdo del cuerpo. Vuestra madre tuvo el detalle de prepararme un baño con hierbas medicinales.

En ese momento, Cyrus se detuvo a observarla con una expresión inescrutable. Alizeh pensó que exigiría ver las heridas, pero el monarca solo dijo:

—Los dragones son criaturas tranquilas. Solo muerden si se los provoca.

—Bueno, no creo que el animal quisiese morderme —dijo Alizeh, apartando la mirada. Estaba malhumorada y solo se sentía capaz de mantener el contacto visual con Cyrus en pequeñas dosis—. Sin embargo, resbalé hasta acabar atrapada bien dentro de sus fauces, lo cual no fue nada agradable.

Aunque no lo vio, sintió que de pronto Cyrus se quedaba inmóvil y, durante un tenso instante de locura, Alizeh creyó que iba a hacer algo impropio de él, como disculparse.

En cambio, su respuesta fue:

—Parece que ya os habéis recuperado.

—Me encuentro mejor —coincidió, irritada.

—Bien.

—Y no me arrepiento —añadió con irritación, girándose a mirarlo—. No me arrepiento de haber hecho un trato con vuestra madre para mataros.

Los labios de Cyrus temblaron y sus ojos centellearon.

—Yo no me arrepiento de haberos lanzado por un acantilado.

—Excelente —dijo ella, tan enfadada como él.

El monarca se limitó a sonreír en respuesta.

Alizeh trató de recuperar la compostura, de ralentizar el ritmo caótico de su corazón. No sabía qué estaba sucediendo en aquel momento entre ellos, pero, fuera lo que fuere, la hacía ponerse en guardia. Cyrus y ella ya no hablaban como si fuesen enemigos mortales; en cambio, se toleraban mutuamente con una pizca de educación. Casi daba la sensación de que, sin darse cuenta, hubiesen pactado una tregua a regañadientes.

A Alizeh la situación no le inspiraba ninguna confianza.

Aun así, comenzaba a creer que la historia de Cyrus iba mucho más allá de lo que le habían contado, más allá de los horrores que su madre había descrito, puesto que cada vez resultaba más evidente que era un joven con una personalidad mucho más compleja de lo que había esperado. Alizeh lo estudió cuando él se puso a dar vueltas por la estancia mientras se pasaba una mano por el cabello y se mesaba los mechones cobrizos en señal de agitación. La joven se vio obligada a cuestionar qué razón tendría alguien tan joven, inteligente y capaz, alguien que, según su propia madre, había crecido rodeado del amor de sus padres y que contaba con la belleza de Tulán y su pueblo a su disposición...

—Cyrus —dijo de pronto. Él se detuvo enseguida y encontró la mirada de la joven—. ¿Cuál es la razón exacta por la que hiciste un trato con el diablo?

Cyrus parpadeó lentamente; resultaba evidente que la pregunta lo había tomado desprevenido.

—Pensaba que eso te daba igual —respondió—. Creo recordar que dijiste que «claramente sufro ahora las consecuencias de mis propios pecados».

—¿Y acaso no es así?

Cyrus no respondió, no enseguida. Pareció estar evaluándola, decidiendo si merecía la pena darle una respuesta sincera antes de decir en voz baja:

—Estaba desesperado y fui un idiota.

La nosta dio el visto bueno a su confesión y Alizeh avanzó un paso tentativo hacia él.

—¿Por qué estabas desesperado?

Cyrus rio, pero en aquella carcajada había dolor y en su sonrisa había tensión, al igual que en su postura. Encontró la mirada de la joven y la hizo esclava de su hechizo antes de decir en voz baja y rítmica:

—«Si tus motivos quieres contar, mi entretenimiento arruinarás. Por eso al cabo te habré de matar, poco a poco, acabados por siempre jamás».

Alizeh se vio presa de un terror familiar.

—Iblís —jadeó.

—Así es —murmuró Cyrus.

—¿Qué quiere decir con «poco a poco, acabados por siempre jamás»?

El joven sacudió la cabeza.

—Claro —dijo Alizeh, retorciéndose las manos—. No lo puedes decir.

Entonces, recorrió la estancia con una leve mirada de pánico, como si su entorno fuese a ofrecerle alguna explicación. Alizeh comprendía demasiado bien la terrible sensación de saberse entre las garras del diablo y, en contra de su voluntad, sintió lástima por el monarca al haber vivido en sus propias carnes una experiencia similar. Las decisiones de Cyrus estaban coreografiadas por un experto organizador; no era más que una útil marioneta dentro de un plan mucho más amplio. La diferencia era que Cyrus había traído al diablo hasta su puerta, mientras que Alizeh no había sido más que una víctima desafortunada. Sin duda, debía haber sido alguna debilidad de la carne la que llevó a Cyrus a someterse a aquellas torturas; Alizeh no alcanzaba a concebir qué era lo que habría querido a cambio.

Su sufrimiento, se recordó la joven, no era problema suyo.

No tenía por qué solucionar el embrollo en el que se había metido él solo.

—Entiendo que os encontráis en una terrible encrucijada —dijo con calma—. Creo que comprendo por qué me necesitáis. Y, aunque me compadezco de vuestra situación más de lo que me gustaría, no puedo ni estoy dispuesta a convertirme en un peón involucrado en los planes del diablo. Es la criatura más aborrecible del mundo y el responsable directo de la caída de mi pueblo, así como del sufrimiento con el que todavía tienen que lidiar hoy por hoy. He pasado toda mi vida huyendo del incansable interés que muestra por mí y no pienso rendirme ahora.

»Y aunque, sí, entiendo que me necesitéis —continuó—. Creo que es imperativo que sepáis que yo no os necesito para nada. Lo único que conseguiría ayudándoos sería sufrir.

—¿Y si...? —Tomó una bocanada profunda y comedida de aire—. ¿Y si hiciera que valiese la pena para vos?

—¿Qué? ¿Cómo?

—Mi madre os ofreció un trato y vos lo aceptasteis —dijo—. Yo os ofreceré uno mejor.

Alizeh lo observó, boquiabierta.

—¿Me estáis pidiendo que traicione a vuestra madre? Por todos los cielos, sois una familia de lo más particular.

—Casaos conmigo —insistió Cyrus con un ardiente brillo en los ojos—. Aceptad ser mi esposa durante el tiempo necesario para cumplir con las exigencias del diablo. Una vez que quede satisfecho, mi tremenda deuda estará saldada y estaré mucho más cerca de ser libre. Cuando por fin me haya librado de él, os doy permiso para que me matéis cuando os plazca y os quedéis con Tulán.

Alizeh se quedó de piedra, invadida por la incredulidad, pese a que la nosta ardía contra su pecho.

—No habláis en serio —musitó.

—Os concedo mi reino a cambio de vuestra mano —sentenció él con suavidad.

QUINCE

—¿Sabes qué significa? —preguntó Kamran.

Hazan sacudió la cabeza. Tomó el libro con una clara reverencia en la mirada, en los dedos, en la quietud de sus facciones. Con cuidado, pasó las páginas en blanco y recorrió la cubierta de piel con las yemas, en busca de algo...

—Ahí —dijo con suavidad al tiempo que palpaba algo en el lomo—. Justo ahí.

—¿Qué es?

—Un sutil grabado en relieve —explicó—. Es un símbolo bastante antiguo.

Kamran le quitó el libro a Hazan y estudió el lomo. Cuando encontró la marca en cuestión, esbozó una mueca extrañada. El relieve dibujaba dos triángulos colocados uno al lado del otro y entrelazados, de manera que formaban un tercero allí donde sus formas se cruzaban; una única línea ondulada atravesaba los tres a la vez.

—¿Qué significa?

—Arya.

Kamran se quedó helado y, acto seguido, levantó lentamente la cabeza para mirar a los ojos a Hazan.

—¿Te refieres a la cordillera? ¿La del norte?

Hazan asintió con una mirada inescrutable.

—¿Alguna vez has ido hasta allí?

—No.

—Allí arriba, las condiciones son brutales. Hace un frío glacial como en ningún otro lugar y la nieve nunca deja de caer, así que la visibilidad es casi inexistente. Era el hogar de mis antepasados —murmuró Hazan—. Allí fue donde los jinn erigieron su reino tras la caída de Iblís. Entre los nuestros se dice que la cordillera Arya alberga una magia muy poderosa que solo está a disposición de la persona que gobierne nuestra tierra, pero la mayoría piensa que no es más que un antiguo cuento, puesto que nadie ha encontrado pruebas de la existencia de dicha magia en los anales de nuestra historia.

—¿Y tú? —Kamran se tensó al evaluar a su amigo—. ¿Tú te crees ese antiguo cuento?

Hazan vaciló y tardó un segundo antes de responder con voz queda:

—No.

Kamran dejó caer el libro sobre la mesa con un sonoro golpe seco.

—Por todos los cielos —susurró—, eso es lo que han estado haciendo aquí todos los espías tulaníes durante todos estos meses. —Sacudió la cabeza y alzó la vista—. Estaba equivocado, Hazan. La guerra no solucionará el problema con Tulán. De hecho, empiezo a pensar que solo empeorará la situación.

—¿Cómo has llegado a esa conclusión?

Kamran cerró los ojos con fuerza por un instante y murmuró una vulgaridad entre dientes.

—Parece evidente que la guerra siempre fue su objetivo. Durante todo este tiempo, lo único que buscaban era provocarnos.

—No entiendo vuestra lógica. ¿Por qué habrían de provocar una guerra? Si quisieran eso, no tendrían más que lanzar un ataque preventivo ellos mismos...

—Si invadiesen nuestras fronteras —explicó Kamran, frustrado—, se enfrentarían a nosotros en nuestro propio terreno. Sería como si una hormiga retase a un león a un duelo. Ardunia es enorme, tenemos un generoso número de bases militares repartido por todo el imperio y contamos con cientos de miles de soldados. Sería una misión suicida.

Una evidente tensión atenazó a Hazan cuando comprendió lo que el príncipe trataba de explicar.

—Sin embargo, de llevar el combate a su territorio...

—Exacto —dijo Kamran—. Nuestros hombres se verían obligados a abandonar sus respectivas posiciones. El ejército arduniano se fracturaría; nuestras prioridades cambiarían, las tropas se desviarían de su cometido y, en consecuencia, nuestro imperio estaría peor defendido. Tulán se aprovecharía al máximo de la distracción para desvalijar la cordillera Arya a su antojo y atacarnos donde menos lo esperáramos. Aunque se enfrentarían a numerosas bajas en el proceso, si la magia de la que hablas existe de verdad, la recompensa por sus esfuerzos merecería la pena con creces. ¿Quién sino alguien como Cyrus sacrificaría unos cuantos miles de vidas a cambio de conseguir una magia desconocida y de inconmensurable poder?

Hazan parecía un poco conmocionado.

—Con todas estas últimas ofensivas... —Kamran sacudió la cabeza—, Hazan, sabes tan bien como yo que ninguno de nuestros imperios tiene permitido recurrir a la magia destructiva en las fronteras y, durante los años que hemos pasado en conflicto con Tulán, siempre lo han respetado; nunca se han atrevido a violar el tratado de Nix. Sin embargo, durante mi último viaje por mar, nuestro navío casi vuelca al chocar contra una barrera mágica. Ya solo eso debería ser motivo de represalia, pero, a pesar de mis protestas, nuestros oficiales no vieron razón de...

—Claro —interrumpió Hazan con tono cortante—, ya imagino lo mucho que les costaría aceptar tu punto de vista después de que hubieses complicado la situación al insultarlos y sugerir que nuestras relaciones con Tulán se les antojan tan familiares como sus propias «visitas al retrete»...

Kamran acalló a Hazan con una mirada fulminante y decidió ignorar el recordatorio de su reciente muestra de estupidez.

—En los últimos dos años —dijo, cambiando de tema—, hemos detenido a sesenta y cinco espías tulaníes y a más de la mitad de ellos los hemos capturado solo en los últimos ocho meses. No obstante, los espías llevan siglos colándose en nuestro territorio. ¿Es que acaso se les ha olvidado de repente lo que es la discreción? ¿Por qué son tan descuidados ahora? Casi da la sensación de que quieren que los atrapemos.

Hazan adoptó una mirada perspicaz.

—Y luego también está el asuntillo de tu abuelo.

—Eso es —coincidió Kamran, que también entornó los ojos—. Fuiste tú quien apuntó que, durante los muchos años de paz, ningún rey tulaní había aceptado nunca una invitación a uno de nuestros bailes.

Hazan inspiró hondo y dejó escapar el aire poco a poco antes de responder:

—Ni que decir tiene que asesinar y desprestigiar al soberano de una nación vecina es justificación suficiente para tomar medidas inmediatas.

—Y, aun así, nuestros oficiales siguen pensándoselo dos veces. —Un músculo se contrajo en la mandíbula de Kamran.

—No tiene ningún sentido.

—Hazan, creo que tenemos un infiltrado —dijo el príncipe.

—¿Un infiltrado? —Hazan alzó la vista, sorprendido—. En ese caso, ¿no debería velar por los intereses de Tulán? Si, como tú supones, Tulán intenta provocarnos para que declaremos la guerra, ¿no debería haber sido el primero en apoyar el más mínimo contraataque?

Kamran vaciló.

—Quizás esté esperando a conseguir más información.

—¿En quién estás pensando? ¿En Zahhak?

—No... no lo sé —admitió Kamran, que perdió la concentración al recordar algo que su abuelo le había dicho el día anterior... Era incapaz de asimilar que no había pasado más de un día.

Zal le había confesado que había estado retrasando la guerra con Tulán durante los últimos años en beneficio del propio Kamran, para evitar que perdiese a otra figura paterna, que ascendiera al trono sin estar preparado y que se enfrentara a una infancia marcada por la guerra.

Sin embargo, el antiguo rey también había sido el primero en confirmar, pese a la reticencia del resto de los nobles, que la guerra con Tulán era inminente. De hecho, era una de las últimas conversaciones que el rey Zal había mantenido con el príncipe.

«Se avecina una guerra», había susurrado.

«Lleva ya un tiempo gestándose. Solo espero no haberte dejado desprovisto de las herramientas necesarias para hacerle frente».

Kamran se descubrió incapaz de calmar los nervios tras ese recordatorio; una muda inquietud había despertado en su interior como una advertencia, como si todavía le quedase alguna traición de su abuelo por descubrir.

—No sabría qué decirte —había seguido diciendo Hazan, que, con su voz firme, había liberado a Kamran de su ensimismamiento—. Me gustaría creer que Zahhak es un infiltrado y, desde luego, da la talla como tal, pero hace mucho que lo conozco. Lleva décadas demostrando una lealtad implacable por Ardunia. —Se detuvo y frunció el ceño—. ¿Cuándo has dicho que empezaron a interceptar a más espías? ¿Hace un par de meses?

Kamran respiró hondo, se recompuso y asintió.

—Yo estaba en una misión cuando capturamos al primer grupo de espías para interrogarlos. Cazar a tantos de golpe fue bastante novedoso y fuimos lo suficientemente tontos como para congratularnos por el trabajo bien hecho. Eso fue hace siete u ocho meses...

—Cyrus ascendió al trono hace ocho meses.

El príncipe apretó los dientes.

—¿Crees que les ordenó que se dejasen capturar? ¿O que Cyrus ha estado tanteándonos?

—Creo que es una mezcla de ambas teorías. Los desprendimientos que se mencionan en los informes... quizá fuesen distracciones. Señuelos para desviar nuestra atención de su verdadero objetivo. —Hazan sacudió la cabeza—. Es posible que Cyrus estuviese tan loco como para creer que lo reconocerían como el verdadero soberano del territorio, que Arya lo recibiría con los brazos abiertos. Pero si ha estado meses registrando las montañas sin éxito, tiene sentido que haya buscado a alguien capaz de hacerse con ese poder. Si las historias son ciertas, solo hay una persona en el mundo capaz de desentrañar los secretos de la cordillera Arya.

—La reina perdida de Arya —susurró Kamran.

Hazan se detuvo.

—¿Cómo sabes eso?

—Ella me lo contó —explicó, recordando la conversación—. Me dijo que se llamaba Alizeh de Saam, hija de Siavosh y Kiana. Que quizá la conociese como la reina perdida de Arya.

Hazan dio un paso hacia Kamran y lo estudió con renovado interés.

—¿Por qué te contaría eso?

—Porque yo se lo pregunté. Quería saber su nombre.

—¿Eso pasó cuando fuiste a la Mansión Baz? ¿Cuando se suponía que ibas a registrar sus aposentos... y aseguraste no haber encontrado nada?

Kamran, inquieto por la expresión de Hazan, se planteó mentir, pero no vio qué sentido tenía hacerlo.

—Así es —dijo al final.

—Por todos los ángeles del cielo —murmuró Hazan al tiempo que adoptaba una mirada horrorizada—. No me digas que la has besado.

El comentario lo incomodó.

—Eso no es de tu incumbencia.

Hazan le dio la espalda con un brusco movimiento y se frotó los ojos con el dorso de las manos.

—¿Cómo puedes ser tan obtuso? —explotó al girarse de nuevo—. Ella es la esperanza de toda una civilización. No es cualquier joven con la que juguetear o pasar el rato en las tardes muertas...

—Te equivocas por completo —lo interrumpió Kamran con voz seca— si me crees capaz de...

—Debería ponerte en evidencia ahora mismo, bastardo arrogante, por haberla tratado con tan poco tacto... No me puedo creer que coquetearas con ella para acabar dejándola tirada...

—Yo no coqueteé con ella...

—¡Dijiste que tenías intención de matarla!

—¡Estaba dispuesto a casarme con ella! —gritó Kamran.

Hazan se quedó inmóvil, con las facciones petrificadas en una extraña especie de conmoción.

—Mientes.

Kamran se rio, se rio como si hubiese perdido el juicio.

—Ojalá fuese así. Ojalá no sintiese nada por ella. Me gustaría poder arrancarme este órgano inútil del pecho, porque no para de causarme problemas. Estaba completamente ciego; estaba tan perdidamente enamorado de ella que se me revuelve el estómago. Incluso llegué a proponerle a mi abuelo la idea de desposarme con ella. Tuve el descaro de considerar la posibilidad de convertir en mi reina a la joven que estaba destinada a ser su perdición, y mi abuelo casi me corta la cabeza ante semejante sugerencia.

»Le pedí que me diese alguna esperanza, Hazan. Le pedí que me esperara. Fue ella quien me rechazó, quien no quiso quedarse conmigo. Yo nunca jugué con sus sentimientos. Ante el más mínimo aliento por su parte, habría dado mi vida por ella... y, con gusto, la habría convertido en mi reina; yo...

—Espera.

—No... Me has acusado sin tener pruebas...

—He dicho que esperases —exclamó Hazan, enfadado.

—¿Por qué diantres quieres que espere? —gritó Kamran también.

—Que no... Calla un momento. —Hazan tomó el libro de la mesa y escaneó la inscripción de la parte trasera una vez más. Cuando alzó la vista, parecía confundido—. Quizá... —frunció aún más el ceño—. quizá la idea es que te cases con ella.

—¿Cómo dices? —Kamran estaba perplejo; la ira se había esfumado y se le encogió el corazón—. ¿Qué significa eso?

—Aquí pone «Liga los tronos». —Hazan volvió a estudiar el libro y recorrió las letras en relieve con los dedos—. Este es un mensaje claramente destinado al monarca elegido. El último reino jinn existió hace miles de años y el imperio solo estaba compuesto por ciudadanos jinn; era un contingente puramente homogéneo por varias razones, pero, en especial, para mantenernos a salvo—. Sin embargo, aquí... —dio un golpecito al libro— Este mensaje es muy claro y no tiene precedentes. La joven no está destinada a dirigir al pueblo jinn como un imperio aislado; está destinada a unir los reinos. «En un reino entretejido, arcilla y fuego acabarán unidos».

—Puede que tengas razón —concedió Kamran, que seguía tratando de calmar su ritmo cardiaco y de ahogar la esperanza que empezaba a aflorar en su interior—. Pero creo que te equivocas de reinos. Te olvidas de que está comprometida con el rey de Tulán.

Hazan se pasó una mano por el cabello.

—No pienso aceptarlo —dijo, frustrado—. Has lanzado una serie de acusaciones en su contra que no tienen ningún sentido. Ella nunca traicionaría a su pueblo. Nunca se prestaría a aceptar la ayuda de Iblís. Y jamás aceptaría casarse con Cyrus.

—Tú no la conoces, Hazan —le recordó Kamran en un susurro—. Solo conoces la versión de ella que esperas que sea.

Hazan tragó saliva.

—Muy bien entonces —dijo—. Solo hay una manera de obtener la respuesta a nuestras preguntas.

—¿Y cuál es?

—Partir hacia Tulán.

DIECISÉIS

—¿Qué podría ser tan valioso como para que lo intercambiéis, no solo por vuestra vida, sino también por vuestro reino? —preguntó Alizeh perpleja.

—Alizeh —murmuró Cyrus; por un instante, pareció desesperado—. Por favor.

Ah, ella no estaba hecha de piedra.

No era inmune a su tono de voz ni al sufrimiento que veía en sus ojos. Su lado racional comprendía que Cyrus era un bruto sin escrúpulos, pero también conocía al diablo demasiado bien como para no tener en cuenta el terror que provocaban sus susurros o la forma en que sus acertijos atravesaban el alma para permanecer en la mente y arañarla desde dentro, de manera que uno no pudiese pensar en otra cosa.

No era capaz de evitarlo; sentía lástima por él.

—Cyrus —dijo, sacudiendo la cabeza—, ¿qué esperáis que haga con vuestro reino?

Un destello de irritación devolvió las facciones del monarca a la vida.

—¿Qué tal si tomáis la ruta más obvia y cumplís vuestro destino? Se supone que debéis guiar a vuestro pueblo, ¿no es así?

—Sí —respondió, derrotada—. Esa es la teoría.

—Entonces, si os quedáis con mi reino, podréis poner esa teoría en práctica —dijo él—. Habéis visto nuestras luciérnagas, debéis de daros cuenta de que Tulán es el hogar de una de las mayores comunidades de jinn. No son unos números apabullantes, pero eso os podría servir como punto de partida.

—Pero ¿no es eso exactamente lo que busca el diablo?

—¿No es eso lo que vos queréis? —contraatacó Cyrus—. Por lo que yo sé, nunca habéis llegado a hacer un trato con Iblís, así que podréis hacer lo que os plazca con el poder que consigáis aquí. Solo tendrá opción de manipularos a través de las voluntades y acciones de otros.

—Como está haciendo ahora mismo a través de vos —apuntó con tono irónico.

—Sí. Bueno. —Cyrus se aclaró la garganta—. En cualquier caso, me temo que los deseos del diablo son mucho más intrincados.

—E imagino que no se te permite contarme nada más.

Cyrus se rio, aunque el sonido carecía de humor.

—Solo diré que organizar nuestro infeliz matrimonio no es más que una ínfima parte de lo que me ha pedido que hiciera, aunque también es el plan que más le importa. Ante todo, quiere que os ayude a ganar poder. No me sorprendería nada que estuviese haciendo tratos con otros incautos para ligar su libertad a vuestro ascenso al trono, al igual que hizo conmigo. Me compadezco de ellos —dijo con tono sombrío—. Tratar con vos ha sido la más sencilla y, con creces, la más insufrible de sus exigencias.

—¿La más insufrible, decís? —repitió Alizeh, casi sonriendo—. Vamos, vamos, ¿de verdad tenéis una imagen tan mala de mí?

—¿Creeis que exagero? —replicó secamente—. Verme obligado a pasar tiempo con vos está entre las experiencias más desagradables que he vivido nunca.

La nosta se calentó ante sus palabras y Alizeh se quedó desconcertada ante lo insultada que se sintió.

—¿Qué crímenes he cometido para que me censuréis con semejante determinación?

—¿Me dais permiso para insultaros?

Una cólera repentina invadió a la joven.

—Tenía la impresión de que no necesitabais permiso para ello.

—Alizeh —dijo Cyrus con una expresión tan seria como impaciente—, ¿sois consciente de la cantidad de personas que matarían por tener la oportunidad de asesinarme y quedarse con mi reino? Vuestra duda me perturba.

—¿Y si no quiero mataros? ¿Y si no soy capaz de hacerlo?

—¿Qué demonios os lo impediría? —replicó—. ¿Mi encanto y mi carisma arrolladores? Hasta este momento, habíais estado deseosa de quitarme la vida, pero ahora que os pido que cumpláis vuestro maldito deseo, ¿os negáis a hacer caso a mis indicaciones?

—Santo cielo, casi sonáis como si quisieseis morir.

—¿Me juzgaríais si ese fuera el caso? —Dio un alarmante paso hacia Alizeh—. ¿Por anhelar el fin de la brutal existencia a la que llamamos «vida»?

—La verdad es que no —respondió ella con sinceridad y dando un paso hacia atrás. En más de una desoladora ocasión, ella también había deseado ponerle un prematuro fin a su vida, encontrar una vía de escape que le permitiese librarse del sufrimiento que la consumía, pero nunca se habría atrevido a confesar ese deseo en voz alta y, menos aún, ante otra persona—. Pero sois de lo más macabro.

—Siento deciros que vuestra presencia es mi fuente de inspiración.

La cólera de Alizeh creció; comenzaba a cansarse de las infantiles mofas que Cyrus le dedicaba.

—Si tantas ganas tenéis de morir, ¿por qué no dejáis que el diablo acabe con vos?

—Pues, no sé —dijo tratando de sonreír—. Os he visto asesinar a cinco mercenarios con todo un abanico de materiales de costura. Creo que prefiero decantarme por vuestra creatividad.

—Un momento... ¿Cómo? —Lo miró sorprendida; una sensación de alarma le aceleró el pulso, que ahora bombeaba rápidamente en su cuello—. ¿Estuvisteis allí?

—Tenía que proteger a la favorita del diablo —explicó Cyrus al tiempo que su mirada se ensombrecía—. Desde luego, os subestimó.

—Pero... si ya me habíais visto —su mente trabajaba a toda velocidad—, ¿cómo es que luego me confundisteis con la señorita Huda?

Ante la mención de la señorita Huda, la expresión de Cyrus se agrió aún más.

—Nunca os quitasteis la snoda y no llegué a veros a la luz del día. Aunque os vigilé aquella noche, lo hice desde lejos. De haber podido acercarme más sin descubrir mi presencia, habría escuchado mejor los escandalosos susurros de vuestra siguiente reunión secreta. Sin embargo, luego vi lo suficiente de vuestro encuentro con Hazan para atar los cabos más desagradables de vuestra vida.

Alizeh estaba demasiado impactada, demasiado escandalizada para hablar.

—Decidme una cosa —dijo Cyrus con amargura—, ¿a cuántos hombres tenéis comiendo de la palma de vuestra mano?

—A ninguno —jadeó Alizeh, sacudiendo la cabeza—. ¿Por qué? ¿Por qué no dejáis de malinterpretarme? ¿Por qué asumís lo peor de mí en base a una única escena sacada de contexto...?

—Me asombra lo hipócrita que sois —exclamó él, enfadado—. Yo podría haceros la misma pregunta.

Ante eso, Alizeh alzó la vista, muda por un segundo al no saber cómo responder. Tenía razón: casi todo lo que sabía acerca de Cyrus (incluso la impactante historia del asesinato de su padre) lo había descubierto por medio de habladurías y conjeturas. Tantísimas personas parecían estar de acuerdo con que el monarca era un ser despreciable y la historia de su ascenso al trono era tan indiscutiblemente terrorífica que...

Alizeh vaciló y, a continuación, frunció el ceño.

—Esperad —dijo de pronto—. Cyrus, matasteis a vuestro propio padre a cambio de la corona.

El rostro del joven se tornó inescrutable y sus ojos se volvieron fríos y carentes de toda emoción.

—Eso no era una pregunta.

—Cometisteis parricidio —continuó ella—, solo para alcanzar el control y la gloria, solo para dirigir un imperio formidable. ¡Llegasteis hasta tales extremos solo por haceros con el poder! Asesinar a vuestro propio padre no debió de ser una tarea fácil. Entonces, ¿por qué echaríais todo a perder como si vuestro título no significase nada para vos?

Cyrus tragó saliva. Tardó unos largos instantes en contestar:

—Estoy bastante desesperado.

La nosta se calentó, pero la irritación que Alizeh sentía no hizo sino crecer.

—No —contestó, sacudiendo la cabeza—. No tiene ningún sentido. Hay algo que no me estáis contando.

—Hay muchísimas cosas que no os he contado.

—¿Como qué?

—Pues, veamos —caviló Cyrus—. No pronuncié una sola palabra hasta los tres años, no me gusta la berenjena y sé que tenéis un pequeño lunar en el hueco situado en la base de la garganta.

Alizeh se llevó una mano al cuello de forma involuntaria y casi se sorprendió al encontrar el pesado cuello dorado del vestido, que le cubría casi por completo la garganta.

—¿Cómo sabéis eso?

—Tengo ojos —dijo categóricamente.

—Estáis mintiendo.

—¿Sobre tener ojos? Os aseguro que están perfectamente encajados en mi cráneo.

—Cyrus...

—Incluso si pudiera..., ¿de verdad creéis que os contaría mis penas a vos, de entre todas las personas del mundo? —Se dio la vuelta y, cuando volvió a hablar, de pronto sonó aburrido—: ¿Creéis que os he traído hasta aquí en contra de vuestra voluntad porque necesitaba una confidente?

—No.

El joven alzó la vista hacia ella y una extraña emoción le surcó el rostro.

—No —repitió con suavidad—. Y haríais bien en recordarlo. Si termináis por casaros conmigo, nuestro enlace será un mero trámite. No tengo ningún interés en contar con vuestra compañía.

La nosta se enfrió.

Alizeh luchó por ahogar la sorpresa y el impulso de estremecerse ante la chispa heladora de la nosta. Sostuvo la mirada de Cyrus, a pesar de que tenía el corazón a punto de salírsele del pecho por culpa de la creciente alarma. ¿Mentía sobre no tener ningún interés en su compañía? ¿O sobre considerar el matrimonio como un mero trámite?

—Vos no... —tragó saliva—. Quiero decir, no vamos a... O sea, entiendo por lo que decís que, en el hipotético caso de que acepte vuestra proposición, nuestra relación no tendrá un carácter físico...

—No —la interrumpió con brusquedad—. No os voy a tocar.

La nosta se calentó.

—Muy bien —concluyó Alizeh, embargada por un ligero alivio—. Pero todavía hay una cosa que debo saber. Antes de tomar una decisión, debéis decirme de una vez por todas...

—Ah, ahí está —dijo Cyrus con tono sombrío—. Empezaba a preguntarme cuándo volveríais a sacar el tema. Queréis saber si maté a vuestro rey melancólico.

—¿Por qué seguís insistiendo? No es mío.

—Me cuesta creeros.

—Os lo digo en serio —insistió, molesta—. Fue... Lo que ocurrió entre nosotros fue breve y nunca... Es decir, intentó hacerme algunas promesas, pero no fue nada claro, la verdad, y yo le dije que no podía... que él y yo no podíamos...

—Olvidadlo —la interrumpió Cyrus—. No quiero que me provoquéis un dolor de cabeza con todos los detalles acerca de vuestra relación con el bufón que está a punto de heredar el trono de Ardunia.

Su comentario la enfureció.

—¿Qué motivo tendríais para difamarlo cuando vos sois el cretino que irrumpió en su hogar y mató a su abuelo?

Cyrus arqueó las cejas.

—¡No me digáis que lloráis la pérdida del pérfido rey Zal!

—Limitaos a responder a mi pregunta, mendrugo irritante...

—¿Qué pregunta? ¿Queréis saber si está muerto o conocer la razón por la que lo odio?

—Me da igual si lo odiáis —dijo Alizeh—. Solo quiero saber si sigue con vida.

—¿Os echaréis a llorar si os digo que está muerto? —musitó él.

La muchacha sintió que su rostro perdía todo el color al oír aquello y el pavor transformó su voz en un susurro.

—¿Lo matasteis?

—No.

Al sentir el calor que manaba de la nosta, Alizeh por poco perdió el equilibrio. Cerró los ojos y respiró hondo, aunque de forma entrecortada, y se llevó una mano al pecho de modo involuntario. Le ardieron los ojos a causa de la emoción, pero Alizeh luchó contra las lágrimas al no haberse dado cuenta hasta ese preciso instante de la enorme tensión en la que su cuerpo se había encontrado, así como de la desmedida esperanza que había depositado en que Kamran estuviese vivo. Solo entonces comprendió lo profundo que había enterrado sus sentimientos con respecto al tema del príncipe.

—Debo decir que vuestra reacción me resulta impactante —comentó Cyrus con un exagerado gesto de sorpresa—. Me resulta difícil de creer que os preocupaseis por él de verdad cuando habéis estado confabulando con su consejero a sus espaldas.

—¡Hazan es mi amigo, pedazo de cabeza hueca! —gritó Alizeh antes de apartar la mirada con brusquedad al sentir que las emociones estaban a punto de sobrepasarla—. Hazan era mi amigo. Lo era.

—Os lo advertí —dijo Cyrus—. Si lloráis, corro el riesgo de vomitar.

Alizeh se las arregló para proferir una lagrimosa carcajada incluso a pesar de que se le estaba rompiendo el corazón, a pesar de que la nosta se calentó, a pesar de que le hirió el orgullo. El recuerdo de Hazan, de su sacrificio, le trajo a la memoria su propia determinación a salir de las sombras, a alzarse y crecer por el pueblo que había mantenido una silenciosa fe en ella.

Al fin y al cabo, había nacido para ser reina.

Desde su más tierna infancia, la habían instruido para que guiase a su gente, para que los liberase de la vida incompleta que se habían visto obligados a vivir, de la lucha contra las injusticias con que durante tanto tiempo habían tenido que lidiar.

Entonces se preguntó, en un momento de inspiración, qué dirían sus padres y, cuando oyó un susurro en su corazón, se sintió más cerca de encontrar una respuesta.

Alizeh alzó la vista y estudió a Cyrus con renovado aprecio.

—¿Te prestarás a morir? ¿Cederás el trono?

—Solo cuando el diablo me haya liberado de mis obligaciones —apuntó bruscamente.

—¿Y eso cuánto tardará en suceder?

—No lo sé.

Alizeh inspiró hondo para tranquilizarse y observó al monarca por un instante.

—Hay algo que todavía no entiendo, Cyrus.

—¿El qué? —preguntó él con desdén.

—Si tan poco le teméis a la muerte, ¿qué importa lo que el diablo quiera que hagáis? ¿Por qué sufrir bajo su control y seguir sus órdenes si al final vais a morir igualmente?

De alguna manera, la expresión fría de Cyrus se hizo aún más gélida. Tardó unos cuantos segundos en responder.

—Debo ser yo quien decida cómo y cuándo muero.

—¿Por qué?

Esbozó una sonrisa, pero esta estaba teñida de rabia.

—Si no sois capaz de imaginar por qué no puedo arriesgarme a morir en un mal momento —dijo—, entonces vos, como tantos otros, habéis construido una imagen de mí basada en suposiciones erróneas.

—Eso no tiene ningún sentido —replicó Alizeh con un fogonazo de irritación—. ¿Estáis tratando de ser críptico a propósito?

—Sí.

—Ah. —La irritación de la joven se esfumó—. ¿Es por Iblís?

—Pocos son los valiosos detalles que puedo dar acerca del tema. —Dio una rápida sacudida de cabeza—. Así que solo diré una cosa: si estoy evitando morir ahora mismo, es porque debo permanecer con vida el tiempo suficiente para completar una tarea crucial. Después de eso, poco importa que mi corazón continúe latiendo. —Vaciló antes de añadir—: No tenéis ni la menor idea de lo que está en juego. Mi vida es irrelevante.

La nosta se calentó ante aquella confesión y Alizeh sintió que el miedo crecía en su interior.

—Ya veo —susurró—. Entonces tratáis de decir que no actuáis por vuestro propio interés, sino en beneficio de otras...

—Dejad de hacer suposiciones —intervino con una nota de pánico en la voz—. No compartáis vuestras teorías en voz alta.

—De acuerdo. —Alizeh tragó saliva—. Está bien.

Por todos los cielos. Esa telaraña de confusión no paraba de enredarse más y más a cada momento que pasaba. Alizeh ni siquiera fue capaz entonces de preguntarse qué sería lo que motivaba las acciones de Cyrus. No conocía suficientes detalles acerca de su vida, sus debilidades o anhelos como para aventurarse a conjeturar.

—Parece que estáis en una tremenda encrucijada —dijo la joven con voz queda—. ¿Me diréis al menos qué es lo que habéis recibido a cambio de vuestro trato con el diablo?

Cyrus se rio en respuesta, pero la carcajada que profirió sonó hueca.

—Me tomaré eso como un «no».

Alizeh frunció el ceño y Cyrus suspiró.

—Entiendo que rechazáis mi oferta.

La muchacha levantó la cabeza para encontrar la ardiente mirada del monarca.

—Sí, pero os prometo una cosa: la consideraré seriamente.

Por un instante, Cyrus se quedó inmóvil.

El alivio lo invadió poco a poco y, después, lo embistió con tanto ímpetu que casi pareció como si le hubiese obligado a dar un paso atrás. Cyrus cerró los ojos al tiempo que exhaló y extendió una mano temblorosa para apoyarse contra una pared.

—Gracias —susurró—. Gracias.

—No os he prometido nada todavía —le recordó ella, dando un paso cauteloso en su dirección. Cuando el joven no se movió, le dio un golpecito suave en el pecho con el dedo índice—. No os regocijéis demasiado.

Cyrus abrió los ojos y, por primera vez desde que lo conocía, casi parecía feliz. Hacía que su rostro rejuveneciera, que tuviese un aspecto aniñado. Tenía los ojos más azules, más brillantes. Esbozó una sonrisa, una genuina.

Alizeh se obligó a reprimir el impulso de devolvérsela.

—Venid conmigo —dijo Cyrus al tiempo que se erguía y le ofrecía una mano.

La muchacha estudió su mano con cautela y se mordió el labio al vacilar.

—¿Por qué? ¿Me vais a volver a tirar desde un precipicio?

—Quizá más tarde —bromeó.

—¿Entonces?

—Se me ha ocurrido que a lo mejor querríais conocer Tulán.

DIECISIETE

—Esperad... ¿A dónde vais?

Hazan corrió tras el príncipe, que había salido como una exhalación del gabinete de guerra sin previo aviso y avanzaba a grandes zancadas por el pasillo, aferrado al extraño volumen y manteniendo un ritmo que solo podía indicar una de dos opciones: entusiasmo o cólera.

Kamran no sabría decir cuál de esas dos emociones sentía con más intensidad.

La idea de partir ahora hacia Tulán... lo libraría de la tediosa ruta diplomática, de sortear las infructuosas y repetitivas discusiones entre unos nobles que, sin duda, habrían pasado días (si no semanas) debatiendo las ventajas y desventajas de entrar en guerra...

Estaba atónito.

No se había parado a considerar la posibilidad de que la actual pesadilla en la que vivía tuviese algún beneficio.

Kamran se había acostumbrado tanto a los grilletes de la realeza y a los infinitos galimatías que caracterizaban a las relaciones internacionales, que no se había percatado de la libertad que su reciente debacle personal le había granjeado. Al quedar despojado de su título, mientras Zahhak continuase dejándolo a un lado y los nobles se negasen a incluirlo en sus debates...

Entonces no le quedaba más remedio que tomar las riendas de su propia vida.

Viajaría a Tulán, no como príncipe, sino como hombre.

Vengar el asesinato de su abuelo se convertiría en una misión personal, no en una orden. Por fin, tras pasar dieciocho años sirviendo a la corona sin descanso, haría lo que le viniese en absoluta gana.

Ah, tenía grandes planes para Cyrus.

No se limitaría a matarlo; primero, lo destruiría. Se aseguraría de que el rey sureño le suplicase morir y, solo entonces, se mostraría lo suficientemente misericordioso como para cumplir el deseo de Cyrus y atravesarle el corazón con su espada.

—Kamran, sois un zoquete... Esperad...

Como de costumbre, el príncipe lo ignoró. Hasta que Hazan no lo hubo alcanzado, Kamran no respondió a su pregunta y habló en voz muy baja, para que nadie oyera su conversación...

—Hay un par de cosas que debemos hacer antes de marchar —explicó Kamran— y, si no nos ponemos ya manos a la obra, no llegaremos allí a tiempo.

—¿A tiempo? —Hazan observó a su amigo—. ¿A tiempo para qué?

—No lo sé. Pero tengo el presentimiento de que vamos a llegar tarde.

—Kamran, voy a hacerte una pregunta y quiero que sepas que te digo esto con total sinceridad...

—¿Qué?

—¿Has perdido el juicio?

El príncipe dejó escapar una risa apagada.

—Perdí el juicio cuando la conocí, Hazan. Tú fuiste testigo de mi descenso hacia la locura, así que no te hagas ahora el sorprendido.

—Te juro que a veces me das miedo.

—Hay veces en que yo mismo me lo doy, Hazan. —Kamran siguió adelante sin aminorar el ritmo, a pesar de que estudiaba el volumen que tenía entre las manos—. Levaremos anclas hoy mismo, a medianoche, bajo el arropo de la oscuridad.

—¿Cómo que levaremos anclas? —Hazan lo miró con expresión desencajada y por poco se tropieza al intentar seguir el ritmo del príncipe—. ¿Tenéis intención de llegar a Tulán por el río Mashti? Sobrevivir a ese viaje ya de por sí sería difícil a plena luz del día, así que no...

—Nuestros dragones están bien vigilados en Fesht —dijo Kamran— y sabes tan bien como yo que está a un mes de distancia en carruaje. No puedo convocar a las bestias sin llamar una indeseada atención y no hay una forma más rápida de llegar a Tulán. Nuestra flota, sin embargo, tiene el beneficio de estar impulsada por magia; los viajes por la ruta del agua suelen tomar meses, no solo por la cantidad de trabajo que se requiere en cada etapa del transporte, sino por lo pesado que es el cargamento que portamos. Sin el peso añadido de las toneladas de agua, nos moveremos mucho más deprisa y, para cuando se percaten de nuestra ausencia por la mañana, ya estaremos muy lejos de aquí. He recorrido la ruta del agua las veces suficientes como para conocer el camino y sé navegar cualquier embarcación. Siempre que evitemos los retrasos considerables y el mal tiempo, podremos llegar a Tulán en menos de una semana.

Hazan se quedó callado, aunque sus ojos estaban llenos de dudas.

—Muy bien —dijo al final—. ¿Qué le vas a decir al niño?

—¿A Omid? —Kamran frunció el ceño—. Nada. Cuanta menos gente sepa de nuestro paradero, mejor.

—¿Y por qué debemos de viajar en secreto?

—Porque prefiero que no sepan dónde encontrarme.

—¿Quiénes? —insistió Hazan con expresión confundida—. No era consciente de que nos estuviesen dando caza.

—No, pero pronto nos la darán. —Kamran giró una esquina y subió apresuradamente por la descomunal escalera de mármol; el eco del irregular repiqueteo de sus botas inundó el enorme vestíbulo—. Mi intención es vaciar el tesoro real antes de partir y preferiría no dejar un rastro fácil de seguir, puesto que los nobles son capaces de organizar una ejecución con pasmosa celeridad.

—Esperad. —Hazan se apresuró a subir los escalones tras el príncipe—. ¿Por qué habríais de vaciar el tesoro?

—Oro. Armas. Caballos. —Kamran se detuvo en seco en el descansillo y se dio la vuelta bruscamente para mirar a Hazan—. Esa tarea te la dejo a ti: revisa el depósito mientras todavía tengamos acceso a él y prepara más provisiones y dinero del que necesitemos. Si me van a echar del palacio, necesitaré refugiarme en algún sitio a nuestro regreso. Encuentra un lugar seguro, cómprale alguna propiedad a un granjero incauto si es necesario; organiza una partida con nuestros mejores jinetes y guerreros y ofréceles una buena compensación durante seis meses. Tendremos que contar con refuerzos armados.

—Dime que no hablas en serio.

—Sé que eres capaz de eso y más.

Hazan lo miró, estupefacto.

—¿Quieres que vacíe las arcas de la corona, que viaje al norte, que encuentre a algún granjero y le compre su destartalada finca, que peine el imperio en busca de los mejores mercenarios y que organice una milicia... en un solo día?

—Cuentas con una velocidad y una fuerza sobrehumanas, además de la habilidad de hacerte invisible, Hazan. Te autorizo a utilizar tus poderes para el bien sin restricciones.

—¿Y si me para algún corregidor?

Kamran metió la mano en un bolsillo, sacó una moneda, la lanzó al aire y vio como Hazan la cazaba sin esfuerzo y con una sola mano.

—Muéstrales esto —le dijo el príncipe—. Lleva mi sello.

—Y pensarán que es una falsificación.

—Estoy seguro de que sabrás arreglártelas —concluyó Kamran, dando el tema por zanjado.

Hazan lo fulminó con la mirada, pero le dedicó un respetuoso asentimiento de cabeza.

—Menuda suerte para ti que ya cuente con un equipo en el que confío plenamente. Conformarán un magnífico ejército.

Kamran, que había estado a punto de retomar la marcha, se dio la vuelta para hacer frente a su amigo. Fue incapaz de disimular la sorpresa que le teñía la voz cuando dijo:

—¿Tienes un equipo?

—Nunca he trabajado solo —murmuró Hazan—. No soy el único que ha estado buscándola, ¿sabes?

Kamran apartó la mirada, hundido. Llevaba más de un año leyendo acerca de las pequeñas revueltas que se estaban desatando entre los miembros de la comunidad jinn a lo largo y ancho de Ardunia. Creía que no era más que culpa del descontento, que buscaban detonar un cambio, pero no había sospechado que hubiesen encontrado consuelo en la idea de un imperio perdido, que pudiesen haber estado buscando a una líder desconocida a quien apoyar.

—No —dijo por fin—. Supongo que no.

—Kamran.

El príncipe alzó la cabeza, con una mirada inquisitiva.

—¿Qué harás? —preguntó Hazan, que lo observaba con cuidado—. Me refiero a cuando la veas.

Bastó esa mera sugerencia para que el corazón de Kamran reaccionara. Hasta ese preciso momento, se las había arreglado para evitar pensar en esa parte. Algún instinto protector de su cerebro le había impedido dedicarle demasiada atención al aspecto del viaje que más daño podía hacerle. Pero la idea de verla de nuevo..., de hablar con ella pronto...

Se vio casi abrumado.

Sintió que las garras de una terrible angustia se cerraban en torno a su garganta y, acto seguido, un dolor inexplicable lo embargó, como un calor abrasador en el esternón que no sabía poner en palabras. La joven lo había traicionado y había sido como si le hubiese atravesado el pecho con el puño, por lo que no sabía cómo se comportaría cuando volviese a verla, ya que no se atrevía a aventurar qué descubriría en Tulán. Cabía la posibilidad de que resultase haber sido un patán desconfiado al dudar de ella, pero también podría recibir el golpe de gracia que sospechaba terminaría por romperlo. Caería de rodillas ante ella o se vería obligado a matarla.

Esa posibilidad le revolvió el estómago.

Su voz se había convertido en un carraspeo irreconocible cuando por fin respondió a la pregunta de Hazan:

—No lo sé.

—Si te sirve de consuelo, no creo que nos haya traicionado.

—Ya basta —dijo Kamran al tiempo que se daba la vuelta—. Tenemos mucho que hacer. Reúnete conmigo en el muelle a medianoche.

Hazan contempló al príncipe por un segundo.

Después, con un asentimiento, el exconsejero dejó solo a Kamran, pero este se dio cuenta de que no se podía mover. Clavó la vista en la media distancia y se aferró al libro que sostenía en la mano aún más estrechamente si cabía. Cuando se había guardado el pañuelo de la muchacha en el bolsillo hacía ya varios días, se había dicho que se lo entregaría él mismo en persona, pero no había sido consciente de lo pronto que la vería.

Kamran nunca se había parado a pensar en lo confuso que era el duelo; nunca se le había ocurrido plantearse que la muerte de un ser querido resultaría ser difícil de sobrellevar o que el corazón continuaría latiendo pese a haberse roto. Nadie le había enseñado a navegar la vaguedad de la incertidumbre; no, Kamran siempre había vivido rodeado del lujo de lo absoluto. Incluso cuando era niño, había sabido cuál era la marcada posición que ocuparía en el mundo, así como las normas que delimitaban su vida. Saltaba de un hito bañado en oro a otro con una seguridad tan plena que, hasta que Alizeh no hubo puesto su vida patas arriba, no se había parado a cuestionarse la trayectoria que le habían preparado.

Ahora se hallaba ante el comienzo de un nuevo camino inexplorado y confuso; su papel, su título, su futuro..., todo era un misterio.

—*Hejjan? Hejjan...* —«¿Señor? Señor...».

Muy lentamente, Kamran se dio la vuelta hacia la desesperada voz y vio al niño larguirucho que se esforzaba por subir los escalones de dos en dos. Kamran iba de regreso a sus aposentos para hacer unas cuantas gestiones de correspondencia; tenía pensado enviarle una carta a su tía Jamilah, cuyo atronador silencio tras la muerte de Zal le había resultado al príncipe tremendamente inusual, para preguntarle si le parecería bien que le hiciese una visita al día siguiente. Por supuesto, no tenía intención de visitar a la querida mujer, solo esperaba dejar un rastro por escrito que ayudase a enrevesar los detalles de su desaparición.

Por lo que parecía, su plan tendría que esperar.

Cuando Omid alcanzó el descansillo, se dobló por la mitad casi de inmediato y apoyó las manos en las rodillas para tratar de recuperar el aliento.

—Os he estado buscando —jadeó—, por todas partes...

—Sí, y ¿por qué has tardado tanto? —susurró Kamran—. ¿Han llegado ya?

Omid trató de erguirse y por poco lo consiguió. Entrecerró un ojo mientras respiraba y se colocó una mano firmemente en la cadera para mantenerse en vertical con un esfuerzo.

—No quieren venir, señor —dijo, resollando en feshtún—. No me creen cuando les digo que la corona los ha convocado.

Kamran cerró los ojos y suspiró.

Esa misma mañana, presa del dolor, del delirio y, ciertamente, sin estar en pleno uso de sus facultades, Kamran había pensado que no tenía a nadie más en quien confiar. Tras su heroico gesto, el niño había parecido la persona más indicada para un puesto centrado en priorizar la seguridad del príncipe ante todo lo demás. Ahora Kamran empezaba a plantearse que Hazan quizá había estado en lo cierto.

Quizá había sido una pésima idea.

—Deberíamos haber renovado tu vestuario —dijo Kamran, que abrió los ojos para evaluar de nuevo las ropas demasiado grandes y poco favorecedoras del chico—. ¿Cómo iban a creerte? No tienes el aspecto de haber salido de ninguna casa real. —Miró al niño con recelo—. ¿Por qué no fuiste en carruaje como te pedí? El sello real le habría bastado a cualquiera.

Omid sacudió la cabeza con fuerza.

—Lo intenté, señor, se lo juro. Pero tampoco me dejaron llevarme uno.

Ante eso, Kamran frunció el ceño.

—¿Quién no te lo permitió?

—El cochero. Me dijo que me azotaría con la fusta si me atrevía siquiera a tocar uno de los carruajes, así que he estado yendo de un lado a otro a pie y por eso he tardado tanto...

—Cielo santo.

El chico se puso rojo como un tomate.

—Lo siento muchísimo, de verdad. Y en cuanto a esto... —se miró las ropas y tiró del dobladillo de la túnica, que era demasiado larga para él—, bueno, no tengo nada más que ponerme, señor. No sé qué hacer con ellas, pero no me gustaría desecharlas porque fueron un regalo de... —se le llenaron los ojos de lágrimas—, bueno, de los magos, ¿sabéis? Y es que fueron tan buenos conmigo...

Kamran alzó una mano para que el niño dejase de parlotear.

Él no había derramado ni una sola lágrima desde la noche anterior y, aunque una parte de su subconsciente sospechaba que, en el fondo, era probable que fuese un comportamiento bastante extraño, había una parte mucho más grande y ruidosa, además de mucho menos sana, que se enorgullecía de ser capaz de mantener sus emociones bajo control.

—Esto es culpa mía —le dijo al niño—. Debería haberme fijado en tu atuendo antes de enviarte a hacer recados. No se me ocurrió presentarte ante el servicio. No tienes ninguna culpa de lo ocurrido —suspiró—. De hecho, me doy cuenta ahora de que he cometido un error aún más grave al ponerte un peso tan grande sobre los hombros. Es evidente que este no es un trabajo para...

—¡No, señor! —El niño alzó las manos como para evitar que Kamran continuase hablando y, cuando se dio cuenta demasiado tarde de que había tocado al príncipe, se alejó con una expresión horrorizada—. Lo siento... Es decir, disculpadme...

—Omid...

—Por favor —rogó el chico, que se secó el rostro húmedo con desesperación y estiró la espalda hasta ponerse bien recto—. Puedo hacerlo, señor, le prometo que puedo. Quiero mantener este puesto más que nada en el mundo... Mi madre y mi padre estarían tan orgullosos de ver cómo ha cambiado mi situación... Os prometo que os demostraré de lo que soy capaz. Se lo juro sobre la tumba de mis padres, señor.

Kamran lo observó con mirada suspicaz; ahora el niño estaba en posición de firmes y, aunque tenía los ojos enrojecidos, ya no lloraba. En cualquier otra situación, Kamran habría hecho caso omiso a los deseos del niño sin pensárselo dos veces. Pero no tenía nada que perder llegado a ese punto. A la mañana siguiente, Kamran se habría ido. Además, daba por hecho que los nobles le darían problemas, puesto que asumirían que la magia distorsionada que le recorría el cuerpo sería una forma de garantizar su destierro. No estaba seguro de cuándo le pedirían que se fuera, puesto que, hasta ese momento, había conseguido esquivar el que parecía un encuentro inevitable con Zahhak...

Como si hubiese invocado al hombrecillo con tan solo pensar en él, Kamran vio por el rabillo del ojo que el consejero de defensa, quien acababa de materializarse al final del pasillo como salido de la nada, se estaba batiendo en una escurridiza retirada. Se dirigía con paso bastante apresurado hacia el ala del palacio reservada para el rey..., aunque lo que Zahhak tuviese pensado hacer en las dependencias de su abuelo era todo un misterio que Kamran se moría por desentrañar. Por si la mirada furtiva no hubiese sido una prueba suficiente, estaba seguro de que los motivos de Zahhak debían de ser nefastos.

—¿Señor?

Kamran volvió a mirar al chico mientras su mente trabajaba al doble de velocidad de lo normal para evaluar la situación desde todos los ángulos posibles en el espacio de un milisegundo. Kamran llegó a la conclusión de que descubriría el destino que le aguardaba al palacio muy muy pronto.

Por esa razón, consideró que no merecía la pena romperle el corazón al chico. Podía permitirse dejarlo soñar un día más.

—Muy bien —dijo con tono rígido y bajando la voz—. Pero si no están aquí para cuando caiga la noche, te daré otro puesto en el palacio. Estoy seguro de que nos vendría muy bien tener otro mozo de cuadra. —Se detuvo para evaluar al chico—. ¿Tienes mano con los caballos?

Omid sacudió la cabeza con tanta violencia que Kamran temió que pudiese dársele la vuelta y quedarse con ella del revés para siempre.

—No me gustan los caballos, señor, y yo no les gusto a ellos. Cumpliré con mi cometido..., no tendréis que buscarme otro trabajo. Estarán aquí para cuando caiga la noche, lo juro.

Con eso, Omid salió corriendo y bajó por la escalera con un peligroso trote mientras Kamran cambiaba de rumbo para seguir el rastro de Zahhak hasta los aposentos de su abuelo.

DIECIOCHO

—¿Perdón? —Alizeh contempló a Cyrus con expresión sorprendida—. ¿Cómo que queréis enseñarme Tulán?

—¿No despierta vuestra curiosidad?

—Mucho —admitió—. Es solo que no esperaba que me fueseis a dejar salir de palacio.

Cyrus se rio, pero luego frunció el ceño, confundido.

—¿Por qué no iba a dejaros salir?

Alizeh esbozó la misma expresión que él.

—Porque podría huir, imagino —dijo lentamente—. Y necesitáis que me quede aquí para hacer lo que me pidáis, porque, de lo contrario, el diablo os matará.

—Ah. —Se estremeció el joven—. Ya. Bueno. En ese caso, debo irme. Supongo que os veré a la hora de la cena si queréis uniros a mí.

Cyrus le dedicó un asentimiento de cabeza, se dio la vuelta y se dirigió hacia la puerta, decidido.

Alizeh lo observó con una mal disimulada decepción.

—¡Esperad! —le pidió, abatida—. ¿Os vais a marchar? ¿De verdad no me vais a enseñar Tulán?

Cyrus vaciló, pero no se giró a mirarla. La joven solo vio como se le tensaba la espalda, mientras que su cabello cobrizo creaba un intenso contraste con su sencillo abrigo negro. Una vez más, quedó pasmada ante el porte del joven, ante la presencia que tenía incluso ahora que no veía su rostro.

—Ha sido una muy mala idea por vuestra parte mencionar la posibilidad de que salieseis huyendo —comentó él con voz queda.

—Lo sé. —Alizeh se mordió el labio—. Me arrepiento de haberlo dicho.

Cyrus se dio la vuelta lentamente.

—¿Queréis decir que no intentaréis escapar?

Alizeh se mostró evasiva.

Estaba dividida, pero también distraída; el sol había cambiado de posición en la última hora y los rayos de dorada luminiscencia que entraban tanto por las puertas acristaladas como por los ventanales bañaban la estancia, consagrando cuanto encontraban a su paso. La tempestad de luz también había alcanzado a Cyrus, de manera que las duras líneas de su cuerpo se hacían más evidentes y un brillo difuso bailaba por su rostro y le coloreaba la mirada. Entrecerró los ojos ante la intensa luz; sus pupilas se contrajeron hasta convertirse en cabezas de alfiler e hicieron más evidente el azul de sus iris. Alizeh lo contempló por un segundo mientras él la observaba con evidente confusión.

A ella no le importó.

Dejó vagar la mirada mientras reflexionaba acerca de su conflicto emocional. Se sentía menos inclinada a huir del castillo que cuando llegó, no solo porque le habían hecho dos ofertas bastante jugosas desde entonces, sino también porque... Bueno, la verdad era que no tenía a dónde ir. Aquí, al menos, madre e hijo trataban de ganarse su afecto; para Alizeh, que se había visto obligada a pasar demasiadas noches brutales a la intemperie, a dormir con la mejilla apoyada contra la porquería de las calles, una cama caliente era todo un lujo que nunca se atrevería a subestimar. No podía negar que el palacio tulaní era un lugar encantador para descansar por un tiempo y aprovechar para solucionar la miríada de desastres con los que tenía que lidiar. De hecho, en esos precisos instantes, oía los cantos de los pájaros, el susurro de las cascadas en la distancia, el esfuerzo del viento al tratar de apartar las ramas de su camino, agitando las hojas. Era, en resumidas cuentas, encantador.

Y, desde luego, ardía en deseos por ver Tulán.

Alizeh era lo suficientemente consciente de lo poco familiarizada que estaba con el manejo de la magia como para entender que había alguna especie de encantamiento en el aire, puesto que el tiempo no se correspondía con la estación del año. Bien cierto era que Tulán estaba mucho más al sur que Ardunia (que se enfrentaba a un invierno despiadado), pero ambos imperios compartían fronteras; no sería raro notar cierta diferencia de temperatura, aunque en Tulán era prácticamente verano.

Alizeh mentiría si no dijera que lo prefería al invierno de Ardunia.

La joven alzó la vista y se encontró con la mirada impaciente de Cyrus.

—Puede que no huya... —vaciló— hoy.

Los nervios del monarca dieron paso a una evidente diversión.

—¿Ah, sí? Entiendo que estáis a gusto aquí. ¿Estáis disfrutando de mi hospitalidad?

Alizeh se aclaró la garganta con suavidad.

—Reíros cuanto queráis —dijo al tiempo que entrelazaba y separaba las manos—. Pero, al fin y al cabo, sigo tratando de tomar una decisión acerca de si debería casarme con vos o no y creo que deberíais permitirme ver el reino que habéis decidido cederme si así lo deseo.

Cyrus se tensó ante su comentario.

La observó con atención, sin pestañear, y la luz murió en sus ojos a medida que se daba la vuelta, lentamente, sumido en el silencio. De hecho, pasó tanto tiempo sin hablar que Alizeh se vio obligada a decir algo ante la creciente incomodidad del momento.

—¿Cyrus? —titubeó—. ¿Estáis bien?

Él alzó la vista.

—¿Ahora o en general? —Alizeh frunció el ceño y el joven trató de bromear—: Sé que quizá no me creáis, pero nunca había imaginado que, un día, me forzarían a buscar esposa de esta forma. —Sacudió la cabeza y le dio la espalda a la muchacha—: Estoy tratando de ofreceros Tulán, una joya entre los imperios, la tierra que considero mi hogar. Me tenéis ante vos, rogándoos que os caséis conmigo, que me matéis y os quedéis con mi reino, mi corona, mi legado... y vos ni siquiera aceptáis. —Cerró los ojos y profirió una maldición—. Estaba convencido de que había tocado fondo, pero esto... Mi situación nunca había sido tan lamentable.

La nosta se calentó ante su triste discurso y, para disgusto de Alizeh, su maleable corazón se vio embargado por una ola de compasión. Odiaba ser incapaz de despreciarlo sin pensárselo dos veces, odiaba ser incapaz de manejar el mecanismo que controlaba sus emociones, odiaba ser incapaz de reprimir su humanidad cuando esa emoción demostraba ser inoportuna.

Con un suspiro, Alizeh se acercó a él.

Cyrus alzó la cabeza de golpe al notar la proximidad de la joven, como si sintiera que le estaba dando caza, y la observó con creciente recelo hasta que Alizeh se detuvo ante él, a medio camino del otro extremo de la estancia. En ese momento, la muchacha se sorprendió al hacer algo que bien podría ser una tontería o una estupidez; no conseguía decidirse.

Alizeh le tocó el brazo.

O, por lo menos, lo intentó. Cyrus le agarró la mano antes de que pudiese rozarlo siquiera; tenía unos reflejos tan rápidos que Alizeh no fue consciente de lo ocurrido hasta que vio, anonadada, que el monarca le había levantado el brazo hasta ponérselo a la altura de los ojos. La mano de Cyrus envolvía la de Alizeh tanto con su tamaño como con su calor mientras la estudiaba con mirada desatada y curiosa. La joven se sintió petrificada; estaba inmóvil como una estatua, maravillada al descubrir que sentía todos y cada uno de los pequeños callos que el monarca tenía en los dedos cuando este los deslizó, con movimientos vacilantes, por los laterales de sus nudillos. Despertó en ella una sensación lánguida, cálida y tan inesperada que por poco dejó escapar un jadeo.

Alizeh volvió en sí de golpe.

Cyrus dejó caer la mano lentamente, acariciándole la palma a la joven hasta que cerró los dedos alrededor de su muñeca como si fuese un brazalete, presionando las yemas contra el acelerado pulso de Alizeh. Se preguntó si estaría contándole las pulsaciones, evaluando su reacción.

—Alizeh —dijo Cyrus con voz grave y densa. La estaba mirando como si la joven hubiese estado a punto de apuñalarlo en el corazón—, ¿qué estáis haciendo?

—Yo no... —Sacudió la cabeza y trató de recuperar la voz—. Os juro que no iba a haceros daño.

Cyrus dejó caer la mano como si lo hubiese quemado y dio un par de pasos para alejarse más de ella. Respiraba un poco más rápido de la cuenta y su mirada demostraba que estaba totalmente en guardia.

—¿Qué ibais a hacer entonces?

Alizeh dudó mientras se debatía entre decir la verdad o no, aunque terminó por concluir que se sentiría una necia al admitir sus sentimientos. Una vez más, sacudió la cabeza.

—Nada, os lo prometo...

—Alizeh —sonaba enfadado—, ¿por qué habéis intentado tocarme? ¿A qué estáis jugando?

—Yo solo... —suspiró y, con un arrebato de frustración, dijo—: ¡Ah, esto es ridículo! No era más que un gesto de simpatía.

El muchacho la miró, sorprendido, a medida que la tensión abandonaba su cuerpo de una forma muy evidente.

—¿Un gesto de simpatía? —repitió al ser claramente incapaz de comprenderlo—. Queréis decir que... ¿tratabais de consolarme?

—Así es.

—A mí —dijo al tiempo que se señalaba a sí mismo.

—¿Sabéis qué? —Un colérico sonrojo incendió las mejillas de la chica—. Olvidadlo.

Cyrus clavó la vista en ella durante un buen instante antes de echarse a reír con todas las ganas.

—¿De verdad no hace falta más que una única historia lacrimógena para derribar vuestras defensas? ¿Para que os ablandéis ante mí nada menos? Sois un encanto, pero así solo vais a conseguir que os maten.

—Cerrad el pico —le espetó, cruzándose de brazos.

Cyrus sacudió la cabeza despacio y redujo un poco más la distancia que los separaba mientras la estudiaba con cuidado, deteniéndose, sobre todo, en las líneas de su rostro. Por un instante, Alizeh casi pensó que iba a tocarla, pero no fue así.

—Contadme —susurró el monarca—, ¿qué ibais a decir? ¿Cómo pensabais consolarme?

—No... no iba a decir nada...

—¿No me ibais a decir que no me preocupara? —preguntó sin dejar de sonreír—. ¿No me ibais a recordar que, a pesar de que mi vida no vale prácticamente nada, debería mantener la cabeza bien alta y mirar el lado positivo de las cosas?

—No —dijo ella, que odió lo entrecortada que sonó su voz al hablar—. No tenía intención de aburriros con esos sinsentidos. No creo que haya nada positivo en esta situación.

Cyrus inspiró hondo, de manera que su pecho se hinchó ante el esfuerzo. Tardó un tiempo en responder.

—Yo tampoco, ¿sabéis?

El corazón de Alizeh latía desbocado. No alcanzaba a comprender cómo conseguían acabar siempre viviendo esos momentos tan cargados de emoción y, en consecuencia, no sabía cómo escapar de ellos. Era innegable que había algo fascinante en Cyrus, algo potente y complejo. Hostigarlo para que hablase con sinceridad le provocaba una sensación muy parecida a la de tocarse un músculo dolorido: el resultado era tan molesto como placentero. Alizeh sentía lástima por él, a pesar de detestarlo, y lo comprendía pese a desaprobar sus métodos. Cyrus estaba compuesto por una serie de compartimentos misteriosos y, aunque la muchacha no sabía muy bien si quería abrirlos, sus profundidades ocultas la tentaban al tiempo que la aterraban.

No sabía que quería de él... o si quería algo de él tan siquiera...

Entonces, el muchacho la tocó.

Cyrus bajó la mirada y, al rozarla, rompió el trance en el que ambos se habían sumido de una forma tan abrupta que Alizeh tomó un repentino y entrecortado aliento. El monarca sonrió ante el sonido que había proferido y se rio para sus adentros mientras pasaba los dedos suavemente por la parte delantera del vestido de Alizeh, desde debajo de sus pechos hasta el vértice del ombligo.

Alizeh se alejó con una sacudida, pero ya era demasiado tarde.

—¿Qué estáis haciendo? —preguntó; intentó sonar enfadada sin mucho éxito.

Se le embotaba la mente cuando el joven se acercaba a ella, así que se recordó en silencio que debía mantener las distancias con él.

—Os estaba arreglando el vestido. —Dio un paso hacia atrás—. Pensé que no querríais tener ahí esa mancha.

Alizeh se miró el cuerpo como recién salida de un sueño y se tocó distraídamente el corpiño del vestido. La mancha de té marrón que había empapado las capas de gasa había desaparecido. El vestido estaba como nuevo.

—¿Cómo habéis hecho eso? —susurró al tiempo que levantaba la vista para mirar al monarca con expresión sorprendida—. ¿Cómo lanzáis hechizos con tanta facilidad?

—¿Acaso no estáis destinada a disponer de un gran poder? —preguntó él, confuso—. ¿Cómo es que no sabéis nada acerca del funcionamiento de la magia?

Ante sus preguntas, un suave rubor invadió las mejillas de la muchacha avergonzada.

—Se supone que cuando adquiera mi magia, si es que consigo hacerme con ella, no necesitaré aprender a utilizarla. Es un poder que sabré manejar de forma instintiva.

—Fascinante —dijo él a medida que el ceño fruncido se le hacía más pronunciado—. ¿Y no sabéis nada más? ¿No sabes cómo es?

—No —admitió. De pronto, se sentía incómoda. No sabría decir si la pregunta de Cyrus había sido sincera y trivial o si era una diestra manera de sonsacarle información. En cualquier caso, concluyó que debería andarse con cuidado—. Hasta donde yo sé, nadie tiene la respuesta a ese misterio.

—¿Por qué no?

—Porque, en nuestra historia, nadie ha conseguido acceder a esa magia —dijo con tono brusco antes de cambiar de tema—: En lo que respecta a los hechizos más comunes, solo tengo nociones básicas. Ardunia es un imperio demasiado extenso como para depender de que la magia prospere. Allí es un recurso muy escaso y, por eso, se recurre a ella solo en contadas ocasiones. Además, está en manos de la corona y es ella quien la regula. No se nos permite usarla a nuestro antojo.

—Claro —murmuró—, he oído que los ardunianos solo instruyen en la magia a aquellos que se muestren interesados en entrar al sacerdocio.

Alizeh asintió.

—Lo mismo ocurre en Tulán, ¿no es así? Vuestra madre me dijo que habéis estudiado el arte de la adivinación y magia desde que erais un niño y no hace falta más que un rápido vistazo para deducir que no hay ni una sola gota de sangre de sacerdote en vuestro interior.

Cyrus se quedó inmóvil, sorprendido momentáneamente por el insulto, y después se echó a reír con unas carcajadas tan desenfrenadas que le sacudieron los hombros e hicieron que se le arrugaran las comisuras de los ojos.

—Cielos, no tenéis pelos en la lengua.

—Tranquilizaos, Cyrus —lo reprendió—. Como sigáis riéndoos así vais a conseguir que piense que tenéis corazón.

—Bueno, no tenéis de qué preocuparos —dijo, perdiendo la sonrisa—. Os aseguro que no lo tengo.

La nosta se enfrió.

La propia sonrisa de Alizeh vaciló al tiempo que una barrera de protección esencial se desmoronaba en su interior. De pronto, no supo qué responder.

—Pongámonos manos a la obra, entonces —exclamó Cyrus, de manera que dejó atrás el momento al dirigirse hacia la puerta—. Si de verdad sabéis tan poco, yo os enseñaré cómo funciona.

—¿Cómo funciona el qué? —Alizeh lo observó sin inmutarse—. ¿A dónde tenéis intención de llevarme? ¿Vamos a ir a Tulán?

La joven solo pudo verle la coronilla cuando respondió:

—Así es.

—¿De verdad? —Alizeh corrió tras él—. ¿Ya no os preocupa que me escape?

—No.

—Esperad..., ¿por qué no? —Alizeh se detuvo en seco—. Como mínimo deberíais estar un poquitín preocupado.

—Me temo que eso no es posible —dijo Cyrus cuando por fin se dio la vuelta para mirarla—, puesto que acabo de llegar a la conclusión de que sois patética, aunque de una forma encantadora.

Alizeh se puso rígida a medida que la conmoción y la indignación la embargaban.

—¿Cómo osáis? —exclamó, al tiempo que se erguía cuan alta era y apretaba los puños con fuerza—. Yo no soy patética...

—Tengo la teoría de que, de resultar gravemente herido, vos me ayudaríais —la interrumpió él, caminando de espaldas hacia la puerta—. ¿Me equivoco?

—Absolutamente.

La sonrisa de Cyrus se hizo más amplia.

—Mentirosa.

—No os ayudaría —insistió, implacable—. Os dejaría tirado y aprovecharía para escapar.

Ahora el monarca luchaba por ahogar una sonrisa de oreja a oreja, a pesar de que sus ojos resplandecían con un deleite muy mal disimulado.

—No seríais capaz de dejarme atrás.

—Os aseguro que sí.

—Desde luego, es lo que deberíais hacer —dijo él con voz queda—. Salvarme sería una tremenda estupidez y no os tenía por una persona estúpida.

Alizeh no podía creer que sintiera lástima por él. Habría matado por abofetearlo en ese instante.

—No soy estúpida —se defendió con tono enfadado.

—Nunca he dicho que lo fuerais. —Cyrus ya había alcanzado la puerta y estaba girando el pomo—. Solo os estoy haciendo ver que todo apunta a que podríais serlo.

—Cielo santo, sois una persona atroz. —Alizeh lo fulminó con la mirada a pesar de dirigirse hacia la puerta—. Sois cruel y malvado y no sabéis lo que me arrepiento de haber sentido lástima por vos.

El joven enarcó las cejas.

—Sentir lástima por mí fue vuestro primer error.

—Y no volveré a equivocarme.

Cyrus la contempló con una silenciosa mirada divertida cuando la joven lo empujó para que se hiciese a un lado, giró el pomo de la puerta, cruzó el umbral y... gritó.

No había suelo más allá de la puerta.

Alizeh se dio la vuelta a toda prisa y se balanceó peligrosamente hasta que Cyrus la atrajo contra su pecho para estabilizar a la joven, que había estado a punto de perder el equilibrio. Se había precipitado al vacío tantas veces en las últimas veinticuatro horas que no habría sido capaz de enfrentarse a otra más tan pronto.

Tenía los pobres nervios destrozados.

—¿Por qué no hay nada ahí fuera? —preguntó casi a gritos—. ¿Por qué es tan extraño vuestro castillo?

—Alizeh...

—¿Es que acaso es una prisión? —El pánico comenzaba a apoderarse de ella—. ¿Me habéis encerrado en una torre? ¿Es que nunca me vais a dejar salir de aquí?

—¡Alizeh...!

—¡No! —La muchacha lo empujó y lo empujó hasta que la soltó, hasta que retrocedió un par de pasos—. No me gustáis, no confío en vos y no os salvaría de la muerte, despreciable botarate sinvergüenza...

Cyrus hizo caso omiso de sus palabras y la agarró por los hombros para intentar que lo mirase a los ojos.

—Alizeh, niñata exasperante, hacedme caso un momento...

—¡Ni en broma os haría caso! ¡Cómo osáis llamarme «niñata exasperante» además de «estúpida»...!

—¡La escalera es de cristal!

Alizeh se detuvo en seco. Volvió en sí poco a poco, hizo acopio de la poca dignidad que le quedaba mientras se colocaba el vestido, daba un cauteloso paso para alejarse de él y se asomaba por el umbral de la puerta para observar el exterior con atención.

—Vaya —dijo antes de tomar un súbito aliento—. Supongo que tenéis razón. —Se cruzó de brazos, incapaz de mirar al joven a la cara—. Sabed que hacer que os construyan unas escaleras de cristal es una pésima idea. Menudo peligro.

Cyrus guardó silencio durante tanto tiempo que, cuando Alizeh acabó por atreverse a mirarlo, lo encontró contemplándola con una expresión de lo más extraña. Parecía estar incómodo a la par que confundido; la muchacha no conseguía definir la emoción que lo embargaba y tampoco sabía interpretarla.

Volvió a bajar la mirada, avergonzada, preguntándose qué le habría hecho cambiar de idea acerca de enseñarle a usar la magia y llevarla a ver Tulán.

—Alizeh —dijo el monarca por fin.

Ella no lo miró y prefirió clavar la vista en sus propios pies, enfundados en un par de botas muy bonitas.

—Soy consciente de que os he insultado de infinidad de formas, pero me gustaría mucho ver Tulán.

—¿Por qué no me miráis?

—¿Por qué debería hacerlo? —replicó ella con voz queda—. Ya he visto vuestro rostro.

—Alizeh...

—Decís mucho mi nombre, ¿sabéis?

—Lo digo una cantidad adecuada de veces —dijo Cyrus con voz seca.

—¿De verdad lo creéis? —Alizeh le echó un rápido vistazo; parecía indignado.

—Sí.

—Bueno, supongo que debes de tener razón. Hacía tanto tiempo que no me topaba con alguien que me hablase con sinceridad que temo haber perdido perspectiva.

—¿Qué queréis decir? —vaciló él.

Alizeh sacudió la cabeza al tiempo que se estremecía al verse embargada por la pena, como siempre, en el momento más inoportuno. Sus padres habían muerto hacía ya muchos años y, desde entonces, durante mucho tiempo las personas de las que se había rodeado solo le habían dado órdenes; nunca la habían visto como a una igual. La señora Amina ni siquiera le había preguntado su nombre.

—Nada —respondió con tono alegre, pese a que se sorbió la nariz ante la repentina oleada de emociones.

—¿Qué os...? Cielo santo, ¿estáis llorando otra vez? Os llevaré a ver la puñetera ciudad, Alizeh, y os enseñaré a dominar la maldita magia, no tenéis por qué llorar por todo...

—No estoy llorando —replicó, irritada—. Estoy pensando. A veces me emociono cuando pienso...

—¿Me lo decís en serio? ¿Entonces lloráis a todas horas? —Cyrus se pasó las manos por el cabello y profirió una maldición entre dientes—. Ya no me cabe duda de que el diablo intenta matarme.

Alizeh se secó las lágrimas.

—Pensaba que eso estaba claro.

—Muy bien, creo que ya es suficiente —sentenció el monarca antes de tomarle la mano a la joven sin previo aviso y obligarla a cruzar el umbral de un tirón.

DIECINUEVE

Alizeh contempló perpleja el pedazo de pan que sostenía en las manos mientras le daba vueltas. Un poco antes, Cyrus había partido en dos una hogaza redonda, por lo que el trozo que sostenía era de una forma extraña, similar a una luna creciente.

Además, todavía estaba caliente.

Habían pasado por delante de una panadería cuando Alizeh captó el familiar aroma del pan recién hecho y, después de comentar en voz alta que nunca había llegado a entrar en una panadería, Cyrus se había mostrado sorprendido. Le había preguntado por el motivo, puesto que, sin duda, Ardunia no era «un imperio tan patético como para no contar con establecimientos del estilo»; ante eso, Alizeh había respondido que, para su información, Ardunia estaba «bien provista de panaderías», pero que ella nunca había tenido tiempo de pararse en una, puesto que trabajaba todos los días en turnos de un mínimo de doce horas y, de haber tenido tiempo, llegó a la conclusión de que «tampoco habría tenido dinero para comprar nada», así que no le habría merecido la pena torturarse con la posibilidad de adquirir un lujo como ese...

Sin previo aviso, Cyrus la había agarrado del brazo, la había mirado con un brillo extraño en los ojos y la había guiado hacia el establecimiento en cuestión, donde habían desaparecido durante un par de asombrosos momentos para volver a salir al poco tiempo con una hogaza en la mano.

Una hogaza que Cyrus había comprado para ella.

Alizeh no había esperado que fuesen a comprar nada, no solo porque la joven no tenía dinero, sino porque nadie salvo sus padres le había dado nunca nada. La experiencia de haber salido del castillo con Cyrus, desde que se habían despedido de una complacida Sarra (que se había fijado en sus manos entrelazadas y le había ofrecido a Alizeh un discreto asentimiento de ánimo con la cabeza) hasta el momento presente, había sido tan ajena y extraña para la joven que apenas sabía cómo comportarse. De intentar pararse a considerar en serio la situación, estuvo segura de que le explotaría la cabeza.

Por el momento, centró su atención en el pan.

Con un poco de ayuda de su inesperado y sorprendentemente paciente acompañante, Alizeh había escogido una hogaza redonda, pequeña y sencilla. Era bastante delgada, claramente amasada a mano, y estaba cubierta con una generosa capa de semillas de sésamo. Por fuera, era dorada y crujiente, pero, por dentro, al tocarla en ese momento con el dedo, descubrió que era ligera y esponjosa. Aquella creación escapaba a su comprensión.

—¿Las hacen con magia? —le preguntó a Cyrus mientras seguía tocando la suave capa interior de la hogaza. Tenía muchos agujeritos y la joven no alcanzaba a entender cómo habrían conseguido sacar partes de masa del interior sin estropear la impoluta corteza crujiente.

Cyrus, que ya se estaba comiendo su parte, la miró sin dejar de masticar, como si la considerase una chiflada.

Tragó el bocado que estaba masticando.

—Por favor, decidme que no habláis en serio.

—Si vais a ser un maleducado, me reservaré todas las preguntas que me surjan —sentenció ella.

—Alizeh.

Fingió no haberlo oído y levantó con cuidado la corteza de su pedazo de pan, para intentar quitar el borde crujiente y que el suave y esponjoso interior quedase expuesto. Primero mordisqueó un pedacito de corteza y permitió que sus voraces sentidos saborearan el suave sabor y la crujiente textura de esta; después, mordió el mullido interior que era (arqueó las cejas) más duro de lo que esperaba.

Alizeh decidió que le encantaba el pan.

Siguieron caminando por una avenida encantadora y llena de vida, que estaba asfaltada con relucientes adoquines de marfil y que contaba con coloridos establecimientos de todo tipo a cada lado de la calzada. Alizeh, que ya había estado mirando a su alrededor durante un buen rato, alzó la vista al cielo mientras caminaban y quedó atrapada por la majestuosidad de la estratosférica bóveda que se alzaba sobre sus cabezas. En realidad, no era una bóveda en absoluto, sino un incalculable número de glicinas, cuyas ramas cubrían la distancia que separaba ambos lados de la calzada y crecían en zigzag entre los edificios. Las flores púrpuras, según le había explicado Cyrus, estaban encantadas para que se mantuviesen en perpetua floración. Colgaban en fascinantes racimos desde las alturas como exuberantes uvas maduras y su etéreo aroma meloso inundaba el aire a su alrededor mientras que los pétalos sueltos decoraban toda la calle como una nube de confeti sobrenatural. De vez en cuando, una intensa brisa soplaba por la calle, sacudía las enredaderas y desataba una suave lluvia de pétalos de glicina; aquella imagen y el olor que la acompañaba eran tan divinos, tan abrumadoramente hermosos, que Alizeh habría deseado tumbarse en medio de la calle y morir de feliz regocijo.

—Alizeh —repitió Cyrus.

—¿Humm? —La muchacha observaba las flores y despedazaba su parte de la hogaza metódicamente.

—¿Qué estáis haciendo? —preguntó con evidente frustración—. La corteza no es una cáscara. No tenéis que pelarla para comer lo que hay dentro.

—No la estaba pelando —se rio ella cuando por fin se dio la vuelta para mirarlo—. La estaba estudiando. Aunque sí que me preguntaba... ¿Me podríais explicar cómo hacen los panaderos para conseguir estos agujeritos en el interior del pan sin romper la corteza? Me parece algo de lo más curioso.

Cyrus se detuvo en seco.

—Madre mía —jadeó—. ¿Es que nunca habíais comido pan?

—Por supuesto que sí —se defendió, frunciendo el ceño.

—Es mentira, ¿verdad? Nunca lo habíais probado.

—¡No es verdad! —insistió al tiempo que lo acusaba con el dedo—. Una vez, en uno de mis anteriores trabajos en la casa de una familia noble, me habían encargado recoger los platos de la salita donde desayunaban y habían dejado una gran cantidad de comida en perfecto estado... ¡Una bandeja entera de tostadas sin tocar! ¿Os imagináis? Sentí tanta curiosidad que le di un mordisquito a una.

Cyrus se limitó a observarla con detenimiento.

—¿Cuándo ocurrió eso?

—Hace unos años.

Dejó vagar la vista por el cielo como si tratase de ganar fuerzas y se giró a mirar a la muchacha con un suspiro.

—Una vez, hace un par de años, ¿le disteis un único mordisco a una tostada? ¿Y ya está?

—Bueno, no me atreví a hacerlo otra vez. —Alizeh se mordió el labio—. Uno de los sirvientes me sorprendió cometiendo aquel acto vergonzoso y fue directo a contárselo al ama de llaves, que no dudó en echarme a la calle. Traté de hacerle ver que no había estado robando, como ella había asegurado de una forma tan injusta, puesto que nos habían ordenado tirar todo el pan a la basura. Me pareció un desperdicio indecente...

—Por todos los cielos, Alizeh —la interrumpió Cyrus, completamente desmayado—. Creo que sois la joven más extraña que he conocido en la vida.

—¿Eso es un insulto?

—Que no os quepa duda.

Alizeh lo fulminó con la mirada, pero Cyrus solo se rio.

Justo en ese momento, oyeron un alboroto; un grupo de hombres estaban desenrollando una enorme alfombra desde un balcón y la intrincada pieza quedó extendida bajo el sol como una hoja que acabase de brotar. Sujeta solo gracias al esfuerzo de los hombres, colgaba en el viento como una magnífica bandera que resplandecía mientras que uno de los trabajadores anunciaba con bastante agresividad desde la balaustrada que tenían buenos precios y que ofrecían un servicio de entrega rebajado.

Pese a la irritación que sentía, Alizeh sonrió.

Había ciertos aspectos de la ciudad real de Tulán (Cyrus la había llamado «Mesti») que le recordaban mucho a Setar, pero también había diferencias abismales entre ellas.

Lo primero era que hablaban dos lenguas distintas con la misma frecuencia. Tulán estaba ubicada justo al lado de la provincia de Fesht, el territorio arduniano más al sur, y, como consecuencia, las fronteras se desdibujaban ligeramente; los tulaníes hablaban tanto feshtún como ardanz, aunque Alizeh oyó a un par de personas hablar en un tercer dialecto no oficial que sonaba como un batiburrillo de ambas lenguas.

La segunda y más obvia diferencia era que, a pesar de que ambas sedes eran imponentes hitos de color y obras arquitectónicas, solo una estaba construida con una gran cantidad de magia. Tulán tenía el tamaño de una mera fracción de Ardunia y su ciudad real era mucho más pequeña, de manera que tenía un carácter más acogedor; daba la sensación de estar mucho más limpia, mejor cuidada y hechizada con delicadeza. Alizeh había estado asimilando cada detalle con candoroso entusiasmo, absorbiendo la vida y el bullicio de sus alrededores como la niña que descubre el viento por primera vez.

—¿Qué otras partes esenciales de vos debería conocer? —estaba preguntando Cyrus—. Por ejemplo, ¿alguna vez habéis tomado un vaso de leche? ¿Habéis probado algún pastel? ¿Necesitáis que os enseñe a comer con cuchillo y tenedor?

El calor subió por las mejillas de Alizeh ante esa última pregunta, puesto que era muy probable que necesitase tales lecciones. Al no haber tenido que utilizarlos nunca, no era demasiado diestra con esos utensilios. Como sirvienta, había tratado en numerosas ocasiones de familiarizarse con sus múltiples usos, pero las veces que se había quedado a ver cómo los demás comían durante demasiado tiempo, siempre se había ganado un castigo o un despido.

—Estáis siendo cruel a propósito —le respondió por fin al tiempo que se daba la vuelta para ocultar lo avergonzada que se sentía—. Sabéis muy bien que no soy como vos, que no necesito comer para sobrevivir...

—Ni se os ocurra echarle la culpa de vuestra rareza a vuestro pueblo —la interrumpió él. Habían retomado la marcha—. Hay miles de jinn en Tulán que no necesitan comer, pero que frecuentan encantados las tiendas y panaderías locales.

Ante la mención de los jinn, Alizeh vaciló por un momento.

Sería toda una sorpresa que Cyrus no se hubiese percatado de las miradas extrañas que los transeúntes le habían lanzado, dado que era demasiado observador como para no notar algo así. Como no había dicho nada al respecto, temía estar imaginándoselo, pero a la joven le resultaba difícil negar en rotundo algo que cada vez era más evidente.

Los jinn parecían percibir a la muchacha de una forma inexplicable.

Levantaban la cabeza con el rostro surcado por la confusión cuando la muchacha pasaba a su lado. La miraban con expresión extrañada, como si la joven les sonara de algo, como si su rostro fuese el de una conocida cuyo nombre no alcanzaban a recordar. En más de una ocasión, algunas personas se pararon en seco, se giraron y susurraron con urgencia a sus respectivos acompañantes, aunque Alizeh no alcanzó a oír lo que decían.

Eran las luciérnagas las que los delataban.

De no haber sido por los alegres insectos que oscilaban de arriba abajo junto a sus dueños, la joven no habría sido capaz de distinguir a los seres de arcilla de los jinn entre los ciudadanos que abarrotaban las calles de la ciudad con una naturalidad que ni siquiera había visto en Ardunia. En casa, no era ilegal para los jinn moverse por el reino como a ellos les placiese, pero la precaución con la que vivían definía cada aspecto de su existencia. Mantenían la cabeza gacha, eran reservados, no solían juntarse con los seres de arcilla y se retiraban a sus círculos particulares tan pronto como podían.

Por alguna razón desconocida, los jinn parecían más felices aquí.

Sin embargo, Alizeh sintió que un conocido temor crecía en su pecho; era una sensación que había experimentado muchas veces a lo largo de su vida y tendía a significar que la estaban siguiendo. Cyrus y ella habían retomado su paseo hacía tan solo un minuto y Alizeh cada vez notaba más y más pares de ojos posados sobre ella. Miró a su alrededor, nerviosa, lo cual seguramente no hizo sino atraer muchas más miradas, pero no pudo evitarlo. Alguien la observaba.

—Cyrus —musitó.

—No, no quiero discutir —dijo él, gesticulando con su pedazo de pan—. Estoy al tanto de los hábitos de consumo de mis propios ciudadanos y os juro que los jinn comen todo el tiempo...

—¡Cyrus! —siseó ella al tiempo que le daba un tirón del brazo.

—¿Qué? —Se giró para mirarla y, en un instante, su frustración dio paso a la preocupación. Aquella reacción fue digna de considerar, aunque quizás ese no fuera el mejor momento. El monarca se detuvo en seco y preguntó—: ¿Qué os pasa?

—¿Es demasiado tarde para que me escondáis con un hechizo? —susurró con la cabeza gacha.

La preocupación de Cyrus se convirtió en una sensación de alarma. Miró a su alrededor y dejó que su vista volara calle abajo sin perder ni un segundo y, después, alzó la mirada para escudriñar el cielo. Alizeh comprendió que estaba buscando algún posible atacante.

—No creo que haya nadie tratando de matarme —dijo ella con tono tranquilizador, en un intento por relajar el ambiente—. Pero sospecho que alguien nos está siguiendo.

Cyrus maldijo entre dientes.

Antes de salir, Cyrus había recurrido a la magia para crear una ilusión a su alrededor; en consecuencia, quienes lo miraban solo veían una cara fácil de olvidar, una que desaparecía de su mente casi de forma instantánea. El joven le explicó que esa era la única manera en que podía pasear tranquilamente por Tulán, puesto que una vez había llegado a causar una revuelta, incluso a pesar de que iba cubierto con una máscara y una capa con capucha.

—Es por mi maldito pelo —había murmurado con una voz cargada de amargura—. Este color es una maldición.

Había insistido en crear una ilusión para ella también, pero Alizeh se había negado en rotundo. No confiaba en Cyrus lo suficiente como para permitirle usar la magia con ella por razones obvias: la última vez que había confiado en que uno de sus encantamientos la protegería, había terminado siendo arrastrada sin ninguna delicadeza por el aire para acabar a lomos de un dragón que la había llevado directamente hasta la trampa del diablo.

Nada de magia, había concluido.

Mientras que todos los nobles de Ardunia habían visto parte de su rostro (además de su ropa interior, por lo que parecía), tras su huida había entrado en un imperio completamente distinto. Le resultaba difícil creer que alguien fuese a reconocerla en Tulán. Cyrus había dejado de insistir a regañadientes, aunque solo porque Alizeh se había comprometido a llevar un sombrero bastante grande con el que podía cubrirse los ojos.

Al final, resultó ser un sombrero de lo más inútil.

—Si hay alguien vigilándonos —dijo Cyrus mientras estudiaba la calle con discreción—, verán cómo la ilusión toma forma, lo cual implica que será capaz de seguiros la pista. Antes de nada, tenemos que ir a algún lugar relativamente apartado. ¿Os habéis fijado hacia dónde ha ido esa persona?

Alizeh sacudió la cabeza y, con tanto disimulo como fue capaz de conjurar, echó un vistazo por encima del hombro.

Había una mujer joven.

Llevaba un vestido de un intenso color rojo y se había quedado inmóvil en medio de la avenida mientras observaba a Alizeh con los ojos abiertos de par en par y sin apenas pestañear.

—Había una joven justo ahí —susurró Alizeh—. Justo detrás de nosotros.

Cyrus replicó el último movimiento de la joven, echando una cautelosa mirada por encima del hombro, pero luego se dio la vuelta por completo sin esforzarse en disimular.

Frunció el ceño.

—¿Qué joven? —preguntó sin molestarse en bajar la voz—. Ahí no hay nadie.

—¿No la veis?

—No veo a nadie —confirmó él—. A lo mejor solo os dio la sensación de que nos seguía.

Aliviada, Alizeh suspiró.

—Sí —dijo mientras se daba la vuelta para observar la calle—. A lo mejor...

La muchacha se había levantado el ala del sombrero al girarse, con la esperanza de ver un poco mejor, cuando la mujer cayó sin previo aviso de rodillas. Apuntó con un tembloroso dedo a Alizeh y gritó. Gritó con todas sus fuerzas, profirió un alarido tan desgarrador que el sonido, su peso, su desenfreno hirieron la piel de Alizeh. Fue incapaz de moverse pese a que temblaba, pese a que su rostro había empalidecido.

Sentía que había quedado clavada al suelo.

—¿Alizeh? —la llamó Cyrus con urgencia—. ¿Qué os pasa? ¿Qué ocurre?

—No lo oís, ¿verdad? —susurró ella a duras penas mientras notaba el corazón desbocado en el pecho.

—¿El qué?

La mujer seguía gritando en medio de la calle, aullando y sollozando descontroladamente.

—¿Alizeh?

—Cyrus. —A la joven le costaba respirar y extendió un brazo sin mirar para agarrar en un puño la manga de la camisa del monarca—. ¿Por qué no me dijisteis que los jinn tienen permitido usar los poderes sin restricciones en Tulán?

—No... —bajó la mirada, confundido ante el férreo agarre de la muchacha— No me lo preguntasteis. Y teníamos muchas cosas que...

Cyrus jadeó.

Sus ojos se abrieron de par en par cuando, según supuso Alizeh, la mujer que gritaba se hizo visible. Lo más seguro era que la joven hubiese perdido el control de la invisibilidad en su frenesí; ahora, sus gritos reverberaron por la avenida y gente llegada de todas direcciones comenzó a agolparse a su alrededor. Trataron de ayudarla a levantarse, pero no consiguieron moverla. Se quitó de encima a quienes habían acudido en su ayuda mientras alternaba entre señalar con el dedo a Alizeh y pasarse las manos por el rostro.

Alizeh sintió que Cyrus entraba en pánico.

—Es hora de irse —anunció.

—No... No puedo... No voy a dejarla...

Una multitud se había reunido alrededor de la joven y, a medida que iban siguiendo la trayectoria de su dedo extendido, los gritos y los susurros fueron creciendo hasta alcanzar un nuevo nivel aterrador; la mujer que gritaba pareció colapsar aún más y una expresión torturada que mezclaba el júbilo y la pena se adueñó de sus facciones mientras las lágrimas le empapaban el rostro. Por fin, consiguió hablar de forma inteligible:

—Es verdad —exclamó—. Dijeron que estabais aquí... Yo no les creí..., pero es verdad...

—¿De quién hablas? —preguntó alguien—. ¿Quién es esa joven?

—El sirviente de palacio... —gritó un hombre—. Él dijo...

—No... No puede ser...

—Alizeh —la llamó Cyrus con urgencia—, sé que me habéis pedido que no utilizase mi magia sobre vos, pero, por favor, permitidme sacaros de aquí...

—Lo contaban en el diario arduniano de anoche...

—No, fue mucho antes que eso. Hace días que circulan rumores de...

—No puedo marcharme, ¿no? —dijo Alizeh, desesperada y con el corazón desbocado—. Estas personas son... son mi responsabilidad...

Cyrus tiró de ella con fuerza para apartarla de la muchedumbre que avanzaba hacia ellos y el sombrero con el que se cubría cayó al suelo con un ruido seco. No tuvo tiempo de recuperarlo. El gentío no tardó ni un segundo en arremolinarse alrededor de la joven como si fuese una sola entidad, en un intento por verla mejor.

—¡Esos ojos!

—¡Y ese pelo! ¡Lleva puesta una corona!

—Es tal y como la describían...

—El primo de mi mujer vive en Setar y le mandó una carta en la que aseguraba que era ella, que tenía que serlo...

—He oído que pasó años escondiéndose...

—Recuerdo aquellos rumores... Han transcurrido casi veinte años...

—Por los ángeles del cielo, yo también oí aquel rumor, pero no creí que...

—¡Nuestras plegarias han sido escuchadas! —gritó una anciana que lloraba con el rostro hundido entre las manos—. Por fin ha ocurrido y he sido testigo de ello... Nunca me atreví a albergar ninguna esperanza, aunque mi hermano ha pasado diecisiete años encerrado en Forina...

—¡Mi madre también! Está en la provincia de Stol y le cortaron los pies...

—¡Justicia! —gritó alguien—. ¡Por fin se impartirá justicia en esta tierra podrida!

En ese momento, Alizeh perdió el equilibrio y habría caído al suelo de no haber sido por Cyrus, que la atrapó y la sostuvo firmemente entre sus brazos, para que ocultara el rostro contra su pecho.

—Por favor —susurró contra el cabello de la muchacha—. Por favor, déjame sacarte de aquí... No estás preparada para una situación así y ellos tampoco están listos para conocerte...

—¡Vuestra prioridad deben ser las prisiones, majestad! —gritó otra mujer—. ¡En el imperio de Sorút están tratando a nuestros hermanos y hermanas peor que a los animales...!

—Y en Zeldan...

—Y siguen enterrando niños en Sheffat...

Alizeh absorbió cada golpe, cada declaración se le clavó en las entrañas, cada frase le hizo un corte más profundo; cada recordatorio de su cometido, de su deber, la iba dejando sin aliento.

—¿Es que no habla? No lo entiendo...

—El snoda de palacio dijo que había hablado con él..., que incluso le había sonreído...

—Pensé que estaba comprometida con el rey...

Alizeh jadeó y su pecho se convulsionó.

—¿Con nuestro rey? ¿Con Cyrus?

—Llevan meses preparando los aposentos para su futura esposa... En ningún momento lo ha ocultado...

—¿Pero estás segura de que es ella?

—¡Los sirvientes han dicho que llegó esta misma mañana! Que se ha mudado al palacio...

—Entonces, ¿quién la acompaña? No alcanzo a verle el rostro...

—¿Crees que será el rey?

—¿El rey? ¿A plena luz del día? —alguien rio—. No digas...

—¿Te has enterado de que mató a Zal? ¿En su propio hogar?

—Sí, y también he oído que ese monstruo depravado se lo merecía...

—¡Larga vida al rey Cyrus! —exclamó una voz—. ¡Larga vida a la reina!

Alizeh tenía la sensación de que se le iba a salir el corazón del pecho. Empezaba a sentir un peligroso mareo. Se sentía abrumada por sus propias emociones, por el pánico, y se veía asolada por la confusa sospecha de que nada de aquello era más que un sueño.

—Alizeh, por favor, levántate... Alizeh...

—¿Por qué te aprecian tanto? —susurró; movió los labios contra la piel del cuello de Cyrus a medida que su cabeza se llenaba de un ruido sordo—. Esperaba que te odiasen...

—Por favor, alteza —la llamó un hombre—. Decid algo... Os rogamos que habléis con...

—Discúlpame —susurró Cyrus al tiempo que la sostenía con más fuerza—. Sé que me pediste que no lo hiciera, pero no puedo esperar más...

—Cyrus —jadeó ella antes de cerrar los ojos para protegerse del mundo que giraba a su alrededor—, creo que me voy a desmayar.

—¡Mi reina! —exclamó la primera mujer, cuya voz Alizeh sospechaba que recordaría para toda la vida—. Mi reina, por fin... —Respiró con dificultad al seguir llorando desconsoladamente—. Por fin habéis venido a salvarnos, después de tanto tiempo...

Sin previo aviso, desaparecieron.

VEINTE

Se habían desplazado por el espacio con tanta facilidad que Alizeh ni siquiera se había dado cuenta de que habían abandonado la avenida caótica hasta que se materializaron, un momento después, en medio de un extenso campo de flores. Ninguno de los dos se había percatado de que Alizeh estaba llorando en silencio, no hasta que sintió el jersey húmedo de Cyrus bajo la mejilla.

Con un inmenso cuidado, el monarca la soltó y se apartó de ella con cautela antes de ayudarla a sentarse en el suelo, donde Alizeh se dejó caer con un suspiro agradecido para tumbarse poco a poco un segundo después. Al colocarse de lado y hacerse un ovillo, aplastó un lecho de tulipanes bajo su cuerpo y experimentó una reacción física que no alcanzó a comprender. Notaba las extremidades agarrotadas y pesadas. Sentía un frío mucho más intenso que nunca; sentía un cansancio sin precedentes, hasta el punto de que le resultaba imposible mantener la cabeza derecha. Tenía los dedos entumecidos y a duras penas consiguió soltar el pesado collar del vestido, que ahora la asfixiaba, así que con un último y agotador esfuerzo, se arrancó el brillante accesorio del cuello y lo tiró al suelo.

Alizeh tomó una profunda y temblorosa bocanada de aire.

Todavía sentía a todas esas personas, todavía oía sus voces; el peso de sus esperanzas le aplastaba los pulmones y el de sus sueños amenazaba con romperle las costillas.

Nunca había deseado que sus padres estuviesen con ella como en ese momento; necesitaba que la guiaran, que alguien le recordase que era lo suficientemente fuerte, que era digna de su posición. Que debía estar a la altura de las circunstancias, ahora más que nunca.

Que todo saldría bien si lo intentaba.

—Alizeh, me estás asustando —susurró Cyrus.

Al oír esa voz familiar, abrió los ojos y buscó su rostro, pero todo cuanto vio fueron flores. Captó el olor de la hierba, el agradable aroma de la tierra removida y la frescura del rocío. Había apoyado la mejilla húmeda sobre los aterciopelados pétalos de un centenar de tulipanes; un trío de abejas zumbaba cerca de su nariz. Podría quedarse a vivir allí para siempre, descansar su agotada cabeza sobre el lecho de flores y fingir, por un instante, que volvía a ser una niña.

—Por favor, dime al menos que estás bien —insistió Cyrus.

—Me temo que eso es imposible —respondió ella con un suave sollozo. Volvió a cerrar los ojos y dejó que las flores le secaran las lágrimas.

—¿Qué quieres decir? —preguntó, asustado—. ¿Por qué es imposible?

—Pues porque acabo de llegar a la conclusión de que eres patético, aunque de una forma encantadora.

Cyrus suspiró.

—¿En serio? ¿No tenías otro momento para insultarme?

—Además, tengo la teoría de que, de resultar gravemente herida, tú me ayudarías —continuó—. ¿Me equivoco?

El joven se quedó mudo.

Permaneció tanto rato en silencio que Alizeh aprovechó para observar una gota de rocío que se deslizaba por una lustrosa hoja verde.

—¿Me equivoco, Cyrus?

Alizeh oyó la entrecortada exhalación del monarca, el descarnado tono de su voz cuando respondió, irritado:

—Sí, os equivocáis.

La nosta se enfrió.

—Mentiroso —susurró ella.

—No pienso seguirte el juego.

—¿Dónde estamos, por cierto? —preguntó Alizeh, que posó la mirada sobre un tulipán de un color púrpura intenso, tan vívido que casi parecía sacado de la imaginación.

Cyrus no apuntó lo que era obvio, que se encontraban en un campo de flores, a modo de respuesta, sino que contestó a una pregunta más concreta que Alizeh no había formulado y dijo simplemente:

—En un lugar seguro.

—¿Seguro? —repitió la joven y, tras conseguir esbozar una pequeña sonrisa, añadió—: ¿Contigo aquí?

—Sí —respondió él tras un largo momento.

La nosta se calentó.

Alizeh todavía no lo había mirado. No se veía capaz. Los tulipanes eran altos, le pesaba la cabeza y no se sentía en la necesidad de levantarse. Se preguntó si Cyrus estaría allí sentado justo a su lado e intentó imaginárselo en sus austeras ropas negras, en medio de un campo de flores, con las piernas recogidas contra el pecho como un niño pequeño. Su pelo, concluyó, crearía un bonito contraste con el verde del paisaje.

—¿Aquí también hay magia? —preguntó.

—Sí.

Alizeh extendió una mano cansada hacia una flor marchita, acarició el tallo roto y los pétalos adormilados y el tulipán se contoneó ante su toque para erguirse con esfuerzo. La muchacha comprendió que las flores recobrarían su estado anterior en cuanto se levantara.

—Para que te encontraran aquí tendrían que recorrer kilómetros y kilómetros de distancia —explicó Cyrus, que volvió a responder otra pregunta que Alizeh no había pronunciado—. No hay un camino directo hasta este prado.

—¿Cuál es el propósito de este lugar?

—¿A qué te refieres?

—Este campo de flores no parece silvestre —dijo Alizeh—. Parece que alguien lo plantó de forma deliberada, aunque dices que nadie tiene acceso a él. Además, si está encantado para que las flores nunca se marchiten, supongo que no están pensadas para venderlas en el mercado, así que ¿por qué está aquí? ¿Quién lo ha plantado?

—El prado no tiene un motivo para existir. Hay miles de flores distintas —explicó—. La idea es que sea una especie de óleo viviente; una forma de experimentar la belleza pensada para estimular los sentidos cuando están cansados.

Alizeh casi levantó la cabeza; estaba anonadada.

—¿Por eso me trajiste aquí?

—Sí —murmuró Cyrus.

—¿Me estás diciendo que tratabas de consolarme?

—Maldita sea, Alizeh, ya basta.

—Muy bien, de acuerdo —aceptó ella con un susurro.

—Bien.

—¿A mí? —insistió—. ¿Tratabas de consolarme a mí?

—¿Sabes qué? Ya puedes volverte solita a palacio...

—Lo siento, lo siento, te prometo que ya paro. —Alizeh se mordió el interior de la mejilla y, entonces, en voz muy muy baja, añadió—: Espero que seas consciente de lo agradecida que me siento por que me hayas traído aquí. Es espectacular.

—Sí, bueno —dijo Cyrus antes de respirar hondo—. Ya sospechaba que eras justo el tipo de persona sensiblera que apreciaría la compañía de estas flores mientras llora.

Alizeh se sentó por un instante mientras trataba de descifrar lo que le había dicho.

—Creo que ese ha sido el comentario más bonito que me has hecho nunca.

—No era un cumplido.

—Ya —sonrió ella—, yo creo que sí.

Cyrus se rio suavemente, al igual que ella, y ambos se sumieron en un agradable silencio mientras evitaban deliberadamente el tema más evidente de conversación. Alizeh no sabía qué estaba haciendo Cyrus allí donde estaba sentado, pero, si tenía la más mínima sospecha de la pasión con que la muchacha estaba sopesando la posibilidad de quedarse con su imperio, el monarca no dijo nada al respecto.

Alizeh, por su parte, estaba acariciando los tallos de las agotadas flores, que se sacudían mientras ella deliberaba. Agradecía el momento de calma, puesto que en su mente reinaba el más absoluto y distorsionado caos.

Si había tenido dudas acerca del lugar que ocupaba en el mundo hasta ese momento, ahora sabía, sin un ápice de duda, que había personas esperándola, personas que la seguirían hasta el fin del mundo; el destino la había ligado a ellas desde su nacimiento y era su deber guiarlas y unificarlas bajo un mismo reino.

Sin embargo, aquella realidad se le había antojado imposible durante años.

Le había resultado sencillo decirse que no tenía forma de arreglar un problema tan grande cuando no contaba con un trono que la identificase como reina, con un imperio sobre el que reinar o con los recursos necesarios para ayudar a su pueblo. Pero, ahora..., ¿cómo iba a abandonar sus responsabilidades siendo consciente de que la solución más sencilla a sus problemas estaba sentada a su lado y le ofrecía su palacio, su título, sus tierras y su pueblo?

Sería una necia si rechazara su oferta.

Aun así, Cyrus, la respuesta más obvia a tantos de los obstáculos a los que Alizeh se enfrentaba, también estaba envuelto en los designios de Iblís, que era quien había orquestado aquel embrollo desde el principio. Lo más seguro era que la hubiese animado a acabar exactamente en aquella posición por medio de sus triquiñuelas, al haber encontrado la manera de doblegar las emociones de la joven a su voluntad sin tener que pronunciar ni una sola palabra. Sus padres la habían advertido de que su corazón se convertiría en un arma de doble filo si latía al son de la compasión: sería su mayor virtud, pero también su punto débil.

Nunca había llegado a comprender a qué se referían, porque le resultaba difícil considerar la empatía, algo tan necesario en su arsenal emocional, como un arma de destrucción. Pero ahora lo comprendía, ahora estaba claro que el diablo, experto en identificar y aprovecharse de las mayores debilidades de las personas, había identificado su objetivo y abusaría de la compasión de Alizeh hasta que la muchacha no aguantara más.

Se preguntó qué pasaría si aceptara la propuesta de Cyrus, si cumpliera su destino.

¿Cómo intervendría el diablo?

Alizeh suspiró y el sonido voló por el aire y desencadenó un movimiento casi imperceptible en su vecino.

—¿Cyrus? —lo llamó con suavidad.

—¿Sí?

—¿Te puedo hacer una pregunta?

Casi pudo sentir cómo el joven se tensaba en respuesta.

—Agradecería muchísimo que te la guardaras para ti.

—Sí, soy consciente de ello, pero ¿me permites hacerla de todas maneras?

Él suspiró.

—¿Por qué siempre vistes de negro? —le preguntó—. No te favorece en absoluto.

—No voy a contestar.

—¿En serio? —inquirió Alizeh, sorprendida—. Pero si es una pregunta de lo más inofensiva.

—Asumo entonces que tienes intención de hacerme más preguntas mucho menos inofensivas, ¿no es así? —No sonaba nada contento.

—Unas cuantas, la verdad.

—Te repito que no voy a decir nada.

—Cyrus —dijo Alizeh con tono paciente—, no puedes pedirle a una joven que se case contigo y después negarte a responder cualquier pregunta sobre ti.

—Ponme a prueba.

—De acuerdo. ¿Tienes algún hermano o hermana?

Él se aclaró la garganta y murmuró:

—No voy a contestar.

—¿Conque sí que tienes hermanos, entonces? ¿En serio? ¿Dónde...?

—Siguiente pregunta.

Alizeh vaciló, abatida, pero decidida a preguntarle algo que lo sacara un poco más de quicio.

—Muy bien. Quizá puedas explicarme por qué los ciudadanos de Tulán no parecen odiarte.

—¿Odiarme? —Cyrus se rio ante aquello—. ¿Por qué habrían de odiarme?

—Te sorprende —respondió ella, más como una afirmación que como una pregunta—. Qué interesante. Es que te hiciste con el trono de una forma tan sangrienta, tan violenta que... De hecho, fue tan brutal que se habló de ello por todo el mundo. También se especuló mucho acerca de tu estado mental y tu capacidad para reinar...

—Muchos antes que yo ascendieron al trono recurriendo a medidas poco ortodoxas —dijo con frialdad— y otros tantos harán lo mismo después de mí. Al final, lo que más les preocupa a los ciudadanos es que haya agua potable, salarios dignos, buenas cosechas y una buena administración de los fondos públicos. Yo cuido de mi pueblo. No tienen motivos para odiarme.

—Pero los ciudadanos de Ardunia sí que parecen odiarte —apuntó con voz queda— y mucho, además.

Cyrus volvió a reír, aunque sonó enfadado.

—Me odian porque me tienen miedo.

—¿Deberían tenértelo?

—Sí.

La nosta se calentó ante su respuesta y a Alizeh se le aceleró un poco el corazón.

—Muy bien —dijo, al tiempo que se armaba de valor para lo que estaba a punto de añadir—: Ahora voy a hacerte la pregunta más delicada de todas.

—A ver —dijo él con voz seca. Alizeh contuvo el aliento y esperó hasta que oyó suspirar a Cyrus, que insistió con más suavidad—: Dime.

—¿Tu padre... era un rey malvado? ¿Por eso lo mataste?

Cyrus guardó silencio durante tanto tiempo que los sonidos que los rodeaban se hicieron más nítidos. El inquieto susurro del viento se volvió más feroz, los cantos de los pájaros ganaron intensidad y las flores se balancearon. Las nubes dejaron surcos al desgranarse y continuar su camino por el cielo para que el sol poniente brillase entre las hojas y las ramas y crease un efecto jaspeado sobre todo lo que bañaba con sus densos rayos dorados. Alizeh oyó el sonido de los grillos y las abejas, separó los labios para tomar aliento y saboreó el aire fresco antes de que este le rozase la piel.

Sin embargo, lo que oía con más claridad era la respiración de Cyrus.

—Cyrus —dijo al fin—, ¿es que no me vas a contestar?

—No quiero hablar de mi padre.

—Pero...

—No pienso decir nada.

—¿Cómo esperas que confíe en ti sin conocer el motivo por el que cometiste un acto tan atroz?

—No hace falta que confíes en mí.

—Por supuesto que sí. —Alizeh frunció el ceño—. Las promesas que me has hecho son desmedidas y tengo que confiar en que no me has mentido, en que cumplirás tu parte del acuerdo...

—Te prestaré un juramento de sangre.

Alizeh se quedó totalmente petrificada.

—No —replicó con una exhalación—. Ni en broma.

—¿Por qué no?

—Porque... Cyrus...

—Si me matas, tal y como hemos acordado, no tendrá ninguna importancia.

—Pero quedarás ligado a mí... quizá para siempre...

—Solo si no me matas.

—¿Y hasta entonces?

Cyrus respiró hondo.

—Bueno. Sí. Hasta entonces será una situación de lo más incómoda. Sobre todo, para mí.

Alizeh sacudió la cabeza contra las flores.

—No te haré eso. Es inhumano. Te arrebatará tu voluntad.

—¿Entiendo entonces que consideras que la opción más humana es la de matarme? —preguntó con una risa amarga.

—¡Lo de matarte fue idea tuya!

—Y esto también es idea mía. No entiendo por qué eres tan obstinada...

—¿Por qué no me cuentas el motivo por el que mataste a tu padre? —replicó ella, frustrada—. Tu madre dijo que lo hiciste porque asegurabas que tu padre no era digno del trono. ¿Es eso verdad?

—Mi madre debería aprender a mantener la boca cerrada —dijo en tono tenso.

—Cyrus...

El joven se puso en pie sin previo aviso y entró en el campo de visión de Alizeh, que se sobresaltó como si fuera la primera vez que lo veía. La muchacha se giró lentamente hasta abandonar apoyarse sobre la espalda en vez de sobre el costado; sus cabellos se enredaron en las corolas sueltas y sus movimientos sembraron el caos entre unos cuantos tulipanes. Alizeh se quitó un pétalo de la mejilla y miró a Cyrus desde abajo, como si lo mirase a través de un caleidoscopio de color, tallos y hojas, y, por un momento, todo cuanto vio fue el cielo y el azul de los ojos del monarca. Después se fijó el su pelo, que resplandecía bajo la luz del crepúsculo; las elegantes líneas de su rostro brillaron bajo el baño de oro del atardecer. A Alizeh no le gustaba admitir que Cyrus era apuesto, lo cual ya era de por sí bastante difícil de negar en condiciones normales. Sin embargo, aquí, en medio de un mar de flores, el alto y sombrío joven vestido con sencillas ropas negras tenía un aspecto magnífico.

Cyrus no estaba mirando a ningún punto en particular y le estaba dando la espalda a la joven, pero la rigidez de sus brazos y piernas (así como la de su postura) contradecía la placidez de su rostro.

Alizeh pronunció su nombre con suavidad.

Un evidente estremecimiento lo recorrió cuando giró la cabeza y la vio allí. De todas las emociones que Alizeh habría esperado encontrar en su mirada, lo último en lo que hubiera pensado habría sido el miedo.

Vio que Cyrus tragaba saliva mientras la miraba y admiraba cada centímetro del lánguido cuerpo de la joven con minuciosidad. Al detenerse en ciertos puntos, se le ensombrecieron los ojos, presa de una emoción que Alizeh había aprendido a reconocer: el deseo. La contempló con una expresión que se acercó peligrosamente a la debilidad, como si no consiguiese decidir qué parte del cuerpo de Alizeh saborear durante más tiempo; la intensidad de sus atenciones hizo que la muchacha se sintiese desesperada a la par que insegura, como si fuese incapaz de respirar.

—Te has quitado el collar —comentó Cyrus a duras penas.

—Sí.

—¿Por qué?

—Me estaba ahogando.

—Claro —dijo el joven al tiempo que se pasaba una mano por el rostro. Con un movimiento brusco, le dio la espalda a Alizeh.

—Cyrus —lo llamó la muchacha tras unos instantes—, ¿me tenéis miedo?

Él casi se echó a reír, pero su rostro estaba tenso.

—Qué pregunta más absurda.

—¿Me darás una respuesta de todas formas?

—No —dijo con tono seco—. No te tengo miedo.

La nosta se enfrió.

—No es verdad —insistió ella—. Crees que voy a hacerte daño.

—En absoluto.

La nosta se volvió a enfriar.

—Cyrus...

—Para. —Respiraba con más dificultad de lo normal—. No quiero seguir hablando.

—Pero...

Cyrus profirió un sonido muy parecido a un siseo y cerró los ojos con fuerza cuando su cuerpo se sacudió sin motivo aparente. Se llevó la mano al pecho, se dobló por la cintura y apretó los dientes con fuerza al dejarse caer lentamente de rodillas; luego, se derrumbó hacia adelante, se apoyó sobre las manos, jadeó y reprimió un sollozo. Alizeh que había sido testigo de lo que acababa de suceder con incipiente pavor, comprendió que Cyrus estaba intentando no gritar.

Alizeh actuó sin pensar.

Dejó de preocuparse por su propio cansancio y, presa del pánico, se levantó tan rápido que la cabeza le dio vueltas al avanzar hacia el joven con pasos tambaleantes antes de recuperar el equilibro.

—¿Qué pasa? —preguntó, afectada—. ¿Qué te ocurre? Déjame que...

Alizeh lo tocó, pero él se apartó de ella con una sacudida.

—Quieta —se obligó a decir él.

—Pero...

Cyrus echó la cabeza hacia atrás con un repentino y violento tirón; abrió los ojos de par en par a medida que empalidecía, y su piel adoptó un grisáceo tono enfermizo. Tembló de pies a cabeza, su pecho se sacudió con cada respiración, cada vez más y más rápido, y su rostro quedó congelado en una inalterable expresión aterrorizada. Alizeh supo entonces que estaba viendo algo.

Que estaba oyendo algo.

—¡No! —gritó Cyrus—. ¡No...!

Entonces, se quebró, se quebró con un alarido agonizante al desplomarse hacia adelante mientras se le sacudían los hombros en un intento por tomar aire.

—No puedo —dijo, desesperado—. No puedo, lo siento..., por favor...

Alizeh vio la mirada torturada del joven. Oyó los graves gemidos que profería a medida que las lágrimas le surcaban el rostro en un torrente continuo.

Creyó que se le iba a salir el corazón del pecho.

Su lado racional comprendía que Cyrus era el culpable de que el diablo hubiese irrumpido en su vida, pero Alizeh no sabía mirar hacia otro lado ante el sufrimiento ajeno. Lo observó, horrorizada, mientras Cyrus suplicaba a ciegas clemencia y se estremecía una y otra vez como si alguien lo estuviese golpeando. Casi de inmediato, comenzó a caerle un hilillo de sangre de la coronilla y, luego, de la nariz.

Cyrus sollozó.

Pese a su sufrimiento, siguió suplicando.

—No —jadeó; la sangre le cayó en la boca al hablar—. Por favor, te lo ruego, no te lleves...

Cyrus habría preferido morir antes que exponerse de esta manera. Alizeh lo sabía, sabía que habría estado dispuesto a tirarse por un precipicio antes que revelarle sus sentimientos, pero, ahora estaba así, abierto en canal a sus pies en contra de su voluntad. Tenía muy claro quién estaba orquestando el sufrimiento del monarca y sospechaba que el diablo estaba humillando a Cyrus a propósito; lo torturaba ante ella como castigo y, de paso, lo estaba despojando de su orgullo, de su privacidad. Alizeh trató de apartar la mirada, pero ¿cómo podría hacer algo así? Era tan patética que se le partía el alma al verlo.

La muchacha había entrado en pánico, se sentía impotente ante el tormento de Cyrus y, como una necia, deseaba poder sacarlo del trance en el que estaba sumido, pese a que era consciente de que todo esfuerzo sería en vano. Cuando Iblís invadía la mente de alguien, era imposible escapar de él.

No, Alizeh lo sabía muy bien.

No era una ingenua; comprendía que Iblís había organizado aquel episodio con Alizeh en mente. El diablo estaba torturando a Cyrus para manipular la opinión que la chica tenía del monarca. Fue plenamente consciente de los errores que había ido cometiendo y, con incipiente desesperación, comprendió que se había puesto la zancadilla a sí misma.

Empezaba a sentir afecto por Cyrus.

Empezaba a comprender que no todo era blanco o negro, que tenía que mostrar cierta compasión por Cyrus. El joven ya no era un monstruo unidimensional para ella, sino una persona desconcertante a la que esperaba llegar a comprender pronto.

Solo había conseguido mostrarle su punto débil a Iblís.

Alizeh se atrevería a vaticinar que podría ponerle fin al tormento de Cyrus de inmediato con tan solo pronunciar la palabra «sí».

«Sí, me casaré con él».

Desde luego, era tentador. Había estado sopesando la idea durante todo el día y se daba cuenta de que, con cada hora que pasaba, se sentía más inclinada a responder de manera afirmativa a la proposición. Sin embargo, si en ese preciso momento permitía que el diablo la forzara a tomar una decisión tan importante, solo le estaría demostrando a Iblís que, como sospechaba, podía controlar sus emociones al recurrir a unas tácticas tan retorcidas como la que acababa de utilizar y, entonces, nunca se detendría. Alizeh no podía arriesgarse a sentar semejante precedente y menos ahora, cuando el sufrimiento al que se veía expuesta en caso de aceptar la oferta de Cyrus era más evidente que nunca. Su única esperanza de unificar a su pueblo conllevaba un alto precio. Casarse con el monarca tulaní la conduciría directamente hasta las garras del diablo y la muchacha tendría que vadear las traicioneras aguas que se disponía a surcar con una voluntad de hierro. Si no se mantenía firme ahora, ¿hasta dónde llegaría a manipularla? ¿Cuántas personas más sufrirían por su culpa? ¿Cuántas vidas estaría Iblís dispuesto a destrozar con el mero objetivo de someter la voluntad de la joven?

Alizeh soltó un tembloroso aliento.

Podría haber evitado la situación. Desearía haber tenido más cuidado; desearía no haberse preocupado por él. Desearía que Cyrus no hubiese resultado ser tan humano.

Alizeh cayó de rodillas lentamente.

Tomó la mano inerte de Cyrus entre las suyas y, como una tonta, lloró por él.

VEINTIUNO

En cualquier otra ocasión, una versión anterior de Kamran podría haberse quejado en voz alta ante lo inconveniente que le resultaba tener que cambiarse para cenar, puesto que siempre le había parecido una tradición sin ningún sentido. Cuando era un joven príncipe, se las había arreglado para evadir aquellos rituales la mayoría de las veces, puesto que Zal siempre se había mostrado indulgente con su nieto, quien, en cierta ocasión, llegó a insistir a voz en grito que no comprendía de qué le servía cambiarse de ropa antes de comer. Siempre se había considerado una persona demasiado práctica como para tolerar tales disparates.

Sin ir más lejos, escasos días antes le había comentado con tono sarcástico a su solemne ayuda de cámara que era una pérdida de tiempo, de tela y de artículos de joyería. Se consideraba por encima de semejantes «frivolidades», que era como él solía describir la tradición. ¿Qué sentido tenía ataviarse con unos conjuntos tan elaborados?, se había preguntado. ¿Cuál era su cometido?

Durante dieciocho años, Kamran había sido un necio.

Su abuelo lo había dejado hacía apenas un día y el joven ya comenzaba a comprender que las horas que su abuelo había pasado en su vestidor no tenían tanta relación con la frivolidad como él pensaba.

En realidad, habían supuesto una pequeña muestra de misericordia.

Mientras Kamran se estuviera vistiendo, nadie tenía permitido molestarle. Nadie le pedía que hablase; nadie lo cuestionaba. No tenía ningún consejero a su alrededor para sermonearlo, no tenía que preocuparse por planificar ninguna maniobra militar y no tenía que derrotar a ningún enemigo. Para su sorpresa, la imposición del silencio lo tranquilizaba. Lo único que tenía que hacer mientras se desarrollase aquel ritual era permanecer quieto, lo cual le daba la oportunidad de prepararse mentalmente para las tribulaciones que se avecinaban. Las ropas, además, eran una bendición, puesto que cada capa era como un vendaje con el que proteger la vulnerabilidad de su cuerpo. Agradecía el peso de la tela: cuanto más pesaba una prenda, más estable se sentía y mejor era la armadura con la que se defendería de los golpes físicos y mentales a los que, sin duda, se tendría que enfrentar durante las próximas horas.

Kamran incluso llegó a la conclusión de que esa ventana de serenidad en compañía de su discreto ayuda de cámara podría ser la última en mucho tiempo.

Tenía que saborear el momento.

En cualquier caso, la mente del príncipe necesitaba el silencio para trabajar, puesto que sus inquietudes se triplicaban con cada segundo que pasaba: había sido incapaz de deducir qué intenciones había tenido Zahhak al dirigirse hacia los aposentos de su abuelo y aquel misterio sin resolver lo tenía preocupado. El problema era que Kamran nunca había prestado la suficiente atención a las pertenencias del difunto rey como para saber si faltaba algo o si algún objeto estaba fuera de lugar. Hasta donde él sabía, todo estaba donde debía estar y sus resplandecientes aposentos estaban tan ordenados como siempre. Mientras que una parte de él insistía en que debería haberle dedicado mucho más tiempo a la inspección, carecía de la entereza que requería el hecho de quedarse en las dependencias de su abuelo más allá de lo necesario.

Había pasado muy poco tiempo.

El olor de su abuelo había impregnado el ambiente, como si el mismísimo rey todavía siguiese allí presente; solo le había bastado captar aquellas sensaciones para que los propios sentidos del joven hubiesen conjurado la figura imaginada de su abuelo. Su presencia había sido tan intensa que Kamran casi había esperado que Zal entrase en sus aposentos en cualquier momento para regañarlo por haber acudido allí sin permiso. Había sido un verdadero reto para el príncipe verse rodeado de unos recuerdos tan intensos; había sentido un profundo dolor de corazón a medida que había recorrido el museo de la vida de su abuelo. Se había visto más afectado por la experiencia de lo que le habría gustado admitir, puesto que demostraba una debilidad en él; una debilidad que su abuelo habría visto con muy malos ojos.

El príncipe cerró los ojos con una exhalación al rememorar espontáneamente las dolorosas palabras de Zal:

—¡Se acabó! —había ordenado el rey, en una octava más alta y con tono enfadado—. Me estáis acusando de ciertas cosas que no llegáis a comprender, hijo. Las decisiones que he tomado durante mi reinado, las medidas que me he visto obligado a imponer para proteger el trono, serían motivo suficiente como para alimentar vuestras pesadillas para toda la eternidad.

—Vaya, me espera un futuro de lo más halagüeño.

—¿Y ahora os atrevéis a mofaros de mí? —había preguntado el rey con tono sombrío—. Me dejáis perplejo. Nunca en la vida os he inducido a pensar que vuestras obligaciones como soberano del imperio serían un camino de rosas y, mucho menos, una actividad placentera. De hecho, si no consigue acabar con vos, la corona hará todo cuanto esté en su mano para reclamaros en cuerpo y alma. El trono de Ardunia no está hecho para una *persona débil. Encontrar la fuerza necesaria para sobrevivir a la tarea depende enteramente de vos.*

—¿Y vos qué pensáis de mí, majestad? ¿Creéis que soy una de esas personas débiles?

—Sí.

Kamran abrió los ojos de golpe.

Notó que le temblaban las manos y se apresuró a cerrar los puños en un esfuerzo por recuperar la confianza en sí mismo. A Kamran le gustaba considerarse una fuerza poderosa e invulnerable, pero no le bastó más que echar la vista atrás por un único segundo a lo que había vivido la semana anterior para demostrar la verdad: se dejaba llevar con demasiada facilidad por el corazón y sus propias emociones lo manipulaban sin ningún esfuerzo.

La realidad era que Kamran era débil.

Al llegar a aquella conclusión, una ola de desprecio hacia su propia persona le revolvió el estómago. El joven había tenido un mayor control sobre sí mismo cuando había estado distraído, cuando Hazan le había exigido que mantuviese la mente clara y despierta, cuando había tenido que actuar con rapidez y hacer planes. Sin embargo, una vez que Hazan y Omid lo hubieron dejado solo y después de haberle enviado la carta a su tía, había pasado una buena parte de la tarde evitando a los titubeantes miembros del servicio que trataban de entregarle notas manuscritas de Zahhak, que requería inmediatamente su presencia en uno de los salones principales.

Ante eso, Kamran había decidido esfumarse.

Se había movido con sigilo por los rincones oscuros de palacio a medida que una horda de magos había ido infiltrándose en su hogar. Sus largas túnicas de metal líquido rozaban los suelos al pasar y los medidos movimientos de sus pies resultaban tan artificiales que casi parecía que se deslizasen.

Kamran los había sentido llegar; cada nueva presencia lo desestabilizaba como si le diesen un golpecito a un diapasón, como un suave zumbido de electricidad que circulase por las distorsionadas venas doradas de su cuerpo.

Se había sentido aterrorizado y, en consecuencia, como un niño pequeño, había huido.

Kamran era consciente de que la reunión con los nobles y los magos sería polémica y decisiva, puesto que todos le debían respuestas que él no estaba preparado para recibir. Tenía más cosas que hacer antes de desfilar por delante de los sacerdotes y sacerdotisas como un caballo enfermo para que determinasen su valor y le sacasen faltas. No quería oírlos decir que no era apto para el trono. No quería que lo desterraran a una provincia lejana donde viviría en una casa vieja y destartalada propiedad de la corona, acompañado de un cocinero cascarrabias, una criada desdichada y un ayuda de cámara infeliz que no se marcharían de Setar por su propio pie para hacerle compañía.

No estaba preparado para que su vida entera cambiase.

Por eso, Kamran había leído con suma atención el enigmático Libro de Arya, el cual sostenía en una mano incluso en ese preciso momento, puesto que se veía incapaz de separarse de esa pieza clave que formaba parte de un misterioso rompecabezas. Había tratado sin descanso de conseguir que el volumen le revelase sus secretos: había estudiado el cuero en busca de otros símbolos ocultos y había probado a escribir en sus páginas en vano, puesto que el papel había resultado ser resistente a la tinta. Cuando se hubo dado por vencido, había birlado un poco de comida de las cocinas, había llenado odres de agua, había colmado baúles con las provisiones que necesitarían para el viaje de una semana en el que se iban a embarcar y lo había escondido todo cuidadosamente cerca de los establos.

El príncipe solo se había dignado a vestirse para la cena con la intención de mantener una fachada de normalidad, dado que, a pesar de que no tenía ni la más ligera intención de sentarse a compartir una cena formal, había llegado a la conclusión de que, como mínimo, debería fingir estar dispuesto a hacer acto de presencia antes de escabullirse sin ser visto. La noche había caído sobre Setar como una marea de alquitrán y estaba decidido a aprovecharse de la ventaja que le daba la oscuridad para arrastrar los baúles que tenía escondidos hasta el muelle.

—Gracias, Sina —susurró.

Su ayuda de cámara se retiró, hizo una reverencia y se irguió antes de decir:

—En caso de que necesitéis que os lo recuerde, señor, vuestra capa os espera en el dormitorio.

Kamran se dio la vuelta para observar al hombre con cautela.

Sina no tenía motivos para sospechar que el príncipe iba a necesitar su capa, dado que no había hecho nada que pudiese haber delatado su inminente intención de abandonar el palacio.

—No voy a necesitarla —dijo con voz queda—. Solo voy a bajar a cenar.

—Por supuesto, señor. —Sina bajó la mirada—. Solo os lo comentaba porque una de las magas con las que me crucé por el pasillo antes me pidió que os recordara que vuestra capa está colgada en vuestro dormitorio.

Kamran se tensó.

—¿Por qué motivo os diría eso?

—Disculpadme, alteza —dijo Sina, sacudiendo la cabeza—. No lo sé.

El príncipe tuvo la sensación de que se le iba a salir el corazón del pecho. Una vez más, sintió la presencia de los magos como un zumbido eléctrico que iba soltando pequeñas descargas por las brillantes ramificaciones que le desfiguraban el brazo izquierdo. No se atrevía a aventurar qué significado tendría esa nueva sensación, pero sospechaba que, fuera lo que fuere, no era un buen augurio.

—Puedes retirarte —le dijo al ayudante de cámara.

Sina se marchó con otra reverencia y sin pronunciar palabra. Después, Kamran se apresuró a volver a su dormitorio, tomó la capa con capucha del perchero y voló por los pasillos de su propio hogar.

Estaba muy afectado.

Había descubierto demasiados detalles alarmantes y demasiadas preguntas sin respuesta habían cobrado, por fin, un poco más de sentido en su mente, por lo que, en ciertas ocasiones, se sentía como un mero manojo de nervios. Se sentía indefenso ante la desmedida incertidumbre y el hecho de permanecer inactivo lo sacaba de quicio. Tenía la sensación de que explotaría en caso de permanecer quieto, y aquello fue todo en cuanto pensó al bajar como una exhalación por la imponente escalera principal mientras se echaba la capa por los hombros, de manera que la finísima lana negra ondeó a su espalda como si fuera un par de alas. Kamran se abrochó la pesada hebilla de oro al cuello antes de asegurarse de que llevaba el Libro de Arya a buen recaudo bajo la capa y de evaluar las posibles vías de escape. Estaba decidido a salir del palacio sin ser visto y se disponía a sacar la máscara de cota de malla del bolsillo cuando oyó el lejano eco de la voz de Omid.

Omid, el muchacho que le había fallado.

¿El niño acababa de regresar cuando hacía ya una hora que había caído la noche?

Kamran suspiró para sus adentros.

Como de todas maneras se dirigía hacia los establos, decidió que sería mejor que fuese a buscar a Omid para llevarlo con él, asignarle sus nuevas tareas y presentárselo como era debido al mozo de cuadra. No solo le daría una excusa magnífica con la que explicar el motivo por el que había salido de palacio ataviado con su capa, sino que, además, Omid pasaría a ser responsabilidad de otra persona, de manera que tendría una preocupación menos cuando se ausentara.

El príncipe siguió la apagada resonancia de la voz del chico con decisión y se percató, a medida que se acercaba y pese a la distancia, de que Omid parecía sumamente alterado.

Kamran frunció el ceño.

En realidad, el muchacho no estaba hablando sino discutiendo, intercambiando frustraciones con quien debía ser un mayordomo enfadado... y no era para menos. Omid estaba gritando en feshtún, claramente ajeno al hecho de que la mayoría de los miembros del servicio en Setar no hablaban la lengua de la provincia sureña.

Kamran aceleró el paso, impaciente por llegar hasta el vestíbulo principal con la intención de resolver el conflicto sin miramientos, cuando oyó algo mucho más molesto.

Era la señorita Huda.

Su voz era inconfundible y Kamran sintió una repentina punzada de alarma al oírla. No alcanzaba a imaginar el motivo por el que la señorita Huda habría regresado a palacio a esas horas ni tampoco la razón por la que se encontraba en compañía de Omid, pero la joven estaba ahora chillándole al criado con una voz cada vez más y más estridente a medida que hablaba:

—¡No pienso hacerme a un lado! ¡Y ni se os ocurra tocarme!

—Señorita, por favor, no podéis estar aquí... El palacio está cerrado a estas horas y el príncipe no recibe invitados no deseados por la noche...

—¡Pero viene conmigo! —dijo Omid con un marcado acento en ardanz, antes de darse por vencido y continuar en su lengua materna—: ¡Estamos aquí por órdenes oficiales! ¡Del príncipe! ¡Debéis dejarnos pasar!

—¿Vosotros entendéis algo? —preguntó otro mayordomo—. No tengo ni la menor idea de lo que dice.

—Lo que trata de deciros es que venimos por orden del mismísimo príncipe —intervino la señorita Huda, enfadada—, y tened una cosa muy clara: mi padre, el embajador lojano, se enterará de esto...

Kamran creyó que le iba a explotar la cabeza.

La absurda joven no podía ser más osada al nombrar a su padre para asegurar su propia inmunidad... Ah, ya empezaba a lamentarse por tener que soportar la compañía de la señorita por segunda vez en un mismo día.

Dobló la esquina demasiado deprisa, soñando con la posibilidad de dejar a ese par de idiotas a su suerte, cuando, de pronto, fue testigo de la aborrecible escena que ahora se desarrollaba ante sus ojos.

Kamran se detuvo en seco, rendido ante la incredulidad.

VEINTIDÓS

Omid y la señorita Huda estaban en el centro de la escena, con la cabeza bien alta y una actitud de lo más orgullosa en sus respectivos e igual de desafortunados atuendos, y gritaban en distintas lenguas al trío de testarudos mayordomos. Los dos se encontraban flanqueados por Deen, el enjuto boticario, y la señora Amina, la despiadada ama de llaves de la Mansión Baz; aquella extraña pareja permanecía en silencio, uno al lado del otro, mientras se cubrían la boca con la mano en gesto horrorizado.

Por todos los ángeles.

Kamran le había encargado una única tarea al niño.

Le había pedido que trajese al boticario y al ama de llaves para interrogarlos. Tras la inesperada llegada a palacio de la señorita Huda aquella mañana, a Kamran se le había ocurrido interrogar a todas las personas con las que Alizeh hubiese tenido un contacto considerable y, aunque Kamran había hablado solo en una ocasión con el boticario mientras iba de incógnito, esta vez tenía intención de hacerle al hombre unas preguntas mucho más directas.

Ahora no podía arrepentirse más de la decisión que había tomado.

—Lo siento, señorita —dijo uno de los mayordomos, pese a no sentirlo en absoluto—. No puedo dejaros pasar. No tengo ni la menor idea de quién es este niño —señaló a Omid con la cabeza— y no me importa quién sea vuestro padre. Así que, a menos que queráis pasar una noche en las mazmorras, os aconsejo que os marchéis.

La señorita Huda dio un paso atrás y se llevó una mano al pecho en un gesto cargado de teatralidad.

—¿Cómo os atrevéis...?

—No os lo vamos a repetir más veces —intervino otro mayordomo.

—Esperad y veréis —dijo ella, que se irguió cuan alta era—. Esperad a que le cuente al príncipe cómo nos habéis tratado. Mi socio y yo tenemos órdenes reales de...

—¿Vuestro socio? —preguntó Kamran con brusquedad al emerger de las sombras.

—¡Alteza! —exclamó un coro de voces sin aliento.

Todos se postraron ante él casi al unísono; todos salvo Omid, que se apartó de la multitud para acercarse a Kamran, fuera de sí, sacudiendo la cabeza al tiempo que hablaba en feshtún a toda velocidad:

—Os juro que habría llegado antes de que cayese la noche, señor... Os juro de corazón que lo habría conseguido... Los traje hasta aquí como vos pedisteis, pero había una muchedumbre congregada a las puertas de palacio...

—¿Una muchedumbre?

—Sí, señor, la gente está muy enfadada, señor, y los guardias amenazaron con subir el puente levadizo para que no entrase nadie hasta que la señorita Huda les dijo quién era y cuando por fin nos dejaron cruzar nos pararon en la puerta principal porque ya no aceptabais más visitas, pero luego pudimos pasar y ellos...

—¡Ya basta! —exigió Kamran.

Omid se mordió el labio y se echó hacia atrás. De pronto parecía que se fuera a echar a llorar. El príncipe lo ignoró; su mente era un caos. Ya sospechaba que el pueblo se rebelaría, así que, en realidad, descubrir que se había reunido una muchedumbre ante el palacio no fue ninguna sorpresa... aunque eso no hacía que fuera una revelación menos devastadora.

—Podéis iros —les dijo a los mayordomos con un gesto solemne.

—Pero, señor...

—¡Ja! —gritó la señorita Huda, apuntando con el dedo al trío de jóvenes—. Os dije que os arrepentiríais...

—Como os oiga decir una palabra más, me aseguraré de vetaros la entrada a palacio para el resto de vuestros días —la amenazó Kamran al tiempo que la fulminaba con la mirada.

La señorita Huda dio un paso atrás y dos manchas rosadas aparecieron en la parte alta de sus pómulos.

Kamran inspiró hondo para tranquilizarse, incapaz de mantener a raya su ira, su frustración y la miríada de decepciones que había recibido. Se dio la vuelta para hablar con los mayordomos y se dirigió a cada uno de ellos de forma individual:

—Agradezco vuestro esfuerzo. Yo me encargo de ahora en adelante.

—S-sí...

—Claro, señor.

—Como desee, señor.

Y, así, se retiraron.

Por fin, Kamran no tuvo más remedio que enfrentarse a su extraña audiencia, al variopinto grupo que lo miraba, aterrorizado. El príncipe era consciente de que él era el único culpable de que se hubiera producido aquel desafortunado giro de los acontecimientos y no sabría decir si quien había desatado su irritación había sido él mismo u Omid. Quizá fuese culpa de la exasperante señorita Huda.

—¿Puede alguien hacer el favor de explicarme enseguida qué está pasando aquí antes de que haga que os lleven a todos de cabeza a las mazmorras? —preguntó con calma.

Omid y la señorita Huda, que tanto habían gritado hasta hacía escasos minutos, parecían incapaces de pronunciar una sola palabra. Abrían y cerraban la boca al tiempo que intercambiaban vacilantes miradas asustadas y, cuando Kamran estuvo seguro de estar a punto de perder la cabeza, Deen dio un paso al frente y rompió el silencio:

—Si me lo permitís, alteza —se aclaró la garganta—, solo me gustaría decir que a mí también me gustaría saber qué está ocurriendo, porque no tengo ni la más remota idea de qué hago aquí.

Kamran arqueó las cejas.

—¿Cómo es eso posible?

—Lo único que sé, señor, es que mi día se truncó cuando esta señorita —dijo, señalando con la cabeza a la señorita Huda— irrumpió en mi tienda y, ah, sin anunciar sus intenciones o presentarse siquiera, comenzó a interrogarme durante cuatro horas. Y delante de mis clientes, por si fuera poco, Me preguntó sobre una persona a la que traté hace días y me exigió divulgar información confidencial pese a ser una completa desconocida, lo cual, si me permite señalarlo, no solo es poco ético, sino ilegal. Estaba tratando de echar a la señorita de mi establecimiento cuando este niño absurdamente alto —señaló a Omid— entró como un elefante en una cacharrería por segunda vez en el día para decirme que, si no lo acompañaba a palacio, haría que me colgaran por desafiar una orden de la corona...

Kamran dejó escapar un quejido incómodo.

—Y, entonces..., entonces estos dos buscapleitos —Deen señaló a la señorita Huda y a Omid con un vago movimiento de la mano— forjaron una alianza espontánea y, sin duda, perversa, para obligarme a entrar en un apestoso coche de caballos de alquiler, donde me hicieron esperar durante al menos cuarenta y cinco minutos antes de que, sin previo aviso, tuviese que lidiar con la desagradable compañía de la mujer que ahora se encuentra a mi lado. Me temo que no sé su nombre. —Se giró para mirar a la señora Amina y masculló una disculpa ante la que ella hizo oídos sordos con un resoplido—. En cualquier caso, esta mujer pasó todo el trayecto lloriqueando sobre lo enfadada que iba a estar su señora al descubrir su ausencia, puesto que la dama se encontraba de un humor de perros y aseguraba que nadie podía sustituirla, sobre todo con tan poca antelación...

—Muy bien —lo interrumpió Kamran con rotundidad—. Ya he oído suficiente.

Deen asintió y dio un paso atrás.

El príncipe estaba a punto de enviar a los testigos a casa, de despedir a Omid de manera fulminante y de prohibirle la entrada a palacio a la señorita Huda por una pura cuestión de principios, cuando la señora Amina se aclaró la garganta repentinamente.

—A mí también me gustaría decir algo, señor, si me lo permitís.

Kamran estudió a la mujer, se fijó en sus ojillos negros, su diminuta nariz y sus mejillas rubicundas, y no pudo evitar sentir cierta repulsión, incluso en ese momento. Nunca olvidaría los cardenales que había visto en el rostro de Alizeh ni la brutalidad con la que el ama de llaves había amenazado a la muchacha ante sus propios ojos. La señora Amina era una mujer muy cruel.

—Adelante —concedió el príncipe mientras la observaba con atención.

—Gracias, alteza —titubeó ella—. Antes de nada, me gustaría comenzar diciendo que soy consciente de que este quizá no sea el mejor momento para intervenir, pero creo que nunca tendré otra oportunidad de conversar con vos. Por eso, para restituir mi buen nombre, señor, diré en mi defensa que, durante la última visita que le hicisteis a vuestra querida tía en la Mansión Baz, temo que os llevaseis una opinión equivocada de mí, puesto que los periódicos han demostrado con creces que hice bien al disciplinar a la muchacha. De hecho, ahora, al descubrir todos los problemas que ha causado, creo que le habría venido bien recibir una buena azotaina, señor...

—Esperad, ¿de qué muchacha habláis? —intervino la señorita Huda, que claramente había olvidado el acuerdo tácito de guardar silencio—. No os referiréis a Alizeh, ¿verdad?

Kamran se estremeció.

—Pues sí, así es —dijo la señora Amina en tono triunfal—. Leí la noticia en los periódicos esta mañana y enseguida supe que se referían a esa horrible muchacha cuando su nombre me resultó familiar. Después, recordé que le había oído confiárselo a este niño de aquí —señaló a Omid—, cuando vino a la Mansión Baz para entregarle esa maldita invitación al baile. Ahora me doy cuenta de que fui demasiado generosa permitiéndole asistir; después de ver el estado en que mi querida señora regresó a casa anoche, muerta de miedo por la terrible tragedia, yo se lo conté todo; le preparé una taza de té de menta para calmar sus nervios y le dije «bueno, ya veis, mi señora, he resuelto el misterio yo sola, la muchacha de los periódicos ha estado trabajando en la Mansión Baz durante todo este tiempo...». Y no sabe lo disgustada que se mostró, alteza, ni siquiera sería capaz de describir lo horrorizada que se quedó al empezar a temerse, señor, que vos estuvierais al tanto del engaño de la joven y que le hubierais mentido, porque esa era la única explicación que encontraba para que la hubierais defendido con tanto ahínco tanto el día que nos visitasteis como de nuevo en el baile, pero yo le aseguré que lo más probable era que la chica os hubiera hechizado, alteza, y que no debía culparos por la maldad de la joven...

—Ya es suficiente, señora Amina...

—Disculpadme —intervino Deen, que miró al resto de los presentes con el ceño fruncido—, pero ¿nos han traído hasta aquí para preguntarnos por la misma joven? ¿Por la snoda jinn que vino a comprar ungüento a mi botica? Si es así, no puedo corroborar esas historias que cuenta, puesto que desconozco su nombre y no tengo noticias de que asistiera al baile o causara ningún problema...

—¡No era una snoda normal y corriente! —exclamó la señora Amina—. ¿Es que no os dais cuenta? Hacía ya tiempo que sospechaba que había algo en esa muchacha que no encajaba... Siempre se daba ínfulas, hablaba todo el tiempo como si fuera una especie de niña rica, y toda la culpa es mía, señor, por no haberla desenmascarado antes. Sentí la oscuridad en ella desde el primer día que la vi y, cuando sus ojos cambiaron de color justo ante mí, debería haber sabido que albergaba al diablo en su interior...

—Si alguien tiene al diablo dentro, ¡esa sois vos! —exclamó Omid, enfadado.

—Qué joven tan perversa —había continuado diciendo la señora Amina tras ignorar el arrebato del niño—. Nunca me gustó. Nunca hacía lo que se le decía, ¿sabéis? Era muy descuidada y siempre andaba tomando atajos...

—¿Cómo que era descuidada? —la interrumpió Deen, que la miraba con los ojos como platos—. ¿Habláis de la joven que vino a mi tienda con las manos tan en carne viva por el trabajo duro que apenas era capaz de cerrar el puño? —El hombre sacudió la cabeza y se alejó deliberadamente de la mujer—. Vos sois el ama de llaves que la golpeaba, ¿no es así? ¡No me digáis que también sois la culpable del corte infectado que tenía en el cuello!

—Ay, no, señor —farfullo Omid en ardanz—. Me temo que eso fue culpa mía.

De pronto, Deen pareció disgustado.

—Pero ¿dónde me he metido? Por favor, os ruego que me expliquéis qué crímenes he cometido para merecer la tremenda desgracia de haber acabado en vuestra compañía. ¡Yo solo le curé las heridas a una muchacha! —Le lanzó al príncipe una mirada suplicante—. Alteza, ¿me permitiríais volver a casa? No he hecho nada malo... No merezco verme rebajado a que se me asocie con estos bárbaros...

—Esperad un momento —dijo Kamran mientras estudiaba al boticario con atención—. ¿Me podéis confirmar que las heridas de la joven eran reales? ¿No eran el resultado de una ilusión?

—¿Una ilusión? —titubeó Deen—. Alteza, no se me ocurre un motivo por el que la joven hubiese estado dispuesta a malgastar la magia con el objetivo de torturarse a sí misma, pero, de haber conseguido destrozarse las manos en vano por medio de algún encantamiento, supongo que también habría tenido la capacidad de devolverlas a su estado natural. ¿Para qué habría necesitado mis ungüentos de haber podido curarse ella sola? No, señor, no creo que sus heridas fuesen obra de la magia. —El boticario frunció el ceño, como si hubiese recordado algo—. Eso sí, descubrió estando conmigo en la tienda que su cuerpo es capaz de curarse a una mayor velocidad de lo normal y, por esa razón, se quitó los vendajes después de un par de días, en vez de dejárselos puestos una semana, como yo le recomendé...

—¿Se puede curar sola? —repitió Kamran, petrificado—. ¿De verdad?

—Así es, señor. —Deen miró al príncipe, sorprendido por su interés—. Su piel es capaz de volver a su estado natural a una velocidad extraordinaria, lo cual no es común, ni siquiera entre los jinn...

—¡Es la marca del diablo! —exclamó la señora Amina—. ¡Ahí tenéis la prueba!

—Cerrad el pico, por lo que más queráis —le dijo la señorita Huda, molesta.

—Ignorad las señales por vuestra cuenta y riesgo —replicó la señora Amina con tono mordaz—. Los jinn pueden volverse invisibles, no hacerse borrosos, y ninguno de los presentes fue capaz de verla bien anoche, por lo que es seguro que cuenta con la ayuda del diablo...

—Puede haber otras formas de explicarlo en vez de recurrir al diablo —dijo la señorita Huda, cada vez más enfadada—. La ropa que llevaba puesta... Bueno, cuando recibió el vestido, iba acompañado de una nota que no alcancé a leer, pero hechizar la ropa es una práctica muy común, sobre todo con vistas a un enfrentamiento, para asegurar anonimato y protección a quien la lleva. Que Alizeh tuviese una apariencia borrosa podría haber sido el resultado de un hechizo bastante sencillo...

—¡Hechizos oscuros! ¡Magia negra! —bramó la señora Amina—. ¡Todo el mundo sabe que para manejar la magia negra se requiere la intervención del diablo!

—Eso es una tremenda patraña —dijo Deen al tiempo que ponía los ojos en blanco—. Si la muchacha tenía acceso a la magia negra, ¿de verdad creéis que aceptaría una miseria a cambio de fregar los suelos de vuestra señora? ¿Creeis que, de tener acceso a la magia negra, estaría dispuesta a compartir un techo con un ama de llaves cruel, que disfruta claramente de maltratarla? ¡Yo diría que no!

La señora Amina jadeó, indignada, y dio un paso atrás para lanzarse de inmediato a atacar al boticario, que se defendió sin esfuerzo.

Kamran deseaba ponerle fin a toda aquella locura, quería deshacerse de aquel hatajo de bufones, pero descubrió, para su consternación, que era incapaz de moverse. Notaba la sangre bombeándole en la sien y sentía que el corazón se le iba a salir del pecho.

Poco a poco, le estaban demostrando que había juzgado mal a Alizeh.

Al haberse visto sometido personalmente a la manipulación de Cyrus por medio de la magia, Kamran imaginaba que el monarca sureño contaba con las habilidades necesarias para darles protecciones mágicas a las ropas de la muchacha. Desde luego, tendría sentido que Cyrus hubiese hechizado el vestido para proteger a la joven contra aquellos que quisieran hacerle daño. ¿Cómo si no se explicaría que tan pocos asistentes al baile hubiesen sido capaces de identificarla? ¿Cómo si no se explicaría el enigmático mensaje de Cyrus, la velada acusación que acompañó a sus palabras cuando se dio cuenta de que Kamran podía verla?

Las llamas habían consumido el vestido de Alizeh dos veces, al entrar y salir del círculo de fuego. Quizá, en el proceso, la prenda había perdido parte de su efectividad, de manera que había pasado a convertirla en una mancha borrosa ante los invitados en vez de hacerla del todo invisible. Eso también explicaría por qué le había fallado la vista a Kamran de una forma tan inconsistente, por qué parecía que la imagen de la joven se había enfocado y desenfocado ante él. A medida que había ido descubriendo las traiciones de Alizeh, sus emociones habían oscilado violentamente entre el odio y el anhelo, puesto que había querido matarla y salvarla a partes iguales.

Era posible que la magia hubiese reaccionado ante el conflicto de sus emociones.

Si Alizeh había pensado que su identidad estaba a salvo, eso también explicaría por qué no se había visto en la necesidad de llevar la snoda. En cualquier caso, seguía sin entender por qué había atacado al joven con el que, presuntamente, había acordado casarse.

Kamran apretó los dientes; sintió en ese momento la violenta arremetida de un intenso dolor de cabeza y una punzada que le atravesaba la base del cráneo.

No estaba seguro de qué era lo que sentía ante semejantes revelaciones: ¿era cólera, alivio o confusión? Quizá fuera una combinación de las tres. Aunque, hasta cierto punto, aquellas respuestas exoneraban a Alizeh, también demostraban que le había mentido; había fingido no conocer a Cyrus, pese a haber forjado una alianza con el rey tulaní. Había aceptado su ayuda, su magia. Había llevado su vestido; ¡tenían un plan en común! Kamran no conseguía conquistar el abismo de incertidumbre que se abría a sus pies, puesto que Alizeh todavía despertaba tremendas dudas en él, en especial en lo que respectaba a que se hubiese comprometido con Cyrus, a que se hubiese aliado con el diablo y a que se hubiese escapado del palacio a lomos de un dragón tulaní.

Se sentía perdido, ahogado en un mar de dudas y su frustración no cesaba de crecer. Dirigía su cólera hacia sí mismo, hacia su abuelo, hacia las circunstancias que ahora definían su vida.

La muerte del rey Zal era motivo suficiente para que la ira consumiese a Kamran, pero fueron los acontecimientos posteriores, comprendió, los que más lo afectaron, puesto que, tras el asesinato de su abuelo, el miedo y el dolor habían enturbiado el instinto, hasta entonces imperturbable, del príncipe y, en consecuencia, lo habían llevado a cuestionar todo en cuanto había confiado hacía tan solo pocas horas. Una vez más, sus emociones habían tomado el control de su cuerpo.

De entre todos los retos que lo aguardaban, Kamran empezaba a sospechar que su mayor obstáculo consistiría en vencer a su propia mente.

—Majestad —dijo la voz penetrante de Deen, que consiguió devolver al príncipe al presente—, os lo ruego, por favor, permitidme desligarme de este circo. Debería estar ya en casa para la cena y mis seres queridos van a empezar a pensar que me ha ocurrido algo...

—¿Sus seres queridos? —La señora Amina profirió un ruidito de desdén—. Conque tenéis seres queridos, ¿eh? Mientras, el resto debemos desposarnos con nuestro trabajo, compartir nuestro lecho con el dolor y dar a luz a la amargura...

—Ya basta —bramó Kamran prácticamente en un rugido.

A lo largo de su vida, tanto en el campo de batalla como en la muerte y la devastación, se había visto puesto a prueba de un centenar de formas distintas, pero había algo en el hecho de verse obligado a soportar los sinsentidos de semejante hatajo de idiotas que hacía que el príncipe ardiera en deseos de inmolarse.

—No quiero escuchar ni una sola palabra más —dijo en un susurro letal—. Que ni uno de vosotros se...

Las palabras murieron en su boca.

Una escalofriante sensación estalló por su torturada piel cuando se le desbocó el corazón y el sonido de su propia respiración se intensificó en sus oídos. Kamran se dio la vuelta lentamente, esperando encontrar a un mago a su espalda, pero descubrió a Zahhak; el escurridizo hombrecillo se acercaba a él con una empalagosa sonrisa.

El consejero de defensa se detuvo ante el príncipe y estrechó las manos como si tuviese intención de ponerse a rezar.

—Me pareció oír un alboroto —dijo mientras evaluaba, con aparente desinterés, cada detalle del teatrillo que se estaba desarrollando ante sus ojos. Volvió a posar esa mirada vacía en Kamran—. Llevo todo el día esperando hablar con vos, señor. Quizás ahora por fin podamos reunirnos.

Otro escalofrío despertó en las venas doradas del príncipe justo cuando tres magos emergieron de pronto ante él.

VEINTITRÉS

Cyrus no se despertaba.

Iblís lo había estado torturando hasta un buen tiempo después de que la noche hubiese mudado la piel en el cielo. Alizeh, que sabía calcular la hora solo con las manos y el movimiento del sol, había sido capaz de estimar el tiempo que había perdido, las horas que el diablo había estado maltratando a Cyrus. El campo de flores, que antes había estado lleno de color y parecía etéreo bajo la luz del sol, se había convertido en un lago de negrura al caer la noche. Alizeh no sabía dónde estaban, no sabía cómo volver a palacio y, cada vez que cerraba los ojos por un momento, oía a Cyrus gritar.

Durante lo que se le había antojado una eternidad, la joven lo había visto sufrir.

Los cardenales habían brotado y desaparecido por su rostro. Alizeh asumió que lo mismo había ocurrido por su cuerpo, donde las manchas azuladas se habían extendido más allá del cuello y los puños de su camisa; sin embargo, ninguna coloreaba su piel durante más de un minuto. Parecía que nunca se le llegaban a partir las costillas, pese a que se las había abrazado, presa del dolor, en varios momentos. Aunque no tenía ninguna herida abierta, había sangrado durante horas.

Cuando Cyrus por fin había dejado de convulsionarse, la luna ya brillaba en lo alto del cielo y Alizeh se había aferrado a ese milagro de luz como si fuera un salvavidas, aterrada ante la posibilidad de sucumbir a sus propios miedos antes de que el joven despertara.

Consternada, Alizeh se había colocado la cabeza de Cyrus sobre el regazo para evaluar más de cerca las pruebas físicas de su sufrimiento. Su rostro había quedado casi irreconocible en ese estado tan macabro, pero al menos sus ropas y su abrigo habían absorbido casi toda la sangre que había derramado aquella tarde. De vez en cuando, la luna dejaba al descubierto las húmedas manchas que resplandecían sobre la tela y desataba en Alizeh una nueva oleada de pena. Le había limpiado los restos de sangre de la cara con la falda de su vestido blanco y utilizó sus propias lágrimas silenciosas e incesantes para quitarle con delicadeza las manchas pegajosas de los ojos, de la piel. Después, cuando nada pareció despertarlo, le acarició el cabello con ternura. Incluso en ese momento, se maravilló ante la espesa seda de sus mechones cobrizos y ante la forma en que brillaban bajo la luz de la luna.

Le suplicó que se despertara.

Él no reaccionó.

Habían pasado casi treinta minutos desde que las arrugas de su frente habían desaparecido y su cuerpo se había estabilizado, y, durante todo ese tiempo, Alizeh había tenido que lidiar con la aterradora posibilidad de que Cyrus hubiese muerto. Se sintió conmocionada al descubrir lo mucho que la afectaba que pudiese ser así. Debería haber disfrutado de su sufrimiento; debería haber huido mientras estaba inconsciente; sin embargo, se había sorprendido a sí misma al quedarse decididamente a su lado, al temer por él, al suplicarle que abriese los ojos.

Aquellas eran unas emociones que prefería ignorar.

Con un torpe esfuerzo, le había encontrado el pulso en el cuello y, aunque era débil, le dio un motivo para aferrarse a la esperanza. Aun así, al verse sola en la oscura inmensidad, su imaginación le jugó una mala pasada. Su mente reprodujo lo acontecido en las últimas horas en un bucle desagradable y, cuanto más pensó en la crueldad del diablo, más se agudizó el vertiginoso pavor que la invadía, ese miedo a lo que estaba por venir.

Alizeh se enjugó las lágrimas con desesperación.

Contempló los ojos cerrados de Cyrus en busca de cualquier signo de vida, pero sus pestañas cobrizas como el óxido descansaron sobre sus pómulos, inamovibles, impertérritas. Solo entonces, en un arrebato de desesperación, se atrevió a tocarle el rostro con dedos temblorosos y acariciar la impresionante suavidad de su mejilla. Cuando siguió sin responder, sus movimientos se volvieron más confiados, más deliberados. Lo acarició con sumo cuidado, pasó los nudillos por la marcada línea de su mandíbula, rozó el elegante puente de su nariz. Le resultaba extraño verlo tan indefenso, con una expresión tan abierta. Los duros ángulos de sus facciones tensas y estoicas se suavizaban mientras dormía y la piel de su rostro se volvía blanca como la leche bajo la luz de las estrellas.

Nunca volvería a atreverse a negar que Cyrus era hermoso.

Alizeh le susurró al oído una y otra vez, le rogó que regresase a su cuerpo, al momento presente, y, cuando volvió a acariciarle la curva de la mejilla, Cyrus le agarró la mano con debilidad y dejó a la joven inmediatamente petrificada.

Se sintió inundada por el alivio pese a que se le había acelerado el pulso cuando él había cerrado los dedos poco a poco alrededor de los suyos. Él se llevó la mano de Alizeh con delicadeza hasta sus labios y, entonces, se la besó de una forma tan imperceptible que casi podría habérselo imaginado.

El corazón de la muchacha latía a un ritmo caótico.

—¿Cyrus? —lo llamó, odiándose por lo rota que había sonado su voz—. ¿Estás despierto?

Él se movió un poco y dejó que sus manos entrelazadas cayeran sobre su propia mejilla. No le soltó la mano. No abrió los ojos. Abrió la boca con cierta dificultad y se humedeció los labios antes de inspirar hondo. Al exhalar, dijo:

—No.

Alizeh no sabía qué hacer.

En parte, que el joven la hubiese sorprendido acariciándolo le hacía desear que la tragase la tierra y la dulzura del beso que había depositado en su mano la había dejado más que desestabilizada. Alizeh permaneció muy muy quieta en la oscuridad, siendo demasiado consciente de que sus manos entrelazadas descansaban sobre la mejilla de él, y esperó a que Cyrus se deshiciera de los últimos vestigios de su estupor. Rezaba por que los atronadores latidos de su corazón no fuesen audibles en mitad del silencio, aunque sospechaba que no tendría tanta suerte.

—Tócame —susurró Cyrus.

El corazón de la joven se desbocó aún más.

—¿Cómo dices?

Él le soltó la mano, pero solo para apoyar la palma abierta de la chica contra su propio rostro. Sus párpados se estremecieron por un momento y, luego, con una tremenda satisfacción, suspiró.

Alizeh comprendió con horror que Cyrus estaba soñando.

Sabía que tenía que despertarlo, que se estaba haciendo tarde, que su miedo a la oscuridad cada vez estaba más presente, que acabaría por morir congelada en aquella falsa noche de verano y, lo que era más importante, que empezarían a echarlos en falta... Sin embargo, agonizó en su intento por tomar una decisión, puesto que Cyrus había soportado una tortura tan salvaje y prolongada que no creía que fuera a ser capaz de perturbar lo que parecía ser un descanso de lo más apacible.

Por eso, esperó.

Cyrus aparentaba estar en un estado de semiinconsciencia; estaba lo suficientemente despierto como para poder hablar, pero demasiado dormido como para saber que se encontraba a caballo entre dos mundos. Podría esperar un poco más, se dijo Alizeh, para ver si conseguía recobrar la consciencia por sí solo. La muchacha no sabía por qué se habría sumido en un estupor tan extraño tras el encuentro con Iblís, pero Cyrus seguía presa de la influencia de la magia negra y Alizeh tenía miedo de que obligarlo a despertar no fuera a acabar bien.

Mientras tanto, Alizeh cedió e hizo lo que le había pedido: lo acarició con rítmicos movimientos cuidadosos y, de vez en cuando, le pasaba la mano por los cabellos para apartarle los mechones que se le metían en los ojos. Cyrus enseguida dejó escapar un suave sonido de satisfacción, tan dulce y espontáneo que a Alizeh se le encogió el corazón. Entonces, como un niño, el muchacho giró la cabeza sobre su regazo y apoyó la mano en el interior del muslo desnudo de Alizeh, como si fuera una almohada.

La muchacha por poco se echó a gritar.

Hacía unos minutos, se había recogido la falda del vestido para limpiar la sangre de Cyrus con el dobladillo y, luego, había hecho un nudo en la zona manchada de la tela con la esperanza de que, de esa manera, la suciedad no se extendiese al resto del vestido. Y, aunque sí que se había dado cuenta de que la prenda se le había subido por encima de las rodillas, de manera que habían quedado al descubierto varios centímetros de piel desnuda por encima del borde de encaje de las medias, no había prestado demasiada atención a esa pequeña falta de decoro, puesto que enseñar un poco de piel cuando ya apenas había luz había sido el menor de sus problemas hacía treinta minutos, cuando pensaba que Cyrus había muerto.

Ahora, apenas era capaz de respirar.

La mano del joven era cálida y pesada. Había extendido los dedos en actitud posesiva, de manera que abarcaba la zona más íntima de su muslo, y lo que era aún peor: estaba peligrosamente cerca de rozar la costura de su ropa interior. El peso de su mano en una zona tan íntima ya de por sí hacía que se sintiese un poco mareada; si la movía un poco más arriba, temía ponerse a gritar de verdad.

Por lo menos, la cabeza de Cyrus impedía que el vestido se le recogiera más, lo cual fue todo un alivio, pero no supo cómo reaccionar. Si le apartaba la mano de la pierna, seguramente lo despertaría, huelga decir, de una forma muy brusca. No habría dudado en hacerlo de haber estado en cualquier otra circunstancia, pero todavía se mostraba reacia a molestarlo después de haber pasado una noche tan complicada y, lo que era peor, no sabía qué ocurriría si lo despertaba.

Cyrus dejó escapar un profundo suspiro en sueños y, cuando su cálido aliento le acarició la piel ya de por sí sensible del muslo, Alizeh emitió un imperceptible gimoteo. La muchacha respiraba demasiado rápido y su mente se debatía entre considerar si debía despertarlo y dejarse de tonterías o decidir si no estaría exagerando al reaccionar de esa manera.

Al fin y al cabo, Cyrus estaba dormido.

No era su intención tocarla. De hecho, lo conocía lo suficiente como para saber que, si Cyrus descubriese que había apoyado la mano en esa zona tan escandalosa bajo su falda, se mostraría horrorizado. Solo necesitaba descansar un poco, razonó Alizeh. Si dejaba la mano quieta, tal vez todo saldría bien.

Por eso, cuando se movió unos milímetros y sus dedos subieron por el muslo de la joven, Alizeh casi se partió la lengua en dos al mordérsela para contenerse y no hacer ruido. Cyrus había ido mucho más allá de la sedosa costura de su ropa interior y Alizeh creyó desfallecer.

—Cyrus, por favor, despierta —dijo, presa del pánico.

Él no respondió.

—Cyrus...

—Sí.

A Alizeh se le iba a salir el corazón del pecho.

—¿Estás...? ¿Estás despierto ya? Por favor, dime que sí.

Cuando, después de un largo instante, el joven no respondió, Alizeh supo que debía hacer algo; no podía quedarse ahí sentada en la oscuridad mientras el calor de su mano la abrasaba. Temía que el interior de su cabeza se prendiese fuego. Con cuidado, se subió el vestido un poco más y apartó la mano errante de Cyrus de su muslo, pero apenas había tenido tiempo de dejar escapar un suspiro de alivio cuando todos sus miedos se hicieron realidad al mismo tiempo. El abrupto movimiento lo despertó: Cyrus se sentó de golpe con un jadeo y se giró torpemente para mirar a su alrededor hasta que encontró la mirada de Alizeh. Pese a que solo los iluminaba la luz de la luna, la muchacha pudo ver que estaba desorientado.

—Cyrus —dijo, embargada por el alivio—, estás despierto...

—¿Alizeh? —susurró él con una voz débil por el cansancio—. ¿Qué estás haciendo aquí?

—¿Qué quieres decir? —La muchacha se tensó—. Estamos en el campo de flores, ¿recuerdas?

—No —respondió; pareció quedarse sin energía y se le empezó a caer la cabeza—. ¿Cómo has...? —parpadeó lentamente—. ¿Cómo has entrado en mis aposentos? No deberías estar aquí.

El alivio que Alizeh sentía se convirtió en inquietud.

—No estamos en tus aposentos —apuntó mientras trataba de mantener el pánico a raya—. Es que el sol ya se ha escondido y ahora todo está muy oscuro. Y también hace frío, la verdad, así que ¿serías tan amable de llevarnos de vuelta a...?

—Estoy muy cansado, Alizeh —dijo atropelladamente. Parecía estar delirando—. Volvamos a la cama, Alizeh.

—Cyrus...

El muchacho dejó escapar una risita, como si estuviese ebrio.

—Sí que es verdad que lo digo mucho.

—¿El qué? —preguntó ella, que se quedó inmóvil por un momento.

—Tu nombre —respondió Cyrus al tiempo que cerraba los ojos. Por poco perdió el equilibrio, pero se estabilizó en el último segundo—. Estuve tanto tiempo sin saber tu nombre, ángel mío. Me encanta pronunciarlo.

La conmoción física que sintió al oírlo tratarla con un afecto tan casual venció a la confusión que la embargó en un primer momento; la ternura con la que le habló se le clavó en el pecho y desató el caos en su interior.

—Cyrus, ¿qué te ha pasado? —preguntó al borde de las lágrimas—. ¿Te encuentras mal?

—No sabes cuánto —asintió—. Es t-terrible.

—¿Es cosa de la magia? —El miedo que la atormentaba se acrecentó—. ¿Estás presa de un hechizo?

—Hummm, sí, es lo que me ocurre siempre —murmuró él—. Es parte del ciclo.

—¿Qué es lo que te ocurre siempre? —preguntó con urgencia—. ¿Qué ciclo? ¿De qué hablas?

Cyrus no respondió, sino que se llevó una mano a la mejilla con pesadez y frunció el ceño.

—¿Me has limpiado el rostro, preciosa?

Otro apelativo cariñoso; otro golpe en el pecho.

—Sí —susurró.

—¿Cómo? —Dejó caer la mano y entrecerró los ojos para escudriñar la oscuridad—. ¿Has llamado al servicio?

—No.

Alizeh notaba una sensación extraña en la cabeza. Como si su cerebro se hubiese sobrecalentado.

Cuando Cyrus volvió a perder el equilibrio, ya no consiguió estabilizarse por segunda vez.

Alizeh lo atrapó con un lánguido «¡Uf!» y la cabeza de Cyrus cayó con un leve golpe sobre su pecho, que, en ausencia del pesado collar de oro, estaba apenas cubierto por el indecente escote bajo el corpiño. Cyrus giró la cabeza, enterró el rostro en la piel desnuda de los pechos de Alizeh y profirió un intenso quejido desde lo más profundo de la garganta, como un gruñido.

—Eres tan suave —farfulló, arrastrando las palabras—. Tan dulce.

Alizeh se esforzó por compartimentar desesperadamente el torrente de emociones que se estaban despertando en su interior.

Algo iba muy muy mal.

—Pareces tan real —susurró Cyrus.

—Cyrus, me estás asustando —dijo ella.

Él sacudió la cabeza y tomó una profunda y temblorosa bocanada de aire para inhalar el aroma de la joven sin ninguna vergüenza.

—No tienes por qué tenerme miedo, ángel mío. No voy a hacerte daño. Ni se me pasaría por la cabeza.

Alizeh sintió que se le constreñía el pecho, que se le desbocaba el corazón. Cyrus era un enorme peso muerto; pesaba tanto que no sabía cómo apartarle la cabeza de su pecho sin tirarlo al suelo de un empujón.

—Escúchame. Sé que estás muy cansado, pero necesito que me ayudes, dormilón —dijo, nerviosa—. ¿Puedes hacer eso por mí?

—Lo que necesites.

Cyrus pasó la nariz por la curva de los pechos de Alizeh y besó su tersa piel una, dos veces, hasta que ella dejó escapar un ruidito roto y desesperado y él maldijo en voz baja, entre dientes.

—Alizeh. —Sonaba como si estuviese drogado—. ¿Me dejarías saborearte?

La muchacha se estremecía con tanta virulencia que los temblores escapaban a su control y, de no haber sido porque Cyrus no estaba del todo en sus cabales, habría estado demasiado avergonzada para hablar. Respiraba a toda velocidad y con dificultad. Tenía que recomponerse o, de lo contrario, perdería la batalla por completo.

—Escúchame —jadeó—. Tienes que llevarnos de vuelta al castillo. Por favor, ¿puedes hacer eso por mí, Cyrus? ¿Puedes usar un poco de magia para devolvernos al castillo...?

—Mmm —dijo con suavidad—. Sí, volvamos a la cama, al calor...

—No —se apresuró a responder ella—. De vuelta a la cama no, nada de camas, solo al castillo...

Alizeh ahogó un alarido.

Por un momento, se quedó suspendida en el aire, el paisaje se difuminó, los sonidos se fusionaron, su estómago dio un vuelco y cayó con brusquedad sobre algo mullido y denso. El canto de los grillos dio paso al silencio, la fría oscuridad se vio reemplazada por círculos de una cálida luz tenue que iluminaba las formas y los contornos de unos lujosos aposentos que suponía serían de Cyrus.

Y, si se encontraba en su dormitorio, solo le quedaba asumir que había acabado en su cama.

VEINTICUATRO

Durante ciertos periodos de tiempo, a Kamran se le olvidaba que su aspecto había cambiado. Se le olvidaba que su rostro había quedado desfigurado, que tenía un ojo de cada color. Nunca había sido tan vanidoso como para detenerse a mirarse en un espejo, ni siquiera como para fijarse en su reflejo en el cristal de una ventana, puesto que, de todas las cosas que admiraba de su persona, su aspecto físico estaba entre las posiciones más bajas de la lista. Era muy consciente del efecto que tenía sobre los demás: la forma en que los ojos de otros se dilataban ante él ponía en evidencia sus pensamientos más vulgares, al igual que el modo en que las jovencitas se echaban a temblar cuando estaba lo suficientemente cerca. Kamran, como muchas otras personas, no era ajeno a ciertas energías; percibía el deseo ajeno.

Sentía también su aversión.

La hostilidad de Zahhak pareció hacer que la temperatura del aire que los rodeaba ascendiese pese a que el consejero sonrió y parpadeó como si fuese un escarabajo que batía las alas, dejando al descubierto los desagradables entresijos de su mente cada vez que abría esos ojillos negros. Zahhak no se molestó en ocultar el interés que despertaba en él la transformación del rostro de Kamran y trazó, con mórbida fascinación, las resplandecientes vetas fragmentadas que desaparecían bajo el cuello de la camisa del príncipe.

—¿Os encontráis bien, señor? —preguntó con fingida preocupación—. Parecéis estar sufriendo un tremendo dolor.

Kamran tuvo cuidado de mantener una expresión impasible, pese a que el comentario del consejero lo sorprendió.

De hecho, no sentía ningún dolor en absoluto.

Aquella conclusión lo dejó conmocionado, puesto que, a parte del malestar ocasional que experimentaba cada vez que oía el nombre de Alizeh y la extraña vibración que sentía en presencia de los magos, las intensas y dolorosas descargas que había estado sufriendo últimamente, el dolor que, durante días, había achacado a la incomodidad de la ropa, había desaparecido por completo tras su transformación física. En realidad, la mera ausencia de esas molestias había sido lo que le había estado impidiendo recordar que ahora tenía una apariencia espeluznante.

No se sentía tan cambiado como aparentaba su aspecto.

Con un sobresalto, Kamran recordó lo que Alizeh le había dicho cuando se vieron en el baile, cuando le había comentado que, a juzgar por las incesantes olas de dolor que lo asolaban, sospechaba que tenía algún tipo de alergia al oro. Le había sugerido, en consecuencia, que dejase de ponerse ropa que estuviese tejida con hilo de ese brillante material. Había sido una observación interesante, puesto que la dorada banda que una vez había dividido su pecho y su torso en dos se había propagado por todo su cuerpo casi como si hubiese reaccionado a ello. Sin embargo, al ajustarse las mangas en ese momento, al detenerse a considerar las palabras de Zahhak, había recordado que incluso sus atuendos de luto contaban con detalles en el mismo hilo forjado a partir del precioso metal.

En ese sentido, nada había cambiado.

Su ropa, diseñada y confeccionada meses antes, seguía teniendo esos bordados dorados. Esos relucientes motivos en relieve tan emblemáticos de los atuendos reales decoraban casi todas sus prendas en cada gorguera, cada puño y cada hombrera.

Se esforzó por hacer memoria e identificar la primera vez que sintió ese dolor físico en concreto y el recuerdo lo embistió con la fuerza de una descarga eléctrica: vio a su madre dándole un manotazo para que dejase de tocarse el cuello de la camisa y ordenándole que dejase de rascarse como un perro; se vio a sí mismo lamentándose por que no hubiese ninguna modista competente en todo el imperio. Sin embargo, aquello no había sido del todo justo, puesto que Kamran no recordaba haber tenido nunca semejante problema con sus prendas hasta aquella mañana...

La mañana en que había conocido a Alizeh.

Llegó a esa conclusión en unos pocos segundos y, para cuando alzó la vista con intención de encontrar los ojillos negros de Zahhak, ya había desarrollado una extraña teoría en su mente.

—Me encuentro perfectamente —dijo el príncipe cuando por fin respondió a la pregunta del consejero—, pero aprecio que os preocupéis por mí.

Zahhak vaciló y la sorpresa hizo que abriese los ojos de par en par antes de juntar las manos y recuperar el control de su rostro. Kamran se dio cuenta justo en ese instante de que nunca le había dado las gracias al hombrecillo por nada.

—He venido a hablar con vos por un tema de gran importancia —se apresuró a decir Zahhak—. Tras la terrible terrible tragedia, el resto de los nobles y yo hemos decidido, entre otras cosas, restaurar las protecciones mágicas del imperio con la mayor brevedad. Nos reunimos esta misma mañana para convocar con suma urgencia a los magos de Ardunia, pero descubrimos que habíamos actuado en vano, puesto que nuestros queridos sacerdotes y sacerdotisas ya habían empezado a presentarse en palacio antes de que nuestros mensajeros tuviesen oportunidad de montar en sus caballos. Sabed que han ido llegando durante todo el día a la capital, puesto que ya habían visto venir la oscuridad que se cernía sobre Setar.

—Consejero —intervino Kamran con voz cortante y lanzándole una mirada a los cuatro espectadores que los observaban boquiabiertos—, como bien podréis ver, tenemos la tremenda desgracia de contar con una audiencia inesperada esta noche. Quizá deberíamos esperar a hablar en otro momento.

—Os he dado un buen número de oportunidades de mantener esta conversación en privado, señor, pero me habéis ignorado insistentemente. No me ha quedado más remedio que interceptaros aquí mismo.

Por un momento, la ira hizo que a Kamran le diese vueltas la cabeza.

—¡Fuera de aquí! —exigió al tiempo que se daba la vuelta para enfrentarse a la multitud de indeseados—. Marchaos a casa. Todos. ¡Ahora mismo!

—Disculpadme, majestad —intervino Deen con un dedo levantado—. Nada me gustaría más que volver a casa, pero necesitaré un carruaje, puesto que hace un rato que los coches de caballos se han marchado y nos va a ser imposible llamar a una calesa desde palacio...

—¡Fuera! —gritó Kamran, señalando la puerta—. Por mí como si tenéis que regresar a casa andando...

—¡¿Andando?! —jadeó la señorita Huda—. Pero hay que recorrer casi un kilómetro solo para cruzar el puente, señor, y está todo muy oscuro y hace frío...

—¡Además, había una muchedumbre! —intervino la señora Amina—. ¿Y si nos asaltan unos bandidos?

Kamran se pasó una mano por el rostro, se maldijo a sí mismo, maldijo su propia vida y a esa endemoniada tropa de zoquetes con los que nunca tendría que haber llegado a lidiar de no haber sido por Alizeh, que lo había embelesado, que lo había hechizado en cuerpo y alma hasta el punto de haberle hecho pasar por alto que entre los aliados de la joven había un niño callejero asesino, un boticario pedante, una señorita ilegítima, el rey enajenado de Tulán y, posiblemente, el mismísimo diablo.

Ah, sentía que estaba viviendo una pesadilla surrealista.

Zahhak se aclaró la garganta.

—Señor, sé que sois lo suficientemente benevolente como para comprender la urgencia de la situación. Espero que no os opongáis a acompañarme a un lugar donde tengamos más privacidad, dado que los magos han solicitado reunirse con vos de inmediato. No podemos retrasarnos más.

Kamran sintió que le subía la presión arterial.

No debería tener que estar lidiando con Zahhak y los magos en este momento; debería estar llevando las provisiones al muelle; debería estar preparando un morral con artículos de primera necesidad para el viaje. Debería estar ultimando los detalles para la rápida huida, en lugar de ser interceptado por un grupo de imbéciles, arrinconado por Zahhak o reducido a cenizas por los magos.

—No me cabe duda de que sois consciente de todo lo que he tenido que hacer después de «la terrible terrible tragedia», como vos mismo habéis dicho —replicó Kamran con voz firme—, y, como sigo bastante ocupado, preferiría reunirme con los magos mañana... —le ofreció un tenso asentimiento de cabeza a los tres magos que acompañaban en silencio al consejero—, cuando esté más descansado.

La expresión de Zahhak se ensombreció.

—Me temo que no podemos esperar más, señor. Ya hemos reunido al nuevo cuórum y están listos para celebrar lo que han descrito como una «ceremonia crucial», una que no puede retrasarse ni un segundo más, en ninguna circunstancia.

Kamran estaba furioso.

Pese a haber previsto la traición del consejero, le resultó difícil mantener la cólera a raya.

—Una ceremonia crucial —repitió—. ¿Cuál es su objetivo, si puede saberse?

Una vez más, los ojos de Zahhak se detuvieron en las relucientes estrías que recorrían el rostro de Kamran.

—Estoy seguro de que querréis hacer lo que sea mejor para el imperio —dijo y le mostró los dientes al esbozar una sonrisa—. Los magos solo desean hacer algunas comprobaciones. Cuando nacisteis, ligaron esta magia a vuestro cuerpo con un poder pensado para que el hechizo nunca pudiese deshacerse. La mutación de vuestra marca no tiene precedentes; ningún cuerpo había rechazado la magia antes. Supongo que no os sorprenderá que se muestren interesados por semejante fenómeno.

De pronto, Kamran se percató de una presencia a su espalda cuando un impulso le recorrió el cuerpo como un cosquilleo y lo alertó del peligro.

Solo necesitó girar un poco la cabeza para ver, por el rabillo del ojo, que los tres magos se acercaban a él, aunque no sabría decir cómo se las habían ingeniado para cambiar de posición tan deprisa.

Clavó la vista en el suelo y se esforzó por mantener la calma.

—¿Acaso tenéis intención de obligarme a reunirme con ellos a la fuerza?

—En tiempos de tinieblas —dijo Zahhak con voz sedosa—, es esencial que le juremos lealtad al verdadero soberano de Ardunia. De lo contrario, no podremos estar seguros de salir victoriosos. No me cabe duda de que lo comprenderéis.

Kamran oyó un jadeo ante ese comentario y recordó, con un renovado ataque de ira, la presencia de la indeseada audiencia.

Muy bien, pues.

Si Zahhak iba a humillarlo de forma intencionada delante de los presentes, entonces el príncipe le devolvería el favor con creces.

—Lo único que entiendo es que habéis estado deseoso de quitarme de en medio desde el mismísimo momento en que mi padre fue asesinado —dijo, sombrío—. Teníais la esperanza de que mi abuelo muriese al poco tiempo, ¿verdad? Tenía más de cien años... Su muerte debería haberos parecido inevitable. Sin embargo, el rey Zal vivió más de lo que esperabais, ¿no es así? Lo necesario para que yo pudiese ascender al trono teniendo una edad adecuada.

El hombre se puso rígido y dio un cauteloso paso hacia adelante.

—Debió de ser de lo más frustrante para vos verlo vivir —continuó Kamran—, puesto que, si mi padre y mi abuelo hubiesen muerto con poco tiempo de diferencia, a mí me habrían nombrado rey cuando todavía era un niño; cada una de esas tragedias habría supuesto una tormenta perfecta para alguien tan hambriento de poder como vos. Aceptad mis condolencias —añadió el príncipe con voz gélida—. Perder la oportunidad de gobernar como regente debió de haber sido todo un varapalo.

Las aletas de la nariz del consejero se dilataron; la ira contenida salió por un breve instante a la superficie antes de que Zahhak recuperase el control. Aun así, cuando habló, lo hizo con un tono apresurado muy poco típico de él:

—He trabajado para este imperio incluso desde antes de que vuestra madre naciese, señor, así que permitidme señalar que yo tengo sesenta años y vos, dieciocho, de manera que compararnos equivaldría a poner a una montaña frente a un grano de arena.

Kamran también dio un paso hacia el consejero.

—Al decir que carecéis de la inteligencia y la experiencia necesarias para dirigir Ardunia estaría siendo tremendamente generoso. No tiene sentido que un niño herede el mayor imperio del mundo solo porque sea su derecho de nacimiento y no tengo ningún reparo en admitir que me ofende que vos hayáis conseguido tamaña recompensa por el mero hecho de nacer, una proeza que compartís con los millones de personas que vivimos en este mundo.

»Vuestro abuelo, sin embargo, fue un gran hombre y un gran rey, y fue un gran orgullo para mí haber servido bajo su mandato. Pero Zal destruyó su legado al recurrir, en un momento de debilidad, a la criatura más detestable posible. Reinó durante casi un siglo y ahora solo se lo recordará como un monarca despreciable y repulsivo. ¡Así es! —Los ojos de Zahhak brillaron amenazadores—. Vuestro abuelo vivió durante más tiempo del esperado. Y solo espero que su nieto no tenga intención de seguir sus terribles pasos.

Kamran sintió una sacudida de furia en el pecho.

—Nuestro rey lleva menos de un día muerto —dijo, elevando la voz—, ¿cómo os atrevéis a hablar de él con esa lengua venenosa?

Zahhak entrecerró los ojos.

—Que sigáis teniéndolo en tan alta estima no habla nada bien de vos, *señor.*

—Me reconforta saber que no me equivocaba al aborreceros —musitó Kamran.

—Al igual que a mí me reconforta saber que pronto recuperaréis vuestra verdadera forma —replicó el consejero—. Sin vuestra corona, no sois más que un niñato malcriado, inmaduro y desinformado, que no se merece en absoluto ostentar el trono de Ardunia.

Para sorpresa del hombrecillo, Kamran sonrió.

—Estáis corriendo un gran riesgo al expresar en voz alta vuestras convicciones, consejero. Con cada palabra que pronunciáis, os estáis cavando vuestra propia tumba. ¿Acaso no se os ha ocurrido tener en cuenta la posibilidad de que la corona permanezca sobre mi cabeza?

Zahhak tragó saliva y apretó la mandíbula.

—Prendedlo —dijo.

Kamran apenas tuvo oportunidad de abrir la boca para contestar cuando le sellaron los labios, le inmovilizaron las piernas y le dejaron los brazos sujetos a ambos lados del cuerpo. Su mente gritó en señal de protesta mientras se debatía en vano contra las ataduras mágicas y miraba en todas direcciones, presa de un pánico terrible. Una sensación de alarma se extendió por todo su cuerpo y despertó simultáneamente en su interior tanto una oleada de pavor como una de rabia. Por segunda vez en lo que llevaba de día, se quedó paralizado, aunque, esta vez, fue culpa de los magos, los sacerdotes y las sacerdotisas que siempre lo habían adorado y protegido, las personas en quienes Kamran se había apoyado toda su vida. La despiadada traición sumaba otro duro golpe que lo sacudía hasta la médula.

De pronto, se sintió ingrávido.

El príncipe sintió, a falta de comprobarlo visualmente, que levitaba y notó una extraña desconexión física y emocional cuando desplazaron su cuerpo por el aire. Creyó oír un insistente zumbido que le resultaba familiar, pero, luego, un clamor de voces, una tormenta de gritos hizo que el sonido se desvaneciera por completo mientras lo arrastraban flotando y paralizado, lejos de la estancia.

VEINTICINCO

Rendirse ante un ataque no estaba en su naturaleza y, ni siquiera estando inmovilizado, fue capaz de dejarse llevar. Su mente se debatió contra la injusta situación, contra el colapso de su vida. Había estado destinado a heredar Ardunia desde el momento en que tuvo uso de razón. Este era su hogar, su tierra, estas eran sus gentes, y, pese a todas las dudas, pese a todas las quejas que tantas veces había expresado en voz alta, Kamran no quería perder su identidad. Incluso él, en su triste coyuntura, era capaz de admitir que quizá Zahhak tuviera parte de razón en sus protestas.

Kamran sí que se había comportado como un malcriado.

Había dado su vida por sentada; ahora se daba cuenta. Pero jamás se volvería a permitir comportarse como un niño inmaduro ni a dejar que lo tuviesen entre algodones. Se había visto forzado, pese a estar inacabado, a entrar en un ardiente horno transformador y la experiencia lo había vulcanizado; continuaría transformándolo. Aprendería de sus errores. Se adaptaría a lo que la situación exigiese de él.

Ante todo, no quería perder su corona.

Agudizó el oído por un momento, para prestar atención a las pisadas que resonaban por el pasillo, mientras que la grasienta coronilla de Zahhak encabezaba la marcha. Los tres magos lo seguían de cerca y Kamran era consciente de ello porque los sentía ahí, su presencia era tan palpable como si una capa lo envolviera. Por fortuna, el príncipe podía mover los ojos y seguir el camino por los pasillos infinitos de su hogar, por lo que no tardó en comprender, con incipiente pavor, que se dirigían al salón del trono.

Por fin había llegado el momento de hacerle frente a lo inevitable.

Estaban a punto de arrastrarlo ante un grupo de nobles que lo fustigarían con sus reprimendas para luego obligarlo a postrarse ante una congregación de magos, que llevarían a cabo una ceremonia destinada a despojarlo de su derecho de nacimiento.

Después de todo lo que había tenido que vivir en las últimas veinticuatro horas, aquello iba ya demasiado lejos. Notó que algo se rompía en su pecho, que se le abría un vacío en la zona del corazón.

Lo habían diezmado en un solo día.

Aunque le destrozaba imaginárselo tan siquiera, Kamran se aferró con uñas y dientes a una única esperanza: después de que lo llevaran a la ruina aquella noche, quizá todavía tendría tiempo de correr hasta el muelle para reunirse con Hazan. Estaba dándole vueltas a esa posibilidad, se agarraba más que nunca a la idea de que, tras su metamorfosis, al menos se convertiría en el dueño de su propia vida, de manera que pudiese vengar la muerte de su abuelo y labrar su propio camino, cuando, ante una repentina bifurcación en los pasillos, Zahhak dio un brusco giro a la izquierda, mientras que Kamran viró a la derecha.

Una nueva oleada de inquietud le recorrió el cuerpo.

Al ser incapaz de mover la cabeza, no pudo saberlo a ciencia cierta, pero asumió que los magos eran quienes estaban detrás de ese abrupto cambio de planes.

Estaba yendo en la dirección opuesta al consejero de defensa y tardó un buen rato en oír que Zahhak profería un grito de sorpresa antes de dar la vuelta para seguirlos; sus pisadas lejanas sonaron cada vez más cerca.

Kamran oyó la voz del consejero como si estuviera sumergido bajo el agua.

—¿A dónde vais? —La pregunta sonó amortiguada y distorsionada—. Tenéis que seguirme hasta la sala del trono... Estamos todos preparados...

—Esta noche, no —lo interrumpió una maga.

No se detuvieron ni por un segundo.

La esperanza alzó el vuelo en el corazón del príncipe y lo sacudió desde lo más profundo de su cuerpo. Desconocía hacia dónde se dirigían, pero el giro de los acontecimientos resultaba prometedor.

—¿Qué significa eso? —preguntó Zahhak, cuya voz apagada vibraba de rabia—. Teníamos un plan... Acordamos que celebraríais la ceremonia esta noche...

—Solo accedimos a evaluar al muchacho —dijo uno de ellos sencillamente.

—¿Evaluarlo? ¿Cómo? ¡Esperad...! No podéis retractaros... Los magos no podéis mentir...

—Prometimos descubrir si el muchacho es apto para reinar o no.

—¡Pero no hay duda de que no es digno de la corona! —exclamó Zahhak—. ¡El muchacho está mutilado! ¡Eso tiene que significar algo! Es evidente que la magia ha dejado claro lo que...

—Marchaos —dijeron los tres magos al unísono.

Los tres hablaron con voz suave, pero esa palabra embistió a Zahhak como una contundente ráfaga de viento que lo obligó a retroceder un par de pasos hasta dejarlo clavado en el suelo. El consejero de defensa se debatió en vano contra ese viento incesante y gritó mientras se alejaban.

Kamran sentía que se le iba a salir el corazón del pecho, puesto que la esperanza que tan recientemente había albergado en su interior se había evaporado en un abrir y cerrar de ojos.

«Solo accedimos a evaluar al muchacho».

El príncipe no tenía ni una sola teoría lógica para adivinar qué harían con él los magos y tampoco tuvo mucho tiempo para considerar las posibilidades. Una vez que hubieron dejado a Zahhak atrás, los magos lo guiaron por el palacio a una velocidad de vértigo; avanzaron tan deprisa que los pasillos se desdibujaron y Kamran fue incapaz de saber dónde se encontraban o hacia dónde se dirigían. El único indicio de su ubicación llegó cuando sintió que empezaba a marearse y comprendió, mientras la cabeza le daba vueltas, que estaban ascendiendo en espiral, subiendo una escalera. De todas las pistas que podría haber recibido, esa era la más desalentadora, dado que solo podía significar que estaban en alguna de las torres del palacio y nada bueno podía haber allí.

Aun así, se obligó a no ponerse en lo peor hasta que no tuviera más detalles, hasta que no estuviera seguro...

Se detuvieron sin previo aviso y Kamran se encontró desorientado ante una siniestra y pesada puerta oxidada que se abrió sola por orden de los magos. El príncipe entró en pánico. Cuando sintió el gélido aire de la despiadada noche invernal, al miedo que sentía se le unió el espanto.

Estaban en la prisión de la torre.

Era infinitamente peor que las mazmorras, ya que estas eran celdas de contención temporal, mientras que la prisión de la torre estaba reservada para los peores infractores, los criminales de la peor calaña, cuya sentencia requería una mayor deliberación, de manera que se veían condenados a esperar durante ese tiempo en el más implacable confinamiento en solitario para asegurarse de que no escaparan. Vigilar a los prisioneros era una tarea agotadora, abrumadora e ineficiente; su abuelo nunca se había preocupado por ella. Siempre había animado a Kamran a lidiar con los criminales con rapidez: una vez alcanzado el veredicto, debería aplicar el castigo de inmediato y sacar al reo de la prisión. En consecuencia, los presos no permanecían encerrados durante mucho tiempo y a los delincuentes de peor calaña los solían decapitar casi en el acto.

Hacía años que no utilizaban las celdas de la torre.

Incluso Kamran, que tenía un corazón valiente, se estremecía por dentro al pensar en acabar sufriendo un destino como el de esos presos. No tenía forma de saber cómo pensaban evaluarlo los magos y no alcanzaba a imaginar qué había hecho para merecer semejante nivel de crueldad. Se quedó suspendido en el umbral de su desagradable nuevo hogar durante un eterno y aterrador momento. La celda habría estado oscura como boca de lobo de no haber sido por el resplandor de la luna y las estrellas, puesto que la torre contaba con un único tragaluz abierto a bastante altura, a casi quince metros por encima de su cabeza. No sabría decir con cuántos cadáveres se vería obligado a compartir la celda y se le revolvía el estómago al pensar en que quizá solo saldría de la torre para que le separaran la cabeza del resto del cuerpo.

El pánico inundó, desatado, su mente.

¿Cómo iba a demostrar su valía en un lugar tan miserable como este? De haber tenido la oportunidad de pronunciar una sola palabra, habría suplicado clemencia. *¿Por qué?*, quería gritar. *¿Por qué me hacéis esto? ¿Qué he hecho para merecer semejante pena?*

¡Ah!

Kamran apenas tuvo un instante para asumir la tiranía de la situación antes de que lo lanzaran al interior de la celda, cerrasen la puerta de golpe y, por fin, lo liberasen sin contemplaciones.

El príncipe cayó sobre el gélido suelo de piedra con un patético quejido.

VEINTISÉIS

Cyrus seguía aferrado a ella, con la mejilla apoyada con pesadez contra su pecho, pero el esfuerzo que había empleado en transportarlos de vuelta al castillo parecía haber consumido la poca energía que le quedaba, puesto que se había quedado dormido de nuevo. No se movió; no pronunció ni una sola palabra, y Alizeh sentía cada una de sus profundas y regulares respiraciones en la piel.

Centímetro a centímetro, a un ritmo agonizante, la joven desenredó sus extremidades con cuidado para alejarse de Cyrus. En un principio, el monarca se debatió y profirió incoherentes ruiditos de protesta, pero, luego, frunció el ceño en sueños y aceptó quedarse con los brazos vacíos. Se movió un poco para tratar de ponerse cómodo y no tardó en deslizar una mano por la sedosa funda de su almohada, justo como había hecho antes con la pierna de ella.

Una bocanada de aire abandonó los pulmones de Alizeh.

Quizá sus alterados nervios por fin tendrían oportunidad de recuperarse. Estaban de vuelta en el castillo, a salvo; Cyrus estaba en su cama y Alizeh ya no corría el riesgo de que la besara, así que solo le faltaba escabullirse y regresar a sus aposentos, lo cual era más fácil en la teoría que en la práctica, puesto que el castillo era enorme y aterradoramente vertiginoso. Alizeh no tenía ni la más remota idea de dónde se encontraban sus aposentos con respecto a los de él, pero, en comparación con todo lo demás, ese parecía un problema lo suficientemente sencillo de resolver. Primero, tendría que averiguar cómo salir del dormitorio de Cyrus sin que él se diese cuenta y, después, tendría que asegurarse de evitar coincidir con Sarra, quien, sin duda, querría que Alizeh le contase si el plan para asesinar a su hijo había avanzado o no. De conseguir arreglárselas en esos dos aspectos, Alizeh solo tendría que hablar con unos cuantos sirvientes metomentodo para que le indicasen cómo llegar hasta sus aposentos, con la esperanza de que quienes no tuviesen experiencia no le preguntasen quién era o por qué tenía la falda del vestido manchada de sangre.

Sencillo.

Con un suave quejido, Alizeh bajó de la cama a hurtadillas, pero, al echarle un vistazo a Cyrus, vaciló.

No era tan tonta como para creer que las acciones del muchacho, que había estado toda la noche fuera de sí, fueran a suponer un cambio drástico en su relación. Hacía pocas horas, Cyrus le había dejado bien claro que la odiaba y la nosta se lo había confirmado. Habían compartido a regañadientes unos pocos y sorprendentes momentos amistosos, pero Alizeh no consideraba que eso fuese suficiente para borrar una emoción tan fuerte como el desprecio; no cuando el acuerdo al que habían llegado terminaría con el asesinato del monarca a manos de la chica.

Aun así, Alizeh consideraba injusto negar que, pese a sus muchas objeciones prácticas, era intensamente consciente de Cyrus; no tenía forma de negar que sentía que había una desconcertante atracción magnética entre ellos. No obstante, eso no significaba que confiara en él.

De hecho, en ese preciso momento, temía por él.

Durante dos horas, el diablo le había hecho pasar por los siete círculos del infierno y, a juzgar por lo que había visto, no era la primera vez que ocurría. Dudaba que fuera a ser la última. Y, aunque sabía que Iblís se había dado cuenta de que se preocupaba por Cyrus, sentía que no tenía nada que hacer. Alizeh no le vio el sentido a tratar de revertir algo que ya había dado comienzo; el diablo no era tonto. Nunca sería lo suficientemente convincente como para engañar a Iblís y hacerlo cambiar de parecer. Alizeh sí que se preocupaba por Cyrus. Aunque el hielo corriese por sus venas, nunca había sido una persona fría. Se había quedado ahí a presenciar el sufrimiento de Cyrus. Había llorado por él.

Y, ahora, independientemente de las maquinaciones del diablo, independientemente de la incomprensible situación entre ella y el desconcertante rey, Alizeh era demasiado blanda como para abandonar su cuerpo maltrecho sin mostrar un poco de compasión.

Con un suspiro, se acercó al lado que Cyrus ocupaba en la cama y estudió su expresión cansada y la sangre seca que le apelmazaba la ropa. Todavía llevaba las botas puestas, la funda de la espada a la cintura y el pesado abrigo negro. Se fijó en el brillo de la pesada espada que descansaba, enfundada, junto a su pierna y supo que debía de estar terriblemente incómodo. La dulzura que había teñido sus rasgos cuando se había quedado dormido se había esfumado; se había mostrado molesto desde que Alizeh se apartó de él y sus hombros se habían vuelto a tensar, incluso a pesar de no estar despierto.

Cuando la joven cerraba los ojos, todavía lo veía sangrar.

Lo oía llorar.

Pasó una mano delicadamente por el empeine de una de sus elegantes botas negras; la destreza del artesano que las confeccionó impregnaba cada centímetro del sedoso cuero. Con movimientos cuidadosos, Alizeh tiró hacia arriba de una de las perneras de los pantalones oscuros de Cyrus hasta dejar al descubierto una franja de cálida piel dorada, espolvoreada de vello pelirrojo. Se concentró en encontrar la hebilla que buscaba y le soltó la bota con facilidad para después deslizar hacia abajo el flexible calzado y liberarlo del pie enfundado en un calcetín también negro. Alizeh sostuvo la pesada bota entre las manos y la examinó, incapaz de resistirse, ni al dejarla en el suelo, a admirar las cuidadosas y uniformes puntadas que demostraban las horas y horas de trabajo duro que habían requerido. Siguió el mismo procedimiento para descalzarle el otro pie y, una vez hecho eso, colocó las robustas botas contra la pared.

Después, con delicadeza, apartó uno de los brazos de Cyrus de la almohada y se lo sacó poco a poco de la manga del abrigo. Su intención era hacer que se diera la vuelta para que quedase apoyado sobre el otro costado y así repetir el proceso con el otro brazo, pero Cyrus se despertó con una sacudida. Tomó una violenta bocanada de aire y se sentó como el juguete con resorte de un niño, sobresaltado, al igual que en el campo de flores. En cualquier caso, esta vez, Alizeh sabía qué esperar. Sabía que no estaba verdaderamente despierto, por lo que evitaría verse arrastrada a mantener conversaciones efímeras con él.

Dudaba que Cyrus fuese a recordar nada de lo que estaba ocurriendo.

—Alizeh... —Parpadeó somnoliento y la observó con los ojos enrojecidos y vidriosos. Habló con desesperación cuando dijo—: ¿Por qué me abandonaste?

La muchacha sintió sus palabras como un disparo al corazón.

Con un esfuerzo, dejó a un lado la dolorosa sensación, consciente de que lo que había desatado en ella era el producto de una fantasía. Nunca habría esperado que la versión desinhibida de Cyrus fuera tan sensible o afectuosa, pero, en realidad..., Alizeh no sabía con qué estaba lidiando o qué era lo que le estaba ocurriendo al joven exactamente.

Fuera lo que fuere, este no era el verdadero Cyrus.

—¿Puedes ayudarme? —pidió Alizeh—. Estaba intentando quitarte el abrigo.

Él no dijo nada; se limitó a mirarla antes de bajar la vista a su propio cuerpo y descubrir que tenía el chaquetón medio sacado. Con los movimientos rígidos de un niño, Cyrus se quitó la otra manga y apartó el abrigo con desánimo. La prenda resbaló hasta caer al suelo.

Alizeh se apresuró a recogerlo y se sorprendió al descubrir lo mucho que pesaba antes de colgarlo con cuidado del respaldo de una silla. Se dio la vuelta justo a tiempo de ver como Cyrus se arrancaba la camisa.

Como el rocío en invierno, Alizeh se congeló.

El joven se había sacado la prenda negra por la cabeza, de manera que su rostro había desaparecido al mismo tiempo que su torso desnudo había quedado de pronto (y para conmoción de Alizeh) a la vista. Ella, que no se había dado cuenta de que se había quedado mirando, no se movió hasta que oyó el entrecortado sonido de su propia respiración. Santo cielo.

Cyrus era imponente.

No encontraba otra forma de describir su imagen al quedar desnudo de cintura para arriba. No sabía cómo plasmar en palabras los músculos definidos que se movían al tiempo que Cyrus se estiraba, las vigorosas líneas que recorrían su torso. El muchacho brillaba bajo la suave luz y las sombras lo esculpían hasta convertirlo en una criatura de una perfección tan desmedida que Alizeh se horrorizó al descubrir que sentía un repentino e ilógico deseo de tocarlo para ver cómo se sentía bajo sus manos.

Cyrus no le prestó ninguna atención.

Sus cabellos sufrieron las consecuencias de quitarse la camisa que tiró al suelo sin que le importase dónde acababa. Alizeh lo contempló aturdida, cautivada por los movimientos de sus brazos cuando se desabrochó el cinturón donde llevaba colgada la espada y maravillada ante la tensión de todos los músculos de su cuerpo al flexionarse, así como ante la fuerza estrechamente contenida incluso en el más mínimo movimiento. Dejó que la valiosa funda y el arma que contenía cayesen al suelo con un repiqueteo, y Alizeh, que había estado sumida en una especie de trance, dio un buen salto ante el estrépito. Fue cuando empezó a desabotonarse los pantalones cuando la muchacha se dio la vuelta a toda prisa y, con un grito ahogado, se cubrió la cara con las manos.

Ah, se avergonzaba de su propio comportamiento.

Alizeh lo había estado mirando embobada y sin ningún pudor, como una pervertida sin escrúpulos. El corazón le latía como las alas de un colibrí, tan rápido que empezaba a marearla. Por todos los cielos, se había dejado llevar por completo. No era ninguna pervertida sin escrúpulos. Nunca miraría con lujuria el cuerpo desnudo de un hombre preso de la magia negra.

—¿Alizeh? —le oyó decir.

La muchacha se esforzó por controlar la voz, aunque no se dio la vuelta.

—¿Sí?

—Alizeh... —repitió, como si la regañara con suavidad.

—¿Estás... —comenzó con voz trémula— presentable?

Oyó el grave ronroneo de su risa.

—Sí.

Aterrorizada, Alizeh se dio la vuelta lentamente. Descubrió que Cyrus seguía sentado en la cama, pero, para su indescriptible alivio, se había cubierto la parte inferior del cuerpo con las sábanas.

—Hola —susurró ella al tiempo que levantaba una mano para saludarlo como una tonta redomada.

Él solo se limitó a observarla con evidente deseo; su mirada se ensombreció casi como si quisiera devorarla. Sus ojos le recorrieron el rostro y el cuerpo hasta que Alizeh sintió cómo un fuego líquido se extendía por todo su ser y la tensión le formaba un nudo en el estómago. Dio un torpe paso atrás.

—Ven aquí —le pidió él con brusquedad.

—N-no —dijo la muchacha, sacudiendo la cabeza—. No puedo... Yo... Cyrus, estás muy cansado.

Alizeh vio que su pecho se expandía al respirar y sus ojos se cerraban pese a los esfuerzos por combatir el sueño.

—Te quiero —dijo Cyrus, que se quedó débil de esa forma tan repentina y familiar— aquí a mi lado.

—Volveré —mintió Alizeh; oía los atronadores latidos de su propio corazón—. Descansa hasta que regrese.

Cyrus giró el cuello y estiró los músculos tensos con un suspiro. Se recostó más sobre la cama, de manera que su cabeza quedó peligrosamente cerca de la almohada.

—Alizeh —susurró, pese a que se le cayeron los párpados y su cansancio demostró ser infranqueable—, no me mientas.

Al no saber cómo responder, la muchacha no dijo nada. Solo entrelazó las manos con fuerza contra el vientre a medida que notaba que el agarrotamiento se acrecentaba.

Por fin, como el sedimento que se hunde poco a poco, el pesado cuerpo de Cyrus sucumbió. Se deslizó con un suave susurro sobre las sábanas y apoyó la cabeza sobre las mullidas plumas de la almohada. No levantó los brazos cansados para cubrirse hasta los hombros, pero Alizeh ya no se preocupó por arroparlo; ese fue el momento en que Alizeh salió de la habitación, ya que la realidad era que había rebasado su propio límite en cuanto Cyrus se había quitado la camisa.

Tragó saliva.

No debería sentirse atraída por un hombre al que tendría que matar. Además, Cyrus no era consciente de sus actos. Estaba fuera de sí; su sentido común había quedado relegado frente a algo peligroso. Si supiera lo que le había dicho... Si supiera cómo se había comportado con ella...

Justo en ese momento, alguien llamó a la puerta con un golpe seco.

Alizeh ahogó un grito y su corazón retomó el ritmo desbocado de hacía unos instantes. Oyó la suave voz de una criada que le pedía a Cyrus permiso para entrar; Alizeh miró al muchacho, desesperada, pero este no se inmutó.

La criada lo volvió a llamar.

Alizeh sabía lo que vendría después. Ella misma había estado en el lugar de esa snoda. Durante una ínfima horquilla de tiempo a última hora de la tarde, mientras los residentes deberían estar cenando en el piso de abajo, el servicio recorría todas las habitaciones de la casa para avivar el fuego de las chimeneas, cambiar las sábanas y encargarse de tareítas sin importancia. El protocolo indicaba que había que pedir permiso para entrar tres veces y esperar en cada ocasión a obtener respuesta antes de aceptar el silencio como una autorización tácita para abrir la puerta.

Solo quedaba un último intento antes de que la snoda entrase en el dormitorio.

No le cabía duda de que a la sirvienta le daría un infarto (y creería ver peligrar su trabajo), una vez que descubriese al rey desnudo en su cama, aunque Alizeh se dio cuenta de que la snoda tardaría un minuto o dos en llegar hasta allí, dado que Cyrus, al ser el soberano, sin duda debía de ocupar el ala más grande y lujosa del castillo. Como mínimo, debía de haber varias estancias de buen tamaño entre el dormitorio y la entrada.

Eso también significaba que Alizeh tendría el tiempo justo para esconderse.

Se dio la vuelta, presa de la desesperación.

Por todos los ángeles, si la descubrían en el dormitorio del rey, si la descubrían en sus aposentos siquiera, el escándalo llegaría a oídos de todo el imperio en menos de una hora. Los tulaníes esperarían que se casara con Cyrus o la tildarían de ramera; ambas consecuencias le complicarían tremendamente la vida.

Alizeh había aprendido la lección tras los sucesos de la tarde: había jinn trabajando en el castillo y no solo estaban más que dispuestos a difundir noticias sobre ella, sino que no podría confiar en la eficacia de su invisibilidad, puesto que ese poder solo funcionaba a ojos de los seres de arcilla. Tal vez, si daba con el vestidor de Cyrus, podría esconderse en el armario...

Sin embargo, cuando oyó que la puerta se abría un segundo después, Alizeh se quedó en blanco. Corrió por el pasillo y abrió de un tirón la primera puerta que encontró.

VEINTISIETE

La noche era heladora.

Kamran se puso de pie y se sacudió el polvo de la capa mientras se tomaba un momento para recomponerse después de haber pasado tanto tiempo incapacitado. Poco después, empezó a tiritar. El suelo de piedra estaba congelado allí donde la escarcha había sustituido recientemente a la lluvia. El devoto canto de los grillos, interrumpido en ocasiones por el ulular de algún búho, aserraba el silencio, y unas terribles ráfagas de viento aullaban y azotaban el tragaluz de la torre, puesto que no sabían cómo entrar por la estrecha apertura.

Kamran alzó la mirada.

La lejana ventanita, observó, era tanto una bendición como una forma de tortura en aquel lugar tan siniestro, ya que ofrecía lo que sin duda sería una muy agradecida luz durante el día, pero también dejaba al prisionero a la intemperie durante la noche. Y eso le demostró a Kamran una vez más que el placer y el dolor solían ir de la mano y en un mismo golpe.

Le hizo pensar en Alizeh.

Le resultaba imposible no pensar en ella, en el eje de la trágica historia en que se había convertido su vida. Alizeh era quien había despertado en el interior del príncipe una emoción que nunca había experimentado, quien le había descubierto una

314

gloriosa locura que nunca hubiera creído posible y, luego, delicadamente y con una dulce sonrisa, había puesto su mundo patas arriba.

Se había elevado del polvo, había venido al mundo con la brisa y había dejado un rastro de flores perfumadas tras desencadenar la caída del monarca que había dirigido el imperio más grande del mundo durante casi cien años. La verdadera incógnita era cómo lo había hecho. Sin mover un solo dedo..., sin levantar siquiera la voz...

No había hecho más que mantener la cabeza bien alta y el mundo de Kamran se había desmoronado.

La muchacha había hablado y habían masacrado a los magos; se había dado la vuelta y el monarca de Tulán había asesinado a su abuelo; había reído y el cuerpo de Kamran había quedado desfigurado; había tomado aliento y su madre había desaparecido; había suspirado y su tía le había retirado la palabra; se había marchado y su propio pueblo le había dado la espalda. Kamran ni siquiera podía oír el nombre de la joven sin sentirlo como un impacto en el pecho.

Incluso en ese momento, se preguntaba si volvería a verla.

Con un tremendo esfuerzo, se obligó a alejarla de su mente y, con un creciente nudo en el estómago, agradeció en silencio el frío helador que lo envolvió como una vergonzosa bendición: era muy probable que el frío fuese la única razón por la que Kamran era capaz de respirar sin asfixiarse con el hedor de la desagradable celda. Le daba pánico incluso moverse, dado que, hacía un momento, había rozado con el pie un bulto mullido que solo podía ser una pila de animales muertos. No tenía una explicación para las criaturas aladas que lo componían, pero las bestias peludas cuyos cadáveres yacían esparcidos por el suelo debían de haber caído por el borde del tragaluz y haber muerto por el golpe. Supuso que descubriría más detalles sobre sus compañeros de celda en descomposición cuando amaneciese.

Hasta entonces, solo le quedó lidiar con la maldición de su imaginación, que dibujaba una aterradora estampa de los días que tenía por delante.

Aun así, albergaba una mínima esperanza.

Por alguna sorprendente razón, los magos no lo habían despojado de sus armas antes de encerrarlo en la torre, lo que lo llevó a preguntarse si podría escalar el muro de piedra con sus dagas una vez que hubiese luz; tal vez podría encajarlas entre los ladrillos y trepar por la empinada pared. Requeriría un tremendo esfuerzo físico por su parte y no estaba seguro de que su cuerpo pudiese soportar semejante hazaña, pero esa mínima posibilidad de escape les dio a sus pulmones el milímetro que necesitaban para expandirse y, por fin, pudo tomar aire.

Si tan solo consiguiese sobrevivir a la inclemente noche invernal, tal vez podría superar la situación. Tiraría la torre abajo ladrillo a ladrillo si era necesario; no se pudriría en esta celda y no dejaría que lo arrastrasen a una ejecución injusta.

Así se lo prometió a sí mismo.

Entonces se preguntó, mientras asumía el peso de su fracaso, cuánto tiempo esperaría Hazan en el muelle antes de darse por vencido. Se preguntó si alguien descubriría dónde había acabado. Fue entonces, al tener ese pensamiento tan desalentador, cuando de pronto pareció capaz de oírlos.

O de oír algo, al menos.

Los sonidos del mundo que lo rodeaba se apagaron de forma radical, dejándolo desorientado y con los pelos de punta. Un murmullo pronto inundó su cabeza en irregulares incrementos estáticos. Los sonidos y las vibraciones nacieron con un gorjeo como si saliesen de la nada y lo asolaron en la escalofriante oscuridad. Ese ruido sordo se transformó en susurros que acariciaron el interior de su cabeza con dedos fríos y le hicieron desear arrancarse la piel a tiras. Los suaves balbuceos se hicieron exponencialmente más escandalosos y reptaron hasta transformarse desde un murmullo sin sentido hasta un enjambre de voces que clamaban en sus oídos y lo atacaban con una poderosa resonancia; gritaban y luchaban por hacerse oír al mismo tiempo...

Kamran se cubrió las orejas con las manos y cayó violentamente sobre una rodilla cuando su cabeza estalló.

—¿... tenías idea de que los nobles estaban reconsiderando su derecho al trono? Qué cruel... y nada menos que tras el asesinato de su abuelo...

—No sé, señorita, no es que su abuelo fuese muy buena persona...

—Bueno, lo que quería decir era que debe estar siendo duro para él tener que lidiar con toda esa nueva información...

—¡¿Dónde está?! Si sabéis dónde está, os exijo que me lo digáis...

—No me puedo creer que os esté ayudando, hatajo de alborotadores. Debería haber llegado a casa hace horas...

—Kamran, pedazo de idiota, ¿en qué te has metido ahora? Vamos, amiga, gracias por avisarme...

—¡... no podemos dejarlo ahí! Omid, ¿te acuerdas de hacia dónde giraron después de eso?

—¡... ya he revisado los aposentos del rey, pero no lo encuentro!

—Al menos esa desagradable ama de llaves ya no nos acompaña...

—Sí, señorita, los seguí hasta...

—¿... no te vieron? ¿Cómo te las has arreglado para hacer eso?

—... mucho tiempo, señor. Para sobrevivir en la calle uno tiene que aprender a pasar lo más desapercibido posible y yo...

—¡Hazan!

—¡Ah, gracias al cielo que estás aquí...!

—¿Por qué lo protegéis? ¿A dónde lo habéis llevado? ¿Por qué estáis poniendo en riesgo el futuro del imperio deliberadamente...

—¿... demonios hacéis los dos aquí? Y... ¿no sois vos el boticario?

—Cómo pesa vuestra capa hoy, señor.

—Sí, soy el boticario. ¿Quién sois vos?

—¡... salvando al príncipe!

—¡Es mi deber asumir el control del imperio! ¡Debéis decirme dónde está! ¡Es mi derecho! ¡Es mi...!

—Deberíais daros la vuelta a los bolsillos, muchacho; quitaos el peso de encima.

—¿... qué habéis hecho con ello? ¡Exijo saber dónde lo habéis puesto!

—Daos la vuelta a los bolsillos, muchacho.

—Dadlos la vuelta.

—Daos la vuelta a los bolsillos.

—¡HACEDLO AHORA...!

Con un creciente y agudo alarido que casi le arrancó la cabeza de los hombros, las voces se vieron extirpadas de su mente de forma repentina y, en su ausencia, dejaron solo un grito persistente que prácticamente le reventó los tímpanos. Kamran había caído de rodillas y reprimía un aullido de agonía. Se le sacudía el pecho, le palpitaba la cabeza y le dolían los oídos por el pitido que quedó antes de que los sonidos del universo retornasen a su alrededor. No tardó en oír el canto de los grillos, las llamadas de un ave nocturna y el viento que barría unas cuantas hojas secas en dirección a sus pies. Aun así, a Kamran le costó recobrar las fuerzas. Tras el extraño episodio, el príncipe se había quedado conmocionado, con los brazos y las piernas temblando. Sintió un inesperado líquido caliente en la oreja y se llevó una mano trémula a la cabeza, solo para descubrir que se le habían manchado los dedos de sangre.

Le latía el corazón a toda velocidad.

No entendía qué acababa de pasar, pero estaba lo suficientemente consciente como para atar cabos y llegar a la explicación más coherente: que el suceso solo podía ser obra de la magia, por lo que los magos debían de haber estado tratando de comunicarse con él.

«Daos la vuelta a los bolsillos».

Aquel críptico mensaje no tenía ningún sentido. No guardaba nada en los bolsillos a excepción de unas cuantas monedas, el libro de Alizeh, su máscara de cota de malla y, la última vez que lo había comprobado, ninguno de esos objetos se había convertido en una maza, el cual sería el único utensilio del que desearía disponer en ese preciso momento.

No obstante, habían despertado su curiosidad hasta el punto de ser incapaz de ignorar una orden tan directa, por lo que se palpó con torpeza la capa y les dio la vuelta a los bolsillos, pese a que se sentía mareado y tenía los dedos entumecidos por el frío. Los sospechosos habituales estaban allí; todo estaba en orden y no tenía nada más que...

La mano de Kamran se quedó inmóvil al notar el contorno de algo fuera de lo común en el bolsillo interior de la capa.

Con cuidado y pestañeando para ver con más claridad, sacó un paquetito rectangular del bolsillo. Era una cajita delgada envuelta en papel marrón y asegurada con un sencillo cordel rojo. Reconoció el regalo enseguida; la importancia del obsequio cobró sentido con una fuerza arrolladora. Todo cobró sentido con tanta violencia, fue una epifanía tan brutal y desconcertante, que le escocieron los ojos de emoción.

Los difuntos magos le habían dado aquel regalo hacía días.

Antes de que los asesinaran, antes de que su hogar se hubiese visto invadido, antes de que hubiesen matado a su abuelo, antes de que hubiese conocido la satinada sensación de la piel de Alizeh. Ese paquete había sido el causante de que estuviese presente en la plaza real cuando la conoció. Los magos lo habían convocado aquel día para que les hiciese una visita, pese a que no había llegado a anunciar su regreso a Setar. Había madrugado para evitar al gentío que inevitablemente inundaría las calles y se había encontrado de camino a las dependencias de los magos cuando se había detenido en seco al ver como un joven a quien había creído un hombre adulto se disponía a asesinar a una criada.

Ese momento.

Había cambiado el curso de su vida para siempre.

Más adelante, después de que la situación se hubiese calmado, después de que los magos hubiesen acogido al niño sin hogar para curarlo, Kamran por fin había podido cumplir con la promesa de visitar a los sacerdotes y sacerdotisas. Había ido a ver qué tal estaba el niño, pero el exasperante encuentro con Omid había supuesto una distracción para Kamran, de manera que no le había prestado demasiada atención al regalo que los magos le habían dado cuando se disponía a marcharse. El príncipe, que estaba acostumbrado a recibir de vez en cuando pequeños obsequios por parte tanto de los magos como de sus súbditos, se lo había guardado sin pensárselo dos veces en el bolsillo de la capa, con intención de abrirlo más tarde, con más calma.

No se había vuelto a acordar de él.

Ahora, contempló el paquetito que sostenía con manos temblorosas, pero no retrasó más el momento de desenvolverlo. Arrancó el papel como un loco, lo tiró al suelo sucio de la celda y levantó con cuidado la delicada tapa de una sencilla cajita de madera. Un pedazo de papel salió volando del interior y Kamran lo cazó con un movimiento desesperado de la mano que no tenía manchada de sangre. Entonces, con el corazón desbocado, miró dentro de la caja y encontró una solitaria pluma negra sobre un lecho de lino.

Al principio, no comprendió qué estaba viendo.

Se apresuró a desenrollar el papel para sostenerlo a la luz de la luna y, bajo su distante brillo, comprendió que el pedazo formaba parte de un documento mucho más grande. Era un trocito con los bordes arrancados y el pálido material presentaba la pulcra caligrafía de su abuelo:

El fragmento rezaba:

... entregadle esta pluma a mi nieto para que recurra a ella cuando parezca que todo está perdido, cuando sienta que las tragedias son insalvables y la esperanza lo haya abandonado por completo. Con solo mojar la pluma en su propia sangre, Simurg acudirá a él, al igual que acudió a mí. También le dejo mi...

El mensaje estaba cortado y las pulsaciones de Kamran aumentaron hasta alcanzar una velocidad aterradora; de pronto, no oía nada que no fuera el sonido de su propia respiración, como jadeos bruscos que retumbaban entre sus oídos, y la cabeza comenzó a darle vueltas a medida que el mundo parecía fracturarse y reorganizarse a su alrededor, desmoronarse y resurgir de las cenizas.

Aun así, Kamran no vaciló.

Se llevó la pluma a la mano manchada de sangre y, con una aterrorizada y entrecortada respiración, cerró el puño a su alrededor.

EN EL PRINCIPIO
DE LOS TIEMPOS

Una noche nació
un bebé de sangre real.
Rotas las ventanas
por la lluvia brutal.

El rey corrió adentro
la reina se regocijó.
Con ojos muy abiertos,
él a su niño observó.

Blanco como la nieve
era el pelo del infante.
Su cuerpo era suave,
y de salud desbordante.

Mas no pudo sino contemplar
el padre como en un hechizo
el blanco de sus pestañas,
el blanco de sus rizos.

«Has dado a luz a un anciano»,
fue todo cuanto señaló.
«Este niño está maldito»,
y de la cuna lo arrancó.
Sollozó la madre
y el bebé lloró afligido.
Lloró como tienen por costumbre
todos los recién nacidos.

Entre protestas y alaridos,
aquel rey terrible
se ató al niño a la espalda
e hizo algo temible.

Subió a una montaña
y, ya casi congelado,
dejó al bebé a su suerte
en el risco más elevado.

Aulló el viento
y el bebé gritó afligido.
Gritó como tienen por costumbre
todos los recién nacidos

ante los padres crueles
y la estupidez reinante.
Cuando falla la mente
y la insensatez se alza triunfante.

En los cielos una bestia
fue una testigo oportuna.
Simurg, Simurg,
un ave como ninguna.

Su corazón era imbatible.
Su poder, ignoto.
Atrapó al bebé en sus garras
para criarlo en un lugar remoto.

Con cuatro polluelos más,
el niño creció en su nido.
Él se sabía con suerte
de ser feliz y querido.

Simurg lo avisó un día,
tendría que regresar
a una vida desconocida,
a un antiguo papel que interpretar.

Él hizo caso omiso.
Su destino estaba sellado,
Simurg insistió,
nada lo habría parado.

Un día llegaron noticias.
Una mujer aún lloraba.
Su padre podría morir.
Un imperio se derrumbaba.

Simurg le preparó ropas finas
que él vistió con rigidez
para regresar al palacio
que no conoció en su niñez.

Con un nudo en la garganta,
llegó la hora de la despedida
de quienes lo amaron desde el principio,
de la familia por voluntad escogida.

Entonces se acomodó
a lomos de su madre querida
y ella surcó el cielo, veloz,
con un estrépito sin medida.

Con una explosión de color,
Simurg alzó el vuelo
y bañó el palacio de luz
cuando por fin tocó el suelo.

Nadie olvidaría nunca
el día en que Zal regresó,
cuando la luz bañó el mundo
y su padre de ira estalló.

Zal ascendió al trono
que fue suyo tiempo atrás,
pero el nombre de su verdadera madre
el rey no lo olvidaría jamás.

VEINTIOCHO

A lizeh trataba de contener la respiración. No se atrevía a hacer el más mínimo ruido. Ni siquiera sabía dónde había acabado. Presa del pánico, no solo había abierto la primera puerta que había encontrado, sino que la había forzado accidentalmente, puesto que había destrozado el cerrojo al hacer uso de su desafortunada fuerza sobrenatural sin darse cuenta. Al arrancar los tres pesados bulones del cerrojo, había roto el marco sólido de la maldita puerta y ahora esta no cerraba. El pánico no hizo más que crecer y crecer en el corazón de Alizeh, que temía que, una vez que Cyrus despertara, el monarca incumpliera sus promesas y la matara por haber cometido tamaña invasión de su intimidad.

Se recostó con pesadez contra la puerta rota e intentó recuperar el aliento mientras mantenía cerrado el contundente panel de madera. Por un instante al menos estaba a salvo, ya que Alizeh sospechaba que la sirvienta debería saber que no le convenía asomarse a una estancia que, por lo general, estaba cerrada con llave. De igual modo, sus pensamientos volaban a toda velocidad. Apenas había tenido tiempo de asimilar que Cyrus tenía un cuarto cerrado en sus aposentos privados antes de que su acogedora disposición la dejara boquiabierta.

No se había dado cuenta hasta entonces, al mirar a su alrededor, de que no albergaba ninguna expectativa por los gustos personales de Cyrus. Siempre vestía de negro de pies a cabeza, así que Alizeh había asumido que el monarca no sentía ningún interés por el color o la comodidad. Sin embargo, fue toda una sorpresa para ella descubrir que tuviese escondido un rincón privado tan agradable como este. Estaba en un saloncito que tenía aspecto de estar bastante usado y que estaba decorado con una alfombra de increíble detalle, tejida en intensos tonos de azul. El propio espacio estaba amueblado con sofás de aspecto cómodo y desgastado, estanterías que llegaban al techo repletas de libros ajados y una chimenea de titánicas dimensiones ante la que se alzaba un colosal escritorio gastado cubierto de papeles, botecitos de tinta y varias campanas de cristal debidamente etiquetadas en cuyo interior brillaban muestras de minerales cristalizados.

Había tanto que ver que Alizeh no sabía dónde posar los ojos. Sus nervios se fueron calmando a medida que estudiaba el cuartito, aunque la joven rezó y rezó por encontrar una salida secreta, un armario o incluso una ventana por la que poder escabullirse.

En cambio, halló indicios de Cyrus por todas partes.

Una taza de té vacía, un albaricoque mordisqueado y un delgado volumen encuadernado en cuero dentro del que había un marcapáginas descansaban sobre el extremo de una mesa polvorienta; había decenas y decenas de hojas sueltas garabateadas hasta los márgenes con una caligrafía uniforme, atadas con un cordel sobre uno de los gastados sofás de terciopelo; había viejos mapas amarillentos de territorios que no supo reconocer, clavados a la pared y llenos de notas; una pila medio caída de almohadas temblaba junto a una torre de cajas sin abrir; un bastón coronado por una reluciente cabeza de buey estaba apoyado contra el brazo ligeramente chamuscado de una butaca; un abrigo oscuro y un sombrero de copa colgaban de un perchero de pared colocado junto a la chimenea; un peine de cerdas gruesas y de un color verde botella descansaba sobre una mesita baja, junto a una caja de cerillas largas y una barra de perfume, y, por último, había una brillante espada de cobre clavada en el suelo de madera junto a la silla del escritorio.

Alizeh deseó entonces, quizá más de lo que había deseado hacer algo en mucho tiempo, abrir los cajones, levantar los cojines, hojear los papeles y registrar cada centímetro del salón, pese a que era consciente de que sería de muy mal gusto por su parte husmear. En cualquier caso, se las arregló para contenerse, no porque fuera una persona honesta, sino porque, si se apartaba de la puerta, esta se abriría y Alizeh no podía arriesgarse a...

Oyó un grito de sorpresa.

Ah, la pobre sirvienta debía de haberse topado con Cyrus. Alizeh oyó el repiqueteo asustado de las pisadas de la snoda cuando salió corriendo del dormitorio con una exclamación aterrorizada y, cuando la puerta principal se cerró con un audible ¡clic!, el corazón petrificado de Alizeh también volvió a palpitar con normalidad.

En ese momento fue verdaderamente consciente de la situación.

Había roto la puerta de Cyrus.

Se cubrió la boca con la mano, sin tener ni la más remota idea de cómo explicar lo ocurrido. No podría ocultar la prueba del delito y no estaba segura de que Cyrus fuese a creer la verdad.

Sin tener ningún contexto, no cabía la menor duda de que Alizeh era culpable.

Incluso ella misma era consciente de la imagen que daba: cualquiera que no se fiara de ella asumiría que se había aprovechado de la tortura a la que Cyrus se había visto sometido (así como de su consecuente aturdimiento), para engañarlo y que así la llevara con él hasta sus aposentos, donde lo habría obligado a tumbarse en la cama para poder colarse en el cuarto privado del monarca y registrar sus pertenencias.

La idea la hizo sentirse de lo más retorcida.

Se mordió el labio. Esa versión de lo ocurrido era falsa, desde luego, pero no podía negar que se sentía tentada de ceder, aunque fuese solo un poquitito, ante la perversidad, puesto que el deseo de rebuscar entre las cosas de Cyrus la estaba volviendo loca. La estancia era un verdadero cuarto de maravillas, que no solo contaba con los fascinantes artefactos que habían formado parte de la vida de Cyrus, sino también con pruebas que demostraban la situación mental del monarca, así como sus objetivos e intereses actuales. Alizeh estaba segura de que aquí encontraría respuestas, pistas que la ayudarían a resolver una serie de incógnitas que nunca habría sido capaz de satisfacer en otras condiciones.

Entonces, con un sobresalto, se fijó en el armario.

Cómo se le había pasado por alto en un primer momento escapaba a su comprensión. Tal vez fue porque pasaba bastante desapercibido: era grande, oscuro, viejo y se alzaba con aire amenazador desde donde estaba pegado a la pared, junto a la chimenea. Era como una especie de gabinete de curiosidades, algo que, con sus múltiples puertecitas y cajones de cerrojos individuales, encajaba más en el salón de un boticario que en el de un rey.

La tentación hincó las garras en Alizeh.

Se adentró unos centímetros en la estancia; sus pies se movieron hacia el armario sin su permiso. La puerta rota se abrió con un gruñido ahogado, pero a ella ya no le importó, porque la sirvienta se había ido, los aposentos de Cyrus estaban en silencio y Alizeh estaba bastante segura de que el joven dormía. Juntó las manos para evitar tocar nada, pero, al acercarse al gabinete, sintió que le ardían los dedos, lo cual fue una sensación deliciosamente extraña al ser una muchacha con hielo en las venas.

Cuanto más se acercaba, más atraída se sentía por el intrigante mueble, como si estuviese obligada a moverse hacia él, como si contuviese algo que le pertenecía...

Poco a poco, el armario comenzó a temblar.

Alizeh sintió que se le aceleraba el pulso y se apresuró a llegar hasta la pieza. La madera antigua traqueteaba con creciente fervor. Armaba un escándalo aterrador y los temblores eran tan intensos que sacudían las paredes y el suelo de toda la salita. Sin darle demasiada importancia, Alizeh llegó a la conclusión de que pagaría caro el alboroto que había desatado, que podría despertar a Cyrus, que podría meterla en una catastrófica cantidad de problemas, pero, en aquel preciso instante, sintió que merecía la pena correr el riesgo.

Alizeh estaba embelesada.

Inspiró profundamente para darse ánimos al colocar las manos calientes sobre el viejo y tembloroso armario, cuyas vibraciones no paraban de aumentar. Alizeh estaba esperando algo, aunque no sabía qué; cuando las vibraciones crecieron hasta alcanzar la fuerza de un terremoto suave, las puertecitas se abrieron con un último chasquido.

Apenas se atrevió a respirar al asomarse al profundo y resplandeciente compartimento, pero, en un segundo, el mundo se le cayó encima. El pesado mueble no había dejado de sacudirse, el tumulto no había cesado de crecer, pero Alizeh dejó de preocuparse por guardar silencio.

Quería gritar.

Se sentía traicionada y confundida; el corazón se le iba a salir del pecho. El calor que sentía en la mano comenzó a hacerse doloroso cuando la metió con cautela dentro del armario para tratar de recuperar lo que le pertenecía, lo que había creído perdido. La puerta se cerró tan rápido que casi le partió los dedos en dos. El armario se quedó en un espeluznante silencio.

Y el maldito Cyrus fue rápido.

Siendo sincera, Alizeh había estado absorta y la estancia no había dejado de sacudirse, pero que el monarca se hubiese acercado a ella con semejante sigilo, tanto que ni siquiera había sentido su presencia, fue digno de admiración. Alizeh no sabría decir cómo lo había logrado; no tenía ni la más remota idea de qué habría visto o de cómo se las habría arreglado exactamente para apartarla del armario y arrinconarla. Lo único que sabía a ciencia cierta era que Cyrus estaba a punto de demostrarle la razón exacta por la que una buena parte del mundo lo temía, puesto que la había inmovilizado contra la pared y le apuntaba al cuello con una espada.

—¿Qué demonios estás haciendo aquí? —susurró; en su mirada brillaba un destello de furia apenas contenida.

Incluso ahora que el odio que había sentido hacia él comenzaba a resurgir y por fin estaba segura de que Cyrus no dudaría en matarla, por muchas promesas que le hubiese hecho... Todavía se sintió aliviada al descubrir que se las había arreglado para ponerse unos pantalones. Aun así, tenía el torso al descubierto.

Alizeh bajó la mirada y contempló la espada. La diferencia de altura entre ellos hizo que la joven viese su propio reflejo en el filo del arma.

—¿Por qué tienes mi libro? —replicó ella, que alzó los ojos para encontrar los de él.

Cyrus vaciló al ver la expresión asesina en el rostro de Alizeh; su cólera se quebró cuando en su interior comenzó a librarse una batalla entre sus instintos. La muchacha se percató del conflicto que se fraguaba en la mente del monarca, vio la punzada de remordimiento que cruzó su mirada incluso cuando el resentimiento que sentía hacia ella llevaba la voz cantante. Alizeh no era ajena al poder de la imaginación: entendía por qué Cyrus creería que lo había traicionado al enfrentarse a un abanico tan amplio de pruebas que apuntaban a que Alizeh había entrado sin permiso en la estancia cerrada con llave, y no tenía intención de culparlo por dudar de ella. ¿Cómo iba a juzgarlo si ella misma comprendía cómo se sentía? Por supuesto que no tenía forma de saber si debía confiar en ella o no.

Pero Alizeh tampoco podía asegurar si debía confiar en él.

La punta de la espada cada vez se apretaba más contra su cuello y, por un instante, Alizeh temió que fuera a hacerle daño de verdad.

—Cyrus, te he hecho una pregunta —insistió.

—Lo robé —masculló él.

La nosta se calentó contra el pecho de la muchacha.

Le dio un vuelco el corazón.

—¿Cuándo? —quiso saber—. ¿Por qué...?

—Fue hace días —explicó Cyrus en un susurro entrecortado que delató lo culpable que se sentía, pese a que no bajó el arma—. Lo cambié por un señuelo hechizado para que fuese idéntico al verdadero.

—Registraste mi dormitorio en la Mansión Baz —dijo Alizeh, atónita—. Hurgaste entre mis cosas...

—Así es.

—¡Me mentiste!

—Técnicamente no —replicó él.

—No te atrevas a hacerte el tonto conmigo —lo amenazó, enfadada. La espada le hizo un pequeño corte mientras hablaba—. Sabes muy bien qué es lo que quiero decir.

—Deja de moverte —le advirtió Cyrus con voz furiosa—. Esta espada está increíblemente afilada.

—¡Pues baja el arma, canalla desvergonzado!

Le hizo caso, pero solo apartó la espada lo suficiente como para no tocarla.

—¿Hemos vuelto a ese punto entonces? —Cyrus tragó saliva y clavó la mirada en el corte que le había hecho en el cuello a la chica—. ¿Volvemos a los insultos?

—¿Te atreves a lamentarte porque te haya perdido el aprecio mientras me apuntas con un arma al cuello? —susurró Alizeh.

—¿Y tú tienes la desfachatez de reprenderme —se defendió, bajando ligeramente la voz— cuando yo te acabo de descubrir colándote de la misma forma detestable en mis aposentos para registrar mis pertenencias...?

—¡No era mi intención romper la puerta!

—¡Tú decidiste hurgar entre mis cosas! —exclamó el joven—. ¡Yo me vi obligado a hacerlo!

Poco a poco, como si unas densas cataratas abandonasen sus ojos, Alizeh comenzó a comprender a Sarra.

«No es que no me preocupe —había dicho la mujer—. Es que ya no creo en nada de lo que me dice. En los últimos meses, mi hijo le ha echado la culpa al diablo por todas las malas decisiones que ha tomado. Nunca se responsabiliza de sus actos. Siempre me pide que entienda que no tiene elección...».

De pronto, Alizeh se sintió peligrosamente descompuesta.

No le había preguntado cómo había conseguido llevar a cabo una tarea tan despreciable, puesto que había completado misiones mucho más complicadas que la de colarse en la humilde alacena sin cerrojo que le había hecho las veces de dormitorio a Alizeh. Seguramente no habría tardado más que unos pocos minutos en consumar semejante nimiedad.

Alizeh se limitó a observarlo mientras el corazón se le atrofiaba lentamente en el pecho. Se sentía dolida por la traición, por su propia insensatez, por la estúpida debilidad que le había llevado a ser amable con él. Alizeh se odiaba a sí misma por haber llegado a admirar al monarca tulaní, por haber llorado por él mientras gritaba, por haberle limpiado la sangre y prácticamente haberlo arropado en su cama. Cyrus había comprado el favor de la joven sin ningún esfuerzo con un poco de pan, puesto que el corazón de Alizeh era poroso y fácil de conmover. De verdad había creído que quizá podrían llegar a ser amigos, si bien a regañadientes.

Cielos, su ingenuidad alcanzaba niveles estratosféricos.

Empezaba a comprender que Cyrus nunca sería un aliado. Sus ocasionales muestras de humanidad poco importaban cuando el joven confabulaba con el diablo.

Sin embargo, pese a que su corazón se estaba fortificando en contra de Cyrus, Alizeh no era capaz de condenar sus actos como hacía Sarra. Había sido testigo de lo que Iblís le había hecho esa noche y no podía negar que había sufrido una terrible tortura a manos de su despiadado amo, pero también se obligó a recordar de nuevo que había sido el propio Cyrus quien había dejado entrar a Iblís en su vida. El monarca de cabellos cobrizos había recibido algo a cambio de su tormento y, aunque Alizeh desconocía los detalles acerca de esa parte del trato o por qué había pactado con el diablo en primer lugar, no podía tratar al monarca exactamente como a una víctima.

Impertérrita, Alizeh encontró la mirada de Cyrus.

Vio una intensa emoción en los hermosos iris del monarca, algo desesperado que se debatía con uñas y dientes por liberarse de su control, y Alizeh habría jurado que casi podía sentir el alma de Cyrus apretándose justo entonces contra la suya.

Incluso en ese momento, el muchacho era arrebatador.

Una pequeña e ingenua parte de ella quería apoyarse sobre el imponente cuerpo de Cyrus, sentir el peso de sus brazos a su alrededor. Quería acariciarle la mejilla una última vez.

—Cyrus —dijo con suavidad—, devuélveme mi libro y te doy mi palabra de que no te haré daño.

Pareció pasar una eternidad antes de que él respondiera.

—No puedo hacer eso.

La nosta irradió un intenso calor contra la piel de Alizeh.

—Muy bien entonces. —Bajó la vista—. Antes de nada, quiero que sepas lo mucho que siento tener que hacer esto. Ya has sufrido lo suficiente por hoy. De verdad que no quiero tener que llegar a tales extremos.

—Alizeh...

La joven se movió como un rayo: golpeó a Cyrus en el brazo con el que sujetaba la espada antes de combinar el movimiento rápidamente con una patada en el costado para desestabilizarlo por un instante. Aunque la espada le hizo un corte en el cuello, dejando tras de sí una fina línea de sangre, Alizeh no le prestó atención a la herida, puesto que obligó a Cyrus a bajar los brazos en una milésima de segundo, el tiempo justo para arrancarle la espada de la mano, asestarle una brutal patada en el pecho que lo lanzó a través de la estancia y correr a por la espada de cobre que había visto clavada en el suelo. Se dio la vuelta, espada en ristre, y se topó con Cyrus de pie ante ella, sujetando con firmeza en la mano derecha la espada que acababa de recuperar. Con la mano libre, se frotó distraídamente la marca roja e irritada que Alizeh le había dejado en el pecho mientras respiraba con dificultad; la miraba con una expresión intensa que Alizeh no alcanzaba a descifrar.

—¡Me has dado una patada! —exclamó, enfadado.

—¡Y tú me has cortado! —replicó ella.

Entonces algo despertó en la mirada de Cyrus, una tristeza que desapareció tan rápido como llegó, antes de que levantase la espada con cautela para aceptar el desafío de Alizeh. Con voz queda, dijo:

—¿Buscas enfrentarte a mí?

—¿Vas a impedirme recuperar lo que es mío? —preguntó la joven, levantando la barbilla—. En ese caso, me temo que sí.

—¿Cómo has sabido dónde lo guardaba? —preguntó Cyrus al tiempo que avanzaba poco a poco—. ¿Cómo has sabido que te lo había arrebatado?

—No tenía ni idea de que estaba aquí —respondió, indignada—. Ya te lo he dicho: rompí la puerta por accidente...

Él dejó escapar una carcajada sarcástica.

—Y también abriste el cerrojo del armario sin querer, ¿no?

—Ni siquiera lo toqué. Se abrió solo.

—¿Cómo? —Cyrus se detuvo en seco—. ¿Qué quieres decir con eso?

—¿Qué tal si me explicas primero por qué guardas un armario cerrado con llave dentro de un cuarto que también está cerrado con llave? —preguntó Alizeh con voz enfadada—. ¡Y todo dentro de tus aposentos privados!

—¿Me lo preguntas después de haberme destrozado la puerta? —replicó, habiendo perdido la paciencia—. Me doy cuenta de que debería asegurarme de conseguir unas medidas de protección más estrictas, puesto que hay una jinn enajenada correteando por el palacio, colándose en mis aposentos y, por si fuera poco, ¡registrando mis pertenencias!

Alizeh jadeó.

—¡Yo no soy una jinn enajenada! ¿Cómo osáis...?

—Te lo voy a preguntar una vez más —insistió el monarca en cuanto se hubo armado de paciencia—. Dime cómo sabías que estaba aquí, Alizeh, o...

—¿O qué? —lo interrumpió ella—. ¿O me mataréis? Pensaba que no tenías permitido hacerme daño.

Por algún motivo, Cyrus se encogió ante el comentario, como si de pronto fuese consciente de la situación. Desvió la mirada y Alizeh se preguntó si estaría pensando en el diablo, si estaría recordando el encuentro de hacía unas horas, aunque la reacción le resultaba incongruente al considerar lo sucedido. Cyrus parecía apesadumbrado, de pronto rendido ante lo que tenía un sospechoso parecido a la tristeza.

—¿Qué querías decir con eso de que el armario se abrió solo? —insistió Cyrus sin levantar la vista.

—Exactamente lo que he dicho.

—Pero eso es imposible. —El joven sacudió la cabeza en dirección al suelo—. El armario está protegido con magia... Deberías haber roto varios hechizos de seguridad...

—El libro me pertenece —lo cortó Alizeh, hastiada—. Es un derecho de nacimiento, un derecho de la naturaleza. Me conoce. Notó mi presencia cuando me acerqué al armario y se liberó solo para poder reunirse conmigo... No hice nada más que...

—¿Cómo que se liberó solo? —Cyrus alzó la mirada con brusquedad—. ¿Lo que quieres decir es que tiene algún tipo de poder propio?

Alizeh se rio cuando la reacción del monarca cobró sentido.

—Pobre y atormentado Cyrus —dijo, suavizando la voz—. Has pasado todo este tiempo tratando de hacer que reaccionase, ¿verdad?

—Sí.

—No te servirá de nada.

—¿Por qué? —preguntó él con urgencia—. ¿Por qué no puedo abrirlo?

—¿Tú estás destinado a disponer de un gran poder? —La joven repitió lo que el propio Cyrus le había preguntado a ella—. ¿Cómo es que no sabes nada acerca del funcionamiento de la magia?

—Alizeh...

—Es más: ¿de verdad pensabas que iba a darte esa información?

Cyrus respiraba con dificultad y la miraba con cierta desesperación. Dejó caer la espada al suelo con un repentino y aterrador sonido metálico.

—Por favor. Cuéntamelo.

—Ni en sueños —dijo Alizeh; lo fulminó con la mirada—. A diferencia de ti, yo no estoy obligada a compartir mis secretos con Iblís. Ahora, devuélveme mi libro o recoge tu arma.

—No voy a enfrentarme a ti. —Sacudió la cabeza—. Discúlpame. No debería haber aceptado tu desafío.

—¿Por qué no? —replicó ella, enfurecida—. ¿Es que no me consideras una digna adversaria?

—Siempre has sido más que digna —dijo Cyrus con voz apasionada—. No te haré daño.

La nosta se calentó.

Alizeh luchó contra una oleada de emociones; se sentía dividida, incapaz de reaccionar. En un esfuerzo por aclararse las ideas, dijo:

—No tendrás que preocuparte por hacerme daño. Soy más que capaz de defenderme.

—Alizeh, podría destrozarte —susurró.

El comentario del monarca la encolerizó.

Se lanzó contra él con un grito airado y blandió con fuerza bruta y velocidad la espada en el aire, pero Cyrus la esquivó. Saltó a por el bastón que había estado descansando contra uno de los sofás y se dio la vuelta sin detenerse ni por un segundo para responder al siguiente movimiento de Alizeh, de manera que la espada impactó contra el bastón con una violencia desmedida. La muchacha no flaqueó y asestó un corte diagonal con la espada, pero las armas de ambos volvieron a chocarse y el estruendo metálico del impacto le restalló en los oídos. Una y otra vez, la joven atacó y Cyrus se alejó. Ella arremetió; él desvió los golpes.

La velocidad y la fuerza le daban ventaja a Alizeh, pero Cyrus esquivó todas y cada una de sus acometidas. Cierto era que la muchacha hacía años que no blandía una espada, por lo que estaba desentrenada e incluso un poco desactualizada en cuanto a las técnicas de combate, pero sus dones sobrenaturales deberían haberle conferido cierta superioridad. En cambio, Alizeh tenía la sensación de que solo los dejaban en igualdad de condiciones. No comprendía cómo Cyrus podía ser tan ágil y veloz ni cómo, de alguna manera, era capaz de anticipar sus movimientos. Y lo que era aún peor: por lo que parecía, era incansable y se negaba a levantar su propia arma contra la joven.

La estaba sacando de quicio.

Por fin, furibunda, Alizeh se mantuvo firme y lo fulminó con la mirada. Había puesto todas sus energías en el combate y ahora estaba agotada; le temblaban ligeramente los brazos y luchaba contra el deseo de dar un pisotón en el suelo como una niña enfadada.

—¡Devuélveme mi libro! —gritó—. ¡Es mío!

Cyrus sacudió la cabeza despacio y la miró con fascinación. Aunque no era demasiado evidente, respiraba con dificultad y habló en un suave jadeo por culpa del esfuerzo:

—Cásate conmigo —dijo.

Alizeh empuñó la espada con más fuerza y abrió los ojos de par en par, cegada por la furia.

—¿Te divierte la situación?

—Hablo en serio.

—Devuélveme mi libro ahora mismo o te juro que tiraré este cuarto abajo.

—Alizeh, por favor —respondió Cyrus, sacudiendo la cabeza. Su tono era de advertencia—. Te ruego que no pongas a prueba mi paciencia.

—¿Por qué no? —Era una pregunta sincera. Cuanto más tiempo pasaba Alizeh contemplando los intensos ojos de Cyrus, más confianza perdía en sí misma—. ¿Qué es lo que...? ¿Qué vas a hacer?

—Como toques mis cosas, te sacaré a rastras de esta habitación —la amenazó con suavidad.

—No te atreverás —dijo Alizeh, aunque sin mucha convicción, puesto que no sabía si sería capaz de hacerlo—. ¿Verdad?

Cuando Cyrus le ofreció una sonrisa adusta como respuesta, Alizeh sintió una punzada de miedo que se obligó a dejar a un lado con un tremendo esfuerzo.

La joven caminó con calma hasta el escritorio y, por un momento, estudió las múltiples campanas de cristal perfectamente organizadas y etiquetadas con nombres como «sílice criptocristalina» o «mineral con forma de escalenoedro hexagonal». Después, colocó una mano sobre una de las cúpulas.

—Por favor, devuélveme mi libro —repitió con suma educación.

Cyrus dejó escapar una especie de gruñido.

—No puedo —contestó, frustrado—. Sabes que no puedo.

Alizeh sostuvo su mirada y empujó el ejemplar, consiguiendo que la campana protectora se rompiera en mil pedazos al impactar con el suelo en un gran estruendo. Se disponía a tirar otro cuando Cyrus habló en voz baja y letal:

—Para.

Alizeh tiró la segunda pieza al suelo.

—¡Alizeh!

Cyrus pronunció su nombre como si fuera una maldición, lo cual la atravesó como una lanza. La muchacha alzó la vista justo a tiempo de ver que el monarca avanzaba hacia ella con un brillo diabólico en los ojos, como si fuera a capturarla, echársela al hombro y... y hacer algo, aunque Alizeh no sabía qué, así que se apresuró a girarse y blandir la espada en su dirección para apuntarlo con ella y mantener las distancias.

—No des ni un paso más —advirtió, con un ligero pánico en la voz.

Había algo aterrador en él, sí, pero Cyrus también tenía un aspecto glorioso ahí de pie, con el torso desnudo, irredimible, sin un arma y completamente impertérrito. La realidad era que Alizeh estaba temblando ligeramente.

Cyrus no le parecía una persona acostumbrada a tirarse faroles.

—Se te olvida... —murmuró al tiempo que posaba una mano sobre la espada con la que la chica lo amenazaba para hacerla desaparecer— que yo peleo sucio.

Alizeh se tambaleó hacia atrás, se miró las manos vacías con asombro y luego clavó la mirada en Cyrus. El monarca no perdió el tiempo: cerró la distancia que los separaba con una imparable determinación. Alizeh se alejó de él a toda prisa, desesperada.

—Ni se te ocurra ponerme la mano encima —gritó mientras el corazón le latía a toda velocidad—. ¡Solo quiero que me devuelvas lo que es mío! ¡No es de buena educación levantar a la gente en volandas sin su permiso!

Cuando se encontraba a escasos centímetros de Alizeh, Cyrus se detuvo:

—¿Cómo que no es de buena educación? —dijo, sorprendido—. Lo que no es de buena educación, Alizeh, es colarse en los aposentos privados de los demás. Lo que no es de buena educación es arrancar puertas de cuajo y destrozar los objetos de otras...

—¡Por milésima vez! —exclamó con exasperación ella—. ¡Lo de la puerta fue un accidente! ¡Solo quería encontrar un lugar donde esconderme antes de que entrase la sirvienta!

Aquello frenó a Cyrus, que frunció el ceño y preguntó:

—¿La sirvienta? ¿Te refieres a la snoda que entró en mi dormitorio —señaló la estancia en cuestión— y me gritó a la cara con tanta vehemencia que consiguió despertarme?

Alizeh asintió.

—Cuando llamó a la puerta, no supe reaccionar. Si me hubiese descubierto en tus aposentos, habría desencadenado un escándalo tremendo, así que tiré de la primera puerta que vi y...

—¡¿Y la arrancaste de cuajo?! —gritó Cyrus—. ¡Prácticamente la has desencajado de los goznes!

—¡Lo sé y lo siento! Aunque no me pasa muy a menudo, cuando entro en pánico, hay veces en que se me olvida lo fuerte que soy y rompo cosas y lo siento muchísimo. —Alizeh se frotó las manos—. Te juro que puedo intentar arreglarla, pero nunca se me ha dado demasiado bien la carpintería; bueno, en uno de mis anteriores trabajos, hubo una vez en que tuve que arreglar las patas que le arranqué sin querer a una silla, pero, por suerte, me las ingenié para repararla con un adhesivo bastante potente antes de que el ama de llaves me...

Cyrus pareció quedarse sin ganas de pelear.

—No tienes que arreglar la maldita puerta, Alizeh —dijo y se dio la vuelta con un suspiro.

—En cualquier caso —replicó ella, tragando saliva—, quiero que quede claro que, aunque estoy furiosa porque me hayas robado el libro, te juro que no tenía malas intenciones al entrar en este cuarto.

Cyrus alzó la mirada y una diminuta línea se formó entre sus cejas.

—¿Lo dices en serio?

—Por supuesto.

—Entonces no... —frunció más el ceño—, ¿no entraste a mis aposentos con el objetivo de recuperar el libro? ¿Tampoco entraste a husmear entre mis pertenencias?

—No.

—¿No tienes intención de traicionarme?

—¿Qué? —Alizeh casi se echó a reír—. ¡No!

Cyrus sacudió la cabeza, como si tratase de aclararse las ideas.

—Entonces, ¿qué demonios estás haciendo aquí?

—Ya te lo he dicho: estaba huyendo de la sirvienta...

—No hablo de esta habitación, Alizeh —insistió, paciente—. Te pregunto qué haces *aquí*, en mi ala del castillo. Todo este tiempo he estado pensando que te habías colado en mis aposentos cuando la sirvienta abrió la puerta, pero ahora estoy... confundido.

Al oír aquello, Alizeh se quedó paralizada.

Guardó silencio durante un largo y tenso momento antes de decir por fin:

—¿Es que acaso no te acuerdas de nada?

VEINTINUEVE

Cyrus la contempló fijamente mientras la confusión que sentía se transformaba en una emoción similar al miedo.

—¿Qué debería recordar?

La expresión conmocionada del muchacho hizo que Alizeh sintiera una punzada en el corazón, puesto que ese órgano insensato no tenía un cerebro que le permitiera a la joven razonar con él. Alizeh estaba enfadada con Cyrus, pero, de igual manera, se ablandó.

—¿No te acuerdas de lo que pasó en el campo de flores?

Se sucedió un extenso silencio durante el cual Cyrus rehuyó la mirada de la joven y tragó saliva.

—Sí que me acuerdo —admitió por fin.

—¿Qué es lo último que recuerdas?

—¿Qué quieres decir? —No levantó la mirada.

—¿Recuerdas haber hablado conmigo?

—Sí —susurró Cyrus.

—¿Y luego?

—Luego... —Suspiró y, de pronto, pareció inmensamente incómodo—. Luego, sentí dolor.

Alizeh odiaba cómo lo había dicho, odiaba la forma en que su voz se había quedado hueca. Lo dijo como si su sufrimiento fuese algo inconsecuente y pasajero, como si no hubiese experimentado una verdadera tortura, como si Alizeh no hubiese sido testigo de la sangre que le había corrido desde detrás de los párpados cerrados hasta la boca, abierta en un grito.

—Creo que fue mucho peor que eso —comentó Alizeh.

—No sé qué es lo que viste.

—Bastante —respondió en voz baja—. Vi bastante.

Cyrus asintió y un músculo se le tensó en la mandíbula. Seguía sin mirarla a la cara.

—Interesante —dijo él sin mostrar ninguna emoción—. No pensaba que hubieses visto nada.

Alizeh vaciló ante su tono de voz, puesto que no sabía cómo interpretar sus palabras.

—Estoy segura de que no puedo ni imaginar las proporciones de tu sufrimiento —se arriesgó a decir—. Pero estaba allí contigo, lo vi todo...

—Tú no estabas allí —replicó Cyrus, que intentó esbozar una sonrisa burlona.

Alizeh estaba tan pasmada que se estremeció de pies a cabeza.

No sabía si debía reaccionar ante la evidente falsedad de su afirmación o considerar la velada acusación en su voz. Ya le resultaba raro que Cyrus pensase que lo había abandonado, pero... ¿además se sentía molesto por ello?

¿Se las había arreglado para herir los sentimientos de Cyrus de alguna manera?

No alcanzaba a comprenderlo.

—No me malinterpretes —continuó él mientras estudiaba concienzudamente la nada—. No te culpo. De hecho, es de lo más comprensible que te hubieras marchado, teniendo en cuenta las circunstancias; debió de ser un espectáculo desagradable y, además, debió de parecerte una excelente oportunidad para deshacerte de mí...

—No podrías estar más equivocado —le espetó Alizeh—. Estuve contigo todo el tiempo.

Finalmente, Cyrus alzó la mirada, perplejo incluso mientras sacudía la cabeza.

—¿Por qué tratas de llevarme la contraria? Cuando recobré el sentido, ya no estabas, Alizeh. Regresé yo solo al castillo...

—Explícame cómo me marché del prado, entonces —lo interrumpió—. Estábamos en medio de la nada.

—¿Y yo qué sé? —replicó con desdén, como si ese fuera un detalle sin importancia—. Tienes recursos de sobra. Cuentas con una velocidad sobrenatural; no creo que tardases demasiado en recorrer unos cuantos kilómetros. Además, si te alejas lo suficiente del prado, hay un acceso a la carretera principal. El castillo se ve perfectamente en la distancia. Di por hecho que te habrías colado aquí para recuperar tu libro antes de huir.

Alizeh inspiró hondo para tranquilizarse.

Ahora era consciente de que tendría que ayudarlo a recordar y, pese a que sospechaba que descubrir la verdad le dolería, consideró que era mucho peor que Cyrus pensase que lo había dejado tirado en la situación en que se había encontrado. Desde luego, su propio orgullo no podría lidiar con que el monarca tuviese una imagen tan nefasta de ella.

—Nunca me aparté de tu lado —insistió, armándose de valor—. Me quedé contigo durante dos horas mientras sufrías y utilicé la tela de mi vestido para limpiarte la sangre del rostro. Te supliqué que te despertaras. Te supliqué que nos trajeras de vuelta al palacio...

—No —dijo Cyrus—. No es...

Dejó la frase en el aire y miró a Alizeh, la observó prestando verdadera atención, y sus ojos se clavaron en la mancha carmesí del trozo de vestido que había atado en un nudo. Alizeh lo vio ponerse rígido, vio que la sangre abandonaba su rostro.

—Cyrus, no te dejé solo —insistió.

El joven respiraba con dificultad; su cuerpo se estaba quedando petrificado ante los ojos de la chica. Aquella revelación parecía haberlo dejado paralizado. Estaba tan anonadado que se había quedado mudo. Al fin, preguntó:

—¿No fue un sueño?

—No —susurró ella.

—Por todos los demonios.

Cyrus se pasó una mano por los cabellos y apartó la mirada; estaba tan rígido que Alizeh temió que fuera a romperse.

—¿Qué...? ¿Qué creías que había pasado?

—Pensaba que estaba en la cama —jadeó—. Creía que estaba soñando...

—Pero ¿cómo creías que habías vuelto a la cama? —insistió la joven—. ¿Quién creías que te había quitado las botas o el abrigo ensangrentado?

Él sacudió la cabeza.

—Después de pasar por estas... experiencias..., siempre... —vaciló—. Suelo pasar un tiempo dormido, porque me cuesta recuperarme. Sin embargo, siempre me las arreglo para volver a la cama. Independientemente de las circunstancias, al final, siempre consigo cuidar de mí mismo, aunque luego no recuerde cómo lo he hecho. Saber *cómo* regreso a mi dormitorio nunca me ha parecido lo más importante..., ya que *siempre* consigo acabar de vuelta aquí. Nunca me lo cuestioné.

—Entiendo —susurró Alizeh.

—Estabas en mi dormitorio porque yo te traje aquí —dijo Cyrus con voz pastosa.

—Así es.

—Y cuidaste de mí. —Levantó la mirada, consternado—. Me limpiaste la sangre de la cara.

Aquella era la segunda vez que se detenía en ese detalle. La primera vez, deliraba, y, ahora, estaba completamente consciente. Alizeh no entendía qué importancia tendría.

—Exacto —confirmó ella—. Utilicé la falda para quitarte la...

—No —la interrumpió y sacudió la cabeza como si estuviese recordando algo. Se llevó una mano a la mejilla. La confusión se hizo cada vez más evidente en su rostro—. No, me limpiaste la cara.

Alizeh frunció el ceño.

—¿Por qué te centras tanto en ese detalle?

—Es imposible no notar la diferencia. —Dejó caer la mano—. Incluso cuando me las arreglaba para limpiarme lo mejor posible, siempre me despertaba de estos incidentes siendo incapaz de abrir los ojos porque los restos de sangre seca prácticamente me sellaban los párpados.

Alizeh asimiló su comentario como si hubiese recibido un puñetazo en el estómago.

Aprendió mucho sobre Cyrus al percatarse de la tranquilidad en su voz, al darse cuenta de que relataba aquellos espantosos eventos con infinita despreocupación. Le resultaba confuso que no parecieran importarle los golpes, que pudiese hablar con tanta facilidad de las torturas a las que se veía sometido.

—Solo hay una cosa que no entiendo —había continuado diciendo—. ¿Cómo me la limpiaste si no teníamos agua?

Alizeh sintió un pinchazo que podría haber definido como un arrebato de vergüenza. ¿Cómo podría expresar con palabras una explicación que sonaba extremadamente melodramática al pronunciarla en voz alta? En aquel momento, Cyrus no había sido sino una persona que necesitaba ayuda; no había dudado de hacerle caso al instinto de auxiliarlo y no había considerado ni por un segundo que estuviese reaccionando de forma desproporcionada. Ahora, ya no estaba tan segura.

Juntó las manos con nerviosismo.

—Pude limpiarte una buena parte de la sangre con la falda del vestido —explicó con la mirada firmemente clavada en el suelo—. Pero luego... luego utilicé mis propias lágrimas para que no te quedaran restos pegajosos en la piel.

Cyrus permaneció en silencio durante un aterrador instante.

Cuando por fin habló, su voz era suave y su sorpresa, evidente.

—¿Lloraste por mí?

—Una vez alguien me dijo que lloro a todas horas —susurró.

—¿Utilizaste tus propias lágrimas para limpiarme la sangre de la cara? —preguntó Cyrus, prácticamente destrozado.

Alizeh no tenía una respuesta sencilla que darle.

El cosquilleo avergonzado que le había recorrido el cuerpo hacía un momento se había convertido en una completa humillación al oír, cada vez más acalorada, cómo Cyrus iba haciendo una lista de todas las decisiones que la muchacha había tomado.

No conseguía mirarlo a los ojos.

—Alizeh, por favor, mírame.

La muchacha sacudió la cabeza sin apartar la vista del suelo.

—Esta situación es muy humillante para mí, Cyrus. No voy a mirarte.

—¿Por qué te parece humillante?

—¡Porque fui una tonta! —exclamó con un súbito estallido—. Fui amable contigo y al final he descubierto que me has estado mintiendo todo este tiempo, que me has robado mi libro y te niegas a devolvérmelo...

La frase murió en sus labios.

Alizeh había levantado la cabeza mientras hablaba, puesto que la ira había hecho desaparecer gran parte de su incomodidad, pero se detuvo en seco cuando vio la expresión en el rostro de Cyrus. La angustia que brillaba en sus ojos atravesó el pecho de Alizeh como si le hubiese caído un rayo.

—¿Por qué lo hiciste? —preguntó él con voz tensa—. ¿Por qué fuiste tan amable conmigo? Oí a alguien llorar, pero supuse que el sonido formaba parte de un sueño o de una alucinación. Cielo santo, la forma en que me tocaste... —Se cortó con expresión torturada. Sacudió la cabeza y se pasó una mano por los labios—. Ni siquiera mi propia madre me ha tocado nunca con tantísimo cariño, Alizeh. Me parecía imposible que fuese real.

La muchacha no sabía qué decir.

Le latía el corazón tan fuerte que apenas era capaz de oír sus propios pensamientos. Cyrus había posado sus ojos sobre ella cientos de veces desde que lo conocía, con diferentes niveles de intensidad, pero nunca la había mirado de esa manera. Su expresión nunca había dado a entender que se arrodillaría ante ella.

Alizeh se dio cuenta de que le temblaba un poco la voz cuando habló:

—Si no recuerdo mal, dijiste que era una persona «patética, aunque de una forma encantadora».

Cyrus expulsó una bocanada de aire tan violenta que su pechó cedió ligeramente. Parecía desolado.

—Merezco morir por haberte dicho eso.

Ella se las arregló para esbozar una sonrisa, aunque sin vida.

—¿Me puedes explicar qué te pasó? —inquirió, con la esperanza de que la pregunta ahogara un poco el fuego en la mirada de Cyrus—. Has dicho que es algo que te ocurre con frecuencia, que forma parte de un ciclo.

—Sí. —La palabra sonó cruda, desgastada—. Es un sueño medicinal. Siempre me sumerge en un extraño aturdimiento. Es la única forma de mantenerme con vida.

Alizeh palideció.

—O sea que Iblís te tortura hasta dejarte casi muerto y luego te devuelve la salud... ¿para volver a empezar?

—Así es.

La joven creyó desfallecer.

—¿Lo hace a menudo?

—Sí —confirmó con suavidad.

—¿Con qué frecuencia?

—Depende. —Cyrus tragó saliva—. Ha llegado a torturarme dos veces a la semana.

Alizeh se cubrió la boca con la mano y dejó escapar un jadeo muy parecido a un sollozo.

Cyrus se limitó a observarla. La contempló con ese mismo fuego implacable en la mirada, sin decir nada. Un pesado silencio cayó sobre ellos, denso por todo lo que no se estaban diciendo. Algo había cambiado tras todas aquellas revelaciones, pero Alizeh no sabía muy bien cómo describir las diferencias. En ese momento, solo era consciente de lo que veía: era la primera vez que se enfrentaba a esa versión de Cyrus.

Parecía alterado.

De hecho, la había tocado, había recorrido el cuerpo de Alizeh con las manos, había rozado su piel con los labios, y ahora ambos lo sabían. La joven no se había permitido pensar en lo que había ocurrido entre ellos, puesto que había catalogado las confesiones delirantes de Cyrus como un testimonio inadmisible; no le parecía justo tener en cuenta sus acciones mientras no estaba en sus cabales como una prueba de lo que sentía por ella. Sin embargo, cuanto más tiempo pasó el muchacho sin retractarse, sin disculparse o negar lo ocurrido, más se preguntó Alizeh si ahora su mirada no estaría cargada de deseo en vez de miedo.

En ese momento, Cyrus avanzó lentamente, rompió el silencio con sus quedos movimientos, al cerrar la corta distancia que los separaba, hasta que los recuerdos regresaron a la vida en la mente de Alizeh, como una fiebre que le abrasó el cuerpo. Todavía oía el canto de los grillos, veía la luz de la luna sobre sus facciones. No se creía capaz de olvidar jamás la desesperación con la que le había preguntado si podía saborearla, el sonido que había escapado de sus labios cuando enterró el rostro entre sus pechos.

De pronto, Alizeh no pudo respirar.

Cyrus estaba cerca. Le brillaban los ojos, le ardían. Alizeh nunca había visto esa emoción intensamente reprimida en el rostro del muchacho o en las líneas de su cuerpo. El deseo que él sentía era tan potente que resultaba embriagador; Alizeh se sintió temblar bajo el peso de su anhelo. El joven quería tocarla, era consciente de ello. Lo veía en el férreo control que ejercía sobre sus propias manos, en la rigidez de su postura, en la manera en que se acercaba cada vez más y más, hasta que ocupó todo su campo de visión. Cyrus posó la mirada sobre la boca de ella y entreabrió los labios para tomar aire. Exhaló de forma entrecortada.

Alizeh temió echar a arder si decía una sola palabra.

—Te toqué —dijo él con voz suave—. ¿Te acuerdas?

El corazón de Alizeh latía con tanta violencia que empezaba a sentirse un poco mareada. ¿Cómo iba a contestarle a esa pregunta? La verdad era una palabra sencilla, fácil de pronunciar, pero dicha respuesta parecía tremenda, tremendamente arriesgada. La sentía, la sentía incluso cuando dijo «Sí, me acuerdo» contra el cuello de Cyrus. Incluso en ese momento, sabía que se estaba precipitando hacia la locura.

—¿Me guardas rencor por ello? —susurró Cyrus.

Inclinó la cabeza y sus labios casi rozaron la mejilla de Alizeh, de manera que los bruscos sonidos de la respiración superficial de la muchacha se hicieron más desesperados. No sabría decir cuándo se había acercado tanto a ella, pero ahora Cyrus le embargaba todos los sentidos: el atractivo aroma de su piel, la imagen de su torso desnudo y el sonido de los latidos de su corazón. Alizeh había perdido la cabeza; ni siquiera era capaz de recordar su propio nombre al estar tan cerca de él. Era vagamente consciente de que lo que estaba haciendo era una pésima idea, de que estaba jugando con fuego, pero Alizeh ya había sobrevivido a un ardiente infierno antes y se creía capaz de soportar el calor de las llamas de nuevo.

—No —exhaló Alizeh.

Vio que un escalofrío recorría el cuerpo de Cyrus, una densa exhalación que sacudió su figura. Dejó escapar un quejido desesperado y roto al cerrar los ojos, pero, aun así, no la tocó. No posaría las manos sobre su cuerpo, no le pondría fin a su tormento, y Alizeh se sentía demasiado dividida, incluso en ese instante, como para hacerlo suyo.

—Permíteme convertirte en mi reina, Alizeh —susurró.

La muchacha volvió a la realidad como si le hubiese caído un jarro de agua fría.

—¿Estabas...? —comenzó, presa del pánico—. ¿Intentas seducirme para que me case contigo?

Cyrus la miró como si le hubiese abofeteado.

La contempló fijamente, con la respiración acelerada y una mirada tan devastada que Alizeh se vio embestida por una nueva ola de arrepentimiento.

—No —respondió el monarca con una exhalación.

La nosta se calentó.

—Lo siento —se lamentó Alizeh, negando con la cabeza—. Lo siento. Sé que ha sido una acusación terrible, pero ¿por qué...? ¿Por qué querrías...?

—¿Por qué te haces la sorprendida? —Cyrus empezaba a recuperarse poco a poco; el dolor se calcificaba, se calentaba ante sus ojos—. Te dejé muy claras mis intenciones desde el principio, Alizeh. Quiero casarme contigo...

—¡El diablo quiere que te cases conmigo! —explotó—. ¡No es lo mismo! ¿Cómo no te das cuenta de...?

—Cásate conmigo —contraatacó Cyrus— y conseguirás tu trono, el diablo se quedará satisfecho durante un tiempo y yo quedaré libre en gran parte de mi deuda. Todos salimos ganando. ¿Qué hay de malo en eso?

—Una cosa es prestarse a participar en un compromiso falso en beneficio propio —dijo Alizeh, molesta—. Pero esto... Cyrus, esto ya no sería una farsa y lo complicaría todo. ¿Qué ibas a hacer? ¿Y si te besara? ¿Qué vendría después?

—Me casaría contigo —repitió al tiempo que se acercaba más a ella y se quedaba peligrosamente a su alcance—. Me casaría contigo mañana y luego te llevaría a la cama. Pasaríamos semanas allí.

Alizeh sintió que se le calentaba el rostro, que le latía el corazón desbocado. Cyrus la había dejado conmocionada con sus palabras, pero la forma en que su propio cuerpo reaccionó ante la confesión, con una llamarada de deseo que fue incapaz de apagar, le resultó aún más impactante.

—¿Y luego qué? —Fue incapaz de mantener la voz estable—. ¿Esperas que te mate?

Cyrus vaciló.

—Eso ya es decisión tuya.

—Eres increíble —jadeó Alizeh—. ¿Cómo puedes ser tan imprudente? Estamos hablando de una situación de vida o muerte y...

—Dime tú cuál es tu plan —replicó el joven, con la mirada encendida—. ¿Cómo esperas que acabe esto?

—No lo sé —confesó ella, sacudiendo la cabeza—. No estaba... No me había parado a pensarlo...

—Y ahora estás pensando más de la cuenta.

—No hace falta que seas así de cruel...

—Y tú no tienes por qué mostrarte tan sorprendida. Has sabido desde el principio que me encuentro bajo el yugo de un amo despiadado, que si fui a buscarte fue por orden suya, al igual que tuve que poner mi vida y mi hogar patas arriba y abrirme en canal por ti. —Tragó saliva—. Todo fue por ti. ¿De verdad no te das cuenta de lo que me has hecho? En apenas unos días, me has despojado de mi esencia y has dejado mi mundo del revés. He perdido mis rutinas, mi futuro es un caos y mi cabeza... mi cabeza...

Se dio la vuelta, se estremeció y apretó los puños; Alizeh creyó que se le iba a parar el corazón.

—Y, en vez de enfadarme —continuó Cyrus—, en vez de alejarte de mí..., no dejo de mirarte ese maldito corte en el cuello, Alizeh, y me quiero morir.

—Cyrus...

—Me lo he buscado yo solo. —Se pasó las manos por el rostro—. Yo soy el único culpable. Debería de haber tenido más cuidado; sabía que eras peligrosa. Tú has sido quien ha tenido el control desde el momento en que posé mi mirada en ti. En cuanto te vi, supe que había cavado mi propia tumba y te odié por ello, porque incluso entonces supe que serías mi perdición.

—¿De qué estás hablando? —preguntó Alizeh, alarmada—. Hablas como si te hubiese hecho daño...

Cyrus se rio, se carcajeó como si estuviese empezando a perder la cabeza.

—Tú no eres consciente de nada, claro. ¿Cómo ibas a saberlo? ¿Cómo ibas a saber la verdad? No sabes que has estado en mi mente durante mucho tiempo... Me has estado atormentando cada noche...

—Ya basta, Cyrus —lo interrumpió—. No estás siendo nada justo. Ni siquiera te conocía hasta hace...

—Tú no lo entiendes —dijo él con voz torturada—. ¡He estado soñando contigo durante meses!

La nosta se calentó contra la piel de Alizeh y ella se quedó inmóvil.

—¿Cómo?

—No sabía quién eras. —Meneó la cabeza—. No sabía cómo te llamabas. Pensaba que no eras más que un producto de mi imaginación. Una especie de fantasía.

Alizeh se sentía impactada. Desorientada. Su corazón, que latía con fuerza, estaba hecho un desastre.

—¿En qué... en qué consistían esos sueños?

El joven apartó la mirada y no contestó.

—¿No se te permite decírmelo?

Cyrus dejó escapar una lúgubre carcajada.

—En absoluto. Soy más que libre de compartir esa historia en concreto. Pero no quiero hacerlo.

—¿Por qué?

—Ten un poco de compasión, Alizeh —susurró, negándose a mirarla a la cara—. No me obligues a ponerlos en palabras.

—Por favor, no es mi intención hacerte sufrir —rogó con urgencia—. Pero necesito entenderlo... Si el diablo ha estado metiéndote mi rostro en la cabeza, debo saber qué me ha hecho hacer. ¿Qué te hizo? ¿Te torturaba en esos sueños?

Cyrus tardó un momento en responder. Ahora miraba la pared.

—Al contrario. Siempre te consideré una especie de ángel.

Alizeh profirió un jadeo.

Había repetido esa palabra. Ya la había llamado «ángel» mientras deliraba y ahora estaba bastante segura de comprender por qué.

—Tardé un tiempo en sospechar que Iblís tenía algo que ver con esos sueños —estaba explicando Cyrus—. Hoy por hoy, claro está, me doy cuenta de que debería haber empezado a dudar de ello mucho antes, pero siempre me pareciste demasiado encantadora para que fuese obra suya. Eras tan generosa, tan dulce. Tan hermosa que apenas era capaz de mirarte a la cara, ni siquiera en sueños. Creía que mi mente te había dado la vida para que fueras un antídoto contra las pesadillas. Nunca se me pasó por la cabeza que existieses de verdad.

La nosta siguió dándole peso a sus palabras y Alizeh tuvo la sensación de que su mundo se desestabilizaba más y más a medida que lo escuchaba; temía no sobrevivir a la confesión de Cyrus.

—Cuando te vi por primera vez antes del baile —continuó—, por fin todo cobró sentido. No te haces una idea de lo mucho que me impactó verte. ¿Cómo ibas a saber lo mucho que me aterrorizó encontrarte cuando me di cuenta de que el diablo me había tendido una trampa, de que se había adueñado de un sueño que había llegado a apreciar para retorcerlo y mancillarlo con su oscuridad?

—No lo entiendo —insistió Alizeh, desesperada—. ¿Por qué te tortura tanto Iblís? ¿Por qué haría una cosa así?

Cyrus por fin alzó la mirada y encontró los ojos de Alizeh con una emoción tan intensa que sintió como la nosta le abrasaba el pecho para verificar algo que ni siquiera había dicho en voz alta.

Se quedó de piedra.

—Le presté al diablo el único juramento que estaba dispuesto a aceptar —dijo Cyrus con voz queda—. Las condiciones son terribles, cuanto menos. Si rompo el acuerdo en cualquier momento, de cualquier forma, mi vida pasará a ser suya para el resto de la eternidad. A menudo pienso que Iblís hizo este trato conmigo porque estaba seguro de que la presión me superaría. Iblís preferiría mil veces contar con la ventaja de tener un súbdito leal hasta la muerte. Fuera como fuere, conseguiría lo que quería de mí. Creo que esa es la razón por la que me atormenta con tanta frecuencia, por la que me lleva al extremo cada vez. Te puso en mi cabeza con el objetivo expreso de destruirme emocionalmente, de minarme la moral, de derribar mis defensas para que estuviese indefenso cuando nos conociésemos. —Se rio con amargura—. No me cabe duda de que tenía la esperanza de que, cuando yo descubriese quién eras, te liberaría sin pensármelo dos veces, de manera que lo perdería todo con esa decisión.

Las lágrimas hacían que a Alizeh le ardieran los ojos. No había otra forma de describirlo: se le estaba partiendo el corazón.

—No confiaba en ti —murmuró Cyrus—. ¿Cómo iba a hacerlo? Eras una visión que el diablo creó para llevarme a la ruina. Te odiaba por ser real, por aparecer en mi vida solo para ser la viva imagen de mi tortura, para ser otra carga que soportar. En realidad, quería odiarte. Quería encontrarte fallos, descubrir tus defectos. Pensé que nunca estarías a la altura de la Alizeh de mi imaginación, pero estaba equivocado. Eres mucho más encantadora en la vida real. Mucho más exquisita. —Su voz tembló ligeramente cuando añadió en voz baja—: Es una tortura para mí estar ante tu presencia.

Una vez más, la nosta le abrasó la piel.

Alizeh necesitaba sentarse, tomar un vaso de agua, sumergirse en una bañera de agua helada.

Pero todo cuanto pudo hacer fue pronunciar su nombre.

—Sabía, de alguna manera, que llegaríamos a este punto —confesó él, desviando la mirada—. Me consideraba una persona más fuerte. Pensaba que sería un proceso más lento. Sin embargo, te las has arreglado para partirme en dos en un tiempo récord.

—No estás siendo nada justo —dijo ella, que se obligó a hablar pese a que el corazón le latía con dolorosa violencia en el pecho—. Te comportas como si yo estuviese siendo cruel a propósito. Como si me resultaras indiferente.

—¿Y no es así?

—No —susurró, con los ojos anegados en lágrimas—. Por supuesto que no.

Cyrus la contempló sin moverse mientras su pecho se sacudía por la intensidad de las emociones que era prácticamente incapaz de contener. El joven destrozó a Alizeh con aquella mirada, incluso pese a que parecía haberse quedado clavado al suelo, inamovible.

—Entonces quédate conmigo —dijo Cyrus con dulzura—. Déjame adorarte.

—Por favor, no me hagas esto. —Alizeh se secó las lágrimas en un gesto enfadado—. La situación ya es lo suficientemente peligrosa de por sí y ambos lo sabemos. No me ofrezcas algo que no puedes darme.

—No tienes ni la más mínima idea de lo que puedo darte —respondió él; su mirada era igual de ardiente—. No tienes ni la menor idea de lo que yo quiero. Llevo ocho meses agonizando, Alizeh. ¿Sabes lo difícil que fue para mí fingir que no te conocía?

¿Hacer como si no te deseara? ¿Actuar como si no hubiese recorrido cada centímetro de tu cuerpo en sueños? ¿Descubrir que tu corazón le pertenecía a otro? Te miro y se me corta la respiración. En mi mente, tú ya eres mía.

—Ya basta —le pidió Alizeh, incapaz de recuperar el aliento—. Deja de hablarme así... Esto es peligroso, Cyrus...

—Entonces dime por qué te preocupas —replicó—. ¿Por qué me dices que sientes algo solo para rechazarme? ¿Crees que es fácil para mí quedarme ante ti y expresar mis sentimientos sin tapujos? ¿Piensas que soy un masoquista? ¿Piensas que disfruto del dolor?

—¿Cómo puedes rendirte tan fácilmente ante la autocompasión? —dijo la muchacha, abatida—. ¿Cómo puedes culparme a mí de lo que sienta tu propio corazón? ¿Cómo puedes hacerme responsable de tus desgracias, cuando te niegas a devolverme lo que es mío, cuando conspiras y asesinas bajo las órdenes de una bestia desalmada?

»Comprendo el conflicto al que te enfrentas, Cyrus, de verdad. Te compadezco con toda mi alma. He sido testigo de tu sufrimiento esta noche, así que puedo imaginar lo destrozado que debes sentirte. Pero ¿cómo puedes pedirme que te confíe mi corazón cuando sigues sin contarme toda la verdad? Estás en deuda con la criatura más retorcida del mundo, renuncias al resto de las personas por él y antepones la tarea de cumplir sus deseos, sus exigencias, frente a cualquier otra cosa. —Sacudió la cabeza—. No, nunca podría estar contigo. No porque no me importes, sino porque tú nunca podrías serme fiel. Yo nunca sería tu primera opción. Además, no deberías estar culpándome a mí por tus miedos.

Cyrus se quedó inmóvil ante las palabras de la joven y no se molestó en ocultar la agonía que coloreaba cada centímetro de su rostro.

—Tal vez llegue un día en que sea libre.

—Tal vez —concedió ella—. Hasta entonces, no tienes forma de saber qué podría pedirte Iblís que hicieras. Cabe la posibilidad de que te ordene que me mates solo por complacerlo.

Cuando Cyrus no lo negó, cuando se limitó a mirarla, a mirarla como si quisiese clavarse una daga en el pecho, Alizeh obtuvo su respuesta.

—¿Cuál es la conclusión entonces? —susurró—. ¿Retirarás la propuesta de matrimonio?

Cyrus se rio, aunque fue una carcajada trágica.

—Ojalá pudiera.

Alizeh hizo acopio de todo su coraje y dijo:

—Entonces necesitas saber que, pese a todo, es posible que la acepte. Con vistas a mi propio futuro.

Aquello casi quebró al muchacho.

Lo vio en sus ojos, en la repentina caída de sus hombros, en la forma en que sus brazos se desplomaron a ambos lados de su cuerpo.

—Después de esto... Después de lo que hemos compartido esta noche..., aceptarías ser mi esposa, ¿pero solo de cara a la galería? —preguntó con voz entrecortada.

—Eso es —murmuró.

—No me tocarías o te reirías conmigo. No compartiríamos cama.

Alizeh sentía que se le iba a salir el corazón del pecho.

—No.

—Alizeh, me convertirías en el hombre más miserable del mundo.

—Lo siento. —Negó con la cabeza—. Lo siento de veras.

La chica sentía que se le partía el débil corazón en mil pedazos. Se debatió desesperadamente por combatir el dolor, por mantenerse firme a duras penas. Ella también tenía un camino que seguir.

—Es solo que tus razonamientos, tu forma de pensar... el futuro que has dibujado... —Alizeh titubeó—, contaban con un innegable atractivo. Llevaba todo el día dándole vueltas a la posibilidad de aceptar tu propuesta en mi cabeza y, aunque todavía no he tomado una decisión, si mi intención es convertirme en la líder de mi pueblo, cumplir con mi destino, sé que, entonces, necesito disponer de un reino...

—¿Y luego? —preguntó Cyrus con voz queda—. ¿Me matarás? ¿Es ese el proceso que seguirás para acabar conmigo? ¿Me arrancarás el corazón, para después arrebatarme la corona y terminar mi vida solo cuando esté de rodillas y te suplique que pongas fin a mi sufrimiento?

—Cyrus, por favor —rogó, desesperada. Estaba a punto de perder la batalla contra el llanto; era todo un esfuerzo luchar contra las lágrimas que amenazaban con inundarle los ojos—. Yo no he pedido nada de esto. Lo único que yo quería era desaparecer. Tú me trajiste hasta aquí. Tú me hiciste esta oferta. Tú me diste la oportunidad de lo que podría llegar a ser y ahora no puedo obligarme a mirar hacia otro lado, no cuando sé que hay gente ahí fuera que me está esperando..., no cuando yo también tengo que cumplir con mi deber...

—Soy plenamente consciente de que soy el único culpable de esta situación. No tienes por qué meter el dedo en la llaga. —Bajó la mirada y, en apenas un susurro, añadió—: ¿Me prometerás algo al menos, ángel mío? Cuando decidas que ha llegado la hora, ¿me dirás cómo tienes pensado matarme?

—Cyrus...

—Ya basta, te lo ruego. —Movió la cabeza con rapidez—. Solo soy un hombre, Alizeh, he alcanzado el límite de torturas que soy capaz de soportar en un día. Por favor —le pidió con voz rota—, déjame solo. Déjame con lo que me queda de mi miserable vida.

Alizeh se quedó inmóvil por un instante.

—¿Y mañana? —murmuró—. ¿Qué seremos entonces? ¿Volveremos a ser enemigos?

Cyrus no respondió. Temblaba casi imperceptiblemente con la mirada clavada en el suelo y, cuando por fin entreabrió los labios para responder, oyeron un repentino y urgente golpe en la puerta.

TREINTA

Cyrus se puso tenso, pero no se movió. Ninguno de los dos pronunció ni una palabra. Alizeh seguía mirando los labios del joven, deseando que el mundo que había continuado girando más allá de esas cuatro paredes se detuviera durante el tiempo necesario para que ella pudiera escuchar la respuesta de Cyrus, pero esa esperanza no tardó en verse pisoteada.

Oyeron otra ronda de insistentes golpes en la puerta y, por fin, Cyrus cerró los ojos, profirió una maldición y se alejó de Alizeh, visiblemente atormentado.

Alizeh se quedó allí donde estaba, paralizada, mientras la cabeza le daba vueltas y el corazón se le resquebrajaba. Oyó los pasos del monarca al avanzar hacia la entrada del dormitorio, así como el quejido de la vieja madera cuando abrió la puerta.

La voz de Sarra era inconfundible.

—¡¿Dónde has estado?! —gritó—. ¡Te he estado buscando por todas partes! Tu ayuda de cámara ha venido antes para ayudarte a vestirte para la cena, pero me ha dicho que no estabas aquí... Entonces no te presentaste en el comedor y descubrimos que la chica tampoco estaba en sus aposentos, pero yo no tenía ni la más remota idea de por dónde empezar a buscarte, puesto que el último sitio en el que se me habría ocurrido encontrarte tan temprano sería en tu cama, inconsciente, como un libertino.

Desde luego, así fue hasta que mi dama de compañía me contó que había visto a una snoda llorando a moco tendido en la cocina porque temía que su puesto corriese peligro al haberte hallado durmiendo en tus aposentos y...

—¡Madre!

—¿... y por qué no estás vestido? Por todos los cielos, estás hecho un desastre..., ¿te encuentras mal? ¿Por eso estabas metido en la cama a estas horas?

—Sí.

—Tú como siempre tan oportuno —se lamentó, enfadada—. Parece que siempre decides ponerte enfermo cuando más se te necesita, inventándote excusas para que los demás tengamos que lidiar con las consecuencias de tus ideas descabelladas...

Alizeh estaba impactada.

Era consciente del triste nivel al que Sarra odiaba a su hijo y, teniendo en cuenta las condiciones en las que la maltrecha mente de la mujer se encontraba, Alizeh entendía de sobra su conflicto emocional, puesto que culpaba con razón a Cyrus del asesinato de su marido. Aun así, sabiendo esto, le chocó oír el desprecio que destilaban sus palabras. Le resultaba antinatural que una madre tratase de esa manera a su hijo por ponerse enfermo y que ni siquiera le preguntase cómo se sentía. Había algo tremendamente doloroso y difícil de asumir en ese intercambio.

—Deja de irte por las ramas —la había interrumpido Cyrus con voz seca—. ¿Qué necesitas?

—¡A la chica! —exclamó Sarra—. ¿Dónde está? ¿Dónde está Alizeh? ¿Qué has hecho con ella?

Alizeh sintió una punzada de preocupación.

—¿Que qué he hecho con ella? —Cyrus se rio, pero sonó molesto.

—¡No me hables en ese tono! ¡Tengo razones de sobra para dudar de tu palabra! ¡La muchacha no está en sus aposentos!

¿Qué otra cosa iba a pensar? Hace horas que nadie la ha visto. Nadie salvo todos los jinn de Tulán —añadió, desencajada—, quienes han venido en masa hasta aquí desde cada rincón del imperio y han asaltado el castillo hace una hora como una terrorífica turba...

Alizeh sintió que se le detenía el corazón.

—¿Cómo? —preguntó Cyrus, alarmado—. ¿Qué quieres decir? ¿Están siendo agresivos?

—¡Por supuesto que están siendo agresivos! —replicó su madre—. ¿Por qué demonios crees que te lo digo? Hay miles de jinn ahí fuera, Cyrus, y amenazan con tirar abajo la puerta si Alizeh no se deja ver.

—No lo entiendo —dijo él con creciente urgencia—. ¿Por qué están enfadados? Pensaba que la adoraban...

—Entonces, ¿lo sabías? —lo interrumpió Sarra, alterada—. ¿Sabías quién era ella? ¿Sabías que significaba algo para ellos? Ay, Cyrus, ¿cómo has podido hacer algo así? —Sonó verdaderamente apesadumbrada—. De todas las cosas descabelladas y terribles que has hecho... Me dijiste que era una muchacha de sangre real, pero se te olvidó comentarme que era una... ¡una especie de mesías! ¡Va a poner el imperio patas arriba!

Alizeh se sintió mareada y cada vez respiraba más deprisa, con mayor dificultad. No podía creer lo que estaba sucediendo. De hecho, no podía creer que, después de tantos años, su destino estuviese tomando forma así.

Era un desastre.

—¿Cuáles son sus exigencias? —preguntó Cyrus con frialdad.

—¿Por qué la has traído aquí? —Sarra estaba al borde de las lágrimas—. ¿Por qué has desatado semejante caos en nuestro hogar? ¿No te das cuenta de lo que nos espera? Se correrá la voz entre los jinn y vendrán a buscarla. Saldrán reptando de cada rincón del planeta —jadeó— y tendremos que librar una guerra contra nuestro propio pueblo...

—Tranquilízate, madre —le pidió su hijo con tono cortante.

—Eres una desgracia para nuestra familia —se lamentó Sarra—. Eres una lacra para la humanidad...

—¿Por qué han venido a por ella? —A Cyrus le temblaba la voz de rabia—. ¿Qué es lo que quieren?

—¡Quieren asegurarse de que sea real! Quieren cerciorarse de que esté bien. Sobre todo, lo que quieren saber es si ha venido a Tulán a casarse contigo, si ascenderá al trono.

Alizeh jadeó y se llevó una mano al cuello.

Cyrus guardó silencio por un instante. Cuando por fin habló, sonó contenido:

—¿Quieren que me case con ella?

—¡No lo sé! —explotó Sarra, desencajada—. Lo único que sé es que están amenazando con prenderle fuego a la ciudad si Alizeh no aparece pronto y no la encuentro por ningún lado...

—Ya me encargo yo —la interrumpió Cyrus sin miramientos.

Alizeh sabía que estaba tratando de protegerla. Cyrus era consciente de que la joven no quería que la sorprendiesen en una situación comprometida con él, en su dormitorio, y ese pequeño gesto significó mucho para ella. Sin embargo, empezaba a comprender que no tenía ningún sentido seguir alargándolo. No podía esconderse para siempre.

—¿Dónde la vas a buscar? —gritó Sarra—. ¿Es que acaso sabes dónde está? ¿Lo has sabido desde el principio y me has estado haciendo sufrir a propósito?

—Primero tienes que pedirles que se calmen —dijo Cyrus, ignorando el arrebato de su madre—. No dejaré que Alizeh se enfrente a la muchedumbre si eso va a poner en riesgo su seguridad.

—Pídeselo tú —replicó Sarra—. ¿Te crees que no lo he intentado? ¡No me hacen el más mínimo caso!

Alizeh no pudo soportar permanecer en silencio ni un segundo más. Aquellas personas formaban parte de su pueblo y, por tanto, eran su responsabilidad. Además, sabía que, de haber estado sus padres con ella en este momento, le habrían dicho que se dejase ver.

Le habrían dicho que no tuviese miedo.

El corazón le latía a un ritmo desenfrenado, pero Alizeh mantuvo la cabeza alta por encima del creciente pavor y emergió de entre las sombras.

TREINTA Y UNO

Kamran había permanecido en la misma posición durante al menos quince minutos; contemplaba el cielo con una esperanza cada vez más frágil. Había devuelto el pedacito de papel a la caja, que se había guardado nuevamente en el bolsillo de la capa, pero seguía sujetando la pluma, ahora manchada de sangre, con fuerza dentro del puño. En su mente se había desatado una tempestad de emociones en conflicto, nacida de la inconcebible prueba de que sus queridos magos habían sabido días antes del asesinato, no solo que el rey Zal moriría, sino que Kamran sufriría.

Le causaba un gran dolor.

El joven se maravilló ante lo mucho que los sacerdotes y sacerdotisas habían confiado en las decisiones y el modo de actuar de Kamran. Ahora tenía entre sus manos un pedazo del testamento de su abuelo y, de haber abierto el paquetito un día antes, aunque habría quedado sorprendido, también le habría causado un tremendo dolor y confusión. Tal vez habría recurrido a la pluma demasiado pronto, cuando no debía. O, aún peor: podría haber perdido la delgada cajita con facilidad. Se la podría haber dejado en cualquier lado. Podría haberla utilizado de forma indebida.

Pero eso no les había preocupado a los magos. Todo había salido de acuerdo con lo que habían predicho.

Kamran se había equivocado al asumir que la nueva remesa de magos lo había traicionado al dejarlo en la torre. Ahora comprendía que lo habían estado protegiendo, que lo habían encerrado en un lugar donde Zahhak no podría alcanzarlo, un lugar lo suficientemente alto para que Simurg pudiese posarse con facilidad para rescatarlo.

Lo que Kamran no sabía, por supuesto, era qué parte de lo que estaba viviendo era una prueba. No sabía qué era exactamente lo que tenía que demostrar o cómo se suponía que debía demostrarlo, pero ahora se daba cuenta de que los magos habían sido conocedores de su plan. Debían de haber sabido que se disponía a partir hacia Tulán, puesto que le habían dado el regalo de Simurg, la criatura legendaria de la que tanto había oído hablar en su infancia, la criatura cuya amabilidad y generosidad tanto había elogiado Zal en sus numerosas historias. Simurg lo ayudaría a desplazarse, además de asegurar su protección. Kamran sabía que podría montarse sobre su lomo, que lo llevaría allí donde necesitara ir, que le ofrecería sus defensas y su compañía.

Muchos adoraban a Simurg, en especial los ardunianos, que creían que la criatura todavía vivía en el imperio junto a su familia, pese a que nadie la había vuelto a ver desde que Zal regresó triunfante a palacio y atravesó el cielo como un cometa a lomos de la resplandeciente y etérea criatura.

Y, ahora, cuando Kamran se enfrentaba a la posibilidad de escapar de la locura de su vida, ante la oportunidad de aliarse con la criatura mágica más legendaria de la historia de su mundo, ni siquiera estaba seguro de que Simurg fuera a aparecer. Kamran no sabía si lo habría hecho bien ni cuánto tardaría la magnífica ave en encontrarlo.

¿Horas? ¿Días? ¿Habría muerto congelado para su llegada? ¿Seguiría Simurg viva tan siquiera después de tanto tiempo?

Se le ocurrió que podría mantenerse en calor si conseguía dar con un par de rocas en el sucio suelo de la torre y encendía un fuego con un poco de yesca. Pese a que no era tan escrupuloso como para negarse a rebuscar entre las destartaladas profundidades de la celda con las manos desnudas, la idea lo hizo vacilar. Tenía la esperanza de poder elaborar otro plan; a ser posible, preferiría contar con una intervención divina o...

El repentino estruendo de unas pisadas apresuradas y un creciente coro de voces agitadas interrumpieron sus pensamientos.

—¿Kamran? ¿Estás ahí, Kamran?

Oyó un golpeteo violento en la puerta de metal, pero el príncipe se quedó tan conmocionado por el imprevisto revuelo que le resultó difícil volver al presente. De hecho, apenas tuvo tiempo de recomponerse antes de ver un suave resplandor que caía del cielo siguiendo un ritmo constante. El silencio y la extrañeza lo habían devorado hasta tal punto que, por un momento, pensó que estaba sufriendo alucinaciones. Entonces, oyó un zumbido cada vez más intenso a medida que el diminuto destello se acercaba a él, parpadeando, hasta que, sin previo aviso, le dio un suave golpe en el rostro.

Era la luciérnaga de Hazan.

Kamran no cabía en sí de alegría. Nunca había sentido una euforia ni un alivio tan intenso como en ese preciso momento. Creyó que caería de rodillas ante el peso de sus emociones.

Sin embargo, con una voz de lo más calmada, dijo:

—¿Por qué habéis tardado tanto?

En respuesta, Hazan tiró la puerta abajo.

El panel de metal oxidado dejó escapar un quejido ensordecedor al desencajarse y los goznes chirriaron al quedar destrozados. Kamran se apartó apresuradamente del camino del obstáculo y la celda se sacudió cuando la pesada puerta impactó al desplomarse con un estruendo que reverberó por las paredes y el suelo.

Una vez que estuvo fuera de peligro de morir aplastado, Kamran avanzó para darle la mano a su amigo, para agradecerle lo que acababa de hacer, pero, al ver quién lo esperaba al otro lado, retrocedió con tanta virulencia que casi se tropezó con un bulto en descomposición que llevaba un buen tiempo muerto.

—¿Alteza? —La señorita Huda se asomó por el umbral despejado de la puerta—. ¿Os encontráis bien?

—¡Está vivo! —gritó Omid y embistió a Kamran para darle un afectuoso abrazo que, días antes, le habría costado la vida—. ¡Estáis vivo!

—Santo cielo —dijo Deen, que apartó sin miramientos a Omid del príncipe—. Suéltalo de inmediato, niño. ¿En qué estabas pensando? Uno no puede abrazar así como así al príncipe de Ardunia ...

—Lo siento —se disculpó Omid sin aliento—. Lo siento de veras, señor, es que estoy tan contento de veros... Estaba convencido de que el consejero de defensa os había hecho algo terrible...

—Ah, sí, ha perdido el juicio por completo —añadió la señorita Huda, que asentía con entusiasmo—. Está yendo de aquí para allá por el palacio, gritándole a todo el mundo, incluso a los magos... Nunca había visto a unos sirvientes tan asustados y creedme cuando os digo que sé de lo que hablo, porque madre puede llegar a ser implacable con el servicio.

Kamran se quedó ahí de pie, contemplando el circo que se había desplegado ante él, preso de la conmoción.

Había oído sus voces en su cabeza; sabía que habían estado hablando de él, preguntándose dónde estaría. Pero nunca habría imaginado que hubiesen tenido intención de montar una partida de búsqueda.

—¿Qué demonios estáis haciendo todos aquí? —Apenas era capaz de articular palabra.

—He venido a buscarte, pedazo de idiota. ¿Qué iba a hacer aquí si no? —dijo Hazan—. Me hallaba bastante cerca de palacio, preparando armas para el viaje, cuando mi luciérnaga me encontró. La dejé en palacio para que vigilara en mi ausencia y me alertó de tu situación en cuanto Zahhak apareció. Vine tan rápido como pude.

—No pregunto por ti —replicó Kamran con desdén—. Por supuesto que estás aquí, me alegro mucho de que así sea y te doy las gracias de corazón por haber venido..., pero, en cuanto a estos tres...

—Ah —dijo Hazan y Kamran supo por su voz que estaba frunciendo el ceño—. Sí. ¿No te parece un detalle? Han insistido en ayudarme a rescatarte.

—¿Qué? ¿Por qué?

—Bueno, nos dimos cuenta de que estabais en peligro, señor —intervino Omid—. Zahhak os traicionó sin ningún reparo. Yo nunca habría esperado que los magos utilizasen una magia tan horrible con vos...

—¡Y no íbamos a quedarnos de brazos cruzados después de ver que se llevaban a rastras al legítimo rey! —exclamó la señorita Huda—. ¡No íbamos a permitir que ese rastrero hombrecillo os robara la corona! Mi padre odia a Zahhak con toda su alma y lo sé de buena mano, porque, cuando padre toma un par de tragos, tiene por costumbre enumerar a todas las personas a las que detesta y el ministro de defensa está en lo más alto de esa lista. Y es una lista muy larga, la verdad. —La señorita Huda se quedó pensativa—. No me había dado cuenta de ello hasta ahora.

—¿Y qué hay de vos? —Kamran se giró para mirar al boticario—. ¿Cuál es vuestra excusa?

—Veréis, no tengo ni la menor idea de por qué estoy aquí, alteza —dijo Deen, que estaba estudiando la torre con evidente desagrado—. Esa terrible ama de llaves se mostró horrorizada ante la idea de intervenir y yo fui tan necio como para coincidir con ella. Entonces me exigió que me comportase como un caballero y que la acompañase durante casi un kilómetro hasta el otro lado del puente para pedir un carruaje en algún punto más concurrido de la ciudad y compartir el precio del trayecto —suspiró—. Supongo que habré accedido a acompañar a estos cerebros de mosquito —señaló con la cabeza a Omid y a la señorita Huda— solo para evitar tener que irme con ella, aunque, con el debido respeto, señor, empiezo a arrepentirme de mi decisión.

—Ya veo —dijo Kamran al tiempo que fruncía el ceño.

—Venga, vamos —intervino Hazan, que le dio una palmada en la espalda al príncipe—. Es hora de salir de este agujero infernal. Tendremos que darnos prisa porque Zahhak está hecho un basilisco. Está poniendo el palacio patas arriba para encontrarte... aunque parece que está buscando algo más. Me pareció entender que quería el testamento de tu abuelo.

Kamran sintió un pinchazo de terror.

—Yo propongo que nos dirijamos al muelle sin perder un segundo —continuó Hazan—. Tengo mucho que contarte y tendremos que idear un plan...

—¿Cómo que tienes mucho que contarme? —preguntó el príncipe con incipiente preocupación—. ¿Sobre qué?

A Hazan casi se le escapó una sonrisa.

—Me he cruzado con tu madre.

—¿En serio? ¿Dónde?

Hazan señaló la salida con la cabeza.

—Eso no importa ahora. Tendremos tiempo de sobra para hablar y conspirar cuando zarpemos.

—¿Cómo que cuando zarpemos? —repitió la señorita Huda, que dejó volar la mirada entre ambos—. ¿Es que nos vamos a ir en barco?

—Vos no venís —replicaron Kamran y Hazan al unísono.

—Hazan, no puedo marcharme todavía —dijo el príncipe al tiempo que sacudía la cabeza y miraba al cielo a través del tragaluz—. Tengo que quedarme aquí un poco más.

—¿Qué? —Hazan retrocedió—. ¿Por qué querrías quedarte aquí? Estás justo al lado de una pila de ratas apelmazadas...

La señorita Huda profirió un aullido.

—Cielos —susurró Deen—, creo que voy a vomitar.

—No son ratas —ofreció amablemente Omid con su marcado acento—. Bueno, en realidad, no solo hay ratas. También hay una zarigüeya, creo, y, hum, no me acuerdo de cómo se dice el nombre del otro animalito en ardanz...

La señorita Huda profirió otro aullido.

Kamran no les hizo caso. Estaba a punto de extender la mano hacia Hazan, de enseñarle la pluma que sostenía en el puño, así como el paquete del bolsillo, cuando un hermoso y terrorífico alarido desgarró la noche.

Kamran no la vio en un primer momento, puesto que la mayor parte del techo cerrado bloqueaba la imagen de la espectacular ave, pero sintió que se le calentaba la mano ensangrentada con la que todavía sostenía la pluma y supo en lo más profundo de su ser que Simurg había llegado. La torre de la prisión se sacudió cuando la criatura descendió y Kamran se vio arrollado por la intensidad de su poder, así como por la fuerza que blandía incluso a pesar de no poder verla. Captó un destello de la sombra de una enorme garra a través del tragaluz y, en una serie de ataques violentos y elegantes, Simurg destrozó el techo de la torre. Los muros pulverizados cayeron sobre la cabeza de Kamran y los demás, que evacuaron a toda prisa la celda para evitar la catastrófica lluvia de piedras y solo volvieron a entrar cuando todo quedó en silencio, cuando, a través de la nube de polvo que empezaba a disiparse, Simurg apareció como salida de un sueño.

Era magnífica.

Mientras que los demás retrocedieron, Kamran dio un paso adelante y cayó de rodillas ante el ave. Resplandeciente y de una enorme envergadura, Simurg ocupaba toda la celda. Un apagado estallido de color decoraba sus plumas mullidas y brillantes bajo la luz de la luna. Inclinó la cabeza y contempló a Kamran con sus ojos oscuros como la tinta antes de que asintiera en un gesto de reconocimiento que hizo que al príncipe se le acelerara el corazón. Simurg profirió un sonido, un suave y dulce gorjeo, y luego se arrodilló para que Kamran se subiese a su lomo.

El joven sintió que se le entrecortaba la respiración.

—Simurg —susurró Hazan.

—Por todos los cielos —jadeó Deen—. Ni en un millón de años habría soñado con...

—¿Estoy soñando? —dijo la señorita Huda—. Creo que estoy soñando.

—Sí, señorita —respondió Omid, aturdido—. Creo que sí.

Hazan dio un paso al frente y se inclinó ante el pájaro, que lo estudió con curiosidad. El antiguo consejero se levantó poco a poco y, con el cuerpo rígido, se dirigió al príncipe:

—Kamran, ¿cómo has...?

—Te prometo que te lo explicaré luego. Pero, como bien has dicho, estamos en una situación comprometida y será mejor que nos marchemos.

—¿A dónde? —Hazan abrió los ojos de par en par—. ¿A Tulán?

—Exacto.

—¿Con Simurg?

—Sí.

—Madre mía, ¿nos vamos a Tulán? —exclamó la señorita Huda— ¿Vamos a salvar a Alizeh?

De nuevo, Kamran se estremeció al oír su nombre. No se dignó a contestar la pregunta de la señorita Huda.

—Toma —le dijo Hazan al príncipe al tiempo que se quitaba una cincha de alrededor del cuello—. Me hice con un par de armas de nuestro arsenal antes de marcharme por si las necesitábamos. Si entramos a Tulán desde el aire, es mejor contar con unas cuantas, por si acaso.

Le lanzó un carcaj con flechas y un arco. Kamran los cazó al vuelo y se los colgó de la espalda.

—Te lo agradezco de veras —dijo el príncipe.

Hazan se limitó a mirar a Kamran por un instante y respondió con un firme asentimiento de cabeza.

—¿Me podéis dar algo a mí también? —preguntó Omid, que se acercaba a Hazan con una emoción que le puso los pelos de punta a Kamran—. No tengo ninguna arma y me gustaría tener una...

—Ay, ¡y a mí! —exclamó la señorita Huda—. No tendréis por casualidad estrellas ninja, ¿verdad? Se me dan de maravilla...

—No podéis hablar en serio —la interrumpió Kamran, horrorizado—. Ninguno de los dos vendrá con nosotros.

—Tres. —Deen se aclaró la garganta y habló con voz animada—. En realidad, somos tres.

—¿Vos no teníais que iros a casa? —rezongó Kamran, dirigiéndose al boticario—. Creía que habíais dicho que vuestros seres queridos os estarían esperando. Que no teníais ni idea de qué hacíais aquí.

—Eso fue antes de saber que iba a conocer a la mismísima Simurg —explicó Deen, que se apresuró a inclinarse cuando el ave se giró para mirarlo—. Mi familia lo entenderá. Si es que me creen, claro. —Contempló, fascinado, a la criatura—. Ahora ya no puedo irme a casa.

Kamran sacudió la cabeza.

—¿Es que estáis todos ciegos? —exclamó—. Somos cinco. No cabemos todos a lomos de Simurg.

El ave llamó su atención.

Profirió un sonido suave y melodioso, pero de gran alcance, dado que, en un momento, Kamran descubrió que no estaban solos. Simurg había traído a otros consigo, a los polluelos que Zal había conocido durante su infancia y con quienes había compartido el nido cuando era un bebé.

Otras cuatro magníficas aves se posaron en lo alto de la torre y contemplaron la oscura celda entre dulces gorjeos.

Por un segundo, Kamran cerró los ojos.

—Por todos los cielos —murmuró.

Deen exclamó de alegría.

—Si decidís venir, tendréis que acatar mis órdenes —apuntó Kamran en tono seco—. Si os matan, será vuestro problema. ¿Queda claro?

—¡Sí! —aulló Omid, que levantó un puño en el aire.

—¿Si nos matan? —Deen frunció el ceño—. No era consciente de que nuestras vidas fuesen a correr peligro...

—No, señor —intervino la señorita Huda, sacudiendo la cabeza—. Con el debido respeto, alteza. No creo que esa sea una actitud muy responsable por vuestra parte, puesto que precisamos contar con un líder y vos habéis nacido literalmente para eso...

—¡Hazan! —Kamran se pellizcó el puente de la nariz.

—Podéis contar conmigo para lo que necesitéis, señorita Huda —concedió el exconsejero en voz baja.

En ese instante, Simurg se lanzó hacia el cielo con un atronador chillido y se posó en el borde del techo derruido de la torre, que tembló bajo su peso. Después se comunicó con sus hijos con un agudo trino y estos descendieron uno a uno al interior de la celda para permitir que sus nuevos pasajeros montaran sobre su lomo.

La señorita Huda fue la primera en subir a una de las aves mientras se reía entre lágrimas; luego, Omid se abrazó a su montura en un gesto muy acorde a su edad y le dio un beso en el rostro cubierto de plumas con total naturalidad. Deen, que era demasiado orgulloso, solo esbozó una sonrisilla encantada al montar sobre otro de los pequeños de Simurg, pese a que era evidente que estaba luchando con todas sus fuerzas por reprimir un aluvión de emociones. Por último, Hazan, recto y solemne, se sentó con la humildad y la elegancia de un caballero, al tiempo que le dedicaba un único asentimiento a Kamran antes de que el ave sobre la que viajaba ascendiera con un potente movimiento de sus alas.

Cuando todos por fin tomaron posiciones en el cielo, Simurg volvió a posarse ante el príncipe, y Kamran, sobrecogido, se acercó a la hermosa ave. Pasó las manos por sus suaves plumas con infinita reverencia y montó sobre la increíble criatura con sumo cuidado.

Echó a volar de inmediato.

En su ascenso, Kamran se vio arrastrado hacia atrás, por lo que tuvo que apresurarse a rodear el grácil cuello del ave con los brazos a medida que subían más y más alto por la torre derruida. Una vez que se elevaron por encima del palacio, Simurg profirió un grito que atravesó la noche y batió sus poderosas y resplandecientes alas para asumir su posición a la cabeza de la bandada.

Se oyó un atronador chasquido cuando alzó el vuelo y una lluvia de color decoró el cielo y lo tiñó de una etérea fosforescencia.

Aquella imagen inundó a Kamran de una compleja alegría.

Cuando echó la vista atrás mientras desaparecían en el oscuro horizonte, se preguntó, con el corazón encogido, en qué hombre llegaría convertido a Ardunia si algún día regresaba.

¿TE GUSTÓ
ESTE LIBRO?

Escríbenos a

puck@uranoworld.com

y cuéntanos tu opinión.

ESPAÑA 🖪 /MundoPuck 🐦 /Puck_Ed /Puck.Ed

LATINOAMÉRICA 🖪 🐦 /PuckLatam

▶ /PuckEditorial

¡Gracias por vivir otra
#EXPERIENCIAPUCK!